[卷一]：六只乌鸦

[美]李·巴杜格/著

杨笑娜/译

SIX OF CROWS:
Copyright © 2015 by Leigh Bardugo.All rights reserved.
Published by agreement with New Leaf Literary & Media,Inc., through The Grayhawk Agency Ltd.
Simplified Chinese translation Copyright © 2022 by Chongqing Publishing House Co.,Ltd. All rights reserved.

版贸核渝字(2020)第099号

图书在版编目(CIP)数据

乌鸦六人组.卷一,六只乌鸦/(美)李·巴杜格著;杨笑娜译.—重庆:重庆出版社,2022.10
书名原文:Six of Crows
ISBN 978-7-229-16086-9

Ⅰ.①乌… Ⅱ.①李… ②杨… Ⅲ.①幻想小说—美国—现代 Ⅳ.①I712.45

中国版本图书馆CIP数据核字(2021)第209901号

乌鸦六人组(卷一):六只乌鸦
WUYA LIUREN ZU (JUAN YI):LIUZHI WUYA

[美]李·巴杜格 著 杨笑娜 译

责任编辑:邹 禾 唐 凌 王靓婷
责任校对:朱彦谚
装帧设计:抹 茶

重庆出版集团 出版
重庆出版社

重庆市南岸区南滨路162号1幢 邮政编码:400061 http://www.cqph.com
重庆出版社艺术设计有限公司 制版
重庆豪森印务有限公司 印刷
重庆出版集团图书发行有限公司 发行
E-MAIL:fxchu@cqph.com 邮购电话:023-61520646
全国新华书店经销

开本:890mm×1230mm 1/32 印张:14.875 插页:3 字数:408千
2022年10月第1版 2022年10月第1次印刷
ISBN 978-7-229-16086-9
定价:79.80元

如有印装质量问题,请向本集团图书发行有限公司调换:023-61520678

版权所有 侵权必究

格里莎

第二军队的士兵
精通小科学者

身体操控能力者
(掌控生与死的品阶)
摄心师
疗愈师

以太能力者
(召唤师的品阶)
御风师
控火师
潮汐制造师

物料能力者
(制造师的品阶)
炼金术师
耐用材料制造师

目录

第一部分　暗中交易

1　约斯特 002
2　伊奈姬 014
3　卡　兹 034
4　伊奈姬 058
5　卡　兹 068
6　妮　娜 080

第二部分　仆人和杠杆

7　马蒂亚斯 100
8　詹斯博 116
9　卡　兹 127
10　伊奈姬 133
11　詹斯博 141
12　伊奈姬 147
13　卡　兹 153
14　妮　娜 160
15　马蒂亚斯 175

第三部分　心殇

16　伊奈姬　　……… 182

17　詹斯博　　……… 189

18　卡　兹　　……… 199

19　马蒂亚斯　……… 210

20　妮　娜　　……… 231

第四部分　花招将尽

21　伊奈姬　　……… 254

22　卡　兹　　……… 270

23　詹斯博　　……… 282

24　妮　娜　　……… 292

25　伊奈姬　　……… 297

26　卡　兹　　……… 308

第五部分　冰不会原谅

27　詹斯博　　……… 316

28　伊奈姬　　……… 323

29　马蒂亚斯　……… 337

30　詹斯博　　……… 344

31　妮　娜　　……… 351

32　詹斯博　　……… 356

33　伊奈姬　　……… 359

34　妮　娜　　……… 363

35	马蒂亚斯	....	373
36	詹斯博	....	380
37	妮　娜	....	384
38	卡　兹	....	393

第六部分　真正的盗贼

39	伊奈姬	....	400
40	妮　娜	....	407
41	马蒂亚斯	....	416
42	伊奈姬	....	420
43	妮　娜	....	428
44	詹斯博	....	430
45	卡　兹	....	438
46	佩　卡	....	451
致　谢		....	457

第一部分

暗中交易

1
约斯特

约斯特遇到了两个难题：月亮和他的胡子。

他此时理应在赫德家巡逻，但过去的十五分钟里，他一直在花园东南角的围墙处徘徊，试图想出点机智的浪漫言语，说给安雅听。

如果安雅的眼睛蓝如大海或是绿若翡翠就好了。可她的眼睛偏偏是棕色的——迷人的，安谧的……巧克力棕？或是兔毛棕？

"你就说她的肌肤如月光般皎洁，"好友皮耶特建议道，"这话女孩子都爱听。"

解决方案很完美，但卡特丹姆的天气却不配合。那天港口连一丝清风都没有，灰色的浓雾包围了城市的运河和蜿蜒曲折的小巷，一切都湿漉漉的。就连盖尔德宅邸周围的空气，都充溢了浓浓的鱼腥味和舱底污水味；城市外缘的小岛上，冶炼厂排出的废气形成了咸腥的雾霾，污染了夜空。满月看上去不像白玉盘，更像急需放脓的水疱。

或许他可以恭维安雅的笑声？但他从未听过她的笑声。他也不擅长

讲笑话。

约斯特盯着玻璃板中的自己。那些玻璃板嵌在双扇门上,一直从房子延伸到了侧花园。他的母亲是对的。即使他穿着新制服,看上去却依旧像个孩子。他的手指轻轻抚过上唇,如果胡子长出来就好了,他总觉得今天的胡子要比昨天浓密。

他在沙得威志做警卫还不到六个礼拜,这份工作并不像他期待的那般刺激。他本以为会在巴伦地区追捕盗贼,或是在港口巡逻,一睹货船进港的胜景。但自从那位大使在市政厅被刺杀以后,商业理事会对安全问题便一直颇有微词,所以他被安排去哪了呢?在一些幸运的货商家不停巡逻。这可不是所有货商都有的待遇。市议员赫德在卡特丹姆政府的地位首屈一指。是个成大事的人。

约斯特调整了一下外套和步枪的位置,拍了拍屁股后沉重的警棍。赫德或许会喜欢他。他可能会说,这个目光敏锐、拔棍迅速的年轻人可堪重用。

"警佐约斯特·凡·普尔,"他低语道,细细品味着这几个词,"副巡官约斯特·凡·普尔。"

"别傻盯着自己看。"

约斯特猛地转过身,看到汉克和鲁特格尔大步流星地走进了路边花园,瞬间涨红了脸。与约斯特相比,汉克和鲁特格尔成熟不少,身形更高大,肩膀也更宽阔。他们是家庭保安,议员赫德的私仆。也就是说他们穿着属于他的浅绿色制服,配着来自诺威哲姆的高档步枪,这让约斯特时刻想起他只是市政府派来的一个无名小卒。

"你再怎么摸那一小撮毛,它也不会加速生长。"鲁特格尔大笑着说道。

约斯特强撑道:"我要去完成巡逻。"

鲁特格尔用胳膊肘撞了下汉克。"那就是说,他要一头扎进格里莎工

乌鸦六人组(卷一)：六只乌鸦

坊里，去看一眼他心仪的姑娘。"

"噢，安雅，你能用你的格里莎魔法让我的胡子变长吗？"汉克打趣道。

约斯特脸上一阵火辣，他转身大步向房子东面走去。从约斯特到这开始，他们就一直拿他寻开心。如果不是为了安雅，他可能就去跟副巡官求情，给他换个差事了。他仅在巡逻时和安雅说过几句话，但那永远是他晚间巡逻中最好的时光。

约斯特不得不承认，他很喜欢在窗户中窥视到的赫德的宅邸。赫德的房子是盖尔德街上最豪华的——黑色与白色石头制成的方砖地板闪闪发光，吊在方格天花板上的棕色玻璃枝形吊灯宛若水母一般，照亮深色的木质墙壁。有时约斯特会想象着那是他的房子，他是一个阔绰的货商，刚从房子中出来在精巧的花园里漫步。

转弯之前，约斯特深吸了一口气。安雅，你的眼睛就像棕色的……树皮？他终于想出了一个词。但还不如即兴发挥。

工坊的玻璃门打开时，约斯特很惊讶。相比厨房里手绘的蓝色瓷砖，或是白炽罩上的郁金香盆栽，这个工坊更能够彰显赫德的富有。格里莎的契约工并不便宜，可赫德却拥有三个。

尤里不在长长的工作台旁，安雅也不见踪影。只有雷文科在，他身穿墨蓝色的袍子，蜷缩在椅子上，眼皮耷拉着，胸口放着一本打开的书。

约斯特在门口徘徊了一会，然后清了清嗓子说："夜间这扇门应该关闭并上锁。"

"这房子就像个熔炉。"雷文科闭着眼睛、拉长调子慢吞吞地说道，他声音洪亮，说话带着很重的雷凡卡地区的口音。"告诉赫德，我不出汗的时候就把门关了。"

雷文科是个御风师，他的头发斑白，比其他的格里莎契约工都要年长。据说他当年曾为雷凡卡独立战争中的战败方效过力，战后逃去了

刻赤。

"我会向议员赫德转达的。"约斯特撒谎道。说得就好像这房子总是过热是因为赫德在负责烧煤似的,但约斯特并不打算提这事。"直到那时——"

"你有尤里的消息?"雷文科打断他,他终于睁开了沉重的眼皮。

约斯特忧郁地扫了一眼装着红提的碗和堆在工作台上的大片紫红色天鹅绒。一直以来,尤里从早到晚都在这血红色的工作台上为赫德夫人服务,但前段时间尤里生了重病后,约斯特就没再见过他了。天鹅绒上已经落了灰,葡萄也开始变质。

"我没听到他的任何消息。"

"你当然什么都不知道。你每天穿着傻里傻气的紫色制服忙于趾高气昂地巡逻。"

他的制服怎么了?雷文科怎么还在这?他是赫德的私人御风师,经常在运送最昂贵的货物时随行,确保一路顺风,将货物又快又安全地送达港口。他为什么这会儿不在海上呢?

"我觉得尤里可能被隔离了。"

"真有用,"雷文科冷笑着说,"你能别像一只满怀期待的鹅一样伸长脖子吗?"他补充道:"安雅走了。"

约斯特感觉脸又烧了起来。"她在哪里?"他问,试图让自己听上去有威严一些。"天黑后她理应在这。"

"一个小时以前,赫德带走了她,就跟那晚带走尤里一样。"

"你什么意思,'他带走了尤里'?尤里生病了。"

"赫德带走了尤里,尤里回来后就生病了。两天后,尤里就永远消失了。现在是安雅。"

永远?

"或许是有急事。如果有人需要治疗——"

乌鸦六人组(卷一):六只乌鸦

"开始是尤里,现在是安雅。我将会是下一个,除了可怜的约斯特小警官你之外,没人会注意到这一切。现在离开。"

"如果议员赫德——"

雷文科举起了一只手臂,一股气流迫使约斯特后退。约斯特抓住门框,艰难地站稳。

"我说了现在。"雷文科在空中画了一个圈,门猛地关上了。约斯特及时松了手,避免了手指被夹,却滚到了侧花园。

他以最快的速度站了起来,拍掉制服上的肥料。屈辱感在内心不断膨胀。门上的一块玻璃被那股力量震裂了。透过玻璃,他看到了那位御风师幸灾乐祸的笑容。

"你的行为违反契约了。"约斯特指着损坏的玻璃门说。他讨厌自己声若蚊蝇。

雷文科挥了挥手,拴着铰链的门都在颤抖。约斯特下意识地后退了一步。

"去巡你的逻吧,小看门狗。"雷文科喊道。

"一切进展顺利。"鲁特格尔倚着花园的围墙嗤笑道。

"他在这站了多久了?你除了跟着我,没别的事可做了吗?"约斯特问道。

"所有保安要到船库报到。也包括你。你在忙着交朋友?"

"我那会儿在让他关门。"

鲁特格尔摇了摇头。"你无需让,只需命令。他们是仆人,不是贵客。"

约斯特调整步调,与鲁特格尔并排同行,内心的耻辱感仍在翻腾。最糟糕的是鲁特格尔说得对。雷文科没有权利跟他那样说话。但约斯特又能怎么办呢?即使他有勇气和一个御风师打一架,结果就和与昂贵的花瓶斗殴一样,没任何好处。格里莎不仅是赫德的仆人,更是他宝贵的

资产。

雷文科说尤里和安雅被带走了究竟是什么意思?他是在为安雅打掩护吗?把格里莎契约工拘在家里是有原因的。若无人保护,他们走在大街上很有可能会被奴隶贩子掳走,消失不见。或许她当时和别人在一起,约斯特苦恼地推测着。

运河对面船库里透出来的灯光和活动声打断了他的思绪。穿过水面向对岸看去,其他货商的精致房屋映入眼帘,那些房子高高耸立,屋顶的三角形顶棚在夜空的映衬下投下黑色的剪影,熠熠生辉的灯笼照亮了后花园和船库。

几周以前,约斯特听说赫德的船库要重新修缮,届时他就不用去巡逻了。但他和鲁特格尔进去的时候,没看到任何油漆和脚手架,平底小船和桨都立在墙边。其他的家庭保安穿着浅绿色制服,还有两个穿紫色制服的沙得威志警卫。但占据船库绝大部分空间的是一个巨大的盒子,那盒子像是一个独立的监狱,看上去是用精钢制成,用铆钉焊接,其中一面墙上镶嵌着一扇巨大的窗户。透过曲面玻璃,约斯特看到一个女孩坐在桌边,抓着身上的红色丝绸衣服裹紧自己。一个沙得威志警卫警觉地站在她旁边。

那是安雅,约斯特猛地意识到。她皮肤苍白,棕色的眼睛睁得大大的,眼里满是害怕。坐在她对面的小男孩看上去倍加惊恐,头发蹭得乱蓬蓬的,腿从椅子上垂下,紧张地踢着空气。

"为什么所有警卫都在这儿?"约斯特问道。船库里聚集着十多个警卫。议员赫德也在这里,与他一起的还有一些约斯特也不认识的商人,都穿着商人常穿的黑色套装。约斯特看到他们与沙得威志的副巡官交谈时,站得更加笔直了。他暗自希望自己制服上的泥土都清理干净了。"这是什么情况?"

鲁特格尔耸耸肩,"谁知道呢?不按常理出牌。"约斯特扭头透过玻

乌鸦六人组(卷一)：六只乌鸦

璃看去。安雅正目不转睛地盯着他，但她的目光却没有焦点。在赫德的住宅时，她治愈了他脸颊上的瘀伤。那是在一次训练中面部受的伤，当时只剩一些黄绿色的瘀青。伤并不打紧，却被赫德注意到了，他不喜欢自己的警卫看上去像匪徒，就派约斯特去了格里莎工坊。安雅让他坐在一个广场里，那广场在深冬阳光的照耀下很是明亮。她冰凉的手指划过他的皮肤，带来难忍的痒意，几秒之后，瘀青消失，就仿佛从未有过一般。

约斯特向她表达了谢意，安雅微笑着回应，他瞬间迷失了自我。他知道自己希望渺茫。即使安雅对他有点兴趣，他也永远没法从赫德手里把她的契约买过来，并且，如果赫德不同意，她就无法结婚。但这也无法阻止他去见她或者给她带小礼物。她最喜欢那张刻赤的地图。那张地图称得上是异想天开——美人鱼在特鲁海周围环游，被风裹挟着前行的船只被描绘成了脸庞圆润的人。那是一个不值钱的纪念品，在东斯戴夫就可以买到，但还挺讨她欢心的。

他冒险举起一只手示意，但安雅没有反应。

"她看不见你，呆子，"鲁特格尔笑道，"玻璃的另一面是镜面的。"

约斯特的脸颊染上了粉色，"我怎么知道？"

"睁大眼睛，稍微走点心。"

刚开始是尤里，现在是安雅。"他们需要格里莎疗愈师做什么？那个小男孩受伤了吗？"

"在我看来他好好的。"

副巡官和赫德看上去达成了某种协议。

透过玻璃，约斯特看到赫德走进了监狱，鼓励性地拍了拍那个男孩。监狱内肯定设了通风孔，因为他听到赫德说，"等会做个勇敢的小伙，会有钱拿。"然后他伸出长满了老年斑的手抓住了安雅的下颌。安雅变得僵直，约斯特夹紧了屁股。赫德轻轻晃了晃安雅的头，"按之前说的

去做,很快就结束了,懂?"

安雅扯出一个僵硬的微笑,"当然,老爷子。"

赫德跟安雅旁边的警卫低语了几句之后走了出去。砰的一声关上门后,他又锁上了门外的大锁。

赫德和其他商人就座,位置几乎就在约斯特和鲁特格尔正前方。

一个约斯特不认识的商人说道:"你确定这么做明智吗?这女孩可是身体操控能力者,你的制造师出事后——"

"换作雷文科的话,我会担心。但安雅的身份比较有利,她是一个疗愈师,不太会发起攻击。"

"那你降低剂量了吗?"

"是的,但是我们需要商定,如果最后她的结果和那个制造师一样,理事会会赔偿我的损失吗?这代价不应该由我承担。"

商人点头答应之后,赫德向副巡官示意,"开始吧。"

和那个制造师一样的结果。雷文科说尤里消失了,他那时候说的是这意思吗?

"警佐,"副巡官说道,"你准备好了吗?"

监狱内的警卫回答道,"好了,长官。"他拔出了一把刀。

约斯特用力吞了吞口水。

"第一场测试。"副巡官说道。

警卫屈身向前,让男孩卷起了他的袖子。男孩顺从地卷起袖子,伸出了胳膊,将另一只手的大拇指塞进了嘴里。**这么大了还啃手指有点不太合适**,约斯特心想。但他肯定特别害怕。约斯特快十四岁的时候还抱着玩具熊睡,他的哥哥还因此无情地嘲笑他。

"可能会稍微有点儿刺痛。"警卫说道。

男孩咬着手指点了点头,眼睛睁得大大的。

"真的没有必要——"安雅说道。

乌鸦六人组(卷一):六只乌鸦

"安静。"赫德说道。

警卫拍了下男孩,在他的前臂上划出了一道鲜红的伤口。男孩立马哭了起来。

安雅试图从椅子上站起来,但警卫用力地按住她的肩膀。

"没关系,警佐,"赫德说道,"让她为他疗伤。"

安雅俯身向前,轻轻地握住男孩的手。"嘘,"她温柔地说,"我来帮你。"

"会疼吗?"男孩咽了下口水。

她微笑道:"完全不会。只会有点痒。你能为了我让胳膊尽量保持不动吗?"

约斯特俯身往前凑去。他还从没见过安雅为谁疗伤呢。

安雅从袖子里拿出了一块手帕,擦掉了血,手指小心翼翼地扫过男孩的伤口。看到伤口处的皮肤开始重新生成和愈合时,约斯特惊呆了。

几分钟以后,男孩咧着嘴笑了,他伸出了手臂。胳膊光洁如初,只是略微泛红。"这是魔法吗?"

安雅轻轻点了下他的鼻子。"算是吧。如果时间充裕,再来一点绷带的话,我们的身体也有这种魔法。"

男孩看上去有点失望。

"不错,不错,"赫德不耐烦地说,"接下来上潘勒姆。"

约斯特皱了皱眉。他从没听说过这个词。

副巡官向警佐示意,"第二场。"

"伸出你的手臂。"警佐再次向男孩说。

男孩摇摇头。"我不想。"

"伸出来。"

男孩嘴唇哆嗦着,但还是伸出了手臂。那个警佐又一次划伤了他。然后他在安雅面前的桌子上放了一个小信封,那信封用蜡密封着。

"吞掉信封里的东西。"赫德命令安雅。

"那是什么?"她声音颤抖地问道。

"那不是你该考虑的事儿。"

"那是什么?"她重复道。

"毒不死你。只是让你完成点儿简单的任务,测测药效。警佐站在那儿是为了确保你听令行事,不节外生枝,明白吗?"

她咬紧牙关,点点头。

"没有人会伤害你,"赫德说道,"但记住,如果你伤害了警佐,就别想走出这监狱了。门外面上了锁。"

"那是什么东西?"约斯特小声问道。

"不知道。"鲁特格尔说道。

"你知道什么?"他咕哝道。

"我最起码知道在适当的时候闭嘴。"

约斯特愤怒地看着他。

安雅颤抖着双手,拿起那个用蜡密封的信封,然后打开了封盖。

"继续。"赫德说道。

她头朝后一仰,吞掉了那些粉末。然后静坐了片刻,双唇紧抿,等待着。

"是尤尔达吗?"她饱含希望地问道。约斯特也希望如此。如果是尤尔达的话就没什么好担心的了,沙得威志人在夜间需要提神的时候,都嚼过它。

"味道如何?"

"像尤尔达,但要更甜一点,它——"

安雅猛地吸了口气。她双手紧抓桌子,瞳孔急剧扩张,整个眼睛看起来几乎是墨色的。"啊!"她痛呼出声,喘息着,声音几近呜咽。

警佐紧紧地按住她的肩膀。

乌鸦六人组(卷一):六只乌鸦

"感觉如何?"

她盯着镜子笑了,舌头从雪白的齿间探出,看上去好像牙齿生锈了一般。约斯特突然觉得冷飕飕的。

"那个制造师也是这样。"商人咕哝道。

"为那男孩疗伤。"赫德命令道。

她在空中挥了挥手,姿势有些漫不经心,男孩手臂上的伤口立马愈合了。皮肤表面渗出的血汇成一颗颗红色水珠,而后消失不见。他的皮肤看上去完美无瑕,没有任何血液和红痕。男孩眉开眼笑。"这一定是魔法。"

"感觉是有点像魔法。"安雅说道,脸上带着诡异的微笑。

"她没有碰他。"副巡官惊叹。

"安雅,"赫德说,"我们现在将下令让警佐进行下一场测试。"

"嗯。"安雅轻哼。

"副巡官,"赫德说道,"切掉那个男孩的手指。"

男孩哀号一声后开始大哭。为了保护自己的手,他把它们压在了腿下。

我应该阻止这一切,约斯特暗自思忖。我应该想办法保护她,保护他们。但那之后呢?他是个无名小卒,刚来沙得威志,新到这所房子。此外,他羞愧地想,我得保住我的工作。

安雅只是笑了笑,然后歪了歪头,看着那个警佐。"朝玻璃开枪。"

"她说了什么?"商人问道。

"警佐。"副巡官大吼一声。

"朝玻璃开枪。"安雅重复道。警佐的表情松懈下来,他把头歪向一边,仿佛在听远处传来的歌声,然后拔出步枪,瞄准了观察窗。

"趴下。"有人大喊。

约斯特猛地扑倒在地,双手抱头,耳边满是枪声,玻璃碴如雨点般

地落到手上和背上,脑子里嗡嗡作响。他下意识地不想承认,但又清楚地知道自己看到了什么。安雅命令警佐朝玻璃开枪。她让他这么做。但这不可能。格里莎的身体操控能力者在人体方面术业有专攻。她们可以让心脏停跳,呼吸暂停,骨头断裂,但无法控制人的思维。

片刻的寂静之后,约斯特和其他人一起站了起来,然后他伸手去够自己的步枪。赫德和副巡官不约而同地大喊。

"抓住她。"

"射杀她。"

"你知道她值多少钱吗?"赫德驳斥道,"谁来控制住她,别开枪。"

安雅伸出手,红色的袖子飞舞,"等等。"她说。

约斯特的惊慌消失了。他知道自己被吓到了,但离害怕还有点远。他饱含期待,虽然不知道接下来会发生什么,也不确定什么时候发生,但他知道该来的总会来,他必须准备好去面对它。将要发生的事情可能或好或坏。但他并不在意。他内心已经无惧无求,不渴望任何东西,也不需要任何东西。他思绪放空,呼吸平稳。他只需等待。

他看到安雅抢起了小男孩,听到她给小男孩柔声哼唱着什么,好像是雷凡卡地区的摇篮曲。

"打开门进来,赫德。"她说。这些话约斯特听到了,明白了,却又忘记了。

赫德走向门,开了锁,走进了钢铁监狱。

"按之前说的去做,很快就结束了,懂?"安雅微笑着低语道。她漆黑的眼眸宛若深不见底的寒潭,皮肤焕发着光芒,光彩照人,耀眼夺目。约斯特的脑海中闪过一个念头——*美人如月*。

安雅换了只手抱小男孩。"别看。"她对他低语道。"现在,"她对赫德说,"拿起刀子。"

2
伊奈姬

卡兹·布莱克做事不需要理由。这是卡特丹姆的大街上，酒馆里，咖啡屋中，以及被称作巴伦的娱乐区的昏暗血腥小巷里都广为人知的一句话。那个被称作"黑手"的少年做事无需理由，也无需准允，不论是断人腿脚、离间同盟，还是纸牌翻飞间就让人倾家荡产。

他们显然错了。在穿过横跨博斯卡纳那漆黑河水的大桥，走向交易中心对面那空无一人的主广场时，伊奈姬一直在思考这个问题。每个暴行都是有意为之，所有偏爱的背后都是丝线操纵的木偶秀。卡兹总有他的理由。只是伊奈姬从来都不确定那些理由是好是坏。尤其是今晚。

伊奈姬检查了她的刀，默默念着它们的名字，每次预感会遇到麻烦时她都会这么做。这是一个切实有效的习惯，也是一种慰藉。那些刀是她的同伴，她想确保无论今晚发生什么，它们都做好了充分的准备。

她看到卡兹和其他人已经在交易中心东大门处的大石拱门附近集结完毕。他们头顶的石头上刻着三个字：Enjent, Voorhent, Almhent，也就

是勤奋、诚实、繁荣。

她紧贴着广场边上已经打烊的商店移动，避免在街灯忽明忽灭的灯光下行走。移动的时候，她理清了卡兹带的成员：迪利克斯、罗迪、马兹恩、珂格、安妮卡、皮姆，以及他特意为今晚的谈判选的助手詹斯博和大鲍里格。他们你推我搡，欢笑着，跺着脚来抵御本周突袭了这个城市的寒流，这股寒流是春天来临之前冬天最后的喘息。这些都是卡兹从年轻的德勒格斯中专门挑选出来的，都是些爱逞凶斗狠的彪形大汉，也是他最信任的人。伊奈姬看到了他们收在腰间寒光闪闪的刀子、铅管、重型锁链、钉满了生锈钉子的斧柄，以及油光可鉴的枪管。她偷偷溜进了队伍中，仔细观察着交易中心附近的身影，搜寻黑尖间谍的踪迹。

"三艘船！"詹斯博说道，"是舒国派来的。它们停靠在第一港口，大炮已经上膛，红旗迎风飞扬，连风帆都镀了金。"

大鲍里格轻轻吹了个口哨。"我很想见到它们。"

"我很想偷它们，"詹斯博回应道，"商业理事会的一半都去那儿了，他们情绪激动，声音高亢，我很想知道他们在做什么。"

"不是想让舒国还债吗？"大鲍里格问道。

卡兹摇了摇头，黑发在灯光的照耀下闪闪发光。他外形俊美，线条流畅——五官棱角分明，身材修长，羊毛外套紧贴在宽阔的臂膀上。"是也不是，"他用岩盐般粗嘎的声音说道，"能让别的国家欠债是件好事。这能让谈判友好点。"

"或许舒国并不想友好谈判，"詹斯博说，"他们没必要一次性把所有宝物都运过来。你觉得刺杀贸易大使的是他们吗？"

卡兹准确无误地发现了人群中的伊奈姬。近几周来，卡特丹姆人对大使之死议论纷纷。它险些毁掉了刻赤和哲蒙尼之间的关系，还引起了商业理事会的骚动。哲蒙尼谴责刻赤。刻赤怀疑舒国。但卡兹并不在乎谁应该为此负责；这场谋杀之所以能吸引他，是因为他弄不明白这谋杀

乌鸦六人组(卷一):六只乌鸦

是如何实施的。在沙得大厅人流量最多的那条走廊上,在十多个政府官员的全面监控下,哲蒙尼的贸易大使步入了卫生间。几分钟后,他的助手敲门,发现无人回应,而这期间无人进出。破门而入之后,他们发现那位大使倒在洁白的瓷砖上,面部朝下,背部插着一把刀,水龙头还在流水。

几小时后,卡兹让伊奈姬去案发现场一探究竟。洗手间没有其他的入口,没有窗户和通风孔,即便是伊奈姬也没有从自来水管道中钻出去的本领。然而,哲蒙尼大使死了。卡兹实在不喜欢那些未解之谜。他和伊奈姬构想了上百种假设去解释这场谋杀,却没有一个行得通。今晚还有比解开这个谜团更紧迫的问题等着他们。

她看到他示意詹斯博和大鲍里格卸除武器。街头法规定,任何参加此类谈判的副手只能带两名步兵作帮手,所有人都不得携带武器。谈判。这个词很具有欺骗性——非常古板,称得上是老掉牙的东西。不管街头法是如何规定的,这个夜晚都充满了暴力的味道。

"来吧,把枪交过来。"迪利克斯对詹斯博说道。

长叹一声后,詹斯博取下了挂在臀部的枪带。她不得不承认,拿掉枪支后,他看上去不像他自己了。哲蒙尼的这位神枪手四肢修长,肤色黝黑,常年在外奔波。他非常宝贝自己的那两把左轮手枪,交出去之前,他把嘴凑上去怜惜地吻了吻珠灰色的手柄。

"照顾好我的宝贝,"詹斯博一边说一边把手枪交给迪利克斯,"如果我发现它们有了任何划痕或者裂缝的话,我会用子弹在你胸膛文上'原谅我'几个大字。"

"你不会浪费弹药的。"

"估计原谅这个词还没文到一半,他就死透了。"大鲍里格一边说一边摘下短柄小斧,弹簧折刀,以及他最称手的武器——一个带着沉重挂锁的粗壮链子,一并交到了罗迪那伸了半天的手里。

詹斯博翻了个白眼。"你明白我想表达的意思就行了,死人胸膛上文个原字有什么意思?"

"折中一下,"卡兹说,"文'我错了'就足以传达你的意思,还能少浪费点儿子弹。"

迪利克斯笑了,但伊奈姬看到他小心翼翼地托着詹斯博的左轮手枪。

"那个怎么办?"詹斯博说着,用手指了指卡兹的拐杖。

卡兹低低地笑了,一本正经地说道:"谁会剥夺一个瘸子的拐杖?"

"如果那瘸子是你的话,每个有脑子的人都想这么做。"

"那还好我们等会要去见的人是吉尔斯。"卡兹从马甲口袋里拿出一只怀表,"马上就到午夜了。"

伊奈姬把目光转向了交易中心。交易中心是一个长方形院子,四周有船库和船运办公室环绕,没有什么特别之处。但白天的时候,这里却是卡特丹姆的心脏,驶入港口的商船络绎不绝,船上载着买卖股票的富商。午夜的钟声即将敲响,此时的交易中心空寂无人,只有警卫在周边和房顶巡逻。这些警卫收了贿赂,今晚的谈判之中,他们要做的事情和自己的职责背道而驰。

在这座城市中,只有为数不多的几处区域尚未被卡特丹姆无止境的帮派冲突所割裂,所侵占;交易中心便是其中之一。这地方理应是一个中立区。但在伊奈姬看来,它并不中立。它更像是罗网收紧和兔子惊叫之前森林的寂静。像一个陷阱。

"这是一个错误。"她说道。大鲍里格吓了一跳,他不知道她站在那里。伊奈姬听到了德勒格斯私下对她的称呼——幽灵。"吉尔斯还算是有点能耐。"

"这毋庸置疑。"卡兹说道。他的音色听起来像是粗糙的岩石摩擦时发出的声音。伊奈姬常常在想,他童稚时期嗓音是否也是这样,或者说,他是否有过童稚的时候。

乌鸦六人组(卷一):六只乌鸦

"那今晚为什么来这里?"

"因为这是珀尔·哈斯克尔喜欢的做事风格。"

老古董,老套路。伊奈姬想,但并没有说出来。但她觉得德勒格斯的人估计也是这么想的。

"他会害得我们所有人都葬身于此。"她说。

詹斯博修长的手臂伸过头顶,然后咧着嘴笑了,白森森的牙齿映衬着黑黝黝的皮肤。他的步枪还没交出去,那背着步枪的身影看上去像一只长腿笨鸟。"从数据上来说,他可能会害死我们一部分人。"

"这不是能用来开玩笑的事情。"她回应道。卡兹看她的眼神有点嘲弄。她知道自己听上去古板苛刻且大惊小怪,像个在走廊上发布可怕公告的老太婆。虽然不喜欢这样,但她觉得自己没错。毕竟,老太婆们还是挺有见识的,活了那么多年,皱纹不是白长的,路也不是白走的。

"詹斯博没在开玩笑,伊奈姬,"卡兹说道,"他是在计算概率。"

大鲍里格把他那粗大的关节捏得嘎吱作响。"我已经备好酒了,卡彭罗穆还有一锅鸡蛋等着我呢,所以我可不能命丧今晚。"

"介意打个赌吗?"詹斯博问道。

"我不打算拿生死打赌。"

卡兹迅速戴好帽子,戴着手套的手指轻触帽子边缘,草草地行了个礼。"为什么不呢,鲍里格?这对我们来说是家常便饭。"

他说的没错。伊奈姬还欠着珀尔·哈斯克尔的债,这意味着每次接手新工作或新任务时,每次离开自己在斯兰特的住所时,都是在赌命。今晚也不例外。

交易中心的钟声敲响时,卡兹的拐杖敲击鹅卵石。所有人都安静了下来。闲谈时间结束。"吉尔斯并不聪明,但他的智商足以让他规避麻烦。"卡兹说道。"不管听到了什么,接到我的命令之前,不要加入打斗。保持警惕。"然后他对伊奈姬轻微地点了下头,"注意隐蔽。"

"无需吊唁。"詹斯博把步枪扔给罗迪时说道。

"无需葬礼。"德勒格斯剩下的人喃喃地回应道。对于德勒格斯而言,这句话传达的是"祝你好运"之意。

在伊奈姬融入阴影之前,卡兹伸出乌鸦头拐杖轻轻拍了拍她的手臂,"留意在屋顶巡逻的守卫。吉尔斯已将他们纳入麾下。"

"那——"伊奈姬刚开了个头,卡兹就已经离开了。

伊奈姬挫败地摊了摊手。她有一堆问题,但卡兹还是和往常一样,将答案牢牢掌握在自己手中。

她朝交易中心面向运河的那面墙小跑过去。谈判期间,交易中心只允许副手以及他们的助手进入。但剩下的德勒格斯都全副武装,在东门前严阵以待,以防黑尖间谍临时起意。她知道吉尔斯会让他的黑尖勇士披坚执锐,在西门集结。

伊奈姬自有办法进入交易中心。帮派之间公平竞争的规则是从珀尔·哈斯克尔的时代开始的。可她是幽灵,对她来说,唯一有效的规则就是地心引力,但有时候,这条规则也拿她没有办法。

交易中心的底层是无窗的船库,伊奈姬选了一根水管,打算爬上去。双手攀上水管之前,她迟疑了一下,从口袋中拿出一盏骨灯摇了摇。骨灯浅绿色的微光照亮了水管,她看到那水管油光锃亮的。她一边沿着墙走,一边寻找其他办法,然后发现自己可以够到一个石头檐口。那檐口上立着刻赤的三条飞鱼雕像。她踮起脚尖,摸了摸檐口,发现上面覆盖了一层毛玻璃。*它挺期待我的到来*,她愉快地想道。

她加入德勒格斯时刚过完十五岁生日,至今还不到两年。那是迫于生存的无奈之举,但令她感到愉悦的是,这么短的时间内,她已经成了不少人需要警惕的对象。如果黑尖团觉得这点小伎俩就能阻止幽灵朝她的目标迈进,那他们可就大错特错了。

她从马甲夹层里拿出两个攀爬钉,先后揳入砖墙之中,不断交替,

乌鸦六人组（卷一）：六只乌鸦

协助自己向高处爬去，与此同时，双脚摸索着所有能够借力的支点和石缝。小时候学习走钢索时，她都是光着脚的。但卡特丹姆太过于湿冷，不适合光脚。几次严重的失足之后，她花钱找了一个在维斯坦特的松子酒商店工作但偷偷接私活的制造师，给她做了一双便鞋。鞋子是皮的，鞋底的防滑斑纹凸起明显。那鞋非常合脚，能紧紧抓在各种物体表面上。

她爬到了交易中心的二楼，爬上了一个堪堪站住脚的窗沿。

卡兹教她撬锁时已倾囊相授，但她并未得他真传。为了开锁，她来来回回试了好几次。最终，一声令人满意的"咔哒"声后，一间办公室的窗户打开了。办公室里没人，墙上贴满了标注出贸易航线的地图，黑板上列着股票价格和船只的名字。她闪身入内，重新插好了插销，小心翼翼地经过了那些堆满了整整齐齐的订单和标签的桌子。

穿过几扇门之后，她踏上了一个阳台，那阳台可以一览交易中心院子的全景。每个船运办公室都有一个这样的阳台。从这里看去，可以看到指挥的人宣读新到的船只和到货的库存，或是高高挂起的标志着有船只连带货物一起消失在海上的黑旗。交易中心的大厅会衍生出一系列的商机，走私船会把消息传遍城市的每一个角落，即将出航的商品、期货和股票的价格便会随之涨涨跌跌。

港口起风了。风带来了海洋的气息，吹拂着她后颈处没绑起来的头发。伊奈姬朝下面的广场看去，那里灯火摇曳，卡兹带着助手穿过广场，拐杖敲击鹅卵石的声音也清晰可辨。她瞥见对面有一队人提着灯笼朝卡兹他们走去。黑尖团到了。

伊奈姬戴上兜帽，抓住栏杆，悄无声息地翻到了隔壁的阳台上，然后蹲得低低的，密切追踪广场周围卡兹他们的动向。海风吹皱了他黑色的外套，或许是天气转冷的缘故，他的腿好像跛得格外明显。她好像能听到詹斯博充满生气的说话声，大鲍里格沉闷的低笑声。

离广场对面越来越近的时候，她看到吉尔斯带着艾兹格和沃蒙——

他的选择果然如她所料。伊奈姬了解黑尖团每个人的优势和劣势，哈雷之尖，利蒂斯，普狮和其他活跃在卡特丹姆大街上的帮派也不例外。吉尔斯信任艾兹格，他俩一起在黑尖团打拼出了一方天地，了解这些信息是她的职责所在。艾兹格把自己练得宛若小山——身高几近七英尺，肌肉堆叠，粗如桥塔的脖子上架着一张又宽又丑的脸。

她突然很庆幸卡兹带了大鲍里格同行。卡兹选择詹斯博做他的助手是情理中的事儿。詹斯博虽然有点局促不安，但不管他有没有带左轮手枪，总能在战斗中发挥自己的绝佳状态，并且她知道，詹斯博愿意为卡兹做任何事情。之前卡兹坚持要带大鲍里格时她有些迟疑。大鲍里格是乌鸦俱乐部的保镖，是把醉汉和挥霍无度的人扔出赌场的不二人选，但他身躯沉重，真打起来，不堪大用。但所幸，他长得够高，可以平视艾兹格。

关于吉尔斯第二个助手，伊奈姬不想想太多。沃蒙让她神经紧绷。他外表看上去没有艾兹格那么让人心生畏惧。他身形有点像稻草人——并不是说他骨瘦如柴，而是他衣服掩盖之下的身躯，像是以错误的角度拼搭起来一般。有传言说他曾徒手捏碎人的头盖骨，然后把手在胸前的衬衫上蹭干净，继续喝酒。

伊奈姬一边努力平复内心翻滚的情绪，一边听着吉尔斯和卡兹在广场简短的交谈，他们的助手则互相搜身，确保没有人携带武器。

"没规矩。"詹斯博说道，他从艾兹格的袖子中摸出一把小刀，扔向了广场的另一边。

"没发现。"大鲍里格拍完了吉尔斯以后又转向了沃蒙。

卡兹和吉尔斯讨论着天气，对今晚来此的真正原因避而不谈，让人怀疑卡彭罗穆是不是因为租金上涨在酒里掺了水。按常理来说，他们会短暂交谈，聊表歉意，同意互不侵犯彼此在第五港口的地盘，然后两个人一起去找点喝的——这至少是珀尔·哈斯克尔长期以来的作风。

乌鸦六人组（卷一）：六只乌鸦

但珀尔·哈斯克尔知道什么？伊奈姬一边想一边搜寻房顶巡逻的警卫，想在黑夜中分辨出他们的身影。哈斯克尔负责德勒格斯的运营，但最近，他更喜欢坐在温暖的房间里，喝着温度适宜的藏酒，搭一搭模型，跟愿意聆听的人长篇大论地讲述他曾经的壮举。他似乎觉得这次的地盘纷争也可以像过去一样平息：速战速决，握手言和。但伊奈姬所有的感官都告诉她，那套路这次不顶用。她的父亲可能会说，今晚每个影子都各怀鬼胎。不好的事儿即将在这上演。

卡兹站着，双手搭在拐杖的乌鸦头上。他看上去气定神闲，帽檐遮住了他窄窄的脸。巴伦地区的大多数匪徒都爱显摆：马甲鲜艳花哨，表盘上嵌满了不和谐的珠宝，裤子上印着各式各样的图案和花纹。但卡兹是个例外——他很节制，黑色的马甲和裤子裁剪简洁，缝合严密。刚开始，她觉得是品味问题，但后来意识到卡兹是在愚弄那些正派的商人。他很享受让自己看上去像是他们中的一分子。

"我是个商人，"他对她说道，"仅此而已。"

"你是一个盗贼，卡兹。"

"我刚才难道不是这么说的？"

他现在看上去像是一个给马戏团的演员传道的牧师。一个**年轻**的牧师，想到这里，她的内心涌起一阵强烈的不安。卡兹说吉尔斯老了，落伍了，但显然他今晚不这么觉得。黑尖团的副手眼角皱纹堆叠，隐藏在鬓角下的颌骨较宽，看上去信心满满且经验丰富。紧挨着他的卡兹看起来……好吧，十七岁。

"我们公平点儿，可否？我们只想捞点油水，"吉尔斯说道，手指轻敲着他石灰绿马甲上镜子般的扣子，"所有乘船到第五港口寻欢作乐的游客都任你们挑选，这不太公平。"

"第五港口是我们的，吉尔斯。"卡兹回复道，"德勒格斯对所有来这寻欢作乐的游客都有优先权。"

吉尔斯摇了摇头，"你还是太年轻了，布莱克，"他放声大笑着说道，"你可能不知道这些事儿是如何运转的。这港口归本市所有，我们享有同等的权利，其他人也是。大家都要讨生活。"

严格来说，确实如此。但第五港口曾经毫无用处，卡兹接手之前，它一度被整个城市遗弃。他抵押了乌鸦俱乐部来进行河道清淤，建立码头。因这代价，珀尔·哈斯克尔责备了他，骂他是傻子，但后来他渐渐宽容起来。听卡兹说，那老头的原话是："你用那些绳索，吊死自己算了。"但不到一年，所有的付出就有了回报。现在，第五港口已经成了商船以及来自世界各地的游客和士兵来卡特丹姆观光旅游和体验风土人情时停靠的码头。德勒格斯最早和他们接触，带着他们去本帮派的妓院，酒馆和赌场，从而掌控他们以及他们的钱包。第五港口让那老头变得很富有，也加固了德勒格斯在巴伦地区的话语权，这种成功是乌鸦俱乐部之前都未曾有过的。但伴随着利益而来的，是那些不必要的关注。吉尔斯和黑尖团一年到头都在找德勒格斯的麻烦，不断在第五港口渗透自己的力量，招揽那些不属于他们的客人。

"第五港口是我们的，"卡兹重申道，"这是没有商量余地的，你介入了我们的航线，拦截了本该两天前就到港的一船尤尔达。"

"我不知道你在说什么。"

"这样来钱是挺快的，吉尔斯，别跟我装傻充愣。"

吉尔斯向前一步，詹斯博和大鲍里格紧张起来。

"挺能屈能伸的，小子，"吉尔斯说道，"我们都清楚，要真的起了冲突，那老头子的胃可吃不消。"

卡兹干笑起来，笑声像摩擦的枯叶，"我不是你的座上宾，也不想赴你的鸿门宴。你要是想动手，那我会让你吃不了兜着走。"

"如果你不在呢，布莱克？大家都知道在哈斯克尔那儿，你是脊柱——脊柱断了，德勒格斯也就散了。"

乌鸦六人组(卷一):六只乌鸦

詹斯博嗤之以鼻。"胃,脊柱。接下来是啥,脾?"

"闭嘴。"沃蒙厉声喝道。会谈的规矩是,一旦谈判开始,只有副手才能说话。"抱歉。"詹斯博用唇语说道,然后卖力地比画手势,给自己的嘴唇上了锁。

"你在威胁我,吉尔斯,"卡兹说道,"没把握前我不会动手。"

"对自己挺有信心,是吧,布莱克?"

"只信自己,别无其他。"

吉尔斯放声大笑,用手肘推了推沃蒙,"听听这自大的混账话。布莱克,这不是你的地盘。你这样的小毛孩子就像是跳蚤。在大狗动手搔痒之前,初出茅庐却隔三岔五出来惹前辈心烦。告诉你,这痒我忍够了。"他双臂交叉,乐不可支地抖动着。"要是我告诉你两个城市警卫正持步枪瞄准了你和你的小伙伴呢?"

伊奈姬的心不断下沉。这就是卡兹为什么说可能有警卫任吉尔斯差遣吗?

卡兹扫了一眼房顶。"雇城市警卫为你杀人?这对像黑尖团这样的匪徒来说可真是一大笔花销。不知你们的金库付不付得起钱。"

伊奈姬爬上栏杆,从阳台比较安全的地方猛地一扑,奔着房顶而去。如果他们今晚能侥幸活下来,她要杀了卡兹。

交易中心的屋顶上一直都会有两个沙得威志警卫。德勒格斯和黑尖团都花了点克鲁志打点,确保他们不会介入会谈,这是司空见惯的交易。但吉尔斯的暗示却有点不同寻常。他真的想办法收买城市警卫当他的狙击手吗?如果是这样的话,那德勒格斯今晚可真是刀尖上舔血,生存机会渺茫。

交易中心和卡特丹姆的其他建筑一样,都有尖锐的三角形屋顶来应对暴雨,所以负责屋顶巡逻的警卫都在一个可以俯瞰这个院落的狭窄通道上。但伊奈姬无视了那个通道。因为它虽然很容易上去,但也很容易暴露她。她在屋顶光滑的瓷砖上攀爬了半截之后,开始匍匐向前。她的身体倾斜,有点摇摇欲坠,像只蜘蛛一样前行,一只眼睛关注着警卫所在的通道,一只耳朵倾听着下面院子里的交谈声。或许吉尔斯在虚张声势。或许警卫现在正弓着身子站在栏杆旁,枪口对准了卡兹或詹斯博或大鲍里格。

"是费了点周折,"吉尔斯承认道,"我们目前只是小小地运作了一下,城市警卫也确实不便宜。但今晚的彩头让我觉得是值得的。"

"那彩头是我?"

"那彩头是你。"

"我备感荣幸。"

"没了你,德勒格斯撑不过一个礼拜。"

"没我,一个月内他们就会恢复元气。"

如果卡兹走了,我要留下来吗?或者说我要不要逃债?和珀尔·哈斯克尔的打手搏一把? 这些念头在伊奈姬的脑子里嗡嗡作响。如果不是她加快速度前行,这会儿估计都得出结论了。

"贫民窟里自以为是的无名鼠辈,"吉尔斯笑道,"我迫不及待地想撕开你的假面了。"

"动手吧。"卡兹说。伊奈姬冒险向下看了一眼。他的声音变了,幽默感荡然无存。

"需要我让他们在你健全的那条腿上来一枪吗,布莱克?"

警卫在哪儿? 伊奈姬一边想一边加紧了步伐。她急忙穿过三角形顶棚的陡坡。交易中心几乎占据了这座城市的一个街区。涉及的范围太广了。

"别光嘴上说,吉尔斯。让他们开枪吧。"

"卡兹——"詹斯博紧张地说。

"来吧,采取行动,下令吧。"

乌鸦六人组（卷一）：六只乌鸦

卡兹在搞什么鬼？这是他所期待的么？他是认定了伊奈姬能及时找到警卫吗？

伊奈姬又看了一眼下面。吉尔斯双眼发光。他深吸了口气，挺起胸膛。伊奈姬蹒跚了一步，她努力稳住脚下以防直接滑落屋檐。他要行动了。我要眼睁睁地看着卡兹送死。

"开枪！"吉尔斯大喊道。

子弹划破了气流。大鲍里格大叫了一声，瘫倒在地上。

"该死！"詹斯博大吼道，单膝跪在鲍里格旁边。他用手紧紧压着鲍里格的伤口，那大块头呻吟着。"你个没用的死胖子！"他朝着吉尔斯喊道，"你刚刚坏了中立区的规矩。"

"谁让你不先开枪呢？"吉尔斯回答道，"再说又有谁会知道呢？你们没人能活着走出这里。"

吉尔斯的声音听上去很尖锐。他努力保持镇定，但伊奈姬听出了他声音里压不住的惊慌，就像受惊的鸟儿猛地扑棱翅膀一样。为什么？几分钟以前他还气势汹汹。

就在这时，伊奈姬注意到卡兹一动未动，"你看上去不太好，吉尔斯。"

"我很好。"他说。但其实不然。他面色苍白，摇摇欲坠，眼神飘忽不定，好像在寻找屋顶上阴影笼罩着的通道。

"是吗？"卡兹随意地问道，"计划赶不上变化，对吧？"

"卡兹，"詹斯博说，"鲍里格的血止不住——"

"很好。"卡兹说道。

"卡兹，他需要医师。"

卡兹抽空草草瞟了受伤的鲍里格一眼，"他需要停止呻吟，并且感谢我没有让霍尔斯特朝他脑袋开枪。"

即使是站在上面，伊奈姬也看到了吉尔斯的畏缩。

"那警卫是叫这名字吧?"卡兹问道,"威廉·霍尔斯特和波特·凡·达安尔——今晚当值的两个城市警卫。你掏空黑尖团来贿赂的两位。"

吉尔斯一声未吭。

"威廉·霍尔斯特,"卡兹大声说道,他的声音飘到了房顶上空,"好赌的程度快赶上詹斯博了,所以你的钱挺有吸引力的。但霍尔斯特还面临更大的问题——我们视之为欲望吧。我就不细说了。秘密和钱币不一样。它在流通的过程中不保值。即使我跟你说的这个秘密可能很倒胃口,但你也只能信我。对吧,霍尔斯特?"

回应他的是另一声射击声。这次击碎了吉尔斯脚旁的鹅卵石。吉尔斯发出微弱的惊叫,猛地向后退了一步。

这次,伊奈姬追踪到枪声的来源了。射击声在大楼西侧附近的某个地方响起。如果霍尔斯特在那,这就意味着另外一个警卫——波特·凡·达安尔——会在东面。卡兹也打算策反他吗?还是说他在指望她?她加速翻过了三角形屋顶。

"朝他开枪,霍尔斯特!"吉尔斯吼道,声音里带着显而易见的绝望,"朝他的头开枪。"

卡兹嫌弃地哼了一声。"你真的以为那个秘密会随着我的死而消失吗?来吧,霍尔斯特,"他喊道,"给我脑壳上来一发子弹吧。我倒地之前,会有信使冲到你老婆和副巡官的门前。"

射击声没有响起。

"怎么会?"吉尔斯苦涩地说道,"你怎么会知道他们今晚当值?我花了大价钱才拿到花名册。你出价不可能高过我。"

"那可能是我的货币更有影响力。"

"钱就是钱。"

"我用情报做交易,吉尔斯,就是那些人们以为没人在场时做的事儿。羞耻的价值可比钱币大多了。"

乌鸦六人组（卷一）：六只乌鸦

伊奈姬明白了，他在故意引人耳目，来为她跳过陡峭的屋顶争取时间。

"你在担心第二个警卫吗？友好的老波特·凡·达安尔？"卡兹问道，"或许他已经就位，正在思考他应该怎么做。朝我开枪，还是朝霍尔斯特开枪？或者他也是我的人了，并且已经准备好在你的胸膛开个洞了，吉尔斯。"他俯身靠近吉尔斯，像是他们在分享一个大秘密一样，"为什么不给凡·达安尔下令，来验证一下呢？"

吉尔斯的嘴开开合合，像鲤鱼一样，然后大喊道，"凡·达安尔！"

凡·达安尔刚要开口回应，伊奈姬滑到了他的身后，在他的喉咙上架了一把刀子。她刚分辨出他的身影就滑下了屋顶。神呐，卡兹喜欢卡点儿。

"嘘。"她在凡·达安尔的耳边低语道，用刀轻刺了一下他，让他感受到紧贴着他肾的第二把匕首。

"求你了，"他呻吟道，"我——"

"我喜欢听人求我，"她说，"但现在还不到时候。"

下面的院子里，她看到吉尔斯因恐慌而呼吸急促，胸膛剧烈起伏。"凡·达安尔！"他再次喊道。当他转头看向卡兹时，怒容满面，"你总是先人一步，是吧？"

"吉尔斯，在你这儿，那我真得说我赢在起跑线上了。"

但吉尔斯勉强笑了——紧绷却又满足的微笑。胜利者的微笑，伊奈姬意识到这点后，吸了一口冷气。

"比赛还没结束呢。"吉尔斯把手伸进了口袋，拿出了一支重型黑色手枪。

"终于，"卡兹说道，"大漏洞。现在詹斯博终于不用跟个女人一样，眼睛湿漉漉地盯着鲍里格了。"

詹斯博愤怒地瞪着那支枪，目瞪口呆。"大鲍里格搜他身了。他……

啊,大鲍,你个白痴。"他抱怨道。

伊奈姬不敢相信自己的双眼。她手中的警卫发出一声轻哼。愤怒和惊讶让她握刀的手不小心用了力。"放松。"她一边说,一边减轻了力道。但是,神呐,她真想捅点啥。大鲍里格把吉尔斯全身上下拍了个遍。他不可能没发现枪。他背叛了他们。

这就是卡兹坚持今天晚上把他带过来的原因吗?是想公开确认大鲍里格倒向黑尖团的阵营了吗?这必定就是他为什么让霍尔斯特朝大鲍里格的腹部开枪了。但这又如何呢?现在所有人都知道大鲍里格是个叛徒。还有一支枪直指卡兹胸前。

吉尔斯得意地笑了。"卡兹·布莱克,最伟大的逃跑艺术家。这回你打算怎么爬出去呢?"

"我怎么进来的就怎么出去。"卡兹忽略了手枪,将注意力移向躺在地上的大块头。"你知道你的问题在哪吗,鲍里格?"他用拐杖的尖刺猛击了一下大鲍的腹部,"这不是个设问句。你知道你问题在哪儿吗?"

鲍里格呜咽着。"不……"

"猜一猜吧。"卡兹低声说。

大鲍里格没有回答,只是又发出一声颤抖的呜咽。

"好吧。我告诉你。你太懒了。我很清楚这点。其他人也一样。所以我问我自己,为什么我最懒的保镖每两周就要早起一次,多走两英里,跑去奇拉的油炸食品铺吃早餐,即使卡彭罗穆的鸡蛋明显要好吃很多。大鲍成了早起的鸟儿,黑尖团就开始把力量渗透到第五港口,拦截了尤尔达的货。把这两点联系到一起并不难,"他叹息着对吉尔斯说道,"这是蠢人有大动作时常犯的错,懂了吗?"

"但已经不重要了,不是吗?"吉尔斯回答道,"估计会有点恐怖,我射击的射程有点短。你的警卫或许会杀了我或者我的手下,但你没法躲过这颗子弹。"

乌鸦六人组(卷一):六只乌鸦

卡兹朝着枪管向前迈了一步,让枪口紧紧地贴着他的胸膛。"完全没办法,吉尔斯。"

"你真以为我不敢吗?"

"噢,我觉得你乐意至极,估计黑暗的内心都在哼着小曲。但你不会。今晚不会。"

吉尔斯放在扳机上的手指颤抖着。

"卡兹,"詹斯博说道,"这'朝我开枪'的事儿让我开始忧心了。"

沃蒙这次不用再费力反对詹斯博插嘴了。一个人倒下了。中立区被打破了。尖锐的枪声在空气中回响——随之而来的是一个问题,一个寂静之中未说出口的问题,仿佛死神自己也在等待这个问题的答案:今晚要流多少血?

远处警报哀鸣。

"布里斯坦特街十九号。"卡兹说道。

吉尔斯刚刚还在轻微地左右摇晃,他现在一动不动。

"那是你女朋友的地址,对吧,吉尔斯?"

吉尔斯咽了下口水。"没女朋友。"

"不,你有,"卡兹轻柔地说,"她也挺漂亮的。嗯,漂亮到配你这样的卑鄙小人绰绰有余。看上去挺甜美的。你爱她,不是吗?"即使在房顶上,伊奈姬都能看到吉尔斯苍白的脸上的汗光。"你当然爱她了。长得漂亮的人遇到你这样的巴伦人渣都不愿意多看一眼,但她却不一样。如果你非要问我的话,这无疑是变蠢的征兆,但爱情就是如此奇怪。她喜欢把美丽的头颅倚靠在你肩上吗?会听你说自己每天的日常吗?"

吉尔斯看着卡兹,仿佛是第一次见他一样。跟他交谈的那小子骄傲自大,鲁莽轻率,笑点较低,但不可怕——真的不。但现在站在这里的是一个恶魔,目光死寂,毫无惧意。卡兹·布莱克消失了,目睹这一切的是黑手。

"她住在布里斯坦特街十九号，"卡兹用他那粗嘎的声音说道，"房子有三层，窗户边的花栏里种着天竺葵。她门前现在站着两个德勒格斯成员，如果我今天没有昂首挺胸地全身而退，他们将会在房子的底部和顶部放火。两面的火都蔓延到二层，把可怜的伊莉斯夹在中间。首先着火的是她的金发。就像蜡烛芯一样。"

"你在蒙我。"吉尔斯说道，但他握枪的手在颤抖。

卡兹抬起头，深深吸了口气。"时间不早了。你听到了警报声。我嗅到了港口里的风的气息，海腥味和咸味，或者——我还嗅到了烟雾的味道？"他的声音带着欢愉。

*神呐，卡兹，你都做了什么？*伊奈姬崩溃地想道。

吉尔斯扣在扳机上的手指再次颤抖起来，伊奈姬开始紧张。

"我知道了，吉尔斯。我知道了，"卡兹同情地说道，"所有的计划、筹谋和贿赂都一无所获。你目前在想这个吧？在明知自己输了的情况下踏上回家的路，这该多糟糕啊。你双手空空，赔得血本无归地去见老板，他该多生气啊。在我心口开一枪，这感觉该多爽啊。动手吧。扣动扳机。我们就可以一起下地狱了。他们可以带上我们的尸体去死神之船上焚烧，就像对待乞丐那样。或者你也可以选择接受骄傲遭受重创这个打击，回到布里斯坦特街，把头枕在女朋友的腿上，带着平稳的呼吸入眠，再做一个大仇得报的梦。这取决于你，吉尔斯。我们今晚回得了家吗？"

吉尔斯与卡兹对视，他在卡兹眼神里搜寻到的信息让他的肩膀垮了下去。伊奈姬惊讶地发现自己竟然很同情他。他走进这里时趾高气扬，虚张声势，是生活的勇士，巴伦地区的赢家。但他离开这里时，是卡兹·布莱克的又一个受害者。

"你总有一天会遭报应的，布莱克。"

"我会的，"卡兹说道，"如果这世界上还有公平可言的话。但你我都

乌鸦六人组(卷一)：六只乌鸦

知道这可能性不大。"

吉尔斯放下了手臂，手枪毫无用武之地地垂在他的身侧。

卡兹后退一步，弹了弹胸口处枪管挨着的那块衬衫，"回去告诉你们老大，让他的黑尖团撤出第五港口，我们也等着他赔偿那船尤尔达的损失呢，再加付在中立区动枪的五个百分点，以及有这么一群让人叹为观止的乌合之众的五个百分点。"

卡兹高举拐杖，在空中划出一个尖锐的弧度。吉尔斯大叫一声，他的腕骨被打得粉碎。枪吧嗒一声掉在铺路石上。

"我认输！"吉尔斯轻轻捧着手腕哭喊道，"我认输！"

"你再招惹我，我会把你的两只手腕都打断，这样你就得雇个人帮你撒尿了。"卡兹用拐杖顶端轻抬了下帽檐，把帽子戴正。"你也可以让可爱的伊莉斯帮你。"

卡兹蹲伏在鲍里格旁边。那大块头呜咽着。"看着我，鲍里格。如果你今晚没因失血过多而亡的话，明天日落之前滚出卡特丹姆。如果我听到你在这个城市附近逗留的话，人们将会听到你被塞进奇拉油炸食品铺的啤酒桶里的消息。"然后他看着吉尔斯："你帮帮鲍里格，要是我发现他跟着黑尖团混的话，别以为我会放过你。"

"求你了，卡兹。"鲍里格呻吟道。

"你本有家，但你引祸入门，鲍里格。别在我这寻求同情。"他站起来看了眼怀表。"我不希望这事拖太久。我还是走吧，要不可怜的伊莉斯会觉得有点热了。"

吉尔斯摇着头，"你病得不轻，布莱克。我不知道你是什么，但绝对不是个正常人。"

卡兹把头偏向一边。"你是村儿里来的，对吧，吉尔斯？来城里碰运气？"他用戴着手套的手理了理衣领，"好吧，我是巴伦地区特产的混蛋。"

无视黑尖团脚下上了膛的枪，卡兹转身，一瘸一拐地穿过鹅卵石路朝东门走去。詹斯博蹲在鲍里格旁边，轻轻地拍了拍他的脸。"白痴。"他难过地说道，然后追随着卡兹走出了交易中心。

伊奈姬依旧在房顶上监视下面的一举一动，沃蒙捡起吉尔斯的枪放进了套子里，黑尖团成员互相低语。

"别走，"鲍里格哀求道，"别丢下我。"他努力去够吉尔斯的裤边。

吉尔斯甩开了他。留下他一人蜷缩在地上，流出的血渗进了鹅卵石里。

伊奈姬从凡·达安尔的手中抽走了他的枪后放了他。"回家去吧。"她跟那警卫说道。

他惊恐地扫了一眼自己的肩膀，然后冲下了通道。院子下面，大鲍努力地在交易中心的地面上拖行。他竟然蠢到去与卡兹作对，但鉴于他在巴伦活了那么久，没点毅力是不行的。他可能做得到。

帮他一把，她内心的声音说道。片刻之前，他和她还是战友。把他一个人留在这里好像不对。她可以走到他身旁，帮他从目前的惨状中快速解脱，在他离开时握着他的手。她可以找个医师救他。

但她没有，她用神明能听懂的语言，简短地祷告，然后爬下了陡峭的屋顶和外墙。伊奈姬很同情那个少年，那个或许在生命最后的时刻，身边都无人宽慰，要一个人死去的少年；那个或许能够活下来，却从此要背井离乡地度过一生的少年。但今晚的工作还没结束，幽灵没有工夫在叛徒身上浪费时间。

3
卡 兹

卡兹从东门走出来,欢呼声一片,詹斯博紧随其后。如果卡兹是个法官的话,这音量足以让他发狂了。

迪利克斯和罗迪等人高举着詹斯博的左轮手枪一边欢呼一边向他们冲去。卡兹与吉尔斯的交锋他们只窥到了一点,但已经听说了绝大部分内容。他们七嘴八舌地议论起来。"布里斯坦特街着火了,德勒格斯没有水。"

"难以置信他竟然认怂了,"罗迪奚落道,"他可是手里有枪的人。"

"告诉我你对警卫做了什么吧。"迪利克斯恳求道。

"肯定是不同寻常的事。"

"我听说斯洛根有个人喜欢在苹果汁里打滚,然后他得到了两——"

"我不想说,"卡兹说道,"霍尔斯特这人将来用得着。"

周围气氛紧张,但他们的笑声一浪高过一浪,都快成灾了。有人盼着干一架,等得手都痒了。但卡兹知道要做的事还很多,并且他注意到没人提及大鲍里格的名字。他们被他的叛变惊到了——既惊讶于揭露的方式，也惊惧于卡兹对他的惩处措施。所有欢呼之下都是畏惧。很好。鉴于德勒格斯的成员都是杀人犯、小偷和骗子，卡兹需要确保他们暂未养成对他撒谎的习惯。

卡兹派了两个人去监视大鲍里格，确保如果大鲍里格挣扎着站起来了的话，会离开这个城市。其余人可以回斯兰特和乌鸦俱乐部喝杯压惊酒，制造点麻烦，传播下今天晚上发生的事。他们可以在讲今晚见闻的基础上，再添点油加点醋，每讲一次，黑手就会更疯狂，更残忍。但卡兹还有要事在身，他的第一站是第五港口。

詹斯博挡住了他的路。"你应该提前告诉我大鲍里格的事。"他愤怒地低语道。

"我不需要你教我怎么做，阿詹。"

"你是不是觉得我也不干净？"

"如果我觉得你也不干净，你会和大鲍里格一样抱着肚子躺在交易中心的地上，所以别再瞎嚷嚷了。"

詹斯博摇了摇头，双手放在了他刚从迪利克斯那里拿回来的两把左轮手枪上。每当他暴躁的时候，都喜欢把手放在枪上，就像一个孩子需要从他心爱的玩偶那里寻求安慰一样。

讲和其实挺容易的。卡兹只需要告诉他，他知道他是干净的，并且提醒他，他很相信他，要不然也不会在今晚随时都有可能激化的谈判中，只带他一个助手。但他并没有，"去吧，詹斯博。乌鸦俱乐部还有贷款额度等着你呢，看看是天先亮，还是你的好运先耗尽。"

詹斯博阴沉着脸，控制不住眼里的怒火。"又是变相贿赂？"

"我这人习惯改不了。"

"那你挺幸运的，我也一样，"他犹豫很久之后说道，"你是不想让我们跟着你吗？在那之后吉尔斯的手下肯定都被激怒了。"

乌鸦六人组（卷一）：六只乌鸦

"让他们放马过来吧。"卡兹说完后一言不发地朝楠穆斯坦特街走去。如果夜间不敢独自一人在卡特丹姆行走，那还不如在脖子上挂上一块写着"软货"的牌子，然后躺下来等着挨打。

前往那座桥时，他能够感知到身后德勒格斯成员的目光。他甚至不用听就知道他们在窃窃私语什么。他们想与他一同欢饮，听他讲他是如何看穿大鲍里格倒向了黑尖团，听他描述吉尔斯放下枪时的眼神。但卡兹从来都没满足过他们，如果他们不喜欢这样，可以找人另起炉灶。

不论他们怎么看他，今晚他们的腰杆挺得要比往常更直一些。这就是为什么他们会愿意留下来，并且对他忠心耿耿。他正式成为德勒格斯的一员时年仅十二岁，当时这伙人是笑料，是街童，是衣衫破旧总耍诈的乞丐，是巴伦贫民窟危房里身无分文的骗子。但他需要的并不是多么强大的团伙，他只要能在他帮助下变得强大的团伙——需要他的团伙。

现在他们有了自己的地盘，自己的赌场，原来破败的危房如今成了斯兰特，一个干净温暖，有热饭可用，有伤可医的地方。但现在德勒格斯的人心生畏惧。这一切是卡兹给他们的。他没义务在此基础上还陪他们闲聊。

另外，詹斯博自己能平息这一切。几杯酒下肚，几把游戏之后，温厚的神枪手就又会回来了。他即使心怀不满，也会手握酒杯。他总有本事让大家觉得卡兹的胜利是属于所有人的。

卡兹沿着流向第五港口的一条小运河漫步时，猛地意识到——神呐，他感到信心满满。或许他应该去看医生。黑尖团最近紧追着他不放，他现在逼着他们去耍手腕。尽管寒风刺骨，但他的腿情况还不算太坏。疼痛常年都在，今晚是钝钝的抽疼。另外，他有点怀疑今晚的会谈是不是珀尔·哈斯克尔为他而设的考验。哈斯克尔总有办法让他自己相信他的做法能让德勒格斯更上一层楼，尤其是他的密友给他吹耳边风时。这想法让人有点不安，卡兹明天要为哈斯克尔忧心了。现在，他要确保港口的一切都在按计划进行,然后他就可以回到斯兰特好好补个觉了。

他知道伊奈姬在跟踪他。从交易中心出来她就一直跟着他。但他没有喊她出来。等她觉得安全了并且做好准备的时候会自己现身的。通常情况下,他喜欢安静,事实上,假如能缝上大多数人的嘴的话,他挺乐见其成的。但如果伊奈姬愿意,她有办法让人觉得她很安静,只是这办法,却是在人的忍耐边缘试探。

卡兹努力忍着没说破,一路走过泽恩兹桥的铁围栏。泽恩兹桥的栅栏上挂满了用布条系的精巧的结,这些结都是水手祈祷出海能平安归来系的。迷信。最终他屈服了,并跟伊奈姬说道:"现在有话就说,幽灵。"

她的声音从黑暗中传来:"你没派任何人去布里斯坦特街。"

"我为什么要派?"

"如果吉尔斯没及时赶到那里——"

"没人在布里斯坦特十九街放火。"

"我听到了警报声……"

"纯属巧合。辨清声音来源的方位之后我灵机一动。"

"所以,你那会儿是在蒙人。她从未遇险。"

卡兹耸了耸肩不愿意回应她。伊奈姬总试图从他身上找到点正义感,"所有人都知道你毫无人性,你不用再浪费时间做丧失人性的事儿了。"

"你明知有诈,为什么还要赴约?"她在他右侧的某个地方,但移动得毫无声息。他听到团队里有成员说她移动起来像猫,但他怀疑猫都会聚精会神地坐在她脚边,跟她学艺。

"我觉得今晚大获全胜,"他说道,"你觉得呢?"

"你差点没命了。连带着詹斯博一起。"

"吉尔斯掏空了黑尖团的家底来进行毫无意义的贿赂。我们清理了一

乌鸦六人组(卷一):六只乌鸦

个叛徒,重新建立了我们在第五港口的话语权,我还毫发无伤。这是一个美好的夜晚。"

"你知道大鲍里格的事有多久了?"

"有几周了。我们最近会有点缺人手。你提醒我了,让罗迦克走人。"

"为什么?赌桌前没人比得上他。"

"玩牌本就是几家欢喜几家愁。但罗迦克的愁来得太快了点。他在偷钱。"

"他是个优秀的发牌员,他还要养家糊口。你可以给他个警告,断他一根手指。"

"那他就再也做不了优秀的发牌员了,不是吗?"

如果发牌员在赌场大厅偷钱被逮到,赌场老板会剁掉他的一根小拇指。这个可笑至极的惩罚不知怎么就成了各个帮派的明文规定。它让偷钱者不知何去何从,迫使他不得不重新学习发牌技巧,也会提醒未来的雇主要对这人多加注意。它也让他在牌桌上变得笨拙。这就意味着他只能做一些简单的活,比如关注发牌机制,而不是监视玩家。

黑暗之中,卡兹看不见伊奈姬的脸,但他感受到了她的不赞同。

"贪婪是你的神明,卡兹。"

他差点因这话笑出声来。"不,伊奈姬。贪婪向我臣服。它是我的仆人和杠杆。"

"那你信奉哪个神?"

"哪个能保佑我好运我就信哪个。"

"我觉得这不是神该管的事。"

"那我管不着。"

她恼怒地呼了口气。不管经历了什么,她都始终相信苏里的神明都在看着她。这卡兹知道,但不知为什么,他很爱激怒她。他很希望能看到她此刻的表情。她眉毛漆黑,微微皱起的眉头间总藏着很多让人愉悦的东西。

"你怎么知道我能及时赶到凡·达安尔那儿?"

"因为你总能及时赶到。"

"你应该多给我点提示。"

"我觉得你的神明会喜欢这挑战。"

她沉默了好一阵,然后在他身后说:"人一直在拿神打趣,但总有有求于神的时候,卡兹。"

他没看见她走,但感觉她已经离开了。

卡兹懊恼地摇了下头。说他信任伊奈姬有点过了,但他不得不承认自己有些依赖她。从动物园买下她的契约是一种本能的决定,但这决定让德勒格斯大出血。说服珀尔·哈斯克尔费了点周折,但买下伊奈姬真是他最好的投资决策之一。她出神入化的隐身技能让她成为窃取秘密的一把好手,在巴伦地区无人能敌。但她这隐遁的功夫也挺让他困扰的。她甚至都没有气味。所有人都有气味,所有气味都有故事——不论女人手上的炭味或是头发里的木材燃烧的烟味,还是男人外套上的湿羊毛味或是衬衫袖口上残留的火药味。但伊奈姬没有。她不知怎么就掌握了隐身的能力。她称得上是宝贵的资产。可她为什么就不能做好自己的本职工作,别让她的情绪影响他呢。

忽然间,卡兹意识到他不是一个人。他停下脚步,仔细倾听。他刚抄近道穿过了一个被漆黑运河隔开的狭窄小巷。那里没有街灯,人迹罕至,只有皎洁的月光和停泊的小船相撞时发出的碰撞声。他放松了警惕,任由注意力分散。

小巷的街头出现了一个人影。

"有何贵干?"卡兹问道。

那影子冲向了他。他微微抡起拐杖。原本应该落在进攻者腿部的一击却落了空。卡兹踉跄了一下,那一挥让他失了平衡。

乌鸦六人组（卷一）：六只乌鸦

然后，不知怎么的，那人就直直站在他面前，一拳朝卡兹下颌袭来。眼冒金星的卡兹摇了摇头让自己保持清醒。他转身向后，再次挥动拐杖。但那位置已经没人了。卡兹沉甸甸的拐杖头在空气中呼啸着，然后打在了墙面上。

卡兹感觉到有人在他右侧扯住了拐杖。难道来的人不止一个吗？

然后那人穿过了墙面，卡兹的脑子瞬间一片空白，在他努力想着该如何解释眼前这一切时，一团雾气幻化出了斗篷，靴子，和一张苍白的脸。

鬼魂，卡兹思忖道。年少时恐惧的事情，确确实实发生了。乔迪最终还是来复仇了。你欠的债该还了，卡兹。世上没有无本的买卖。

这想法在卡兹的脑海中一闪而过，让他觉得受到了羞辱，也带来一波无法言语的恐慌。然后那幻影笼罩着卡兹，他的脖子上传来一阵针扎过的尖锐刺痛。*这鬼魂带了注射器？*

白痴，他想道。然后就陷入了黑暗。

卡兹醒来时闻到一股浓烈的氨水味。彻底回神时，他猛地转头。

他面前的老头穿着一身医学院的袍子。他手握一瓶烟气在卡兹的鼻子下晃来晃去。那味道臭到难以忍受。

"离我远点。"卡兹用刺耳的声音说道。

那医师冷漠地打量了他一眼。把烟器放回皮质烟草袋里。卡兹活动了下手指，他也只能动动手指了。他的双手都被绑在了椅背后。不知道他们给他注射了什么，他现在头晕目眩。

那医师走到旁边，卡兹眨了两下眼睛让视野变得更清晰，想要弄清楚自己身处的这个奢华环境。他原以为自己醒来时会在黑尖团或者其他帮派的老巢里。但这地方并不是巴伦花里胡哨的廉价风。一个房子要装成这样需要大价钱——红木嵌板上刻着密密麻麻的水波和飞鱼,书架上摆满了书,铅质的画框,他很确定那是德卡佩尔的真品。那众多庄重的油画中,有一幅是一个女人的画像,她的大腿上放着一本摊开的书,脚边趴着一只小羊羔。一个长得具有成功商人气质的男人坐在宽敞的桌子后打量着他。但如果这是他的房子,为什么会有很多荷枪实弹的沙得威志警卫守在门口?

该死的,卡兹想道,**我是被捕了吗?** 如果是这样的话,那这商人在这也挺奇怪的。多亏了伊奈姬,他有刻赤的每个法官、地方长官和高级议员的信息。日落前他被带出了监狱。但除了不在监狱之外,他依旧被绑在椅子上,鬼知道到底发生了什么。

那个男人四十出头,面容英俊而消瘦,发际线后移的趋势很明显。卡兹对上他的视线时,他清了清嗓子,握紧了拳。

"布莱克先生,希望你没有觉得很糟糕。"

"让我离开这儿,我会感觉好点。"

那商人朝医师点了下头。"你可以离开。医药费算在我头上。当然了,在这件事上,我比较希望看到你仔细斟酌之后再决定。"

医师系牢了自己的袋子走出了房间。与此同时,商人站了起来,从书桌上拿起了一叠纸。他穿着裁剪精良的双排扣长礼服和刻赤商人都穿的马甲——黑色,精致,刻板。但怀表和领夹却告诉了卡兹所有他想知道的信息:金表链是用紧密镶嵌在一起的桂树叶做成的,领夹是用完美无瑕的大颗红宝石打造的。

我会把那块大宝石挖下来,然后用夹子刺穿你的脖子来报你把我锁在椅子上这个仇,卡兹想道。但他嘴上却只是说道:"凡·埃克。"

那人点了点头。没有欠身,意料之中的事。商人是不会朝巴伦的人渣欠身的。"所以,你知道我?"

卡兹知道所有刻赤商人家里的标志和珠宝。凡·埃克最明显的就是

乌鸦六人组（卷一）：六只乌鸦

那个红月桂宝石。谁都能发现这两者之间的关联。

"我知道你，"他说道，"你是想要肃清巴伦的货商十字军之一。"

凡·埃克又轻点了下头。"我是去看看人们是不是在认真工作。"

卡兹笑了："在乌鸦俱乐部下注和在交易中心投机有什么区别？"

"一个是偷鸡摸狗，另一个是商务贸易。"

"人在输了钱时，很难把他们区别开。"

"巴伦是肮脏、淫秽、暴力的老巢——"

"你派到卡特丹姆港口的船有多少是有去无回的？"

"这并不——"

"五分之一，凡·埃克。你派出去找咖啡、尤尔达、丝绸的每五只船里就有一只沉到了海底，或是撞上岩石，或是成了海盗的猎物。每五个船员里就会有一个死去，葬身异国他海，沦为深海鱼类的食物。更别提暴力致死的了。"

"我不想和巴伦来的毛头小子讨论伦理问题。"

卡兹实际上也并不期待和他讨论这问题。他只是在为自己试探手腕上铐子的坚固程度争取时间。他一边伸出手指尽可能地去摸索那链子的长度，一边思索着凡·埃克把他带到了哪里。虽然卡兹没有亲自和这人打过交道，但他曾有契机了解过凡·埃克房子内外的结构和布局。不管这是哪里，总之这不是那商人的府邸。

"既然带我来这里不是来探讨人生的，你究竟有何贵干？"这是任何会面的开场白。这是地位平等的人之间的问候，而不是阶下囚的请求。

"我有个提议。准确地说，是理事会有个提议。"

卡兹掩饰了自己的惊讶。"商业理事会进行所有谈判之前都先暴力相向吗？"

"把它当作一个警告，也是一种示威。"

卡兹记得小巷里那影子的轮廓，以及它如鬼魂般的出场和退场。

乔迪。

他暗自思忖。那不是乔迪，你个矬子。注意力集中点。他们能抓到他是因为他被胜利冲昏了头，心神不定。这是对他的惩罚，但他决不会重蹈覆辙。但这不能解释那幻影。眼下，他把这想法放到了一边。

"商业理事会找我能做什么？"

凡·埃克快速翻阅手中的文件。"你第一次被捕是在十岁。"他审视其中一页说道。

"每个人都记得他的第一次。"

"那年两次被捕，十一岁又有两次。十四岁那年沙得威志兴办赌场，你开始站稳脚跟，那之后就没再被捕过了。"

确实如此。这三年以来没人再逮捕卡兹了。"我洗心革面了，"卡兹说道，"找了份正经工作，过着勤勤恳恳、心向神明的生活。"

"别亵渎神明。"凡·埃克语调温和，但眼里却闪烁着愤怒的光芒。

是个有信仰的人，卡兹留意道，他的大脑开始梳理所有他知道的凡·埃克的信息——富有，虔诚，丧偶，最近新娶了一个比卡兹大不了多少的新娘。当然，那信息里也少不了凡·埃克儿子的秘密。

凡·埃克继续翻阅文件。"你在职业拳击，赛马，以及靠运气取胜的游戏之中都有所涉猎。你在乌鸦俱乐部担任赌场老板已经两年有余，是经营赌场的人里最年轻的，并且在那段时间里将盈利翻了一番。你是一个敲诈犯——"

"我从中协调信息。"

"一个诈骗高手——"

"我在创造机会。"

"一个开妓院的，一个谋杀犯——"

"我不经营妓院，我不无故杀人。"

"那你杀人的原因是什么？"

乌鸦六人组（卷一）：六只乌鸦

"和你一样，商人。利益。"

"你是如何获取信息的，布莱克先生？"

"你可以说我是个撬锁匠。"

"那你一定天赋异禀。"

"确实如此，"卡兹轻微往后靠了靠，"你看，每个人都是一个保险箱，一个装满秘密和期许的保险箱。现如今，有些人心狠手辣，但我更喜欢采用温和的手段——在合适的时间和地点合理地施压。这是很微妙的事情。"

"你说话经常用隐喻吗，布莱克先生？"

卡兹笑了："那不是隐喻。"

在链子落到地上之前，他就已经脱离了椅子。他纵身一跃，跳过桌子，一只手一把抓过一把开信刀，另一只手抓着凡·埃克胸前的衬衫。他把刀子紧紧地贴到凡·埃克喉咙上时，质地精良的衬衫皱成了一团。因为在椅子中捆了会儿，卡兹头晕目眩，四肢嘎嘎作响，但只要手握武器，他就觉得一切都美好起来了。

凡·埃克的警卫手持枪和剑，面朝他的方向转身站定。他能感觉到那商人羊毛套装下的心在怦怦直跳。

"我觉得没必要把生命浪费在威胁上，"卡兹说道，"要不告诉我怎么从门里出去，要不我带着你从窗户出去。"

"我觉得我可以改变你的想法。"

卡兹揉了他一下，"我不在意你是谁，也不关心那颗红宝石有多大。你不应该把我从我的地盘带走，也不应该试图锁着我和我谈判。"

"米卡。"凡·埃克呼唤道。

情景再现。一个小伙子从图书馆的墙中穿了过来。他如尸体般苍白，穿着一件格里莎潮汐制造师的蓝色刺绣外套，外套翻领上红金相间的缎带表明了他与凡·埃克之间的关系。但即使是格里莎也不能如此轻而易举地穿过墙面。

被下药了，卡兹想道，他试着让自己不要太过恐慌。**我被下药了**。或许这是一种错觉，就像东斯戴夫剧院里表演的魔术那样——女孩被截成两段，茶壶中倒出鸽子。

"这究竟是什么鬼？"他咆哮道。

"放开我，我就解释给你听。"

"你现在就可以解释。"

凡·埃克短促而微弱地呼了一口气，"你现在看到的是尤尔达潘勒姆的效果。"

"尤尔达只是一种兴奋剂。"这种花种植在诺威哲姆，它的干花在卡特丹姆的各个商店都有卖。他刚加入德勒格斯的时候，在执行监视任务时他会经常嚼这些花来保持警醒。有段时间，它把他的牙都给染黄了。"它是无害的。"他说道。

"尤尔达潘勒姆则完全不同，它绝对不是无害的。"

"所以你的确给我下药了。"

"不是给你，布莱克先生。是给米卡。"

卡兹理解这个格里莎成员的脸色为何是病态的苍白了。他眼下乌青，有着很久未进食的人特有的虚弱和颤抖，但他看上去毫不在意。

"尤尔达潘勒姆和普通尤尔达是近亲，"凡·埃克继续说道，"它们源于同一种植物。我们不太了解药物的制作过程，但一个名为博·亚尔拜亚的科学家给刻赤的商业理事会寄了一份样品。"

"舒国人？"

"是的。他希望能测试缺陷，所以给我们寄了样本，说服我们相信样品的强大作用。拜托，布莱克先生，这个姿势特别不舒服。如果你愿意的话，我给你一把手枪，我们坐着用更文明的方式谈谈。"

"手枪和我的拐杖。"

乌鸦六人组（卷一）：六只乌鸦

凡·埃克向一个警卫示意，警卫走出房间，片刻之后带着卡兹的拐杖走了进来。卡兹很高兴他是从那该死的门里走进来的。

"先来手枪，"卡兹说道，"慢点。"警卫拔出枪，握着手柄，交给了卡兹。卡兹一把抓起枪，迅速扣上扳机，然后放开了凡·埃克，将开信刀扔在了桌上，再从警卫手里夺过了拐杖。手枪更为有用，但拐杖带给了卡兹难以估量的如释重负感。

凡·埃克深吸了一口气，理了理衣服。"那拐杖可真是个硬件，布莱克先生。它是出自制造师之手吗？"

事实上，是的，是格里莎制造师的作品，衬了铅，其重量在断人骨头方面堪称完美。"关你什么事？谈正事，凡·埃克。"

那商人清了清嗓子说："博·亚尔拜亚给我们送来尤尔达潘勒姆时，我们喂给了三个格里莎成员，每个成员的品阶各不相同。"

"乐意帮忙的志愿者？"

"契约工，"凡·埃克不情愿地承认道，"前两个是一个制造师和一个疗愈师，是议员赫德的契约工。米卡是潮汐制造师，是我的契约工。你已经见证过服药之后他的能力了。"

赫德。为什么这个名字听起来这么耳熟？

"我不知道我看到了什么。"卡兹扫了一眼米卡说道。那少年心无旁骛地盯着凡·埃克，仿佛在等他的下一个命令。或者下一剂药。

"一个普通的潮汐制造师可以控制潮流，聚集水流和空气中的水分，或是召集附近的水源。他们掌控着我们海港的潮汐。但在尤尔达潘勒姆的影响之下，潮汐制造师可以改变自己和其他事物的形态，由固体到液体再到气体然后循环往复。墙也不例外。"

卡兹想否认，但他无法用其他的方式解释他刚才看到的一切，"怎么做到的？"

"这很难解释。你看到格里莎成员戴的法器了吗？"

"看到过。"卡兹说道。动物骨头,牙齿或鳞片。"我听说这些挺难得到的。"

"特别难。它们只能增加格里莎契约工的能力。但尤尔达潘勒姆却能改变他们的感知力。"

"所以呢?"

"格里莎只能从最基本的层面操控事物。他们把这称为小科学。但在尤尔达潘勒姆的作用下,他们对事物的操控能力会变得更快更精确。从理论上来说,尤尔达潘勒姆和它的近亲尤尔达一样,是一种兴奋剂。但它看上去确实能让格里莎的知觉更敏锐,以超快的速度建立事物之间的联系。那些本不可能的事也就变成了可能。"

"那它对你我这样的浑蛋有什么用呢?"

凡·埃克看上去因为卡兹的胡搅蛮缠而有点生气,但他还是说道:"那将是致命的。普通人无法承受潘勒姆,哪怕是最低剂量的。"

"你说你把它用在了三个格里莎身上,那其他人有什么能力?"

"给你。"凡·埃克说着,伸手去够他桌上的抽屉。

"不着急。"卡兹举起了枪。

凡·埃克故意用极慢的速度,把手伸进抽屉里,拿出一块金子。"这原本是一块铅。"

"就当是吧。"

凡·埃克耸了耸肩。"我只能告诉你我看到的。那个制造师拿起了一块铅,片刻之后我们就有了这个。"

"你怎么知道那是真的?"卡兹说道。

"它的熔点,重量和可锻性都和金子一样。如果它和金子不是完全相同的话,那估计是我们没发现不同之处。你拿着它随便试。"

卡兹把拐杖夹在腋下,从凡·埃克的手中接过了那个重金属块,把它装进了衣兜里。不管它是真金还是相似度极高的伪冒品,这么一大块

乌鸦六人组（卷一）：六只乌鸦

黄色的东西足够在巴伦的大街上买很多东西了。

"这东西你随便在哪儿都能弄到。"卡兹说道。

"我会把赫德的制造师带到这，来给你亲自演示一下。不过他不太好了。"

卡兹短暂地凝视了一下米卡病态的脸和紧缩的眉。显而易见，这药有副作用。

"我们就当这一切是真的，不是烂大街的小把戏。那又与我何干？"

"你可能听说舒国突然用大量黄金结清了在刻赤的债务吧？听说了诺威哲姆贸易大使被刺杀的消息吧？听到了雷凡卡军事基地文件失窃的消息吧？"

所以这是贸易大使在洗手间遇害身亡事件背后的秘密吗？那舒国的三船黄金就必定是出自制造师之手了。卡兹还未听说雷凡卡军事基地文件的事，但他还是点了点头。

"我们认为所有这些事情的出现都是因为舒国政府背后操纵以及尤尔达潘勒姆的作用。"凡·埃克伸出一只手刮了刮下颌，"布莱克先生，你花时间想想我跟你说的吧。人可以穿墙而过——就再也没有什么金库和堡垒是安全的了。那些可以变铅为金的人，那些可以操控事物形态的人，会让金融市场陷入混乱。世界经济将会崩塌。"

"太刺激了。你想从我这儿得到什么呢，凡·埃克？让我偷艘船，还是配方？"

"不，我想让你去偷一个人。"

"绑架博·亚尔拜亚？"

"是救他。一个月前，我们收到了博·亚尔拜亚请求庇护的消息。他因他们的政府对尤尔达潘勒姆的计划而忧心不已。我们答应帮他叛逃。我们安排了一个会面，但在地点方面有些争执。"

"和舒国？"

"不，和菲尔丹。"

卡兹皱眉。菲尔丹能如此快速地掌握这个药的相关信息以及博·亚尔拜亚的计划，说明他有深入舒翰和刻赤的间谍。"那你派些间谍跟踪他。"

"外交局势有点微妙。无论如何我国政府都不能与博·亚尔拜亚捆绑在一起。"

"你要知道他有可能已经死了。菲尔丹很讨厌格里莎。他们无论如何都不可能让这个药物的消息流出。"

"据我们的消息，他现在还好好活着，正等待接受审判，"凡·埃克清了清喉咙，"在冰庭。"

卡兹盯着凡·埃克看了很久，突然大声笑道，"好吧，那很荣幸被敲晕，成为你的俘虏，凡·埃克。适当的时候你的热情好客会得到回报的。现在，派个侍从送我出门。"

"我们准备给你五百万克鲁志。"

卡兹把枪收进口袋里。他现在不必为自己的安危而担忧，只是对这个卑鄙小人浪费他的时间感到恼怒。"你可能会觉得很惊讶，凡·埃克，我们这些运河里的无名鼠辈也和你们一样惜命。"

"一千万。"

"没命花的钱财有什么意义？我的帽子呢——你的潮汐制造师把它落在巷子里了吗？"

"两千万。"

卡兹的脚步顿了顿。他竟然觉得墙上刻着的跃出水面的鱼也停在半空中听。"两千万克鲁志？"

凡·埃克点了点头。看上去并不开心。

"我需要拉人入伙来接这个自杀式的任务。那可需要不少钱。"这并不完全是真的。尽管他是这么跟凡·埃克说的，但巴伦地区多的是没钱

乌鸦六人组(卷一):六只乌鸦

生活的人。

"两千万可不是个小数目。"凡·埃克厉声说道。

"冰庭可从未被攻破过。"

"这就是我们为什么需要你,布莱克先生。很有可能博·亚尔拜亚已经死了,并且把所有的秘密都告诉菲尔丹了,但我们认为在尤尔达潘勒姆的秘密泄露之前,我们还有机会再搏一把。"

"如果舒国有配方——"

"博·亚尔拜亚说他误导了他的上级,对配方的细节进行了保密。我们觉得他们是在按照博·亚尔拜亚透露出的有限信息在进行操作。"

贪婪向我俯首称臣。在这点上卡兹有点骄傲自大。现在贪婪做了卡兹的主。杠杆开始发挥作用了,克服了卡兹的抗拒,让他就位。

两千万克鲁志。这是怎样的差事?卡兹对间谍活动和政府争端一无所知,但把博·亚尔拜亚从法庭偷出来和把贵重物品从富商的保险柜里偷出来有什么不同呢?**那是世界上守卫最森严的保险柜**,他提醒自己。他需要一支非常专业的队伍,一支孤注一掷的队伍,一支不会因无法生还而畏缩的队伍。他不能只从德勒格斯中抽人。他们的级别欠缺他所需要的能力。这就意味着他需要比往常更加谨慎。

但如果他们做成了。即使珀尔·哈斯克尔抽成之后,卡兹的那一份也足够改变一切,足以支撑着他将他的复仇之梦,那个他当初蜷缩在冰冷的港口时就在内心熊熊燃烧的梦付诸行动。他欠乔迪的债终于可以还清了。

还有其他好处。刻赤议会欠他的,他们会对这次特殊的偷盗给他名声造成的影响只字不提。渗透到无缝可入的冰庭,从菲尔丹贵族和军事力量的堡垒里劫走彩头?要是腰间有这样的差事,手边有这些钱,他就不需要珀尔·哈斯克尔了。就可以单干了。

但有点不对劲。"为什么是我?为什么是德勒格斯?有经验的人不在少数。"

米卡咳了起来，卡兹看到他袖子上有血。

"坐吧。"凡·埃克温和地吩咐道，帮米卡在椅子上坐下后，他把自己的手帕递给了他。他向一个警卫示意，"来点水。"

"嗯？接着说。"卡兹催促道。

"你多大了，布莱克先生？"

"十七。"

"从十四那年你就没被逮捕过了，我知道现在的你也不比当年的你诚实多少，所以我觉得你有我需要的犯罪才能——不被抓。"凡·埃克微微笑了一下说道，"这也就是我德卡佩尔的问题所在。"

"我不知道你在说什么。"

"六个月前，一幅价值十万克鲁志的德卡佩尔油画从我家消失了。"

"损失挺大。"

"那是在我确定我的画廊无孔可入、门锁万无一失的情况下发生的。"

"我好像看过报道。"

"是的，"凡·埃克轻叹了口气后承认道，"骄傲是一件危险的事情。我急切地向人展示我收购的藏品和在保护它方面所做的努力。然而，尽管所有警卫在场，尽管现场有狗和警报系统，还有卡特丹姆最忠诚的警卫，它还是消失不见了。"

"我深表同情。"

"它现在还未在世界市场上露面。"

"或许早就有买家在那盗贼那儿排队了。"

"当然，这也是一种可能性。但我倾向于那贼盗走它是因为别的原因。"

"那会是什么呢？"

"只为证明他的能力。"

乌鸦六人组（卷一）：六只乌鸦

"在我听来这是一场愚蠢的冒险。"

"好吧。谁能猜得到贼的动机呢？"

"我显然不能。"

"就我对冰庭的了解来看，偷了我德卡佩尔的人就是我需要的那个人。"

"那你最好是去找他。或者她。"

"确实如此。但我选择了将就。"

凡·埃克直勾勾地盯着卡兹，想从他的眼里找出点坦白的迹象。最终，凡·埃克问道："那我们算是达成协议了吗？"

"没那么快。那疗愈师怎么样了？"

凡·埃克看上去有点困惑："谁？"

"你说你下药的几位格里莎品阶各不相同。米卡是潮汐制造师——他是你的以太能力者。那个玩变铅成金把戏的是制造师，是一个物料能力者。那个疗愈师呢？"

凡·埃克脸上的肌肉微微抽了下，只说了句："你要跟我一起吗，布莱克先生？"

卡兹一边警觉地留意米卡和警卫，一边跟着凡·埃克走出藏书室，进入大厅。这间房子处处都彰显着商人的富有——墙面上镶嵌着黑木饰板，地板上铺着光洁的黑白相间的地砖，一切都品位高雅，朴素大方，无可挑剔。但总给人一种墓地的感觉。房子内无人居住，窗帘紧闭，家具上罩着白色的薄布，他们每经过一间昏暗的房间，都像是穿行在无人问津、冰山交错的海面上。

赫德，这个名字突然闪现在他脑海里。吉尔德斯坦特街上赫德的府邸发生了一些不同寻常的事件。整个地方都被警戒线围了起来，前来围观的沙得威志人把那挤得水泄不通。卡兹听传言说有火毒爆发，但即使是伊奈姬都没法打探到更多消息。

"这是议员赫德的房子。"卡兹说道,眉头紧皱着。他不想染上瘟疫,但凡·埃克和他的警卫看上去丝毫不介意的样子。"我以为这个地方感染上瘟疫了。"

"这里发生的事情不会对我们造成什么危险。如果你能管好自己,布莱克先生,那它永远都不会带来危险。"

凡·埃克带着他穿过了一扇门,走进了一个精心打理的花园里,院子里满是早开的番红花,散发出浓烈的新鲜花蜜味。香气向卡兹袭来,就如同在他的下颌上来了一记猛击一样。脑海里关于乔迪的记忆一下子就变得鲜活起来,有一瞬间,卡兹觉得自己不是在河岸富商家的花园里穿行,而是跪在初春的草坪上,炽热的太阳烤着脸颊,空气传来哥哥喊他回家的声音。

卡兹摇了摇头让自己清醒过来。我需要一杯最浓最苦的咖啡,他想道,或者是谁真的给我下颌来一拳。

凡·埃克带着他来到了一个面朝运河的船库。灯光从紧闭的窗户里漏出,影影绰绰地投射在花园里的小路上。一个城市警卫机警地站在门边,凡·埃克从兜里摸出一把钥匙,插进了门上的那把大锁里。卡兹把袖子挡在嘴前,来阻挡从紧闭的房子里散发出来的臭气——尿液味,粪便味。春天的番红花味都不值一提了。

房间的墙上挂着两个点亮的玻璃灯笼。一队守卫面朝一个巨大的铁盒子站着,他们脚边的地板上满是碎玻璃。一些穿着沙得威志的紫色制服,一些穿着赫德家的浅绿色制服。透过现在才发现是个观察窗的地方看去,他看到另外一个城市警卫站在一张空桌子和两张翻倒的椅子前。这警卫和其他人一样,双手垂在身侧地站立着,面无表情,眼睛直勾勾地向前看,盯着虚空。凡·埃克把其中一个灯笼调亮,卡兹看到一个穿着紫色制服的警卫倒在地板上,双眼紧闭。

凡·埃克叹了口气,蹲伏下去,把尸体翻了过来。"我们失去了另一

乌鸦六人组(卷一):六只乌鸦

个。"他说道。

那少年很年轻,上唇的小胡子稀稀拉拉的。

凡·埃克命令带他们进来的警卫,和他的随从一起把尸体从这个房间搬了出去。其他警卫没有反应,依旧只是盯着前方。

卡兹认出了其中一个——亨利·德霍尔曼,沙得威志的副巡官。

"德霍尔曼?"他疑惑地道,但那个男人没有任何回应。卡兹在副巡官面前挥了挥手,然后重重地弹了弹他的耳朵。那人只是缓慢而又漠然地眨了下眼睛。卡兹举起了他的手枪,直直对准他的前额,然后扣动扳机。但那副巡官毫不畏惧,没有反应。他的瞳孔都不见收缩。

"他和死了没什么区别,"凡·埃克说道,"开枪。打爆他的头。他不会反抗,其他人也不会有什么反应。"

卡兹放下了武器。突然感觉到一股深入骨髓的寒意,"这是什么情况?他们身上发生了什么?"

"那个格里莎成员是身体操控能力者,与赫德签订了合约,在他家服役。他想着她是一名疗愈师,不是摄心师,他觉得让她来测试潘勒姆是一个安全的选择。"

可真是够聪明的。卡兹见过摄心师动手。他们能让你的细胞破裂,让胸腔内的心脏爆裂,从肺里夺走你的呼吸,或是减缓你的脉搏,让你陷入昏迷,而做这些的时候,他们的手指都不用接触到你。如果凡·埃克说的有一部分是真的,给一个摄心师喂服尤尔达潘勒姆也确实是一个让人心生怯意的主意。所以这些商人退而求其次,给疗愈师下药。但显然,事情没按计划来。

"你给她喂了药,她杀了她的主人?"

"不全是,"凡·埃克清了清嗓子说道,"他们把她关进了那个留观监狱。服下潘勒姆没几秒,她就控制了跟她同在监狱内的警卫——"

"她怎么做到的?"

"我们不太清楚。但不管她用什么办法,都能制服这些警卫。"

"这不可能。"

"谁说不是呢?大脑只是一个器官,是一堆细胞和一系列的脉冲。在尤尔达潘勒姆的药效之下,格里莎为什么不能控制那些脉冲呢?"

卡兹满脸不可置信。

"看看这些人,"凡·埃克坚持道,"她让他们等待。这也就是目前他们所做的——也是自那以后他们做的唯一的事情。"

卡兹近距离观察这群静默的人。他们的眼里空无一物,目光死寂,身体也并不完全放松。他们在等待指令。他压住了颤意。他看到过古怪的东西,不同寻常的东西,但没有什么能抵得过他今晚目睹的一切。

"那赫德怎么样了?"

"她命令他打开门,门打开以后,她又下令让他切掉自己的大拇指。当时一个厨房小工在场,我们只能通过他了解事情是怎么发生的。那格里莎女孩没动他,但他说赫德剁掉自己的大拇指时,全程都是微笑的。"

想到格里莎可以控制他的思绪,这让卡兹心生不快。但他对赫德罪有应得这事并不惊讶。在雷凡卡内战中,许多格里莎从战场上逃走,通过与人签订契约的方式谋生,一路来到刻赤,但他们没有意识到自己把自己当作奴隶贩卖了。

"那商人死了吗?"

"议员赫德失血过多,但他的状态和这些人一样。他和家人以及房子里的仆从一起去了乡下。"

"那个格里莎疗愈师回到雷凡卡了吗?"卡兹问道。

"她可能试图回去。"他说道,他们当初追踪过她在花园和房子周围的踪迹。"我们了解到她想办法弄到了一艘船,我们怀疑她是要前往雷凡卡,但我们发现她的时候,她的尸体已经在第三港口附近的水里泡了两

乌鸦六人组(卷一):六只乌鸦

天了。我们觉得她是在设法回到本市的路上溺水身亡的。"

"她为什么要回到这儿?"

"为了更多的尤尔达潘勒姆。"

卡兹想到米卡渴望的双眼和苍白的皮肤。"是因为它会上瘾吗?"

"看上去她好像只服用了一剂,但一旦潘勒姆进入体内,它就会削弱格里莎的身体,放大她的欲望。它真的会让人衰弱。"

让人衰弱这表述太过于含蓄了。潮汐理事会把控着进入卡特丹姆港口的入口。如果那个被下了药的疗愈师想驾驶一艘小船在夜间返回,遇上海潮时,她没什么胜算。卡兹想到了米卡枯瘦的脸庞,衣服空荡荡地挂在他的身上。是药物让他变成这样的。他曾在服用尤尔达潘勒姆时达到了人生巅峰,已经迫不及待地期待下一剂了。他现在看起来随时都能倒下。这样的状态下,一个格里莎可以支撑多久?

这是一个有趣的问题,但与手头的事并不相关。他们到达了前门。是时候把一切定下来了。

"三千万克鲁志。"卡兹说道。

"我们说好了两千万。"凡·埃克反驳道。

"是你说的两千万。你显然已经迫不及待了。"卡兹向后扫了一眼那船库,那个挤满了等死的人的房间,"我现在搞明白为什么了。"

"议会的人会砍了我的脑袋。"

"你把博·亚尔拜亚安全地藏在你打算安置他的地方时,议会的人会给你唱赞歌的。"

"诺威哲姆。"

卡兹耸了耸肩,"与我无关,你把他藏在咖啡壶里都行。"

凡·埃克死死地盯着他。"你已经见识了这个药的作用。我跟你保证,这只是个开始。如果尤尔达潘勒姆投放到世界市场上,战争将不可避免。我们的贸易线将被摧毁,市场将会瘫痪,刻赤将不复存在。我们的希望都在你身上，布莱克先生。如果你失败了，整个世界都会因此而陷入苦难。"

"情况比这个更糟糕，凡·埃克，如果我失败了，就拿不到钱了。"

那商人脸上嫌弃的表情，估计只有德卡佩尔油画才能平复了。

"别那么沮丧。想想如果你发现像我这样的无名鼠辈有强烈的爱国之心，你那时的心情该多么糟糕。你可能不得不张开尊口，跟我说一些敬仰之类的话。"

"感谢你让我免受那种不适之灾。"凡·埃克轻蔑地说道。他打开门，停顿了一下，"我真的很好奇在不同的环境之下，像你这般机敏的少年会有怎样的表现。"

问乔迪去吧，卡兹痛苦地想道。但他只是耸了耸肩，"我只是从高等阶层的傻子那里偷东西而已。三千万克鲁志。"

凡·埃克点了点头，"三千万，成交。"

"成交。"卡兹说道。他们握了握手。

凡·埃克修剪得整洁的手握住卡兹被皮革包裹的手时，他眯了眯眼睛。

"你为什么要戴手套，布莱克先生？"

卡兹挑了挑眉。"我相信你听说过那些传言。"

"一个比一个怪诞。"

卡兹也听说过。布莱克的手上有去不掉的血迹。布莱克的手上伤疤遍布。布莱克只有手掌没有手指，因为他几乎是个怪物。布莱克的碰触宛若地狱之火那般烧灼——轻轻碰一下他裸露的皮肤就会让人身体干枯，然后死去。

"你从中选一个吧。"卡兹说着，消失在了夜色里。他的思绪已经飘到三千万克鲁志和协助他完成任务所需要的人手上去了。"它们都足够真实。"

4
伊奈姬

卡兹刚进入斯兰特时伊奈姬就察觉了。他发出的声响动静在狭窄的房间内和弯弯曲曲的走廊里回荡，一时间每个匪徒、盗贼、毒贩、骗子和掌权者都有点要醒过来的迹象。珀尔·哈斯克尔最喜欢的副手回来了。

斯兰特并不宽敞，只是巴伦最差的区域里的房子中的一座，三层楼紧紧地堆叠在一起，上面还加了个阁楼，再上面就是一个三角形顶棚。巴伦这个区域的大多数房子都没有地基，都是建在松软的土地上，这地方挖运河毫不费力。它们歪歪斜斜地靠在一起，昏昏欲睡，就像聚在酒吧里喝醉的朋友一样。伊奈姬在为德勒格斯的差事奔波时，造访过这里的大多数房子，它们的室内状况也好不到哪去——又湿又冷，墙上扑簌簌地掉着灰泥，裂着大缝的窗户根本无法遮风挡雨。卡兹自掏腰包填补了斯兰特的资金空缺，给墙做了隔热。斯兰特看上去不甚美观，歪歪扭扭，很拥挤，但最起码温暖干燥。

伊奈姬的房间在第三层，空间狭小，仅能容得下一张简易小床和一个箱子，但带有窗户，透过那扇窗户可以看到巴伦地区高耸的屋顶和参差不齐的烟囱。若有风吹过，笼罩在城市上空的煤烟会被吹散，那时她甚至可以看清港口的轮廓。

离黎明还有几个小时，斯兰特里的人却都醒了。整个房子唯一安静的时候就是午后的空闲时光，到了夜间，每个人都在叽叽喳喳地讨论交易中心里的新闻，大鲍里格的命运，以及当下罗佳科被解雇的事儿。

伊奈姬与卡兹直截了当地谈了谈，就去找乌鸦俱乐部的发牌员了。那会儿他在牌桌上给詹斯博和一些雷凡卡地区的游客发三人黑莓游戏的牌。他发完牌之后，伊奈姬提议去私密的游戏包厢谈谈，避免当着他朋友的面开除他带来尴尬，但罗佳科并没有接受提议。

"这不公平，"听她说了卡兹的命令之后，他吼道，"我没有作弊。"

"接受卡兹的提议吧。"伊奈姬平静地回应道。

"另外，嗓门小点。"詹斯博扫了一眼游客和坐在附近几桌的水手补充道。争吵在巴伦地区是家常便饭，但在乌鸦俱乐部的地盘却不是。如果你满腹牢骚，自己出去解决，别让客人从神圣的金钱游戏上分神。

"布莱克在哪？"罗佳科咆哮道。

"我不知道。"

"你向来知道所有事，"罗佳科讥笑着俯身靠近，呼吸里满是啤酒和洋葱的味道，"那不是黑手花钱雇你的原因所在吗？"

"我不知道他在哪，也不知道他什么时候回来，但我知道的是，他回来时，你不会想在这儿。"

"给我支票。欠我最后一轮的钱还没结呢。"

"布莱克不欠你任何东西。"

"他甚至都不敢面对我吗？派个小女孩来打发我？那我可就要从你身上揩点油水下来了。"他伸手打算抓住她的衬衫领子，但她轻易地躲开了。他又笨手笨脚地朝她伸手乱摸。

乌鸦六人组（卷一）：六只乌鸦

伊奈姬眼角余光瞥见詹斯博从座位上站了起来，但她挥手让他坐下，从臀部左边的兜里拿出黄铜指节，戴在手指上。然后扬手就给罗佳科的左脸来了一记耳光。

他用手捂住了脸，"喂，"他说，"我并没有伤害你。我就是动了动嘴。"

人们开始围观，她又给他来了一耳光。完全顾不上乌鸦俱乐部的规矩，此时想收拾他的心思占了上风。卡兹把她带到斯兰特时，就提醒她说他不可能一直都留意她，她需要自己保护自己，而她也这么做了。他们起哄叫她名字，或者是悄悄贴近来抱她时，躲开很容易，但如果这么做了，下次那些人会把手放在她的衬衣上，或是把她堵在墙角。所以她不能轻易放过所有说侮辱或下流话的人。一直以来她都是直接动手，并且下手快准狠。她有时甚至会把他们收拾得伤痕累累。那挺累人的，但对刻赤人来说，没什么比贸易更神圣的了，所以他们对她无礼时，她竭尽所能地让风险远高于回报。

罗佳科伸出手指摸了摸脸上丑陋的伤痕，看上去有些难以置信和失望。"我以为我们挺友好的。"他抗议道。

令人伤心的是，他们曾经真的很友好。伊奈姬曾挺欣赏罗佳科的。但现在，他只是一个受了惊吓，虚张声势的男人。

"罗佳科，"她说道，"我见过你发牌。你在任何一家赌场基本都可以得到工作。回家去吧，你应该感激卡兹没有把你欠他的东西从你那里给找出来，嗯？"

他走了，脚步有些蹒跚，双手依旧紧捂着脸，看上去像是一个目瞪口呆的学步孩童。詹斯博优哉游哉地走了过去。

"他说得对。卡兹不应该派你来接手他那肮脏的差事。"

"所有的差事都挺肮脏的。"

"但我们还照干不误。"他叹了一口气说道。

"你看上去很疲惫。你晚上不睡的吗？"

詹斯博眨了下眼睛。"至少在牌还热乎的时候不睡。熬夜玩会儿。卡兹会给你资金的。"

"真的吗，詹斯博？"她一边说，一边拉上她的兜帽，"如果我想看人自掘坟墓的话，我会先给自己找块墓地。"

"来吧，伊奈姬，"在她穿过双扇门走上大街时，他在她身后喊道，"你运气挺好的。"

神呐，她想道，**如果他信神的话，那他应该是真的挺绝望的。**她把她的运气都留在了雷凡卡西海岸的苏里的营地里。她怀疑以后都见不着了。

伊奈姬离开了自己在斯兰特的小窝，顺着楼梯扶手向楼下滑去。虽然在这没必要隐藏自己的行踪，但保持安静已经成了她的习惯，并且这儿的楼梯踩上去会跟交配期的老鼠一样，吱吱乱叫。到二楼时，她看到一大群人正在瞎晃悠，就又退了回去。

卡兹离开的时间比所有人预期的都要长，他跨进幽暗的门厅时，等着祝贺他击败吉尔斯和询问黑尖团最新动向的人一窝蜂拦住了他的去路。

"有传言说，吉尔斯在召集同伙来针对我们。"安妮卡说道。

"让他放马过来，"迪利克斯咕哝道，"我弄了一把刻着他名字的斧柄。"

"吉尔斯近期不会有什么动作，"卡兹一边往大厅走一边说，"他的人手不够和我们在街上正面交锋，他的小金库空空如也，没法再雇更多的人。你这会儿不应该在去乌鸦俱乐部的路上么？"

他高高挑起的眉毛，足以让安妮卡一路小跑着过去，迪利克斯也紧跟着溜了。其他人跟卡兹说了恭喜之后，开始对黑尖团放狠话。目前还没人上前去拍拍卡兹的背，虽然——那是失去一只手的好办法。

伊奈姬知道卡兹会停下来去跟珀尔·哈斯克尔汇报，所以她没继续

乌鸦六人组（卷一）：六只乌鸦

下楼，而是来到了门厅。门厅旁有一个柜子，里边满是一些小零碎，靠背坏掉的旧椅子，和掉色了的帆布床单。伊奈姬搬开了她故意放在那里的一只桶，那桶里装满清洁用品，她知道斯兰特没人会碰它。透过桶下面的壁炉架看去，可以清楚地看到珀尔·哈斯克尔办公室内的情形。窃听卡兹让她有点愧疚，但他是那个把她变成间谍的人。如果不能驯服猎鹰，就别指望它能打猎。

透过壁炉架，她听到卡兹敲了珀尔·哈斯克尔的门，接着跟他打了招呼。

"活着回来了？"那老头问道。她刚好可以看到他坐在自己最喜欢的椅子上，把玩那个他花了大半年时间打造的船模型，触手可及的地方放着一品脱啤酒，他总是这样。

"关于第五港口，我们可以高枕无忧了。"

哈斯克尔咕哝着回到了模型前。"关上门。"

伊奈姬听到了门关上的声音，这声音让嘈杂的大厅略微安静了一些。她可以看到卡兹的头顶。黑黝黝的头发有些湿漉漉的。外面肯定开始下雨了。

"处理大鲍里格前你应该先问一下我的意见的。"哈斯克尔说道。

"如果我先跟你说了，消息就走漏出去了——"

"你觉得我会让这事发生？"

卡兹耸了下肩。"这地方和卡特丹姆的其他地方一样。都会漏。"伊奈姬可以发誓，他说这话的时候直勾勾地盯着通风口。

"我不喜欢这样，少年。大鲍里格是我的兵，不是你的。"

"当然。"卡兹说道，但他们都知道这话就是说说而已。哈斯克尔的德勒格斯成员都是跟他一个时代的老警卫，骗子和恶棍。大鲍里格是卡兹的手下——新鲜血液，年轻无畏。或许太无畏了。

"你很聪明，布莱克，但是你应该学着有点耐心。"

"是，长官。"

那老头大笑一声。"是，长官。不，长官，"他戏谑道，"我知道你开始变得客气的时候，往往是有所图谋。不过你在谋划什么？"

"一个任务，"卡兹说道，"我可能要离开一段时间。"

"大买卖？"

"很大。"

"高风险？"

"那是当然。但你可以得到你那百分之二十的抽成。"

"没我的首肯之前，你不能擅自搞什么大动作，明白？"珀尔·哈斯克尔靠在椅背上，抿了一口啤酒，"我们会变得很有钱吗？"

"跟戴着金冠的神明一样有钱。"

那老头轻蔑地哼了一声。"希望这天的到来不会久到需要我活得跟个神明一样长。"

"我跟皮姆谈过了，"卡兹说道，"我不在的日子里他会撑起斯兰特。"伊奈姬皱了皱眉。卡兹要去哪里？他没给她安排任何工作。并且为什么是皮姆？这想法让她感觉有点羞愧。她几乎可以听到她父亲的声音：*这么急切地想成为贼头子，伊奈姬？*这是她工作的一部分，也是干好这份工作的一部分。但想在这方面取得成就就要另当别论了。她不想长久地在德勒格斯待下去。她想还完债以后就彻底离开卡特丹姆，所以她为什么要在意卡兹在他不在的日子里让皮姆负责帮派事务呢？*因为我比皮姆聪明，因为卡兹更信任我*。但或许他并不相信，其他帮派成员会听从像她这样的女孩的号令，毕竟她从妓院出来才两年，毕竟她还不满十七岁。她拉长了袖子，刀鞘几乎碰到了她左前臂内侧的伤疤，那里曾是动物园的刺青，虽然被去掉了，但他们都知道，它曾在那里。

卡兹走出了哈斯克尔的房间，伊奈姬离开了她刚刚所在的地方，等着一瘸一拐上楼的卡兹。

乌鸦六人组(卷一):六只乌鸦

"罗佳科呢?"他路过她的时候问道,紧接着又开始爬第二层楼梯。

"走了。"她一边说一边紧跟在他身后。

"那场打斗大多是因他而起的?"

"没什么是我搞不定的。"

"我问的不是这个。"

"他很生气。可能会回来找事儿。"

"这类麻烦事从来就没少过。"他们爬上顶楼时卡兹说道。阁楼上的房间改造成了卡兹的办公室和卧室。她清楚这些台阶对他坏了的那条腿来说太艰难,但他似乎挺喜欢自己拥有这整层楼的感觉的。

他进入了办公室,甚至都没有回头瞅她一眼就说道:"关上门。"

占据了这个房间大半空间的是一张临时用的桌子——一个放在装水果用的板条箱上的仓库门板,上面堆叠着厚厚的文件。有些赌场老板已经开始用计算器了,计算器是一个嵌满了呆板的黄铜按钮,装有纸卷,会叮叮当当响的东西,但卡兹算账全靠脑子。他保留了一些账册,但仅为应付那老头,让他在指出某人做手脚了或者是寻找新的合伙人时有所参考。

那是卡兹带给这个帮派最大的改变之一。他给了一般店主和合法商人在乌鸦俱乐部持股的机会。这些人最开始的时候持怀疑态度,觉得这必定是一场骗局,但他用一些小利把他们带动起来,设法筹集了足够的资金买下了这栋破旧的建筑,并且让它焕然一新,运转起来。这为最开始的投资者带来了丰厚的回报。或许这就是故事的开始。关于卡兹的那些故事,伊奈姬从来都无法确定哪些是确有其事,哪些是流言蜚语。她只知道,他骗了一些老实商人的毕生积蓄来让乌鸦俱乐部繁荣昌盛。

"我有活儿要安排给你。"卡兹一边快速翻阅昨天的数据一边说道。只需要扫上一眼,那些数据就可以印入他的脑海,"你觉得四百万克鲁志怎么样?"

"那么多钱代表的更多的是诅咒，不是福音。"

"我的小苏里理想主义者。你所需要的仅是食能果腹和康庄大道吗？"他说道，话语里有明显的嘲笑。

"还有一颗简单的心，卡兹。"那是最难的。

他在推开门走进了他狭小的卧室时直接笑出了声，"那我是没戏了。我宁可钱财在手。你想不想要钱？"

"你干的不是派发礼物的行当。那差事是什么？"

"一件不可能的任务，九死一生，胜算渺茫，但万一我们险胜……"他顿了顿，手指停留在马甲扣子上，神情恍惚，近乎神游。能从他粗嘎的声音里听到如此显而易见的兴奋，实属罕见。

"万一我们险胜？"她提醒道。

他朝她咧着嘴笑了，他的笑容突兀而让人不安，像是晴天霹雳，眼睛和苦咖啡一样，近乎黑色。"我们就是国王和王后了，伊奈姬。国王和王后。"

"唔。"她含糊地说道，假装在检查她的刀子，下定决心忽略那个笑容。卡兹不是一个微笑着和她规划未来的傻傻少年。他是一个剑走偏锋的危险玩家。**一直都是**，她坚定地提醒自己。伊奈姬转移了目光，卡兹脱掉他的马甲和衬衫时，她慢吞吞地把一堆纸垒成一摞。他能旁若无人地换衣服，她真不知道是应该深感荣幸还是深受冒犯。

"我们要离开多久？"她问道，猛地透过门口瞥了他一眼。他肌肉紧实，伤痕累累，但刺青仅有两处——前臂是德勒格斯的乌鸦和杯子，再往上走，肱二头肌上是一个黑色的字母R。她从来没问过他这字母是什么意思。

他脱下手套，在洗手池里把一块布浸湿的时候，他的手吸引了她的注意。他在房子里从来不会拿掉手套，据她所知，只有在她面前才会这样。尽管他可能在掩藏什么痛苦，但她在手上没有看到任何痕迹，只有

乌鸦六人组（卷一）：六只乌鸦

撬锁者特有的修长手指，和曾经街头斗殴时留下的一圈疤痕组织。

"几个礼拜，或者一个月。"他一边说，一遍用湿布从上往下擦洗手臂，然后扫过坚实的胸膛，水顺着他的躯干往下流去。

神呐，伊奈姬想着，红了脸。在动物园的时候，她把端庄的品质丢了大半，但说真的，这是她的极限了。如果她突然在卡兹面前脱光衣服，开始洗漱，他会怎样？*他可能会让我别把水滴到桌子上*，她恼怒地想道。

"一个月？"她说道，"你确定要在黑尖团被激怒的当口离开？"

"这是适当的博弈。说到这，把詹斯博和马兹恩喊过来。我希望在黎明前看到他们。我需要威岚明晚在乌鸦俱乐部等我。"

"威岚？如果这是为了那件重大差事——"

"照做就是。"

伊奈姬双手交叉抱在胸前。他前一秒让她脸红心跳，下一秒就让她想要动手杀了他。"你不打算解释解释这一切吗？"

"我们碰头之后，"他套上了一件新衬衫，在扣上领子的时候迟疑了一下，"这不是强制性的任务，伊奈姬。要走要留由你选择。"

她内心警铃大作。在巴伦的大街上，她每天都有生命危险。她为德勒格斯杀过人，偷过东西，打倒的人里有好有坏，而卡兹从来没暗示过她，*这些不是强制性的任务*。这是哈斯克尔买下她的合约，把她从动物园解救出来时，她同意付出的代价。所以，这个任务到底有何不同？

卡兹系完扣子，穿上了一个木炭色的马甲，然后扔给她一样东西。她打开拳头之后发现是一个巨大的红宝石领夹，上面有金月桂叶环绕。

"卖掉它。"

"它是谁的？"

"现在是我们的。"

"它曾经是谁的？"

卡兹保持沉默。他拿起外套，用刷子清理掉了上面已经干掉的泥，"一个最好先经过一番深思熟虑，再让我跳进圈套的人。"

"跳进圈套？"

"你听到我说的了。"

"有人给你设套？"

他看着她，然后点了下头。不安在她内心游走，然后变成了焦虑，在心头盘绕。从来没人能在卡兹手里讨到便宜。他是巴伦大街小巷里最难对付、最恐怖的行走生物。她一直坚信如此。他自己也一样。

"这事没有下次了。"他保证道。

卡兹戴了一副干净的手套，抓起了他的拐杖，然后朝门外走去。"我几个小时以后回来。把我们从凡·埃克家搬来的德卡佩尔油画拿到地下室去。我觉得应该在我床下。对了，然后订一顶新的帽子。"

"拜托了。"

卡兹叹了口气，准备支撑着自己艰难地走下三层楼梯。他回头说道："拜托了。我亲爱的伊奈姬，我心里的宝贝，你能给我这个荣幸，帮我弄一顶新帽子吗？"

伊奈姬意味深长地看了一眼他的拐杖。"慢慢走下去吧。"她说道，然后跳到扶手上，一层一层溜下楼，顺畅得跟平底锅里的黄油一样。

5
卡　兹

卡兹沿着东斯戴夫向港口走去，路过了巴伦赌博区最早发家的地方。两大运河，东斯戴夫和西斯戴夫，跟括号一样把巴伦围了起来，这两条运河分属不同的人，狭小的街道和次要水道将它们划分得泾渭分明。巴伦的建筑与卡特丹姆其他地区的差异较大，这里的房子更大、更宽，油漆的颜色也更鲜艳，十分吸引路人的眼球——宝库、金湾、威德尔江轮。最好的赌场在更北边，位于里德最好的房产里，地处运河最近的入海口，这位置十分能吸引游客和水手进港。

但不是乌鸦俱乐部，卡兹沉思着抬头看了看黑红相间的建筑物正面。它引诱着游客以及热衷冒险的商人南下娱乐。快要四点了，俱乐部外依旧人头攒动。卡兹看着人潮涌过门廊黑色的柱子，来到了入口处振翅欲飞、俯视众生的乌鸦雕塑下，乌鸦雕塑是银质的，氧化痕迹有点明显。保佑这些肥羊，他暗暗想道，保佑那些友好大方，准备好把自己的钱包贡献给德勒格斯金库，还觉得自己度过了好时光的人们。

他看到揽客的人已经在朝着潜在的客户大声吆喝，给他们提供免费饮料和热咖啡，介绍卡特丹姆发牌最公平的赌场。他跟他们点头示意，接着朝北走去。

除了德勒格斯名下的赌场外，斯戴夫能引起他关心的赌场只有一个：绿宝石宫，这是佩卡·罗林斯的骄傲和快乐源泉。建筑外观是丑陋的绿色，外面用一个挂满人造珠宝的假树作为装饰。整个地方的装饰都是为了向罗林斯·克里什的遗产和他创立的帮派普狮致敬。在这里，甚至是在前台和做招待的女孩子也穿着闪闪发光的绿色紧身丝质衣服，模仿漫游岛的姑娘，把头发染成了不自然的暗红色。卡兹路过绿宝石宫时，抬头看了看那些人造珠宝，任由愤怒将他淹没。他今晚需要它来提醒他曾失去了什么，他要站起来获得什么。他需要它来让他为这次九死一生的任务做好准备。

"一步一步来。"他跟自己低语道。这是唯一能够抑制他怒火的话，唯一能让他不冲进绿宝石那耀眼的金绿色大门，和罗林斯私底下相见，抹了他脖子的话。一步一步来。这个承诺让他能在夜间安眠，在白天奋斗，让乔迪的魂魄留在海湾里。让佩卡·罗林斯痛快地死太便宜他了。

看着绿宝石门前客人进进出出，卡兹瞥了眼自己的托儿。他雇的托儿有男有女，他们用更公平的发牌，更高的胜率，以及更靓的妞儿作为诱饵来吸引佩卡的顾客去南边的赌场。

"你从哪儿来的，怎么看上去如此春风得意？"一个对另一个说道，说话的声音超乎寻常地大。

"刚从乌鸦俱乐部回来。才两小时，就赢了一百克鲁志。"

"真的假的！"

"真的！我刚到斯戴夫打算喝一杯，见个朋友。你要不要加入我们，我们等会一起过去？"

"乌鸦俱乐部！不是吧？"

乌鸦六人组(卷一):六只乌鸦

"来吧!我请你喝酒。我请大家喝酒!"

他们一起笑着离开,把刚刚围在身边的老顾客留在原地,让他们纠结自己是不是也应该前往离这儿向南几座桥的距离的运河,看看在那儿胜算会不会大一点儿——卡兹的仆从,贪婪,引诱着他们一路向南,就如手握长笛的吹笛人一般。

他确保托儿会来回换人,不同的面孔不容易被佩卡揽客的人和保镖发现。然后顾客间一传十十传百,他暗中揽走了绿宝石的生意。这是他以牺牲佩卡的利益为代价,让自己强大起来的无数小伎俩之一——截下他载着尤尔达的船只,收取他经过第五港口的费用,让他的房子无人愿意租住,削减他的房租收入,然后慢慢地,慢慢地,勒紧他的生命线。

卡兹不是个混蛋,除了他散布的谎话和今晚对吉尔斯说的话以外。他甚至都不是卡特丹姆人。刚到这个城市时,他九岁,乔迪十三岁,变卖父亲农场而来的支票安全地缝在乔迪的旧外套里。卡兹仿佛看到了那时的自己——眼花目眩地走在斯戴夫,紧紧地抓着乔迪的手,以免被人群挤散。他讨厌那时的他们,两只待宰的小肥羊。但那样的孩子再也回不来了,这里有的只是需要接受惩罚的佩卡·罗林斯。

总有一天罗林斯会跪在卡兹面前,求他帮忙。如果卡兹替凡·埃克办成了这件事的话,那一天的到来将会比他期待的更快。**一步一步来,我总会毁了你。**

但凡卡兹想有一丝进入冰庭的希望,他都需要合适的队员。接下来的一个小时的行动让他距离解开谜题的两条重要线索更近一步。

他迈上了一个小运河旁边的通道。游客和商人喜欢灯火通明的大路,所以这种只能步行的小道人迹稀少,他很享受这样的时光。很快,西斯戴夫的灯光和音乐映入眼帘,运河上熙熙攘攘,来自各个阶层的男男女女都在寻欢作乐。

音乐声从大开着的包厢门里飘出,懒洋洋地躺在沙发上的男女,穿的衣服华而不实，没几块布料。杂技演员从运河上方的绳索走过。轻盈的身躯上未着寸缕，只抹了一层金粉，街头艺人拉着小提琴，期待路过的行人能扔几个硬币。小贩朝着运河上富人造型优美的私家船，和载着里德的游客和水手的划艇叫卖。

大量的游客涌入了西斯戴夫的妓院。他们到这里只是为了人群，这本身也是一道风景。在参观巴伦这一块区域时很多人都会乔装打扮了——他们戴着面纱，面具或穿着斗篷，只露出闪烁的双眼。他们在运河干道旁边的专卖店里买了化装服，然后一天或一星期，再或更长时间都不在同伴面前露面，如果他们的资金撑得住的话。他们装扮成红脸先生，或走失的新娘，或戴着怪诞的眼球外凸的精神病人面具——这些角色都出自喜剧暴君。接下来还有豺狼团，那是一队戴着红色喷漆面具，打扮成苏里预言家的闹腾小伙，在巴伦地区欢腾雀跃。

卡兹记得伊奈姬第一次在商店橱窗里看到豺狼面具的情形。她控制不住自己的轻蔑。"真正的苏里预言家是非常罕见的。他们是圣洁的男性和女性。这些跟派对礼物一样到处派发的面具是神圣的标志。"

"我见过在大篷车上，在游船上营业的苏里预言家，伊奈姬。他们看上去并没那么神圣。"

"他们是假冒的。在你和你这种人面前，把自己弄得跟跳梁小丑一样。"

"我这种人？"卡兹笑了。

她嫌弃地挥了挥手。"**谢弗拉谛，**"她说道，"无知的人。他们在面具后嘲笑你。"

"不是我，伊奈姬。我从来不会花钱让人预测我的未来——不管是江湖骗子还是圣人。"

"命运对我们早有安排，卡兹。"

"是命运让你与家人分离，身陷卡特丹姆的烟花之地吗？或者是你时

乌鸦六人组(卷一):六只乌鸦

运太过不济。"

"我现在还不确定。"她冷冷地说道。

在那样的时刻,他觉得她是讨厌他的。

卡兹费力地穿过人群,路过那些花枝招展的身影。每个烟花场所都有自己的特别之处,有些比别家更惹眼一些。他经过了蓝色伊里斯,班迪猫、黑暗地和柳林开关。锻造间的窗户里满脸胡须的男人在阴沉沉地向外看,雪屋里都是天真的金发女郎,当然少不了动物园,动物园又称异国风情屋,伊奈姬在那儿曾被迫穿上假的苏里丝绸衣服。他看到坦特·海琳身着孔雀羽衣,戴着极好的钻石贴颈项链,在镀金的包厢里曲意逢迎。她经营着动物园,诱唆女孩卖淫,设法让她们听话。她看到卡兹时,嘴唇抿成一道刺眼的线条,举起酒杯,远远示意,看上去更像是威胁而不是敬酒。他无视她继续前行。

白玫瑰之家是西斯戴夫最奢侈的。它拥有自己的码头,闪闪发光的白色石质外观看上去不像个风月场所,更像是商人的府邸。窗外的花盆里,满是向上攀爬的白玫瑰,让运河的这一片都充斥着甜腻又浓郁的花香味。

包间里的香味更浓。巨大的雪花石花瓶里插满了白玫瑰,里面的男男女女——有些戴着面具或面纱,有些以真面目示人——都在乳白色的沙发上等着,浅啜几近无色的葡萄酒,轻咬浇了桃仁酒的小香草蛋糕。

在桌边候着的少年穿着奶油白色的天鹅绒套装,扣眼里插着一枝白玫瑰。那少年的头发是白色的,眼睛的颜色像煮熟的鸡蛋。除了眼睛之外,他看上去像是一个白化病患者,但卡兹恰巧知道,他是现在在册的格里莎巧匠为了匹配这里的装饰而专门打造的。

"布莱克先生,"那少年说道,"妮娜这会儿有客人。"

卡兹点点头,快步走向玫瑰树盆栽后面的一个门厅,忍住了把鼻子埋进衣领里的强烈冲动。负责妓院运营的老鸨昂科·菲利克斯喜欢说他这儿的姑娘们都跟盛开的玫瑰花一样香甜。这玩笑只能和顾客开一开了。这种特殊培育的白玫瑰是唯一能在卡特丹姆潮湿的环境中顽强存活的品种了,它们本身没有香味。所有的花香味都是人工喷上去的。

卡兹的手紧紧抓在玫瑰树盆栽后嵌板的边缘,大拇指抠进了墙上的凹痕里。门打开了,他沿着一个仅对员工开放的螺旋楼梯攀爬而上。

妮娜的房间在第三层。她房间旁边的卧室窗户开着,房间里无人,卡兹溜了进去,移开了盆栽,把脸贴向墙面。这个窥视孔是所有妓院的特色。它能保证员工的安全和诚实,也能带给那些喜欢窥探别人的人快乐。卡兹见多了那些住在贫民窟的人在黑暗的角落和小巷寻求满足,但这些对他没有吸引力。另外,他知道那些通过这些特制窥视孔来寻求刺激的人往往只会得到沮丧。

一个矮小的秃顶男人衣衫不乱地坐在一张铺着象牙白色粗呢桌布的圆桌前,他的双手规矩地叠放在一个没有用过的银质咖啡托盘前。妮娜·哲尼克站在他旁边,穿着一件代表格里莎摄心师身份的红色卡福达,一只手掌按在他的前额,另一只放在他的颈后。她个子高挑,像是经大师之手雕刻出来的船头装饰人像。他们缄默无声,就像被冻结在了桌边。房间里甚至都没有床,只有一个供妮娜每晚蜷缩着睡觉的长靠椅。

卡兹问妮娜为什么时,她只是说:"我不想任何人打我主意。"

"男人打你主意时不需要床,妮娜。"

妮娜的睫毛眨了眨。"你知道什么,卡兹?拿掉你的手套,我们看看会不会有什么主意涌入脑海。"

卡兹冷冷地看着她,直到她垂下了眼。他没兴趣与妮娜·哲尼克调情,并且他无意间知道她对他没一点兴趣。她只是喜欢和一切事物调情。他曾看到她在橱窗前对着一双她喜欢的鞋子挤眉弄眼。

妮娜和那秃顶男人坐着,不说话,时间一分一秒地过去,钟表报时的时候,他站了起来,亲了亲她的手。

乌鸦六人组(卷一):六只乌鸦

"走吧,"她语调严肃地说道,"动静小点。"

那秃顶男人再次亲了亲她的手,眼中泪光闪烁,"谢谢你。"

那客人一走到大厅,卡兹就走出了卧室门,敲了敲妮娜的门。

她警惕地开了门,门闩都没打开。"哦,"她看到卡兹后说,"是你啊。"

看到他,她并没有格外高兴,也毫不惊奇。卡兹·布莱克造访基本没好事。她一边打开门闩,让他进来,一边脱掉了卡福达,露出了一截缎子衣服,那衣服薄到甚至都不能算作一块布。

"神呐,我讨厌这东西。"她说着,把卡福达踢到了一边,从抽屉里扯出一件破旧的长袍睡衣。

"它怎么了?"卡兹问道。

"它裁剪不合适。并且穿着痒。"这卡福达是刻赤制造的,而不是雷凡卡的——它是一件化装服,而不是制服。卡兹知道妮娜从来不会穿着它上街:这对格里莎来说太危险了。她是德勒格斯的成员,任何与她对着干的人都可能会面临被整个帮派报复的风险,但如果她是在谁也不知道驶向何方的贩奴船上,那这报复就和她没什么关系。

妮娜倒进桌边的椅子里,甩掉脚上嵌着珠宝的便鞋,把脚趾头埋进白色长毛地毯里。"啊,"她心满意足地感叹道,"舒服多了。"她抄起咖啡盘里的一块蛋糕放进嘴里,含糊地说道:"你有何贵干,卡兹?"

"你的乳沟里有蛋糕屑。"

"管它呢,"她一边说一边又吃了一口蛋糕,"太饿了。"

卡兹摇了摇头,对妮娜这么快就抛弃格里莎英明女祭司的形象忍俊不禁,印象颇深。她已经在这舞台上完全忘记自己真正的使命了。"那是凡·阿斯科特吗,商人?"

"是的。"

"他老婆一个月前死了,在那之后他的生意就每况愈下。现在他来找你,会峰回路转吗?"

妮娜不需要床,因为她的专长是情绪。她专攻欢乐、平静、自信。很多格里莎身体操控能力者的专长是在肉体——或杀或救,但妮娜需要一个能让她在卡特丹姆地区谋生且远离麻烦的工作。她没有选择拿生命冒险,去做雇佣兵赚大钱,她减缓人的心跳,延缓人的呼吸,放松人的肌肉。她还兼职做修容师,为刻赤的富商修整皱纹和双下巴,收入颇为可观,但她主要的收入来源是改变人的情绪。那些人来找她时都孤独、悲伤,且没有理由的情绪低落,离开时都精神振奋,无忧无虑。效果并不持久,但这种快乐的幻觉足够让她的客户有勇气面对明天。妮娜声称这跟腺体有关,但卡兹并不在意这些细节,只要她能在他需要的时候出现,能及时付给珀尔·哈斯克尔他的那份钱就行。

"我希望你能看到他的转变。"妮娜说道。她吃掉了最后一块蛋糕,如释重负地舔了舔手指,然后把托盘拿到门外,拉铃叫了女佣。"凡·阿斯科特是从上个周末开始过来的,自那以后每天来一次。"

"好极了。"卡兹突发奇想,想大量买进凡·阿斯科特公司的低价股票。即使他的情绪转变是妮娜人为的结果,但生意会蒸蒸日上。他犹豫了下说道:"你能让他感觉好点,缓解下他的悲伤什么的……你能迫使他做事儿吗?或者让他忘掉他老婆?"

"改变他的脑回路?你别逗了。"

"大脑只是另一个器官而已。"卡兹引用凡·埃克的话说道。

"是的,但它是一个异常复杂的器官。控制或改变另一个人的想法……它跟降低人的脉搏频率或释放化学物质来改善一个人的情绪不一样。它变数太多。没有哪个格里莎能做到这个。"

目前没有,卡兹修正道:"所以你只是治标不治本。"

她耸了耸肩。"他在回避悲伤,而不是治疗悲伤。如果把我当做解决问题的唯一方案的话,那他永远都无法走出她的死亡。"

乌鸦六人组（卷一）：六只乌鸦

"那你能帮他找到他自己的解决办法吗？建议他找个新老婆，别再来敲你的门了。"

她拿起刷子梳了梳她浅棕色的头发，从镜子里瞥了他一眼，"珀尔·哈斯克尔打算免掉我的债了吗？"

"完全没有。"

"行吧，那就让凡·阿斯科特独自悲伤去吧。半小时后我安排了别的客人。"

"你的客人要多等会儿了。你对尤尔达潘勒姆了解多少？"

妮娜耸了耸肩，"听到了一些传言，但在我听来都是胡说八道。"除了潮汐理事会以外，在卡特丹姆地区工作的格里莎没有几个，彼此都认识，并且会互相交换信息。他们大多数都在逃避一些东西，极力避免引起奴隶贩子的注意或是雷凡卡政府的兴趣。

"那不是传言。"

"御风师会飞？潮汐制造师化成了雾？"

"制造师变铅成金，"他把手伸进兜里，把那个金块扔给她，"是真的。"

"制造师制造纺织品。他们专注于五金和织物。"她把那金属块移到了灯下。"这东西你随便在哪儿都能弄到。"她说道，就跟他几个小时以前和凡·埃克争论时说的一模一样。

尽管没有受到邀请，卡兹坐在了那个罩着长毛绒的长靠椅上，伸直了他那条不灵便的腿。"尤尔达潘勒姆是真实存在的，妮娜，如果你还是我心目中那个善良的小格里莎士兵的话，你会想知道它对你这样的人做了什么。"

她把金块在手中反转了一下，把睡袍裹得更紧，然后蜷缩在长靠椅上。卡兹又一次被这转变惊到了。在这些房间里，她扮演着顾客想见到的样子——强大的格里莎，腹有诗书，宁静美丽。但坐在那皱着眉，盘着腿的她，看上去才是她真正应该有的样子：一个十七岁的少女，曾在豪华的小宫殿里受着庇护长大，如今远离亲人，勉强度日。

"说吧。"她说道。

卡兹说了。他保留了凡·埃克的提议的相关细节，但告诉了她关于博·亚尔拜亚的事儿，以及尤尔达潘勒姆和这药会上瘾的特性，还特意强调了雷凡卡军事文件失窃的消息。

"如果这一切都是真的，那就需要铲除博·亚尔拜亚。"

"任务不是这个，妮娜。"

"这不是钱的事，卡兹。"

这是钱的事。卡兹明白需要用另外一个方式给她施压。妮娜热爱她的祖国和人民。她始终相信雷凡卡和在内战中几乎瓦解的格里莎金鹰部队第二军队会有光明的未来。妮娜回到雷凡卡的朋友以为她已经死了，以为她是菲尔丹巫师的牺牲品，然而目前，她想就保持这样的现状。但卡兹知道她终有一天是要回去的。

"妮娜，我们要去把博·亚尔拜亚弄到手，我需要一个身体操控能力者去做这件事儿。我希望你能加入我。"

"不管他身藏何处，你一旦发现他，让他活着绝对是最让人义愤填膺，最不负责任的行为。我的答案是拒绝。"

"他没有藏起来，菲尔丹人把他扣押在冰庭。"

妮娜顿了顿。"那还不如死了呢。"

"但商业理事会不这么想。他们不想面对这种麻烦，如果他们觉得博·亚尔拜亚已经保持中立了，就不会出这么高的赏金了。凡·埃克很着急。我感觉得到。"

"那跟你谈的商人？"

"是的。他说他们的智商没问题。但如果有的话，后果我来承担。但如果博·亚尔拜亚还活着，那就需要有人把他从冰庭劫出来。那为什么

乌鸦六人组(卷一):六只乌鸦

不能是我们呢?"

"冰庭。"妮娜重复道,卡兹知道她会把这一切都串联起来。"你需要的不只是一个身体操控能力者,不是吗?"

"是的。我需要一个对冰庭了如指掌的人。"

她一跃而起,手背在身后,在地上踱来踱去,睡衣的衣摆随之飘动,"你这个蠢货,你知道吗?我之前找你,求你帮帮马蒂亚斯求了多少次?现在你有用得着我的地方……"

"珀尔·哈斯克尔不是开慈善机构的。"

"别把锅甩给那老头,"她厉声说道,"如果你想帮我,那绝对是可以做到的。"

"我为什么要那么做?"

她一时语塞,"因为……因为……"

"我什么时候做过亏本的买卖,妮娜?"

她张了张嘴,又闭上了。

"你知道我要求多少人帮忙?花多少钱打点才能把马蒂亚斯·赫尔瓦尔弄出监狱?代价太大了。"

"那现在呢?"她强忍着问道,依旧满眼怒火。

"现在,赫尔瓦尔的自由就有点价值了。"

"它——"

他抬手打断了她的话,"对我有价值。"

妮娜用手指摁着太阳穴,"即使你能接近他,马蒂亚斯也不可能答应帮你。"

"那就是杠杆起不起作用的问题了,妮娜。"

"你不了解他。"

"我不吗?他和其他人一样,受贪婪、骄傲和痛苦驱使。你比任何人更能明白这一点。"

"赫尔瓦尔受荣誉驱使,只有荣誉。他是不受你收买或胁迫的。"

"曾经那可能是真的,妮娜,但已经时过境迁了。赫尔瓦尔变化很大。"

"你见到他了?"她碧绿的眼眸急切地睁大了。*巴伦还没彻底灭掉你的希望*,卡兹想道。

"我见到了。"

妮娜深深地吸了一口气,呼吸有些颤抖:"他想要报仇,卡兹。"

"那是他想做,但不是必须要做的事,"卡兹说道,"杠杆就是知道这两者之间的差别在哪。"

6
妮　娜

妮娜恶心反胃感并不是由摇摇晃晃的划艇引起的。她努力深呼吸，集中注意力看着卡特丹姆地区不断向后掠去的灯光以及在水中划动的桨带起的水花。她旁边的卡兹调整了下面具和斗篷，马兹恩卖力地划着桨，船载着他们全速朝特伦耶尔迈进，特伦耶尔是刻赤的一个小岛，离地狱之门和马蒂亚斯很近。

水面雾气缭绕，潮湿阴冷。空气里充斥着伊姆珀朱姆造船厂传来的柏油味和机械声，以及别的味道——死神之船上飘过来的焚烧尸体的腥臭味。死神之船是处理卡特丹姆付不起城外墓地安葬费的尸体的地方。*太恶心了*，妮娜想道，用衣领紧紧掩住口鼻。她一直都不明白为什么会有人愿意生活在这样一个城市。

马兹恩一边划船一边愉快地哼着小曲。妮娜顺带着认识了这个人——保镖兼打手，和那个命运悲惨的大鲍里格一样。她尽可能地避免与斯兰特和乌鸦俱乐部往来，为此卡兹给她贴上了势利眼的标签，但她不介意卡兹·布莱克对她评头论足。她回头扫了眼马兹恩宽阔的肩膀。她很好奇卡兹带他只是来划船的还是因为预感到今晚有麻烦。

当然会有麻烦。他们要闯进监狱。那不是去参加派对。**那我们为什么要打扮得跟要去参加派对一样？**

她和卡兹以及马兹恩午夜时在第五港口碰头，登上了这个小划艇。卡兹递给了她一件蓝色的丝绸斗篷和与之相配套的面纱——走失的新娘的服饰，这是化装服的爱好者最喜欢穿的衣服之一，能让他们体验额外的巴伦之乐。他穿着一件橘色大斗篷，头上戴着一个精神病人的面具；马兹恩和他是同款装扮。只需一个舞台，他们就可以上演喜剧暴君中刻赤人觉得搞笑滑稽，但实则黑暗、野蛮的一幕了。

卡兹推了推她。"把你的面纱放下来。"他放下了自己的面具：长长的鼻子和凸出的眼球在这雾气之中显得更加骇人。

刚打算让步，问问他有何必要穿这些化装服时，她意识到这里并不是只有他们。透过移动的雾气，她看到还有其他船只在水面上穿梭，船上载着其他精神病人，走失的新娘，还有一个红脸先生和一个圣甲虫皇后。这些人去地狱之门做什么？

卡兹拒绝告诉她详细的计划，她坚持问时，他只是说："进到船里边去。"这就是卡兹。他知道没必要什么都告诉她，因为让马蒂亚斯重获自由的诱惑已足以凌驾她的理智。她曾试着说服卡兹在今年年底之前把马蒂亚斯从监狱里给救出来。现在他可以给马蒂亚斯的不止是自由，但付出的代价却要比她预想的高很多。

他们靠近特伦耶尔岩石覆盖的海岸时，只能依稀看见一点灯光。剩下的只有完全的黑暗和波涛拍岸的声音。

"你就不能贿赂一下监狱长吗？"她跟卡兹抱怨道。

"我不能让他知道他手里有我想要的东西。"

当船体冲入沙滩，两个人冲上前来把它拖到了陆地上。她看到的其

乌鸦六人组(卷一):六只乌鸦

他小船也正准备停靠在这个小湾,把船只拉向岸边的人一路咕哝,不断咒骂。透过面纱看去,那些人的面目有点模糊,但妮娜瞥到他们前臂上的刺青:一只凶猛的猫蜷卧在王冠里——普狮的标志。

"钱。"他们从船上爬出来时,其中一个人说道。

卡兹递了一沓克鲁志过去,数完钱以后,普狮的人挥手让他们走了。

他们借着火把的光,沿着崎岖的小路爬了上去,来到监狱的背风处。妮娜把头向后侧了侧,凝视着堡垒上那高高耸起的漆黑塔楼,这堡垒素有地狱之门之称,仿佛是破海而出的拳头形石头。她曾雇一个渔夫把她带离这个岛,当时她远远见过它。但她让他带她离近点时,他拒绝了。"那里的鲨鱼格外凶恶,"他说道,"肚子里盛满罪恶的血液。"想到这儿,妮娜哆嗦了一下。

一扇门猛地打开了,普狮的另一名成员带着妮娜和其他人走了进去。他们穿过了一个一尘不染的黑暗厨房,墙上挂了一排巨大的桶,这地方看上去更适合用来洗衣而不是烹饪。房间里的味道很奇怪,像醋和鼠尾草的味道。**很像一个商人的厨房**,妮娜想道。刻赤人认为工作和祷告是一样的。或许这商人的老婆会来这儿用肥皂、水,和磨损的手擦地板、墙面和窗户,向工业和商业之神格森表达敬意。妮娜忍住了想吐的冲动。她们爱怎么擦就怎么擦吧。这有益人身心健康的气味之下,掩盖着擦不掉的霉味,尿味和久不洗澡的味道。散掉这些味道估计要靠奇迹了。

他们穿过了一个阴湿的入口,她以为他们会直接去监狱,但他们又穿过了一扇门,踏上了一段凸起的石头通道,那通道连接着主监狱和看起来像另一个塔楼的建筑。

"我们要去哪儿?"妮娜低声问道。卡兹没有回答。风渐渐变大,吹动着她的面纱,咸咸的水雾刺得她的脸生疼。

他们进入了第二个塔楼以后,一个身影从阴影中浮现,妮娜差点就尖叫出声。

"伊奈姬。"她气息不稳地说道。那苏里女孩头上戴着角,身上穿着一件格莱顽童的高领束腰外衣。没有人会那样移动,仿佛世界如烟,她可以任意穿梭。

"你怎么到那儿的?"妮娜压低了声音问她。

"我那会儿跟着一艘供给船到这的。"

妮娜咬了咬牙,"人们到地狱之门都是来去自如,随意进出吗?"

"他们一周来一次。"伊奈姬说道,她头上的小顽童之角随之晃来晃去。

"什么叫——"

"安静点。"卡兹低声呵斥道。

"你别想让我安静,卡兹,"妮娜愤怒地回击,"如果进入地狱之门有这么容易的话——"

"问题的关键不在于进来,而是出去。现在闭嘴保持警觉。"

妮娜把怒火咽了下去。这整个行动她都需要仰仗卡兹。他拿定了她没有其他选择。

他们进入了一个狭窄的通道。这座塔楼给人的感觉和刚开始的那个完全不同,它更加破旧,粗制的石墙被火炬熏得漆黑。他们的普狮向导推开了一扇厚重的铁门,示意他们跟他走下一段陡峭的楼梯。这里不洗澡的臭味和垃圾味更加浓烈,中间还有缭绕的咸水水汽。

他们下去以后,进入石头深处。妮娜紧紧地抓住墙面。这里没有扶手,虽然看不见底部,但她觉得掉下去的下场不会太好。他们没走太远,达到目的地之后,她开始哆嗦,肌肉紧绷,但知道马蒂亚斯就在这个恐怖地方的某个角落时,她又重新有了力气。他在这里。他在这屋檐之下。

"我们在哪儿?"他们闪身进入一个狭窄的地下通道时,她一边低声

乌鸦六人组(卷一):六只乌鸦

询问,一边穿过装有铁栏的黑洞。

"这是旧监狱,"卡兹说道,"新塔楼建成以后,这里就被闲置了。"

她听到牢房里传出来的哀号。

"这里还关押着犯人吗?"

"罪大恶极的那些。"

她透过两条铁栏向一个空牢房看去。墙上挂着镣铐,镣铐已经生锈,上面或许还有血渍。

一阵持续的敲击声透过墙面,传入妮娜的耳朵。她刚开始以为是海,后来意识到那声音有固定节奏,循环往复。他们进入了一个弯弯曲曲的通道。她的右手边有更多旧牢房,左手边是错开排列的拱门,拱门上的灯光倾泻到通道里,透过牢房铁栏,她看到一群怒吼咆哮的人。

普狮的人带着他们在通道里绕到了第三个拱门前,一个穿着蓝灰色制服的狱警站在那里,背上背着步枪。"你这又来了四个,"普狮的向导越过人群喊道。然后他转向卡兹,"如果你要离开,狱警会找人陪同。没人能在无人带领的情况下走出去,明白?"

"当然,当然,不会异想天开的。"卡兹的声音从那可笑的面具后传来。

"好好享受。"普狮那人露出丑陋笑容说道。狱警挥手让他们通过。

妮娜走下拱门,就好像陷入了噩梦中一样。他们在一个凸出的石头岩架上,俯视着一个不深的粗糙圆形剧场。这个塔楼的内部被拆除了,用来建造竞技场。只有旧监狱黑漆漆的墙还保留着,屋顶已经坍塌或毁坏,夜空清晰可见,此刻的天空乌云密布,没有星星。这感觉就像是站在一个中空的树干里,那树巨大无比,已经死了很久,还有回声环绕。

在她周围,戴着面具或面纱的男男女女都挤在阶梯状的岩架上,踩着脚看下面的打斗。格斗场周围的墙架着火炬照明,竞技场地板上的沙子被血染成了红色,湿漉漉的。

在一个漆黑山洞的洞口前,一个瘦骨如柴,满脸胡须的人,戴着镣铐站在一个巨大的木转盘前,转盘上绘有类似小动物的花纹。显然他曾是一个身强力壮的人,但如今他的皮肤松垮,皱纹遍布,肌肉下垂。一个年轻的男人站在他旁边,那人穿着狮子皮做的披肩,脏兮兮的,他的头从狮口伸出。狮子两耳间挂着一个艳丽的金色斗篷,两个闪闪发光的银币取代了狮子眼睛。

"转动转盘。"那年轻男人命令道。

囚犯抬起他戴着镣铐的手,用力地转了下转盘。转盘旋转时,一根红色的针与转盘的边缘相碰,发出嘈杂的咔嗒声,然后转盘慢慢停了下来。妮娜不太明白那代表什么,就听见人群在吼叫,狱警走过来打开镣铐时,那人的肩垂了下去。

那囚犯把镣铐扔进沙子里,没多会儿妮娜就听到了一声——一声甚至压过人群兴奋叫喊声的咆哮。那囚犯从沙子中一堆染血的武器中拿起一把看起来很薄的刀,与此同时,穿着狮子斗篷的人和狱警急匆匆地爬上了一个绳梯,被拉出格斗场,拉上了安全的岩架。那囚犯尽可能地退到离洞穴通道口最远的位置。

妮娜从未见过那样的生物,那生物一路爬出通道口,出现在人们视野里。它像是某种爬行动物,笨重的身体上覆盖着一层灰绿色的鳞片,头部宽且扁平,眼睛狭长,眼珠呈黄色。它的嘴边有一圈白色的硬甲,当它张开嘴再次咆哮时,尖齿上有湿哒哒的白色泡沫状液体滴了下来。

"那是什么东西?"妮娜问道。

"林卡魔腾,"伊奈姬回答道,"沙漠蜥蜴的一种。它口中的毒液是致命的。"

"它脚下行动看起来挺慢的。"

"是啊。看上去是那样。"

那囚犯手持刀子,猛地向前冲去。那大蜥蜴移动的速度快到妮娜几

乌鸦六人组（卷一）：六只乌鸦

乎都要看不清了。每次囚犯气势汹汹地向它逼近，下一秒，那蜥蜴就已经在竞技场的另一边了。仅在几秒之后，它猛地扑向了囚犯，在囚犯的尖叫声中把他牢牢压在地上，它的毒液滴在了他的脸上，每滴毒液流染的皮肤，都会冒起青烟。

伴着一阵让人不适的嘎吱嘎吱声，那生物把全身的重量压在囚犯身上，开始对他的肩膀发起攻击，囚犯躺在那里呻吟不断。

人群开始喝倒彩。

妮娜移开了目光，不忍心再看下去。"这都是什么？"

"欢迎来到地狱秀，"卡兹说道，"这主意是前些年佩卡·罗林斯想出来的，然后把它推给了合适的理事会成员。"

"商人理事会知道这事？"

"他们当然知道，妮娜。这里有钱赚。"

妮娜握紧拳头，指甲扎进了掌心。卡兹那居高临下的声音听上去真的很欠抽。

佩卡·罗林斯的名字她早有耳闻。他是巴伦的王者，是两家大型赌场的主人——一个富丽堂皇，一个专为囊中羞涩的水手而设，还是几家高档妓院的老板。妮娜一年前来到卡特丹姆时，无亲无故，身无分文，又背井离乡。她前一个礼拜都在刻赤的法庭里，处理对马蒂亚斯的指控。证词完成之后，她就被随意地扔在了第一港口，身上的钱只够预订去雷凡卡的行程。她曾经无比渴望回到祖国，但她知道自己没法让马蒂亚斯留在地狱之门受苦。

她不知道该怎么做才好，但卡特丹姆有新的格里莎身体操控能力者的谣言已经在整个城市传开了。佩卡·罗林斯的人已经在港口附近等她，承诺保证她的安全，让她有处可去。他们把她带到了绿宝石宫，佩卡·罗林斯亲自给妮娜施压，让她加入普狮，并承诺给她在甜点店安排个活儿。她极度缺钱，又很害怕在街上巡回的奴隶贩子，几乎就要答应他的提议了。但那天晚上，伊奈姬手握卡兹·布莱克的提议，爬到了绿宝石宫最顶层，她房间的窗台前。

妮娜永远都不明白伊奈姬是怎么在午夜爬上了六楼的，当时石头墙面被雨水冲刷得非常湿滑，德勒格斯的条款要比佩卡和普狮提出来的优惠许多。如果她合理运用手中的钱，一年，或者最多两年时间，她就能付清合同中规定的款项。并且卡兹选了恰当的人选来做他的说客——一个在雷凡卡长大，仅比妮娜小几个月的苏里信众，还有卖身到动物园一年的痛苦经历。

"关于珀尔·哈斯克尔，你有什么要跟我说的吗？"那晚妮娜问道。

"没太多可说的，"伊奈姬说道，"相比巴伦大多数的老板而言，他没有更好，也没有更坏。"

"那卡兹·布莱克呢？"

"一个骗子，盗贼，完全没有良心可言。但是他会信守你与他达成的任何协议。"

妮娜听出了她声音里的信任。"他让你从动物园重获自由？"

"巴伦没有自由，只有条款。坦特·海琳的姑娘们从来都没法自己赚钱赎身。她会确保每个人都没办法赎身。她——"伊奈姬突然停住了，妮娜可以感受得到她内心奔腾的愤怒，"卡兹说服珀尔·哈斯克尔花钱买下了我的契约。要不我可能已经死在动物园了。"

"你也可能会死在德勒格斯。"

伊奈姬黑色的眼睛闪闪发光，"我可能会。但我最起码是手握武器，站着死去。"

第二天早上，伊奈姬帮妮娜溜出了绿宝石宫。她们与卡兹·布莱克见了面，尽管他冷冰冰的，还戴着奇怪的皮手套，但她还是同意加入德勒格斯，去白玫瑰工作。不到两天时间，一个女孩死在了甜点店，被一个打扮成红脸先生的客人掐死在了她的床上，那客人不知所终。

乌鸦六人组（卷一）：六只乌鸦

妮娜曾信任过伊奈姬，也从没后悔过。但她现在对每个人都很愤怒。她看着一队普狮成员用长矛戳了那沙漠蜥蜴。显而易见，那怪物在饱餐了一顿之后心满意足，愿意被驱赶进通道里，它身体笨重，踱着懒洋洋慢悠悠的步子。

狱警进入到竞技场清理那囚犯残存的尸体时，观众依旧在喝倒彩，面目全非的尸体还在冒着烟圈。

"他们为什么抱怨？"妮娜生气地问道，"这不就是他们来这想看到的吗？"

"他们想看到打斗，"卡兹说道，"他们希望他能坚持得久一点。"

"这太让人反感了。"

卡兹耸了耸肩。"这种让人反感的事，是我始料未及的。"

"这些人不是奴隶，卡兹。他们是囚犯。"

"他们是杀人犯和强奸犯。"

"还有盗贼和诈骗艺术家。*你的同类。*"

"妮娜，宝贝，没人逼迫他们去打斗。这是他们排队等来的机会。他们借此来换取更好的食物，单人牢房，酒水，尤尔达，以及西斯戴夫的姑娘们的探视时间。"

马兹恩捏了捏指关节。"这待遇听起来要比我们在斯兰特的好。"

妮娜看到那些人大吼大叫，耍杂技的走在通道里与人打赌。地狱之门的囚犯排队等着格斗，但佩卡·罗林斯得到的却是实实在在的钱。

"赫尔瓦尔没有……赫尔瓦尔没有在竞技场格斗过，对吧？"

"我们不是到这来感受气氛的。"卡兹说道。

这就不止是欠抽了。"你信不信我可以动动手指就让你尿裤子？"

"淡定，摄心师。我还挺喜欢这条裤子的。如果你对我的重要器官动手，马蒂亚斯·赫尔瓦尔就看不到明天的太阳了。"

妮娜吐出一口气，不对任何人怒目而视，努力让自己平静下来。

"妮娜——"伊奈姬喃喃低语道。

"你别跟我说话。"

"一切都会解决的。放任卡兹去做他最拿手的事。"

"他太可怕了。"

"但很有效。因卡兹的无情而愤怒,就像因火炉发热而生气一样。你知道他是什么样的人。"

妮娜双手交叉,抱在胸前。"我对你也很生气。"

"我?为什么?"

"我现在还不清楚。但总之我很生气。"

伊奈姬轻轻捏了捏妮娜的手,片刻之后,妮娜捏了回去。她坐下来头晕目眩地熬完了一场又一场打斗。她告诉自己她已经准备好了——准备好再次见到他,在这个残酷的地方见到他。毕竟,她是个格里莎,是第二军队的战士。她见过更糟糕的场面。

但当马蒂亚斯出现在下面的洞穴通道口处时,她就明白她错了。妮娜一眼就认出了他。过去一年里的每个晚上,她都会想着马蒂亚斯的面容睡去。她不会弄错那金色的眉毛和棱角分明的颧骨。但卡兹也确实没撒谎:马蒂亚斯变化很大。那个回头怒视人群的少年已然是个陌生人了。

妮娜记得第一次见马蒂亚斯是在月光下的克里什树林里。他英俊到不像真人。如果换个场景,她可能会觉得他是来拯救她的,是一个有着金色头发、冰川似的淡蓝色眼睛的、带着光圈的救世主。但是他所说的语言,以及每次看向她时脸上厌恶的表情,让她知道了他的真实身份。马蒂亚斯·赫尔瓦尔是一个巫师猎人,以抓捕格里莎接受审判和行刑作为使命的巫师猎人,但在她眼里,他一直都是一个闪闪发光的战神。

他现在看上去是他真正的模样:一个杀手。他赤裸的躯干看上去像是用钢铁锻造的一般,虽明知这不可能,但他看上去更强大了,身体结构像是被重新塑造过一般。他的皮肤曾是蜜色的,现在污垢下的皮肤呈

乌鸦六人组（卷一）：六只乌鸦

现出鱼肚白色。他的头发——曾经那头漂亮又浓密的金发，留成了菲尔丹战士特有的长发。如今，他和其他囚犯一样，被剃成了秃头，可能是为了防止生虱子。剃头发的狱警显然手艺很差。离这么远的距离，她都可以看到他头皮上的伤口和割痕，还有剃头刀剃过后的一条一条纹路。但他依旧很英俊。

他看着人群，用力转了一下转盘，差点把它从底座上拧下来。

咔嗒咔嗒咔哒。蛇。老虎。熊。野猪。转盘欢快地转动着，然后速度渐渐变慢，最后停了下来。

"不。"妮娜看到指针指的区域时说道。

"还有更糟的呢，"马兹恩说道，"指针可能会再次停到沙漠蜥蜴那一块。"

她抓住了卡兹斗篷下的手臂，感觉到他的肌肉绷紧了。"你必须阻止这一切。"

"放开我，妮娜，"他粗嘎的声音很低沉，但她感受到了他声音里的威胁。

她放开手。"求你了，你不明白。他——"

"如果马蒂亚斯·赫尔瓦尔能活下来，我今晚就会把他带离这个地方，但这一部分要靠他自己。"

妮娜沮丧地摇了摇头。"你不明白。"

狱警打开了马蒂亚斯的镣铐，镣铐刚掉到沙子里时，他就与解说员一起跳上梯子，被拉到了安全的地方。人群尖叫着跺脚。但马蒂亚斯沉默地站着，一动不动，即使是在门打开之后，即使是在狼群走出通道之后——三匹狼咆哮着，龇牙咧嘴，一个接一个地腾空扑向他。

在最后一秒时，马蒂亚斯蹲伏下来，把一匹狼打倒在地，然后朝右侧翻滚，从沙子中捡起在先前的打斗中染了血的刀子。他猛地站了起来，拔出刀子，拿在身前，但妮娜看得出他的不情愿。他的头偏向一侧，蓝色的眼眸里露出恳求的神色，似乎是在与包围着他的那两只狼进行无声的谈判。不管他的诉求是什么，它们都没有听取。右侧的狼猛扑过去。马蒂亚斯低低地蹲伏下去之后转身，把刀刺进了狼的腹部。狼痛苦地嘶吼了一声，声音让马蒂亚斯颤抖了下。这让他浪费了宝贵的几秒钟。第三匹狼一跃而起，把他扑倒在沙子上。他带着狼一起翻滚。狼猛地张开口，马蒂亚斯抓住了狼的上下颌，掰开了狼口。他胳膊上的肌肉鼓起，一脸冷漠。妮娜闭上了眼睛。一声让人不适的咔嚓声后，人群沸腾。

马蒂亚斯跪在狼的身旁。狼的颌骨碎裂了，躺在地上痛苦地抽搐着。他伸手够了一块石头，狠狠地砸在那可怜的生物的头骨上。一切都静止了，马蒂亚斯的肩膀耷拉下去。人们吼叫，跺脚。只有妮娜知道这一切对他来说有多么痛苦。他曾经是巫师猎人。狼对他们来说是神圣的，他们饲养狼，而他们养那些狼在战场上就像马一样，只不过更加凶狠一些。它们是朋友，是同伴，能与巫师猎人主人一起肩并肩战斗。

第一匹狼缓过劲后朝他围了过来。**行动，马蒂亚斯**，她急切地想道。他站了起来，但动作非常缓慢，看上去很疲惫。他的心思不在这场打斗上。他的对手是灰狼，那狼四肢修长而有力，充满了野性，是菲尔丹北部白狼的近亲。马蒂亚斯的手中没了刀，只有一块染血的石头，剩下的狼在他和武器堆中间的竞技场上徘徊，准备伺机而动。那头狼低下了头，亮出白森森的牙齿。

马蒂亚斯冲向了左边。那头狼猛扑，咬住了他的侧面。他闷哼一声，重重地跌倒在地。有一瞬间，妮娜觉得他会屈服，任由狼咬死自己。他突然出手，手在沙子里摸索，好像在找什么东西。他的手慢慢朝曾困住他手腕的镣铐接近。

他抓住了镣铐，把链子套在了狼的脖子上，然后用力拉紧，他脖子上青筋暴起，沾血的脸贴向狼的颈毛，双眼紧闭，嘴唇一直在动。他在

乌鸦六人组(卷一):六只乌鸦

说什么?巫师猎人的祷告,还是告别?

那头狼的后腿在沙子上胡乱蹬着。眼珠翻动,因惊恐而露出的眼白在暗淡无光的皮毛映衬下格外显眼。它的胸膛发出一声高亢的呜咽。然后就悄无声息了。狼的身体僵直。马蒂亚斯双眼紧闭,脸埋在它的皮毛里。

人群中响起雷鸣般的掌声。梯子降了下来,解说员一跃而下,拖着马蒂亚斯站了起来,抓着他的手腕,把他的手举了起来,以表胜利。解说员轻推了一下他,马蒂亚斯抬起了头。妮娜屏住了呼吸。

眼泪冲掉了马蒂亚斯脸上的泥土,留下两道泪痕。愤怒消失了,好像火气也随着眼泪排了出去。他北海般的眼睛里是她未曾见过的冷漠,空洞到没有情绪,像是抽离了所有人类的感情一样。这就是地狱之门带给他的,而这一切都是她的错。

狱警再次抓住马迪亚斯,从狼脖子上扯下锁链,把它重新戴回马蒂亚斯的手腕上。狱警带他离开时,人群爆发出浓浓的不满情绪,大叫着"再来一场!再来一场!"

"他们要把他带去哪里?"妮娜问道,声音颤抖着。

"去牢房睡一觉,让他从打斗中恢复过来。"

"会有人给他看伤吗?"

"他们有医师。我们只需要静静地等待,并确保他是一个人。"

我可以为他疗伤,她想道。但一个黑暗的声音在她内心响起,充满了嘲讽。*别那么愚蠢,妮娜。没有哪个疗愈师可以治愈那个少年的伤痛。你心里很清楚。*

她觉得自己都要灵魂出窍了,时间慢得让人焦灼。其他人在看下一场打斗——马兹恩劲头十足,扳着手指预测结果,伊奈姬沉默寡言,一动不动,跟雕像一样,卡兹依旧和往常一样高深莫测,丑陋的面具之下一脸算计。妮娜减缓了自己的呼吸,迫使自己的脉搏变慢,努力让自己平静下来，但她没办法把脑子里的一片嘈杂调成静音。

最终，卡兹推了她一下。"准备好了吗，妮娜？先干掉狱警。"

她扫了一眼站在拱门边的狱警。

"几成伤？"这是巴伦地区特有的问法。*意思是你想让他伤成什么样？*

"闭眼。"*把他弄晕，但不要造成实质性的伤害。*

他们跟着卡兹来到了他们进来时的拱门边。观众都在全神贯注看下面的打斗，鲜少有人注意到他们。

"需要陪同？"他们走近时狱警问道。

"我有个问题。"卡兹说道。斗篷之下，妮娜举起了手，感知着狱警血管里血液的流动，以及他肺部的组织。"关于你母亲的那些传言是不是真的。"

感觉狱警的脉搏激烈地跳动之后，妮娜叹了一口气。"每次都把事情复杂化，是吧，卡兹？"

狱警向前一步，举起了枪。"你说什么？我——"他的眼睑垂了下来。"你不——"妮娜降低了他的脉搏，那狱警向前倒去。

在他倒地之前，卡兹抓住了他，伊奈姬快速地给他披上了卡兹刚才披着的斗篷。妮娜看到卡兹在斗篷下穿了一件狱警的制服时也没有太惊讶。

"你就不能先问问他时间什么的吗？"妮娜说道，"你从哪里弄到这身制服的？"

伊奈姬给那警卫戴上了精神病人的面具，马兹恩把他的手臂架在了自己肩膀上，向上提着他，就仿佛那狱警是喝多了一样。他们把他安置在了紧挨着后墙的椅子上。

卡兹套好制服的袖子。"妮娜，好的服装会让人放下自己的权威。我有沙得威志的各种制服，包括港口巡警和吉尔德斯坦特每位商人家的浅

乌鸦六人组(卷一):六只乌鸦

绿色制服。我们走吧。"

他们没有走来时走的路,而是绕着那塔楼逆时针走,人们的喝彩和跺脚让竞技场的墙都随之抖动。站在每个拱门前的警卫似乎都懒得看他们一眼,个别人会朝卡兹点下头。卡兹脚步匆匆,脸埋在衣领里。

妮娜陷入沉思,卡兹举起手示意他们慢下来的时候,她差点都没看见。他们已经转过了两个拱门之间的一个弯,站在了一个可以掩护他们的阴影下。他们的前方,一个医师在狱警的陪同下从一个牢房走了出来,另一个狱警提着灯笼。"他整晚都会沉睡,"医师说道,"请确保他早上喝点东西,检查下他的瞳孔。我给他吃了高效安眠药。"

那几个人朝相反的方向走去,卡兹示意他们继续向前走。嵌在石头里的门是用坚固的钢铁制成的,门上有一个用来给囚犯递饭的狭槽。卡兹弯下腰去弄门锁。

妮娜看了眼粗糙的铁门。"这地方也太原始了。"

"大多数优秀的斗士都在旧塔楼里沉睡,"卡兹回答道,"这能把他们和其余人分开。"

妮娜左顾右盼地看着竞技场倾泻出的灯光照亮的地方。那里有狱警在门廊前站着,或许有点心不在焉,但目前要做的就是让他把头转过去。如果他们被当场抓获的话,狱警会不会为了要把他们送到沙得威志接受审判,还是把他们送进竞技场的老虎口中而纠结呢?或许等着他们的是低等的东西,她悲观地想道,*一群愤怒的田鼠。*

卡兹撬锁的速度很快。门吱吱嘎嘎地打开了,他们溜了进去。

牢房里漆黑一片。没多会儿,她身边一盏骨灯点着了,发出幽暗的绿光。伊奈姬高举起这个小玻璃球。它里面放着烘干粉碎后的发光的深海鱼骨。这对那些不愿意困在黑暗的小巷里,又不愿意提灯笼的巴伦骗子来说,是司空见惯的东西。

*最起码它是干净的,*妮娜想道,眼睛适应了黑暗。这里有巴伦特有

的湿冷,但最起码不脏。她看到一个铺着毯子的简陋小床,墙边放着两个桶子,一个桶子的边缘搭着一条染了血的布。

这就是地狱之门里的人追求的东西:一个单人牢房,一条毯子,干净的水,还有一个恭桶。

马蒂亚斯背靠着墙睡着了。在骨灯昏暗的灯光下,她看到他的脸肿了。他的伤口上涂了药膏——金盏花。她辨别出了它的气味。

妮娜朝他走去,但卡兹一只手抓住她的胳膊,阻止了她,"让伊奈姬检查一下伤势。"

"我可以——"妮娜开口说道。

"我需要你去做马兹恩那边的工作。"

伊奈姬把乌鸦头拐杖扔给了卡兹,她先前肯定是把它藏在了自己的格莱顽童斗篷之下。她拿着骨灯,单膝跪在马蒂亚斯身旁。马兹恩向前走了一步,脱了他的斗篷和衬衣,拿掉了精神病人的面具。他的头也剃了,穿着囚服裤子。

妮娜看着马蒂亚斯,然后又转向马兹恩,努力猜测卡兹打算做什么。这两个少年身高接近,身形相似,但也就这点相似之处了。

"你不会是想让马兹恩代替马蒂亚斯吧。"

"他不是来这插科打诨的,"卡兹回答道,"你需要在马兹恩身上再现马蒂亚斯的伤痕。伊奈姬,详细说说都有哪些伤。"

"关节瘀青,牙齿有缺口,肋骨断了两条,"伊奈姬说道,"左边的第四根和第五根。"

"他的左边还是你的左边?"

"他的左边。"

"这样不行,"妮娜沮丧地说道,"我可以仿造赫尔瓦尔身上的伤,但我不是一个技艺精湛的修容师,没法让马兹恩看起来像他。"

"相信我,妮娜。"

乌鸦六人组（卷一）：六只乌鸦

"我没法信你，巧妇难为无米之炊，卡兹，"她凝视着马兹恩的脸说道，"即使我让他的脸肿起来，也没法蒙混过关。"

"今晚，马蒂亚斯·赫尔瓦尔——或者说我们亲爱的马兹恩——将会染上火毒，因狼而起的，狼群或是犬科动物都携带那种病毒。明天早上，狱警发现他时，他已经满脸脓包，面目全非，难以辨认，然后狱警会把他隔离一个月，看他是否能从高烧中幸存下来，并且确认这病毒不会再传染别人。在此同时，马蒂亚斯会和我们在一起。明白？"

"你想让我把马兹恩弄成他染了火毒的样子？"

"是的，抓紧时间，妮娜，因为大约十分钟后，这里将会变得非常忙碌。"

妮娜盯着他。卡兹计划做什么？"不管我怎么做，效果都没法持续一个月。我不能让他永远发烧。"

"我在医务室的暗线会保证他生足够久时间的病。我们只需要让他在诊断时可以蒙混过去。现在，抓紧时间动手。"

妮娜上上下下打量了一眼马兹恩。"这会很疼，就像是你亲自经历了那场打斗一样。"她提醒道。

他绷起脸，准备迎接痛苦。"我可以忍受。"

她翻了个白眼，抬起手，注意力高度集中。她的右手猛地砍了一下左手之后，马兹恩的肋骨断掉了。

他闷哼一声，弯下了腰。

"小伙子，好样的，"卡兹说道，"你成功地忍受住了。下一步，关节，然后是脸。"

妮娜让马兹恩的关节和手臂上满是瘀青和伤痕，来匹配伊奈姬所描述的伤口。

"我从来没有近距离看过火毒患者。"妮娜说道。她只在小宫殿上解剖学课时看过课本里的注解。

"那就靠运气,"卡兹冷酷地说道,"快点。"

她按照记忆,让马兹恩的脸和胸膛肿起来,血丝遍布,然后再让水疱鼓起来,直到那脓包让他面目全非为止。那大块头呻吟了下。

"你为什么会同意这么做?"妮娜讷讷地问道。

马兹恩脸上肿起的地方颤抖着,妮娜觉得他可能是在努力微笑。"钱是个好东西。"他含糊不清地说道。

她叹了口气。巴伦的所有人什么事都做还能是为了什么呢?"好到让你同意被关在地狱之门吗?"

卡兹用拐杖敲了敲地板。"别挑事,妮娜。如果赫尔瓦尔配合的话,等这事结束后,他和马兹恩都能获得自由。"

"那如果他不呢?"

"那赫尔瓦尔重新回来蹲监狱,给马兹恩的钱照付,并且我会带他去卡彭罗穆吃早餐。"

"我能吃华夫饼吗?"马兹恩咕哝道。

"我们可以都吃华夫饼,还会有威士忌。如果这任务失败了,没有哪个头脑清醒的人会跟着我混。完成了吗,妮娜?"

妮娜点点头,然后伊奈姬站在她刚在的位置,给马兹恩裹上绷带,让他看起来和马蒂亚斯一样。

"好了,"卡兹说道,"让赫尔瓦尔站起来。"

卡兹拿着骨灯站在旁边看着妮娜,她蹲在马蒂亚斯身旁。即使是在梦里他依旧眉头紧锁。她的手指掠过了他下颌的瘀青,忍住了想要停留在那儿的冲动。

"不是脸,妮娜。我需要的是他能动,不是英俊。抓紧给他疗伤,只要让他现在能走就行。我不希望他生龙活虎到给我们惹麻烦。"

妮娜把毯子拉了下去,开始工作。**不过是另一个躯体而已**,她跟自己说道。她经常半夜接到卡兹给德勒格斯成员疗伤的召唤,因为他不想

乌鸦六人组（卷一）：六只乌鸦

把他们带去有执照的医师那里——被刺伤的少女，断了腿或者中了子弹的少年，与沙得威志警卫或是其他帮派打斗过程中负伤的伤员。假装这是马兹恩，她跟自己说，或是大鲍里格又或是其他傻子。你不认识这人。这是实话。她认识的少年或许是绞刑台，但这绞刑台上装了些新的东西。

她轻轻地碰了碰他的肩膀。"赫尔瓦尔。"她说道。他没有动静。"马蒂亚斯。"

她哽咽了下，眼泪在眼眶里打转。她亲了亲他的鬓角。她知道卡兹和其他人在看，也知道此刻的自己像个傻子，但过去了这么久，他终于出现在她面前，还浑身是伤。"马蒂亚斯。"她重复道。

"妮娜？"他的声音很冷，但和她记忆中的一样可爱。

"噢，神呐，马蒂亚斯，"她轻声说道，"快起来。"

他无力地睁开了眼睛，那抹蓝色很淡。"妮娜。"他轻声说道。他的关节擦过了她的脸颊；他粗糙的手试探着捧住了她的脸，不可置信地唤道："妮娜？"

她的眼里满是泪水，"嘘，马蒂亚斯，我们来带你出去。"

她还来不及眨眼，他就握住了她的肩。把她按倒在地。

"妮娜！"他怒吼道。

然后他的双手伸向她的脖子。

第二部分

仆人和杠杆

7
马蒂亚斯

马蒂亚斯又做梦了。梦到了她。

在他所有的梦里，他都在追捕她，有时候是在初春新长出的绿色草坪上，但更多的时候是在冰原上，准确无误地躲避巨石，跨越裂缝。每次都是他在追，每次都能抓住她。在那些美梦里，他把她打倒在地，扼住她的喉咙，看着她眼里的生命之光一点点消散，满心都是复仇——终于，终于。在那些噩梦里，他吻了她。

在那些梦里，她没有与他打斗。她朝他笑着，仿佛追捕对她来说只是个游戏，仿佛她知道他会抓住她，仿佛她就是想让他抓住她，仿佛世界上她最愿意去的地方就是他身边。在他的臂弯里，她热情洋溢，完美无瑕。他吻了她，把头埋在她香甜的颈边。她的卷发刷过他的脸颊，让他觉得好像只要再拥抱她一会儿，所有伤口，所有疼痛，以及所有不幸都会烟消云散。

"马蒂亚斯。"她会轻声说道，他的名字从她嘴中说出是如此的柔和。这是那些最糟糕的梦，梦醒之后，他如讨厌她一般，讨厌自己。要知道在梦中，他会背叛自己，会又一次背叛自己的国家，要知道——在她做了这一切之后——他的身体依旧不齿地渴求她……这实在是够了。

今晚又是一个噩梦，特别糟糕的那种。她穿着蓝色的丝绸衣服，比他以往见过她穿的所有衣服都要华美；头发上挂着轻薄如雾的面纱，在灯光的映衬之下，如同雨丝一般。空气里依旧有潮湿的青苔味，当然也有香水味。妮娜喜欢一切奢华的东西，这种香味闻起来很华贵——玫瑰味还有其他味道，那些他赤贫的鼻子分辨不出来的味道。她柔软的嘴唇落在了他的鬓角，他发誓她在哭。

"马蒂亚斯。"

"妮娜。"他努力回应道。

"哦，神呐，马蒂亚斯，"她轻声说道，"快起来。"

然后他醒了，他觉得自己要疯了，因为她就在这里，在他的牢房里，跪在他的旁边，手轻轻地放在他胸膛上。"马蒂亚斯，求你了。"

她的声音里充满了恳求。这在他梦里曾经出现过。有时候她乞求他的宽恕。有时候她在乞求其他东西。

他伸出手，摸到了她的脸。她的皮肤特别柔软。他还曾因此嘲笑过她。没有哪个真正的战士的皮肤是那样的，他说她锦衣玉食，娇生惯养。他嘲笑她身体富有肉感，也因自己对她的反应感到不齿。他轻轻捧着她温暖的脸颊，感受着她的头发轻轻摩擦着他的手。如此美好。如此真实。这不合理。

然后他看到了手上干涸的血迹。完全清醒之后，一波一波的疼痛袭来——断掉的肋骨，隐隐作痛的关节。一颗牙齿上还有缺口。他不确定是什么时候，但舌头碰到它时，被划破了。他的嘴里还有一股血腥味。狼。他们让他杀狼。

他清醒了过来。

乌鸦六入组（卷一）：六只乌鸦

"妮娜？"

她美丽的绿眸里满是泪水。他怒从中来。她没资格流泪，没资格同情他。

"嘘，马蒂亚斯，我们来带你出去。"

在玩什么把戏？新一轮的残酷游戏？他刚学会在这个残酷的地方生存，现在她又要带给他新的折磨。

他猛地向前扑去，把她扑倒在地，双手掐住她的喉咙，不断用力，他跨坐在她身上，膝盖把她的双臂牢牢地固定在地上。他太清楚，妮娜的双手得以自由的话，是非常致命的。

"妮娜。"他咬牙切齿地说道。她落到了他的手里。"巫婆。"他附身靠近她，愤然说道。他看到她的眼睛瞪大，脸变得红红的。"求我，"他说，"求我放你一条生路。"

他听到了咔哒一声，然后一个粗嘎的声音说道："把你的手拿开，赫尔瓦尔。"

站在他身后的人用一把枪逼近他的脖子。马蒂亚斯都没看他一眼，"来吧，开枪。"他说道。他的双手更加用力地捏住了妮娜的脖子——没什么能够阻止他。没有。

叛徒，巫婆，可恶。这些词涌入他的脑海，但还有其他词也涌了进来：*美丽，迷人*。Röed fetla，他称呼她道。小红鸟，这是她格里莎品阶的颜色。她最爱的颜色。他的手再度用力，不让自己心软。

"如果你已经丧失了理智的话，那这要比我预想的要难办一点。"那个粗嘎的声音说道。

他听到空气中传来嘶嘶声，然后左肩有巨大的疼痛袭来。感觉好像是有个小小的拳头给了他一记重击，整个手臂都没有知觉了。他闷哼一声向前倒去，双手依然没有放开妮娜的脖子。他原本会直直地倒在她身上，但是有人抓着他的衬衣领把他拉了起来。

一个穿着狱警制服的少年站在他面前，黑色的眼睛格外明亮，他一只手里拿着枪，另一只拿着拐杖。手柄上雕刻着的东西看上去像是乌鸦头，鸟喙格外地尖。

"自己站起来，赫尔瓦尔。我们来这儿是带你出去的。刚才给你手臂那一下，我可以在你的腿上再来一次，到时候把你拖出去就是了，或者你可以像个人一样离开，用自己的脚走出去。"

"没有人能走出地狱之门。"

"今晚之后就有了。"

马蒂亚斯坐了起来，抓着自己没有知觉的手臂，想努力让它恢复知觉。"你们没法带我走出这里。狱警会认出我的，"他厉声说道，"我才不会牺牲我通过格斗赢来的特权，跟你们去鬼知道是哪儿的地方。"

"会给你戴上面具。"

"如果狱警检查——"

"他们会忙到没空检查。"那个奇怪的，面色苍白的少年说道。然后尖叫声四起。

马蒂亚斯猛地抬头。他听到竞技场里传来雷鸣般的脚步声，人们如潮水般涌进他牢房外面的通道。他听到了狱警的呼喊，狮子的咆哮，大象的吼叫。

"你打开了笼子。"妮娜的声音里充满了不可置信的颤抖，谁知道那是真的还是她演的。他拒绝朝她的方向看。如果看了，他将会理智全无。他勉力维持现状。

"詹斯博理应在三声钟响之后动手。"那个苍白的少年说道。

"是三声钟响，卡兹。"角落里的女孩回答道，她头发漆黑，皮肤是苏里特有的古铜色。一个满身伤痕和绷带的人靠在她身上。

"詹斯博什么时候这么守时了?"那少年看了一眼表后抱怨道，"站起来，赫尔瓦尔。"

乌鸦六人组(卷一):六只乌鸦

少年伸出戴着手套的手,他盯着它。这是一场梦。一场他做过的最奇怪的梦,只是梦。或许是杀狼最终真的把他逼疯了。他今晚手刃了亲人。不管怎样为它们不羁的灵魂祷告,都无法让一切恢复原状。

他抬头看着那个面色苍白的恶魔,还有他戴着黑色手套的手。卡兹,她是这么叫他的。他会把马蒂亚斯带出噩梦还是会让他坠入另一个地狱?选吧,赫尔瓦尔。

马蒂亚斯抓住了那个少年的手。如果这一切是真的,不是幻象,他会避开这些人给他设的一切陷阱。他听到妮娜长长地呼了一口气——她感到如释重负了,还是恼羞成怒了?他摇了摇头。后面再跟她算账。那个古铜色肌肤的女孩在马蒂亚斯的肩膀上披了一件斗篷,在他的头上戴了一个丑陋的有大鹰钩鼻子的面具。

牢房外的通道一片混乱。穿着各种戏服的男女奔涌而过,尖叫着,你推我搡,试图逃离竞技场。狱警拔出了枪,他听到了枪声。他感到头晕目眩,他的身侧疼得厉害,左臂依旧没有知觉。

卡兹朝远处右边的拱门打了个手势,意味着他们要穿过人流进到竞技场内。马蒂亚斯并不在意。他可以选择混入人群,一路挤上楼梯,然后登上船只。但那之后呢?这并不重要。他没有时间规划了。

他刚步入人群就立马被拽了回来。

"你这样的人就不应该起什么心思,赫尔瓦尔,"卡兹说道,"那楼梯通向一个瓶颈路段,你觉得狱警在放你通过之前不会让你拿掉面具接受检查?"

马蒂亚斯怒容满面,跟着其他人一起穿越人海,卡兹的手就在他的背上。

如果说通道内一片混乱,那竞技场就是一片疯狂。马蒂亚斯瞥到有土狼在岩架上跳来跳去。还有一只在深红色的斗篷里给幼崽哺乳。一头大象掌管了竞技场的墙,掀起一阵阵尘土,沮丧地吼着。他看到一只白色的熊和一只来自南部殖民地的巨狮蹲伏在屋檐下，龇牙咧嘴的。他知道笼子里还有蛇。他只求詹斯博没蠢到把它们也给放了出来。

他们穿过了马蒂亚斯过去六个月里靠打斗争取来的沙地，走到通道口时，沙漠蜥蜴迈着沉重的步伐向他们走来，它的口中流着剧毒的白色泡沫，粗壮的尾巴在地上扫来扫去。马蒂亚斯还没来得及行动，那个古铜色肌肤的女孩就从它的背上跳了过去，拿出两把明亮的匕首刺进了它的鳞片，结果了它的性命。那蜥蜴呜咽着瘫倒在地上。马蒂亚斯感觉到一阵难过。他从没见过哪个斗士能在这个古怪生物的攻击之下存活，但它毕竟也是个活物。*是在这之前没见过*，他纠正自己道。*这个古铜肤色的女孩的匕首很值得一看。*

他推测他们会穿过竞技场，回到岩架来避开堵住通道的人群，然后快速攻占楼梯，希望能蒙混过在上面等着的狱警的盘查。相反地，卡兹带着他们走下通道，经过了那些笼子。那些笼子是被掀翻的旧牢笼，用来关那些需要在本周地狱秀上出场的野兽——其中有马戏团的老动物，甚至还有偷来的病家禽，以及从森林里和乡下捕来的野兽。他们快速走过那些敞开的门时，他瞥到有一双黄色的眼睛在阴影里盯着他们，但下一秒他继续前行。他咒骂着毫无知觉的胳膊和手里没有武器的事实。这会儿他没有任何防卫能力。*这个卡兹要带我们去哪？* 他们路过了一头啃食狱警的野猪，还有一只流着唾液、冲他们嘶吼、但没有靠近的豹子。

然后，透过动物的体臭和它们排泄物的味道，马蒂亚斯嗅到了咸水特有的味道，听到了水流声。他趔趄了一下，发现脚下的石头是潮湿的。他如今在以前狱警从不允许他来的通道的更深处。它肯定是通向海的。不管妮娜和她的同伴打算做什么，他们真的把他带出了地狱之门的竞技场。

借着卡兹和古铜肤色的女孩拿着的绿光小球，他看到一艘小船停在不远处。看上去好像是有个狱警坐在里边，但那人抬起一只手，招手让

乌鸦六人组（卷一）：六只乌鸦

他们向前。

"你早了，詹斯博。"卡兹一边把马蒂亚斯推向船一边说道。

"我那是准时。"

"对你来说，那是早了。下次你打算让我印象深刻时记得提前预告一声。"

"动物全出去了，我还给你找来一艘船。按常理，此时应该有声谢谢。"

"谢谢你，詹斯博。"妮娜说道。

"完全不用客气，美人。看到没，卡兹？这才是文明人应该干的事。"

马蒂亚斯心不在焉地听着。感官恢复时，他的左手开始刺痛。他打不过他们，在这种状态下，在他们手握武器时。但卡兹和船里的那个少年，詹斯博，看上去就只有他俩有枪。解开绳子，干掉詹斯博。他就会拥有一把枪，还有一艘船。**碰到桨之前，妮娜就会让你的心停跳**，他提醒自己。所以先朝她开枪。一颗子弹穿透她的心脏。等她倒下之后，再结束这一切。他可以的。他知道自己可以的。他要做的就是分散他们的注意力。

那个古铜肤色的女孩就站在他右边。她还没他肩膀高。即使受着伤，他也可以在保证自己不失足又不对她造成实质性伤害的情况下，把她推进水里。

淹死这个女孩。掌控那艘船。废了那个射手。杀了妮娜。杀了妮娜。杀了妮娜。他深吸一口气，然后把全身的重量压向那个女孩。

好像知道他要倒下似的，她走到一边，懒洋洋地用她的脚跟钩住他的脚踝。

马蒂亚斯重重地跌在了石头上，发出一声痛呼。

"马蒂亚斯——"妮娜说着走上前来。他向后挪去，几乎要掉到水里。如果她再把手放到他身上，他绝对会丧失理智。妮娜顿住了，脸上受伤的表情显而易见。她没有资格。

"拙劣,这手段。"古铜肤色的女孩面无表情地说道。

"把他带下去,妮娜。"卡兹命令道。

"不要。"马蒂亚斯抗议道,内心生出一阵恐慌。

"你能蠢到让船翻了。"

"离我远点,巫婆。"马蒂亚斯朝妮娜吼道。

妮娜朝他重重地点了下头。"如你所愿。"

她举起了双手,马蒂亚斯的眼皮变得越来越重,让他逐渐失去意识。"杀了你。"他咕哝道。

"好好睡一觉吧。"她的声音像狼一样,紧跟着他不放,把他驱入黑暗。

在一个挂着黑红相间帘子的无窗的房间里,马蒂亚斯沉默地听着那个面色苍白、怪异反常的少年嘴里冒出的奇怪的话。马蒂亚斯很了解恶魔,只是轻轻一瞥,他就知道卡兹·布莱克是长期行走在黑暗里的生物——他爬到光下时,都是带着黑暗而来。马蒂亚斯可以感受到他周围的黑暗气息。他知道其他人都嘲笑菲尔丹人太迷信,但他一直都深信不疑。或者说他曾经深信不疑,在遇到妮娜之前。后来他被迫怀疑自己,这是她的背叛带来的最糟糕的影响之一。这种怀疑是他在地狱之门失利的祸根,在地狱之门,直觉就是一切。

他在监狱时听过布莱克的名字,与他联系在一起的词语都是——犯罪奇才,冷酷无情,毫无道德。他们称他为黑手,因为只要价格合适,就没有他不犯的罪。现在这个恶魔正在谈论闯入冰庭,让他犯叛国罪。*再一次*,马蒂亚斯纠正自己道,*我要再犯一次叛国罪*。

他盯着布莱克,敏锐地意识到妮娜在这个屋子的另一边看着他。他

乌鸦六人组(卷一)：六只乌鸦

的鼻子里，甚至是嘴里都是她身上的玫瑰味；那浓烈的香味停留在他的味蕾上，就像他在品尝她一样。

马蒂亚斯醒来后发现自己被捆了起来，绑在了一个看起来像是赌场的地方的椅子上。肯定是妮娜让他从之前的昏迷中醒了过来。她在那里，与那个古铜色的女孩一起。詹斯博，船里那个四肢修长的少年，坐在角落里，消瘦的膝盖支了起来，还有一个一头红金色卷发的少年，坐在一个玩牌用的圆桌前，漫无目的地在桌上的纸片上信手涂鸦，时不时还咬一下大拇指。桌上盖着一块印有繁复乌鸦花纹的深红色桌布，还有一个转盘支在一面黑漆漆的墙旁边，那转盘和地狱之门竞技场的看起来很像，但是标记不同。马蒂亚斯感觉有人——或许是妮娜——在他昏睡期间精心照料他的伤口。这想法让他非常不快。干净的疼痛要好过受格里莎的腐蚀。

然后布莱克开始说话了——关于一种叫作尤尔达潘勒姆的药，关于它的奇效，以及关于试图突袭冰庭的荒唐想法。马蒂亚斯一时无法确定什么是事实，什么是虚幻，但这也不重要。卡兹最终说完以后，马蒂亚斯只回答："不。"

"相信我接下来说的一切，赫尔瓦尔：我知道把你弄晕并且带到一个陌生的环境中，这不是一种建立合作关系的友好的方式，但你也没给我们别的选择，所以，试着敞开你的心扉，去接受更多的可能性。"

"即使你跪着求我，我的答案也是一样的。"

"你应该明白我让你重回地狱之门就是几个小时的事儿吧？只要可怜的马兹恩还在医务室里，把你俩换过来很容易。"

"来吧。我等不及把你那可笑的计划告诉监狱长了。"

"是什么让你觉得你可以带着舌头回去的？"

"卡兹——"妮娜抗议道。

"随便你怎么做。"马蒂亚斯说道。他不会再次背叛他的国家了。

"我跟你说过。"妮娜说道。

"别装作很了解我的样子,巫婆。"他厉声说道,将目光对准卡兹。他不会看她的。他拒绝。

詹斯博在角落里抻了抻筋骨。他们现在摆脱黑漆漆的地狱之门了,马蒂亚斯可以看到他哲蒙尼特有的古铜色皮肤,以及与之不相称的灰色眼睛。他的体型有点像鹳。"没有他,任务没法进行,"詹斯博说道,"我们没法打进冰庭内部。"

马蒂亚斯想笑。"你根本就进不去冰庭。"冰庭不是普通的建筑。它是一个封闭的建筑群,是菲尔丹古时候的大本营,是历任国王和王后的家,是他们存放珍宝的储藏库,也是他们最为神圣的宗教遗迹。它固若金汤。

"现在加入,赫尔瓦尔,"那恶魔说道,"你肯定有想要的东西。缘由对你这样的爱国狂热者来说非常正当。菲尔丹觉得他们揪着龙尾抓住了龙,但他们控制不住。一旦博·亚尔拜亚重复他的制作工艺,尤尔达潘勒姆就会流入市场,其他人学会它的制作方法也只是时间问题。"

"这一切不会发生。亚尔拜亚会受审,如果他有罪的话,将会被处以死刑。"

"以什么罪?"妮娜轻声问道。

"反人类罪。"

"什么人?"

他可以听到她声音里快要无法抑制的怒火。"自然人,"马蒂亚斯回答道,"在法律的约束之下,人们和谐相处,他们不应为自己的利益违反法律。"

妮娜发出了一声被激怒的轻哼。其他人看上去像是被逗乐了,忍俊不禁地看着这个可怜的,智商倒退的菲尔丹人。布鲁姆曾告诫马蒂亚斯说这个世界上满是骗子,寻欢作乐者和毫无信仰的异教徒。现在看来这

乌鸦六人组（卷一）：六只乌鸦

个房间里集合了所有这几种人。

"在这件事情上，你目光太短浅了，赫尔瓦尔，"布莱克说道，"别的团伙有可能先接近博·亚尔拜亚。比如说舒国人。也有可能是雷凡科人。他们都带着各自的目的。边界之争和敌手相逢这些事都和刻赤无关。商业理事会关心的只是贸易，他们只想让尤尔达潘勒姆仅停留在谣言里，仅此而已。"

"所以带着罪犯到菲尔丹的腹地去劫走重要囚犯是一种爱国行为？"马蒂亚斯轻蔑地说道。

"那我觉得，承诺给你四百万克鲁志，也没法打动你了。"

马蒂亚斯吐了口口水。"留着你的钱，淹死在钱堆里吧。"一个想法突然出现在他脑海里——一个卑鄙的、野蛮的，即使是让他失去舌头，也能内心平和地回到地狱之门的念头。他在绳子允许的范围内向后靠了靠，全神贯注地看着卡兹。"我要与你做个交易。"

"我听着呢。"

"我不会跟你一起去，但我会给你一张冰庭的布局图，它应该至少可以帮你通过第一个关卡。"

"那我要为这条宝贵的消息付出什么代价？"

"我不想要你的钱。这图我无偿给你。"说出这话时他觉得很羞愧，但他还是说了："如果你能让我杀了妮娜·哲尼克的话。"

那个娇小的古铜色皮肤的女孩厌恶地哼了一声，她对他的蔑视显而易见，坐在桌边的少年停止了乱涂乱画，嘴张得大大的，然而，卡兹看上去并不惊讶。如果非要说的话，他看上去挺愉悦的。马蒂亚斯有种不好的预感，这恶魔对事情的发展了如指掌。

"我可以给你更好的东西。"卡兹说道。

还有什么比复仇更好的事吗？"别的我什么都不想要。"

"我可以让你再次成为巫师猎人。"

"你是魔法师，还是可以满足人愿望的维杰精灵？我是有点迷信，但不蠢。"

"我可以两者都是，但这不是重点。"卡兹把手滑进黑色大衣的口袋里。"给。"他一边说一边递给古铜色皮肤的女孩一张纸。另一个恶魔。她的脚步声很轻，她好像是从另外一个世界漂来的，没人能感知到她的位置，把她遣送回去。她把纸放在他面前让他阅读。这个文件是用刻赤语和菲尔丹语写的。他不认识刻赤语——只是在监狱的时候学了点——但菲尔丹语对他来说很简单，随着目光在这张纸上来回移动，他的心开始怦怦直跳。

根据最新证据，予以马蒂亚斯·贝尼迪克·赫尔瓦尔，即刻无条件赦免其贩卖奴隶指控的决定。他将于_____日释放，法庭对此深表歉意，并将为其返回祖国，或去其他地方提供交通援助，本庭和刻赤政府诚挚致歉。

"什么最新的证据？"

卡兹向后靠进了椅子里。"似乎是妮娜·哲尼克撤回了她的陈述。她将会因做伪证而面临指控。"

现在他真的看向了她：他控制不住。他在她优雅的脖子上留下了瘀青。他告诉自己，他很乐于看到这一幕。

"伪证？你要因此服多久的刑，哲尼克？"

"两个月。"她静静地说道。

"两个月？"现在他真的笑了，很大声地笑了很久。他的身体因此而抖动，好像是有毒药在收缩他的肌肉。

其他人担忧地看着他。

"他怎么能疯成这样？"詹斯博问道，手指敲着他左轮手枪的珠灰色手柄。

布莱克耸了耸肩。"我就说他不可靠，但我们也只能找他了。"

乌鸦六人组(卷一):六只乌鸦

两个月。她那时或许在舒适的监狱里,利用自身的魅力让狱警给她带新鲜的面包,给她把枕头抖松。或许她只是和他们谈了谈,然后支付一笔罚金即可,一笔她富有的雷凡卡的格里莎饲主可以为她支付的罚金。

"她不可信,你知道吧,"他对布莱克说道,"不管你想从博·亚尔拜亚那里得到什么秘密,她都会转述给雷凡卡。"

"这是我该担心的事,赫尔瓦尔。你做好自己的事就行,博·亚尔拜亚和尤尔达潘勒姆的秘密只会掌握在那些有足够实力来保证它们只会存在于谣言里的人。"

两个月。妮娜可以服完刑,带着赚到的四百万克鲁志回到雷凡卡,从此再也不会想起他。如果这份赦免是真的,那他也就可以回家了。

家。他曾无数次设想逃出地狱之门,但他从来都没有把越狱的念头真正放在心上。脖子上挂着贩卖奴隶的指控,他在监狱外的生活会怎样呢?他可以回菲尔丹。即使他能够忍受这种耻辱,他的每一天都会过得像个从刻赤政府手下逃出来的亡命之徒,一个被打上烙印的人。他知道他可以想办法在诺威哲姆生活下去,但那又有什么意义呢?

但事情有所转机。如果恶魔布莱克说的是真的,马蒂亚斯就可以回家了。回家的渴望在他心头萦绕——可以听到母语,见到老友,品尝满是甜扁桃仁酱的萨姆拉,可以感受北风卷过冰原吹在脸上的刺痛感。可以没有耻辱地回家,并且受人欢迎。他的罪名会被洗刷,生活可以回归正轨,还可以继续做巫师猎人。而这一切的代价是叛国。

"如果博·亚尔拜亚死了呢?"

"凡·埃克坚称他还没死。"

但卡兹所说的商人怎么会真的了解菲尔丹的做事风格呢?如果目前还没有审判,那很快就有了,马蒂亚斯可以毫不费力地预测到结果。他的国人绝不会放过拥有如此可怕知识的人。

"但如果他死了呢,布莱克?"

"你依旧可以得到你的赦免。"

即使他们的猎物已经在轮回的路上,马蒂亚斯依旧可以得到自由。然而,那代价呢?他以前犯过错,竟傻到相信了妮娜。他曾软弱过,将带着那样的耻辱度过余生。但他在地狱之门那臭气冲天的恶劣环境里,已经用鲜血为自己的愚蠢买过单了。他的罪已经微不足道,只是一个无知少年的行为而已。暴露冰庭的秘密,他重回祖国的路上,每走一步都是叛国——他能做这样的事吗?

布鲁姆会当面嘲笑他们,他会将那份赦免书撕成碎片。但卡兹·布莱克很聪明。他显然有获得它的渠道。万一马蒂亚斯说不,布莱克和他的成员依旧可以克服阻碍,进入冰庭,劫走舒国科学家呢?或者万一布莱克说对了,其他国家先到那里了呢?听上去潘勒姆对格里莎非常有效,但容易上瘾,万一配方落到了雷凡卡手里,他们想办法适应它了呢?还把雷凡卡格里莎,它的第二军队,打造得更强大了呢?如果他参与了这次任务,马蒂亚斯会确保博·亚尔拜亚在出了冰庭之后就别再想呼吸了,或者他可以在回刻赤的路上制造点意外事故。

在遇到妮娜之前,在进入地狱之门之前,他绝对不会考虑这提议。现在他发现他可以和自己达成协议了。他会加入这恶魔的队伍,赢得他的赦免书,当他再次成为巫师猎人以后,妮娜·哲尼克将会是他的第一个目标。他将会在刻赤,在雷凡卡,在所有她觉得能保证她安全的地方追捕她。他会让她跑得筋疲力尽,瘫倒在地,然后用每种他能想到的办法去惩罚她。死太便宜她了。他会把她扔进冰庭最糟糕的牢房,让她永远都感受不到温暖。他会用她玩弄自己的方法玩弄她。给她得救的希望,再将它毁掉。他会施舍她点儿喜爱之情和小小的善意,再全部剥夺。他会品尝她的每一滴泪水,用她泪水的咸涩取代他舌尖上的清新花香。

即便如此,他说出那几个词时,满嘴都是苦涩:"我加入。"

乌鸦六人组（卷一）：六只乌鸦

布莱克朝妮娜眨了眨眼，马蒂亚斯想把他的牙都敲掉。**我让妮娜尝尽她人生中应得的苦涩之后，接下来就是你了。**他抓住过巫婆，手刃恶魔又有何难呢？

那个古铜肤色的女孩把文件折叠起来递给了布莱克，布莱克把它装在了胸前的兜里。马蒂亚斯感觉这就像眼睁睁看着一位他期待已久的老朋友消失在人海，自己却来不及出声喊他一样。

"我们会给你松绑，"布莱克说道，"我希望牢狱生涯没有剥夺你所有的教养和理智。"

马蒂亚斯点了点头，那古铜肤色的女孩拿刀割断了他身后的绳子。"你肯定认识妮娜，"布莱克继续说道，"那个为你松绑的可爱女孩是伊奈姬，我们的盗秘神偷和贸易能手。詹斯博·范赫是我们的神枪手，出生于哲蒙尼，但别在他面前提这个，这是威岚，巴伦最好的爆破专家。"

"拉斯科更好。"伊奈姬说道。

那少年抬头，红金色的头发垂在眼前，然后第一次开口说话。"他不比我好。他粗心大意的。"

"他业务能力很强。"

"我也是。"

"马马虎虎吧。"詹斯博说道。

"威岚是个新手。"布莱克承认道。

"他当然是个新手，看上去像是十二岁。"马蒂亚斯回嘴道。

"我十六了。"威岚不高兴地说道。

马蒂亚斯很怀疑这一点。最多十五。这男孩看上去还没开始刮胡子。事实上，十八岁的马蒂亚斯怀疑自己是这群人里最老的。布莱克的目光看上去很老成，但他绝对没有马蒂亚斯大。

马蒂亚斯第一次认真看着周围的人。面对那样危险的任务，这是一个什么团队？如果他们都死了的话，叛国就不是问题了。也只有他清楚这个任务是何等凶险。

"我们应该用拉斯科,"詹斯博说道,"他的承压能力很强。"

"我也不认同你这选择。"伊奈姬附和道。

"我没问你们的意见,"卡兹说道,"另外,威岚除了擅长打火石和细心之外,还是我们的保障。"

"关于什么的?"妮娜问道。

"认识一下威岚·凡·埃克。"卡兹·布莱克说道,那少年的脸变成了深红色。"简·凡·埃克的儿子,我们三千万克鲁志的担保人。"

8
詹斯博

詹斯博看着威岚。"你竟然是议员家的孩子,"他大笑出声,"那这一切就都能解释得通了。"

卡兹对如此重要的信息有所保留,他理应生气的,但现在,他很享受揭开威岚·凡·埃克的身份带给整个房间的人的冲击,就像一匹激起尘土的烈马一样。

威岚的脸红了,看上去非常窘迫。妮娜看上去目瞪口呆,恼怒不已。那菲尔丹人看上去有点迷惑。卡兹似乎对自己非常满意。还有,伊奈姬看上去也并非不惊讶的样子。她帮卡兹搜集秘密,同时也负责保守它们。詹斯博努力忽略嫉妒带给他的不快。

威岚的嘴张张合合好几次,最后用嗓子发声。"你知道了?"他郁闷地向卡兹问道。

卡兹靠进了椅子里,膝盖弯曲、不灵便的那条腿在他面前伸得直直的。"你以为我为什么要留着你?"

"我擅长爆破。"

"你在爆破方面的能力只是说得过去。但你是个优秀的人质。"

这话很残忍，但那就是卡兹。并且巴伦是一个远比卡兹更加残酷的老师。但这最起码可以解释卡兹为什么惯着威岚，还给他安排活儿干。

"这不重要，"詹斯博说道，"我们还是应该带着拉斯科，把这个小商人留在卡特丹姆，监禁起来。"

"我不信任拉斯科。"

"那你信任威岚？"詹斯博不可置信地说道。

"威岚认识的人少，不会给我们带来真正的麻烦。"

"我没有发言权吗？"威岚抱怨道，"我都坐在这里了。"

卡兹挑了挑眉。"钱包被偷过吗，威岚？"

"我……没有，据我所知。"

"在小巷被人打劫过吗？"

"没有。"

"被吊在桥上，头塞进运河里过吗？"

威岚眨了下眼。"没有，但是——"

"被打到走不了路过吗？"

"没有。"

"你觉得这是为什么？"

"我——"

"从你离开你父亲在吉尔德斯坦特的府邸到现在已经有三个月了。你以为你在巴伦逗留期间，为什么能如此幸运？"

"运气好，我觉得？"威岚小声说道。

詹斯博哼了一声。"卡兹就是你的好运气，小商人。他把你纳入了德勒格斯的保护范围——虽然你这么一无是处，在刚才那一刻之前我们都搞不懂为什么。"

乌鸦六人组(卷一):六只乌鸦

"是挺让人费解的。"妮娜承认道。

"卡兹总有自己的理由。"伊奈姬讷讷地说。

"你为什么从你爸的房子里搬出来?"詹斯博问道。

"是时候了呗。"威岚生硬地说道。

"理想主义者?浪漫主义者?革命者?"

"傻子?"妮娜说道,"如果有选择的话,没人想在巴伦生活。"

"我不是一无是处。"威岚说道。

"拉斯科是更好的爆破人选——"伊奈姬开口道。

"我去过冰庭,和我父亲一起。我们去大使馆用了晚餐。我可以帮忙画图纸。"

"看到没?藏得挺深。"卡兹戴着手套的手拍了拍拐杖上的乌鸦头。"我不想在我们北上的时候,让撬动凡·埃克的唯一杠杆在卡特丹姆久等。他爆破技术不错,又擅长素描,多亏了那些高价家庭教师。"

威岚的脸更红了,而詹斯博却摇了摇头。"还会弹钢琴吧?"

"长笛。"威岚申辩道。

"完美。"

"既然威岚亲眼见过冰庭,"卡兹继续说道,"他可以让你诚实点儿,赫尔瓦尔。"

那菲尔丹人怒目而视,威岚看上去有点不安。

"别担心,"妮娜说道,"怒视并不致命。"

詹斯博注意到每次妮娜说话时,马蒂亚斯的肩膀都会缩起来。他不知道他们在回味什么历史旧账,但在到达菲尔丹之前,他们可能会先把彼此给杀了。

詹斯博揉了揉眼睛。他睡眠不足,劫狱的兴奋劲儿过去之后,有点疲惫不堪。他的脑子里如今嗡嗡作响,想的全是拿到三千万克鲁志的可能性。即使珀尔·哈斯克尔拿走百分之二十的抽成,他们每个人还能有四百万。他要用这一大笔钱做什么呢？詹斯博只能想到，他父亲会说你**自己坐在两倍大的屎堆上冷静冷静**。神啊，他想他了。

卡兹用他的拐杖敲了敲光洁的木地板。

"找出一支笔和合适的纸，威岚。让赫尔瓦尔开始工作吧。"

威岚把手伸进他脚下的小背包里，摸出了一小卷包肉用的厚纸和一个装着钢笔和墨水的铁盒，那钢笔看起来很贵。

"真棒，"詹斯博说道，"这钢笔尖任何场合都能用。"

"开始说吧，"卡兹跟那菲尔丹人说道，"是时候付点租金了。"

马蒂亚斯用愤怒的眼神直勾勾地瞪着卡兹，这怒视挺有威慑力的。看着他对上卡兹鲨鱼般的凝视真的很有趣。

最终，那菲尔丹人闭上了眼睛，深吸了一口气之后说道："冰庭在悬崖上，可以俯瞰整个捷尔霍尔姆港口。它建成了同心圆的形状，像是树木的年轮一样。"他说得很慢，好像每说一个字都带给他痛苦一样。"首先是环形墙，然后是外圈。它由三部分组成。最外面是护城的冰河，在整个建筑正中央的，是白岛。"

威岚开始勾勒起来。詹斯博从威岚的肩膀上看过去。"那看上去不像个树，像个蛋糕。"

"它就是跟蛋糕有点像，"威岚申辩道，"整个东西都是一层层建起来的。"

卡兹示意马蒂亚斯继续。

"那悬崖没法攀登，北边的路是唯一的进出通道。在到达环形墙之前，你需要先经过一个有警卫的关卡。"

"两个关卡，"威岚说道，"我在那的时候，那有两个。"

"这下你看到了吧，"卡兹跟詹斯博说道，"受欢迎的技能。威岚在监视你呢，赫尔瓦尔。"

"为什么有两个关卡？"伊奈姬问道。

乌鸦六人组（卷一）：六只乌鸦

马蒂亚斯盯着地板上的黑胡桃板条说道，"很难同时买通两组警卫。冰庭的安全系统通常有很多自动防故障装置。如果你能走那么远的话——"

"我们，赫尔瓦尔。如果我们能走那么远的话。"卡兹纠正道。

那菲尔丹人轻轻地耸了下肩。"如果我们能走那么远的话。外圈分成三个区域：监狱，巫师猎人区，以及大使馆，每一区域在环形墙上都有自己的门。监狱的门一直都在运作，还有荷枪实弹的警卫不间断地巡逻。至于其他两道门，只有一道是在任何规定时间内一直运作的。"

"是什么决定哪道门投入使用？"詹斯博问道。

"计划每周都会变动，警卫只能在前一天晚上拿到自己的岗位表。"

"或许这是件好事，"詹斯博说道，"如果我们可以搞清楚哪道门不运作，它将无人站岗或把守——"

"即使那道门不用，也都会有至少四个警卫一直在执勤。"

"搞定四个警卫我们完全没问题。"

马蒂亚斯摇了摇头。"那门有数千英镑那么重，只有在警卫室才能操纵。并且即使你们能够抬起其中的一道，打开一道不用的门会触发黑色协议。届时整个法庭会被封锁，你将暴露自己的位置。"

不安的情绪在屋子里蔓延开来。詹斯博不安地走来走去。如果其他人脸上的表情暗示着什么的话，那传递的信息都是一样的：**我们要去的是个什么地方？** 只有卡兹依旧淡定。

"先都记下来，"卡兹拍着纸张说道，"赫尔瓦尔，我希望你等会可以给威岚描述一下警报系统的运作方式。"

马蒂亚斯皱了皱眉说："我不太知道它的工作原理。就是一系列的电缆和警铃。"

"告诉他你知道的一切。他们会把博·亚尔拜亚关在哪里？"

慢慢地，马蒂亚斯站了起来，靠近了威岚笔下逐渐成型的图纸。他行动时满是不情愿,就跟卡兹让他摸响尾蛇一样。

"可能是这儿,"那个菲尔丹人说道,手指只在图纸上,"监狱区域。安全性高的牢房在顶层。那里关押着最危险的罪犯。刺客,恐怖分子——"

"格里莎?"妮娜问道。

"正是。"他严肃地说道。

"你俩真是挺有趣的,不是吗?"詹斯博问道,"一般情况下,人们不会两看两相厌,除非一起共事一个礼拜,你俩这还没开始工作就杠上了。"

他们齐齐瞪向他,詹斯博瞪了回去,但卡兹的注意力集中在图纸上。

"博·亚尔拜亚不是危险分子,"他沉思着说道,"最起码不是那种危险分子。我不认为他们会把他和暴民关在一起。"

"我认为他们会把他关在坟墓里。"马蒂亚斯说道。

"基于他没死的猜想进行分析。他是一个重要的罪犯,一个在他接受审判之前,他们不愿意让他落入他人之手的罪犯。他会在哪?"

马蒂亚斯看着图纸。"外圈的建筑环绕着冰河,冰河中心是白岛,宝库和皇家宫殿都在那里。那是冰庭最安全的地方。"

"那博·亚尔拜亚很可能会在那里。"卡兹说道。

马蒂亚斯笑了一下。事实上,与其说是微笑,不如说他露了下牙齿。他那咧嘴笑的方式估计是在地狱之门学的,詹斯博想道。

"那你的任务就是毫无意义的,"马蒂亚斯说道,"外国人绝不可能到达白岛。"

"别高兴得太早,赫尔瓦尔。我们进不去,你也拿不到赦免书。"

马蒂亚斯耸了耸肩。"我改变不了事实。无数的警卫在白岛的塔楼上和埃尔德钟楼上监视冰河。想要过冰河是不可能的,除非通过玻璃桥,未经允许是无法到达玻璃桥的。"

乌鸦六人组(卷一)：六只乌鸦

"贺林凯拉快要到了。"妮娜说道。

"闭嘴。"马蒂亚斯朝她厉声吼道。

"继续，别停。"卡兹说道。

"贺林凯拉。是倾听日，那天会在白岛上举行新巫师猎人的入会仪式。"

马蒂亚斯的指节发白。"你没资格说这些事。它们是神圣的。"

"它们是事实。菲尔丹皇室成员会举办一个盛大的派对，邀请世界各地的客人前来参加，有很多娱乐项目就是直接从卡特丹姆来的。"

"娱乐项目？"卡兹问道。

"演员、舞者、喜剧暴君剧团，以及西斯戴夫烟花之地的顶尖人物。"

"我以为菲尔丹人对这种事不感兴趣。"詹斯博说道。

伊奈姬的嘴角露出古怪的表情。"你在斯戴夫没见过菲尔丹士兵？"

"我意思是他们在家的时候。"詹斯博说道。

"每年这天他们就不再扮可怜，而是享受美好时光，"妮娜回答道，"另外，只有巫师猎人活得像个僧侣。"

"美好时光无需酒……和肉体。"马蒂亚斯气急败坏地反驳道。

妮娜朝他眨了眨自己那富有光泽的睫毛。"你无法知道一段时光是不是好时光，除非它悄悄贴近，给你的嘴里塞根棒棒糖。"她回头看了眼图纸。"大使馆的大门届时必定打开。或许我们不应该担心怎么打进冰庭内部。或许我们可以和艺人一起走进去。"

"那不是地狱秀，"卡兹说道，"没那么容易。"

"访客在到达冰庭前的几个礼拜就要接受检查，"马蒂亚斯说道，"每个进入大使馆的人的文件都是查了又查。菲尔丹人不是傻子。"

妮娜挑起了眉毛。"不全是，最起码。"

"别摸虎须，妮娜，"卡兹说道，"我们需要他友好点。派对什么时候举行？"

"依照季节而定,"妮娜说道,"在春风日。"

"距今天两个礼拜。"伊奈姬说道。

卡兹把头偏向一边,眼睛看着远处。

"一脸算计。"詹斯博对伊奈姬低声说道。

她点点头。"的确如此。"

"白玫瑰会派代表团去吗?"卡兹问道。

妮娜摇了摇头说:"我没有听到任何消息。"

"即使我们直接去德尔霍尔姆,"伊奈姬说道,"路上也需要花大半个礼拜时间。没时间去弄可以应付审查的文件和理由了。"

"我们不通过大使馆走,"卡兹说道,"直击标记没注意到的地方。"

"谁是标记?"

詹斯博大笑起来。"神呐,你可真行。标记,是肥羊,就是那些你准备薅羊毛的傻子。"

威岚站了起来:"我可能没接受过你的……教育,但我肯定也知道很多你不知道的词。"

"还有叠餐巾的正确手法和米奴哀舞步。哦,对了,你还会长笛。受欢迎的技能。小商人。受欢迎的技能。"

"没人可以跳米奴哀舞步了。"威岚咕哝道。

卡兹向后靠了靠。"偷人钱包最简单的方法是什么?"

"把刀架在他脖子上?"伊奈姬问道。

"枪抵在背上?"詹斯博说道。

"在他杯子里投毒?"妮娜提议道。

"你们都太可怕了。"马蒂亚斯说道。

卡兹翻了个白眼。"偷人钱包最简单的方法是告诉他你要偷他的表。你吸引他的注意力,然后把注意力引到你想让它去的地方。贺林凯拉将会为我们做这个工作。冰庭有各种各样的资源来监控客人,保护皇室。

乌鸦六人组(卷一):六只乌鸦

但它不可能做到一次性全方位覆盖。这将是带走博·亚尔拜亚的最好时机。"卡兹指向环形墙上的监狱大门。"记得我在地狱之门的时候跟你说过什么吗,妮娜?"

"很难记录下你所有的智慧。"

"在监狱里,他们不在乎谁进来了,只会留意谁要出去。"他戴着手套的手指滑向了另外一个区域,"在大使馆,他们不会在乎谁出去了,只会关注谁要进来。我们通过监狱进去,通过大使馆出去。赫尔瓦尔,埃尔德钟楼在运作吗?"

马蒂亚斯点点头。"它每刻钟报一次时。警报声也是它发出的。"

"它准吗?"

"当然。"

"精湛的菲尔丹工艺。"妮娜酸酸地说道。

卡兹无视了她。"那我们将通过埃尔德钟楼协调我们的行动。"

"我们进去的时候要乔装成警卫吗?"威岚问道。

詹斯博的声音里有控制不住的嫌弃。"只有妮娜和马蒂亚斯会说菲尔丹语。"

"我会菲尔丹语。"威岚抗议道。

"菲尔丹课堂用语,是吧?我敢肯定,你的菲尔丹语和我说麋鹿语一样流利。"

"那麋鹿语得是你的母语才行。"威岚咕哝道。

"我们就以自己本来的模样进去,"卡兹说道,"以囚犯的身份进去。监狱是我们的前门。"

"我确认一下,"詹斯博说道,"你想让菲尔丹人把我们锁进监狱。这难道不是我们一直尽力避免的事吗?"

"囚犯的身份是模糊的。这是制造麻烦的阶层特权之一。他们在监狱大门口只会清点人数,对照姓名和罪名,不会核对护照或检查大使馆的印章。"

"因为没人想去监狱。"詹斯博说道。

妮娜用手搓了搓手臂。"我不想被关进菲尔丹的牢房。"

卡兹抖了抖袖子,两根细长的金属针出现在他的指尖。那针在关节上旋转一圈之后再次消失不见。

"撬锁工具?"妮娜问道。

"牢房交给我。"卡兹说道。

"直击标记没注意到的地方。"伊奈姬沉思着道。

"没错,"卡兹说道,"冰庭和其他标记是一样的,一只大肥羊在等着我们薅毛呢。"

"博·亚尔拜亚会自愿跟我们走吗?"伊奈姬问道。

"凡·埃克说他们第一次试图把博·亚尔拜亚从舒翰带出来时,理事会给了他暗号,这样一来他就知道应该相信谁:Sesh-uyeh。这个暗号会让他知道我们是刻赤派来的。"

"Sesh-uyeh,"威岚重复道,笨拙地尝试这几个音节的发音,"这是什么意思?"

妮娜仔细研究着地上的一个污点说道:"心殇。"

"这个任务可以完成,"卡兹说道,"我们就是要完成这个任务的人。"胜算提高之后,詹斯博感到房间里的情绪都高涨起来。这种情绪很微妙,是他在牌桌上才学会捕捉的——一个玩家意识到赢面占了上风的时刻。充满期待的感觉拉扯着詹斯博,内心的害怕和兴奋一起咕嘟嘟往外冒,这让他很难安稳地坐着了。

或许马蒂亚斯也感觉到了这一点,因为他双手交叠在胸前说道:"你不知道你要面对的是什么。"

"但你知道,赫尔瓦尔。我们出发前,我需要你争分夺秒地致力于冰庭的图纸。不要放过任何琐碎的细节,即使那些细节似乎无关紧要。我

乌鸦六人组(卷一):六只乌鸦

会定期检查。"

伊奈姬的手指滑过威岚绘制的草图,一系列的同心圆。"看上去真的挺像年轮的。"她说道。

"不,"卡兹说道,"看上去像靶子。"

9
卡　兹

"我们今天就先到这了,"卡兹跟其他人说道,"我找到船之后会转告你们,做好明晚出发的准备。"

"这么快吗?"伊奈姬问道。

"我们不知道会遭遇什么样的天气,还有一个漫长的旅程摆在眼前。贺林凯拉是我们带走博·亚尔拜亚最好的时机。我不想错失这个机会。"

卡兹需要时间来仔细思考一下他脑海里逐渐成型的计划。基本的要素已经具备了——他们从哪进去,怎么出来。但他预想的计划就意味着他们不能带太多东西。此次行动将会在没有以往的资源的情况下进行。这就意味着会有更多的变数,出错的概率也会更高。

带着威岚·凡·埃克和他们一起,意味着他最起码能保证他们能得到赏金。但这并不容易。他们还没离开卡特丹姆,威岚看上去似乎就已经完全跟不上节奏了。他没比卡兹年轻多少,但不知道为什么,看上去像个孩子——皮肤光滑,目光天真,像是皮毛光滑的幼犬混进了斗犬

乌鸦六人组（卷一）：六只乌鸦

群里。

"看着点威岚，别让他卷入麻烦。"让他们解散的时候，他对詹斯博说道。

"为什么是我？"

"因为你比较倒霉，正好在我的视线里。我不希望在出发前，父亲与儿子突然和解。"

"你不用担心这个。"威岚说道。

"我什么都担心，小商人。这就是我为什么能活到现在。你也可以盯着詹斯博。"

"盯着我？"詹斯博愤怒地说道。

卡兹把一个黑檀嵌板滑到旁边，打开了隐藏在它后面的保险箱。"是的，你。"他数了四小叠克鲁志出来，把其中一叠递给詹斯博。"这是用来买子弹的，不是押注的。威岚，你要确保他在买子弹的路上，不会偷偷把脚迈向赌场，明白？"

"我不需要保姆。"詹斯博厉声说道。

"你需要监护人，但如果你需要他帮你洗尿布，晚上给你掖被子的话，那是你的事。"他忽略了詹斯博愤怒的表情，然后给了威岚一叠去买炸药，一叠让妮娜去买她的易容箱里需要的东西。"这只是先为此次行程备货，"他说道，"如果能够按照我预想的进行的话，我们要空手进入冰庭。"

他看到伊奈姬的脸上覆了一层阴云。她不喜欢刀不在身的感觉，就像他不喜欢没有拐杖一样。

"我需要你去弄寒冷天气的专用装备，"他跟她说道，"维斯坦特有一家捕兽人开的店——先从那开始。"

"你打算从北边行进？"赫尔瓦尔问道。

卡兹点了点头。"捷尔霍尔姆港口海关遍布，我敢打赌，在举办大派对期间，他们会加强安保措施。"

"那不是派对。"

"听起来像个派对。"詹斯博说道。

"它不应该被当作派对。"赫尔瓦尔面有愠色地修正道。

"我们等会儿拿他怎么办？"妮娜问道，朝马蒂亚斯的位置扬了下头。她的声音听上去像是漠不关心的样子，但这表演瞒不了在场的任何人，除了赫尔瓦尔。他们在地狱之门的时候见过她的眼泪。

"他暂时先在乌鸦俱乐部待着。我需要你绞尽脑汁想细节，赫尔瓦尔。威岚和詹斯博等会儿会和你一起。我们会把这个会客室关起来。如果在主厅玩的人问起来，就跟他们说这里包场了。"

"我们要在这睡觉吗？"詹斯博问道，"我在斯兰特还有事情需要盯着呢。"

"你会协调好的。"卡兹说道，虽然他知道让詹斯博在赌场睡一晚上，还不能下注实在有些残忍。他转向其他人。"跟任何人都不能透露一个字。不能让任何人知道你离开了刻赤。你们只是和我在本市周边的一个乡村别墅执行任务。仅此而已。"

"你不打算再跟我们说说你那不可思议的计划吗？"妮娜问道。

"船上说。你知道的越少，说出去的概率就越小。"

"你就这样把赫尔瓦尔留在这，不绑起来？"

"你能安分点吗？"卡兹朝那菲尔丹人问道。

他的目光看上去很不快，但还是点了下头。

"我们会牢牢锁住这间屋子，安排保安把守。"

伊奈姬考虑了下那菲尔丹人健硕的体型。"或许两个。"

"让迪利克斯和罗迪过来，别跟他们说太多细节。他们会跟我们一起出发，我后面会满足他们的好奇心。威岚，我俩等会谈谈。我需要知道你父亲贸易公司的一切信息。"

乌鸦六人组(卷一):六只乌鸦

威岚耸了耸肩。"我对此一无所知。他谈论这些的时候从不让我参与。"

"你是在跟我说你从来没去过他的办公室一探究竟?没看过他的文件吗?"

"没有。"威岚说道,他的下巴微微翘起。卡兹惊讶地发现威岚竟然真的相信他所说的。

"我说什么了?"詹斯博走向门外时欢快地说道,"一无是处。"

其他人也跟在他后面出去了。卡兹关上了抽屉,转了下玻璃杯。

"我有话要跟你说,布莱克,"赫尔维尔说道,"单独说。"

伊奈姬警告性地瞥了一眼卡兹。卡兹视而不见。她是觉得他搞不定马蒂亚斯·赫尔瓦尔这种满身肌肉的大块头吗?他关上了墙上的嵌板,晃了晃腿。腿现在开始疼了——熬夜太多,支撑全身重量的时间太长。

"去吧,幽灵,"他说道,"把门带上。"

门咔哒一声关上之后,马蒂亚斯就猛地扑向他。卡兹听之任之。他期待已久。

马蒂亚斯用一只肮脏的手捂住了卡兹的嘴。皮肤与皮肤直接接触的感觉让卡兹内心升起一股强烈的反感,但因为他期待这次袭击,所以强行忍住了那已经淹没他的恶心感。马蒂亚斯的另一只手在卡兹的外套兜里翻找,先是一边,然后又转向了另一边。

"Fer esje?"他生气地用菲尔丹语咕哝道。然后用刻赤语说:"它在哪?"

卡兹又给赫尔瓦尔留了点胡乱翻找的时间,然后垂下手肘再猛地抬起,迫使赫尔瓦尔放开了他。卡兹很轻易就溜到了一边。他用拐杖在赫尔瓦尔右腿后侧猛地一击。那高大的菲尔丹人就瘫坐在了地上。他再次努力站起来时,卡兹踹了他一脚。

"老实蹲着,你这个可怜虫。"

赫尔瓦尔再次试着站起来。他速度很快,监狱让他变得更加强壮。卡兹在他的下颌上来了一记猛击,然后用拐杖的尖刺,在赫尔维尔宽阔的肩膀上的压点上快速戳了两下。那菲尔丹人闷哼一声,手臂无力且无用地垂在了身侧。

卡兹在手中翻转了下拐杖,把刻着乌鸦头的顶端压在了赫尔瓦尔的脖子上。"再动一下我就把你的下颌敲碎,让你余生吃饭都只能靠喝。"

那菲尔丹人一动不动,眼睛里闪着憎恨的光芒。

"赦免书在哪?"赫尔瓦尔咆哮道,"我看到你把它放进了衣服兜里。"

卡兹在他身边蹲了下去,从刚才看起来还是空着的口袋里拿出了那份折叠的文件。"这个?"

卡兹让那赦免书消失在稀薄的空气里时,那个菲尔丹人重重地垂下他那无用的双臂,发出了一声动物般的低吼。它又重新出现在他的指间。他翻动了一下它,展示了下上面的文字,然后手从上面掠过,给赫尔瓦尔展示了下那看上去空无一字的纸张。

"Demjin。"赫尔瓦尔讷讷地说道,卡兹不会菲尔丹语,但他知道这个词。恶魔。

这是他从东斯戴夫玩牌出老千的人,和蒙特牌戏的作弊高手那里学来的把戏,他曾在满是泥巴的镜子前练了很久,那镜子是他用自己第一个星期的薪水买来的。

卡兹用拐杖轻轻地敲了敲赫尔瓦尔的下颌。"我玩过的花招远比你见过的多。你以为在地狱之门的一年让你无坚不摧了是吧?教会你如何打架了是吧?我还是个小孩儿时,地狱之门对我来说就是天堂。你的动作慢得跟公牛一样——在我长大的那条街上你活不过两天。这次就放过你不追究了,赫尔瓦尔。别再挑衅我。点头让我知道你听懂了。"

赫尔瓦尔抿紧嘴唇点了一下头。

"很好。我觉得今晚还是给这双脚点束缚吧。"

乌鸦六人组（卷一）：六只乌鸦

卡兹站了起来，一把抓起他放在桌子上的新帽子，然后踹了那菲尔丹人的腰一脚，作为附赠。有时候大块头们真的不知道什么时候该伏低做小。

10
伊奈姬

第二天,伊奈姬看到卡兹已经开始让他的计划一点一点就位了。她知道他和每个成员之间磋商的内情,但她知道自己看到的依然只是他计划的冰山一角。卡兹老玩这种把戏。

他是不是对他们目前所作的努力也存在疑虑,只是没表现出来。伊奈姬希望他能把他的自信分她一点。冰庭的建造可以顶得住军队、刺客、格里莎和间谍的猛攻。她跟他说太多时,他只会说:"但它不是建来阻挡我们的。"

他的自信让她很是不安。"是什么让你觉得我们可以做到?到时候那儿还有其他的团伙,训练有素的士兵和间谍,以及经验丰富的人。"

"这任务不适合训练有素的士兵和间谍。它适合恶棍和盗贼。凡·埃克很清楚这一点,这就是为什么他让我们来做。"

"他的钱你可能没命花。"

"我死后在底下买豪宅。"

乌鸦六人组（卷一）：六只乌鸦

"自信和自大是有区别的。"

他转身背对她，使劲扯了扯手套。"如果我要听人讲大道理，会去找合适的人选。如果你想退出的话，就尽管说。"

她的背挺得直直的，自身的骄傲让她处于一种防御的姿态。"马蒂亚斯不是这个队伍中你唯一不可替代的队员，卡兹。你需要我。"

"我需要你的能力，伊奈姬。但这是两码事。你可能是巴伦最优秀的蜘蛛人，但不是唯一一个。如果你还想分一杯羹，就最好记住这一点。"

她一个字都没说，也不想让他看见她多么生气，她只是离开了他的办公室，自那以后再也没和他说话了。

如今，她正朝着港口走去，她很想知道是什么让她在这条路上走下去。

如果她想的话，随时都可以离开刻赤。她可以登上前往诺威哲姆的船。她可以回到雷凡卡去寻找家人，希望内战爆发时在西部的他们是安全的，或许他们已经去舒翰逃难了。苏里的大篷车常年都在和这里类似的颠簸路面上行驶，她有能力偷到生存所需的一切，直到找到他们。

这就意味着要逃掉她欠德勒格斯的债。珀尔·哈斯克尔会责备卡兹；他会背上她契约上规定的债，她将会留他独自面对一切，他的幽灵不会再帮他收集秘密了。但他不是跟她说过，找到代替她的人很容易吗？如果他们要设法完成这次任务，带着博·亚尔拜亚安全回到刻赤，她的那杯羹足以买下她和德勒格斯之间的合约。她将不欠卡兹任何东西，她就没理由再留在这里了。

离日出还有一个小时，但她从东斯戴夫向西斯戴夫走去时，街上已经熙熙攘攘。苏里有句谚语：心是一支箭，它需要目标着陆。她受训期间，父亲很喜欢引用这句话。要果断，他说，在着陆之前，你需要知道自己想去哪。这句话还受到了她母亲的嘲笑。它的意思不是这样的，她当时说道，你总能剥除掉所有事物里的浪漫因素。可他并没有。他深爱她的母亲。她记得他在每个地方都放了小小的野生天竺葵花束让母亲去找，橱柜里，露营用的锅里，她戏服的袖子里。

我能告诉你真爱的秘密吗？她的父亲有次问她。我的一个朋友总喜欢跟我说，女人都爱花。那位朋友有很多风流韵事，但从没找到老婆。你知道为什么吗？因为女人可能都爱花，但喜欢夏末栀子花香，是因为它能让她想起外婆家门廊的女人只有一个。喜欢把苹果花放进蓝色杯子里的女人只有一个。喜欢野生天竺葵的女人只有一个。

那是妈妈！伊奈姬喊道。

是的，妈妈喜欢野生天竺葵，因为它的颜色独一无二，她说掐断花茎，把花枝别在耳后时，全世界就满是夏天的味道。给你送花的男孩会有很多。但有一天你会遇到一个了解你喜欢什么花，什么音乐，什么甜点的男孩儿。他可能穷到无力支付其中的任何一样，但没关系，他用来了解你的时间比其他任何人都长。只有那个男孩才能赢得你的芳心。

感觉那像是一百年以前的事情了。但她父亲错了。没有男孩给她送花，只有给她送一叠叠克鲁志和鼓鼓囊囊钱包的男人。她还能见到父亲吗？还能听母亲唱歌，听叔叔讲愚蠢的故事吗？我不确定我还有没有真心可以交付了，爸爸。

问题在于伊奈姬不再确定她的目标是什么了。小时候，目标很简单——是父亲的微笑，是可以抬起另一只脚的绳索，是用白色纸张包着的橘子味蛋糕。然后就成了摆脱坦特·海琳和动物园，在此之后就成了每天都能活着，每天早上醒来会觉得自己又强大了点。现在她不知道自己想要什么了。

就在这一刻，我需要一声道歉，她决定道，如果没有的话我就不上船。即使卡兹不觉得抱歉，他也要装作抱歉的样子。他至少欠我一

乌鸦六人组(卷一):六只乌鸦

声违心却有人性的抱歉。

  如果不是出发较晚的话,她可能在绕着西斯戴夫翻筋斗,或者简单地在屋顶穿梭——那是她喜欢的卡特丹姆,空旷、安静、远离人群,还有月光照耀下的三角顶棚的屋脊和不规则的烟囱。但今晚她没有时间。卡兹在临出发前的最后时刻派她去商店里搜寻两大块石蜡。他没跟她说它们是用来做什么的,也没解释它们为什么不可或缺。还有雪地护目镜?她需要去三家不同的旅行用品店买它们。她太累了,为了采购去冰庭要用的物资,她已经两天一夜没合眼了,不确定自己是不是能爬上三角顶。

  她觉得她在拿自己冒险。

  她从没独自在西斯戴夫走过。在有德勒格斯成员通行时,她可以不看动物园窗户上的金围栏一眼。但今晚,她的心怦怦直跳,看到镀金的房子外面时,她可以听到血液的呼啸声。动物园建得看上去像个分层的笼子,底下的两层大开着,但有间距较宽的金围栏。这里又被叫作异国风情屋。如果你喜欢舒国的女孩或者喜欢高大的菲尔丹女孩,或是红头发的漫游岛女孩,黑皮肤的哲蒙尼女孩,那动物园就是你的目的地了。每个女孩都用动物名命名——豹子,母马,狐狸,乌鸦,貂,幼鹿,蛇。苏里预言家出摊窥视别人命运的时候,会戴着豺狼面具。但哪个男人会想要和一只豺狼同床共枕呢?所以苏里姑娘——动物园一直都备着一个苏里姑娘——被称作猞猁。顾客不会亲自来物色姑娘,只会说棕色的苏里皮肤,火一样的克里什头发,狭长的舒国绿眸。即便姑娘们来了又走,但动物代号都是不变的。

  伊奈姬瞥到了包厢里的孔雀毛,她的心开始突突地跳。那只是一点装饰,是奢华花纹的一部分,但她内心的恐惧听不进去。恐惧逐渐升起,扼住了她的呼吸。人从四面八方涌了进去,男人戴着面具,女人戴着面纱——也有可能是男人戴着面纱,女人戴着面具。很难分辨。顽童的角，精神病人凸出的眼球，穿着黑金相间衣服的圣甲虫皇后悲伤的脸。艺术家喜欢把西斯戴夫的场景画下来，在妓院里工作的少年和姑娘，扮成喜剧暴君里的享乐者。但这里没有美，没有真正的欢笑与快乐，只有交易。来这儿的都是那些想要逃离或者寻找绮丽梦境的人，或者是那些想要堕落，却又渴望随时能从梦境中清醒过来的人。

伊奈姬强迫自己在路过时看着动物园。

只是一个地方而已，她对自己说道。**只是一座房子**。怎么才能让卡兹看到？入口和出口在哪里？锁是怎么工作的？哪些窗户上没有栅栏？有多少个保安在站岗，哪些比较警觉？那只是一个充满待撬的锁，待开的抽屉和待宰的肥羊的房间而已。她现在是捕食者，不是穿着孔雀羽衣的海琳，不是那些走在大街上的人。

等到动物园离开她的视线范围，堵在胸口和喉咙的紧张感就开始慢慢平息了。她做到了。她一个人走过了西斯戴夫，现在站在异国风情屋之前。不管菲尔丹等着她的是什么，她都可以面对了。

一只手抓住了她的前臂，猛地一拉，让她趔趄了一下。

伊奈姬很快就站稳了。她转身想抽出自己的手臂，但那人握得太紧了。

"你好，小猞猁。"

伊奈姬吸了口气，挣脱了手臂。**坦特·海琳**。她的姑娘们会把她称作海琳·凡·后登，再次落入她手里的风险很大。对巴伦其他的人来说，她是孔雀，虽然伊奈姬总觉得她看起来不像是鸟，更像是一只整理着毛的猫。她有一头浓密漂亮的金发，浅褐色的眼睛有点像猫。她身材高挑，凹凸有致，穿着一件鲜艳的蓝色丝质裙子，开得低低的领口上点缀着色彩斑斓的羽毛，那些羽毛轻刷着脖子上个性十足，闪闪发光的钻石贴颈项链。

伊奈姬刚要转身就跑，一个彪形大汉就挡住了她的去路，他蓝色的

乌鸦六人组(卷一):六只乌鸦

天鹅绒外套在宽阔的肩膀上绷得紧紧的。科贝特,海琳最喜欢的打手。

"哟,别呀,小猞猁。"

伊奈姬的视线模糊。中计了。中计了。再一次中计了。

"那不是我的名字。"伊奈姬努力喘息着说道。

"顽固的东西。"

海琳抓住了伊奈姬的束腰外衣。

快跑。她脑海里有个声音大叫道,但是她做不到。她的肌肉动不了,心里警铃大作。

海琳的利爪在她脸上游走。"猞猁是你唯一的名字,"海琳纠正道,"你依旧漂亮,能卖个好价钱。虽然众目睽睽之下动手有点难——与那小贼布莱克周旋浪费我太多时间了。"

伊奈姬的喉咙里发出屈辱的声音——快窒息的喘息声。

"我知道你是什么货色,猞猁。我对你的价位再清楚不过了。科贝特,我们现在或许应该带她回家了。"

伊奈姬的眼里满是墨色。"你敢。德勒格斯——"

"我的时间你浪费不起,小猞猁。我保证,你又将穿上我的绸衣了。"她放开了伊奈姬。"享受今晚。"她微笑着说道,然后"唰"的一下打开了她蓝色的扇子,转身走进了人群里,科贝特紧跟在她后面。

伊奈姬僵硬地站着,摇摇欲坠。然后她潜入人群,急切地想要消失。她想大步跑起来,但只能慢慢挪动,朝港口走去。她一边走一边扳动了前臂刀鞘上的开关,感觉到匕首手柄落入了她的掌心。桑科特·佩蒂尔,以勇敢著称,在右边。那把细长的骨质手柄利刃,她把它命名为桑科塔·安丽娜,在左边。她在心里默念着她其他刀的名字。桑科塔·玛雅和桑科塔·阿纳斯塔西娅系在她的大腿上。桑科特·弗拉基米尔藏在她的靴子里,那个刻着玫瑰花纹的是桑科塔·莉兹贝特,藏在她的腰带里。保护我,保护我。她必须相信她的神明会看清并理解她为生存所做的一切。

她这是怎么了？她可是幽灵。她再也不需要怕坦特·海琳。珀尔·哈斯克尔已经买下了她的契约。他把她解救出来了。她不是奴隶，而是德勒格斯的重要成员，是巴伦最优秀的窃密之贼。

她急匆匆地路过里德的灯光和音乐，卡特丹姆港口终于出现在视野里，靠近水时，巴伦的景色和声音都逐渐消失。没有会撞到她的人群，没有让人反胃的香水味和疯狂的面具。她深深地呼了一口气。从这个有利的位置看去，她可以看到一座潮汐制造师的塔楼，那里一直亮着灯光。不论白天黑夜，都有特定的格里莎成员驻守在那厚厚的、黑色的石质方尖碑，他们主要负责让潮汐永远淹过陆地桥，否则刻赤就和舒翰连接在一起了。即使是卡兹也不清楚潮汐理事会成员的身份，不知道他们家住何处，也不知道如何保证他们对刻赤的忠诚度。他们密切注意着港口，如果港长或码头工人处升起信号，他们就会控制潮汐，不许任何人出海。但今晚，这里不会有信号。合适的贿赂已经给了合适的官员，他们的船已经做好出海的准备了。

伊奈姬小跑起来，朝着第五港口的装卸货码头跑去。她迟到很久了——她不想在到码头时，看到卡兹因不满而皱起的眉头。

她很喜欢码头的宁静，但相对于巴伦的喧闹和嘈杂，这里太过于安静了。在这儿，她的两侧全是一排排高高垒起来的板条箱和货物集装箱——三排，有的时候四排，堆叠在一起。它们让码头的这块区域看起来像是迷宫。她脊柱上冷汗直冒。与坦特·海琳的争论让她心神不宁，手中匕首的重量不足以放松她高度紧张的神经。她知道她应该习惯带枪，但枪的重量会让她失衡，并且危急时刻枪可能会出故障。小狳狮。她的利刃更可靠一点。它们让她觉得她好像生来就带着利爪。

水面升起轻薄的雾气，透过水雾，伊奈姬看到卡兹和其他人在码头附近等着。他们都穿着平淡无奇的水手服装——粗糙的裤子，靴子，厚

乌鸦六人组(卷一):六只乌鸦

羊毛外套和帽子。甚至连卡兹都放弃了他裁剪完美的套装,换上了笨重的羊毛外套。他浓密的黑发梳到了后面,两侧跟往常一样修剪得很短。他看上去像一个码头工人,或是开启第一次冒险之旅的少年。这一幕就好像是她在镜头中看着另一个更加美好的现实一样。

在他们身后,她看到了那艘被卡兹征用的小纵帆船,船侧用粗体写着**费罗琳德**。它将会挂上紫色的刻赤鱼旗和汉拉赫特海湾公司的彩旗。对菲尔丹和特鲁海的人而言,他们看上去像是冲着动物皮毛,前往北海的刻赤捕兽人。伊奈姬加快了脚步。如果不是她跑得比较慢的话,他们可能已经登上了船,甚至是已经离开港口朝目的地出发了。

他们将队员人数减到最低,以前的水手都是经历了一个又一个不幸,才挤入德勒格斯排行榜。透过薄雾,她快速数了数等待中的队员。人数很少。因为他们每个人都不太会使用那些绳索,就额外只带了四个德勒格斯成员来帮忙驾驶纵帆船,但她没看到他们。或许他们已经登上船了?她正想得出神时,脚下踩到了一个柔软的东西,她踉跄了一下。

伊奈姬向下看去。在港口煤气路灯昏暗的灯光下,她看到了迪利克斯,那个将和他们一同踏上旅程的德勒格斯成员之一。他的腹部有一把刀,眼神已经涣散。

"卡兹!"她大喊一声。

但已经太晚了。纵帆船爆炸了,巨大的冲击力让伊奈姬摔倒在地,码头一片火光。

11
詹斯博

别人拿枪瞄准他的时候,詹斯博感觉挺好的。不是说他想死(事实上,那潜在的结局绝对是不利条件),但如果他为活着而忧虑,就没法去考虑其他任何事情。那声音——急速的,让人心惊的枪声——最能让他那惊慌的,易怒的,不安分的大脑快速回神。那声音比坐在桌前等着打盹,比站在麦卡之轮前看着他的号出现时更让他兴奋。这是他在哲蒙尼前线第一次开枪时发现的。他的父亲冷汗直冒,双手哆嗦,好不容易才给左轮手枪装上子弹。但詹斯博找到了他的使命。

现在,他的手臂撑在刚刚藏身的板条箱上,打开了弹匣。他的武器是哲蒙尼制造的左轮手枪,一次可以连续发射六发子弹,在卡特丹姆无可匹敌。他感到它们又在他手心发烫了。

卡兹提醒他们可能会存在竞争,会有别的团队不惜一切代价赢得彩头,但没想到在任务的开端,事态就变得如此严重。他们被包围了,至少有一个人已经倒下,身后是燃烧的帆船。他们失去了去菲尔丹的交通

乌鸦六人组(卷一):六只乌鸦

工具,如果说子弹如雨点般朝他们落下是一个暗示的话,那一定是他们严重超员了。他设想了更加糟糕的局面:爆炸时他们可能已经在船上了。

詹斯博蹲下来重新给枪填上弹药,眼前的一幕让他实在难以置信。威岚·凡·埃克在码头上蜷缩成一团,柔嫩的手抱在头上。詹斯博重重地叹了口气,开了几枪作为掩护,然后从保障他安全的可爱的板条箱后冲了出去。他揪着威岚的衬衫领把他拽回了板条箱后。

詹斯博轻摇了下他。"振作起来,孩子。"

"我不是孩子。"威岚咕哝着,拍开了詹斯博的手。

"行,你是元老。知道怎么射击不?"

威岚缓缓点了点头。"知道飞靶射击。"

詹斯博翻了个白眼。他抓下了背上的步枪,塞进威岚怀里。"不错。这就跟射泥制飞靶是一样的,只不过射中的时候发出的声音不同。"

突然,他余光瞟到一个人影,詹斯博急速转身,举起左轮手枪,但那竟然是卡兹。

"朝东去下一个码头,在第二十二泊位登船。"卡兹说道。

"第二十二泊位是什么?"

"真正的费罗琳德号。"

"但是——"

"被炸掉的船是个诱饵。"

"你早就知道?"

"不,我做好了防范措施。我就是干这个的,詹斯博。"

"你应该告诉我们——"

"那会让诱饵失效。行动吧。"卡兹扫了一眼威岚,威岚正站在那里,怀里跟抱婴儿似的抱着一把步枪。"保证他能全须全尾地到达船上。"

詹斯博看着卡兹一手拿着拐杖,一手拿着枪,消失在暗处。即使仅靠那一条健康的腿,他的行动依旧敏捷得惊人。

然后詹斯博又推了下威岚。"走吧?"

"走?"

"你没听到卡兹说的吗?我们需要赶去第二十二泊位。"

威岚默默地点了点头。瞪得大大的眼睛里满是迷茫。

"跟在我身后,尽量别被人干掉。准备好了?"

威岚摇了摇头。

"那忘掉我说的。"他把威岚的手放在了步枪的手柄上,"走吧。"

詹斯博又连续射击,希望大面积的扫射能掩护他们的位置。一支左轮手枪空了,他猛地从板条箱后冲进了黑暗里。他有点希望威岚跟不上,但他听到那小商人就在身后,呼吸声很重,他们冲向下一堆桶时,可以听到他肺部的鸣音。

一颗子弹从他脸颊旁擦过,詹斯博吸了一口气,那距离近到快要灼伤脸了。

他们猛地冲到了桶背后。从这个有利位置看去,他看到妮娜挤进了两堆板条箱中间的缝隙里。看到有进攻者靠近,她抬起手臂,握紧了拳头。那少年抓着胸膛瘫倒在地上,虽然她在这迷宫里处于不利地位。摄心师只有看到目标,才能把他们打倒。

赫尔瓦尔在她旁边,背靠着板条箱,双手被绑着,合情合理的预防措施。但那菲尔丹人很重要,在看到妮娜从袖子中拿出刀,割断绑着赫尔瓦尔的绳子之前,詹斯博有一瞬间很好奇,卡兹为何会把他置于这种困境。妮娜在他的手中塞了一把手枪。"保护好你自己。"她低声道,然后把注意力放在打斗之中。

不够聪明,詹斯博想道,**不要把你的后背留给一个愤怒的菲尔丹人**。赫尔瓦尔看上去真的在考虑朝她开枪。詹斯博举起了他的左轮手枪,做好了将那大块头击倒的准备。然后赫尔瓦尔站到了妮娜旁边,瞄准了对面的板条箱迷宫,就好像是他们在肩并肩作战一样。卡兹是故意

乌鸦六人组（卷一）：六只乌鸦

把马蒂亚斯和妮娜绑在一块的吗？詹斯博从来都分不清卡兹每次摆脱困境，有多少是靠聪明才智和精心谋划，又有多少是走了狗屎运。

他吹了个响亮的口哨。妮娜回头扫了一眼，目光和詹斯博相对。他快速晃了晃两根手指，晃了两次，然后朝她快速点了下头。她知道第二十二泊位是他们真正的目的地了吗？伊奈姬呢？卡兹又来了，又在玩信息游戏，把他们某个人或所有人都蒙在鼓里，让他们猜。詹斯博非常讨厌这一点，但他们还有办法前往菲尔德的事实，又让他无话可说。但愿他们能有命登上第二艘纵帆船。

他给威岚示意，让他尽可能蹲得低一点，一起继续穿过停在码头边的大小船只。

"在那！"他听到身后某处传来一声大喊。他们被发现了。

"该死的，"詹斯博说道，"跑！"

他们"咚咚咚"地跑下码头。不远处，在第二十二泊位那里，有一艘看起来很结实的纵帆船，侧面写着**费罗琳德**。它看上去与别的船惊人地相似。上面没有点灯笼，但他和威岚逃出袭击以后，两个水手出现了。

"你们是第一个到这的。"罗迪说道。

"希望我们不是最后一个。你带武器了吗？"

他点了点头。"布莱克让我们藏起来直到——"

"这就是直到。"詹斯博指着朝他们冲过来的人说道，然后从威岚那里拿回了他的步枪。"我需要去高地。尽可能地分散他们的注意力，别让他们上前。"

"詹斯博——"威岚开口说道。

"别让人从你这里过去。如果他们拿下了这艘纵帆船，我们就完了。"朝他们开枪的人不只是想阻止德勒格斯的人离开港口，还想让他们死。

詹斯博朝带头冲向码头的两个人开枪。一个倒了下去，另一个滚到了左边，藏在了一艘渔船的斜桅后。詹斯博又开了三枪，然后冲向了桅杆。

他听到下面有更多的枪声响起。十英尺高，二十英尺，靴子抓住了绳索。他理应停下来干掉他们。离乌鸦的老巢还有两英尺时，他感到大腿上传来灼热的痛感。他的脚滑了，有一瞬间在甲板上方悬空了，但打滑的手掌抓住了绳子。他强迫拨动自己的腿，脚尖寻找着支点。被枪击中后，他的右腿几乎毫无用处，心怦怦直跳，他需要用颤抖的手臂支撑着自己爬完最后几英尺。他的每一个感官都激动万分，比在赌桌上连胜更甚。

他没有停下来休息，把负伤的腿钩在绳索上，忽略了疼痛，举起步枪瞄准，朝射程内的人开枪。

四百万克鲁志，他重新上弹药的时候跟自己说道，然后发现视线内又出现了一个敌人。雾气让能见度变得很低，但射击技能是让他在债台高筑的时候还能留在德勒格斯的原因。很明显，詹斯博对玩牌的热爱远超好运对他的青睐。四百万克鲁志能平了他的债务，能让他在很长的一段时间里安逸地生活。

他看到妮娜和马蒂亚斯努力地向码头赶来，但至少有十个人挡住了他们的路。卡兹看上去在往相反的方向跑，但哪儿都不见伊奈姬的身影，虽然这对幽灵来说是常态。她可能挂在距离他两英尺的帆上，而他或许发现不了。

"詹斯博！"

一声呼喊远远地从下面传来，詹斯博过了老半天才意识到是威岚在喊他。他尽量忽略他，继续瞄准目标。

"詹斯博！"

我要杀了那个小白痴。"你想干吗？"他朝下面喊道。

"闭上你的眼睛！"

乌鸦六人组（卷一）：六只乌鸦

"你在下面亲不到我，威岚。"

"照做就是！"

"最好是好事！"他闭上了眼睛。

"闭上了吗？"

"该死的，威岚，是的，它们——"

耳边传来尖锐刺耳的叫喊声，詹斯博闭着眼睛也能感受到一片火光。一切渐渐减弱以后，他睁开了眼睛。

他看到下面的人跌跌撞撞地走着，威岚刚刚引发的爆炸让他们眼盲。但詹斯博依旧可以看得很清楚。**商人家的孩子能有这本事还不错**，他自顾自地想道，然后开始射击。

12
伊奈姬

伊奈姬还没学习走钢丝和练习绳索时,她爸爸就教会了她降落——护住头,将自身冲力的影响减到最小。港口的爆炸让她脚下失衡时,她抱膝滚翻。她重重地落到了地上,但眨眼之间就站了起来,靠在板条箱旁,耳朵里嗡鸣,鼻子里满是浓烈的火药味和烧焦味。

伊奈姬瞥了一眼卡兹和其他人,然后做了她最擅长的事情——销声匿迹。她纵身跃到板条箱上,像只灵活的虫子一样攀爬,橡胶鞋寻找着支点和落脚处。

从高处看到的一幕让她忧心。德勒格斯在人数上不占优势,他们的左右两翼都有人逼近。卡兹不告诉其他人真正的出发点是对的。有人泄密了。伊奈姬设法密切注视队员的动态,但帮派内部的其他人可能窃听到了消息。卡兹曾自言自语:卡特丹姆的一切都是漏的,包括斯兰特和乌鸦俱乐部。

有人在新费罗琳德号的桅杆上朝下面开火。希望那是詹斯博到纵帆

乌鸦六人组(卷一):六只乌鸦

船上了,而她也需要为其他人到儿那赢取更多时间。

伊奈姬在板条箱上轻盈地跑动,沿着这排板条箱朝下跑去,在下面寻找目标。一切都很顺利。他们没人想到威胁会来自上面。她滑到了地面上,站在了两个朝妮娜开火的人的身后,进行了无声的祷告之后,动手割断了其中一人的喉咙,然后是下一个。第二个人倒下之后,她蹲在他旁边,卷起了他右侧的袖子——手上有刺青,拇指和食指自关节以下被切断。黑尖团。这是吉尔斯的报复,是他与卡兹最后的较量吗,还是其他的?他们应该没法召集到这么多人。

她来到了另一个板条箱通道里,在脑海里构建了一幅其他袭击者的位置图。首先,她放倒了一个扛着一把笨重步枪的女孩,然后是一个理应关注她侧方的男人。他的刺青是呈楔形的五只鸟:拉兹格尔。他们究竟惹上了多少个帮派?

下一个角落是盲区。她是要在板条箱上攀爬,来确认一下自己的位置,还是冒一把险看那边等着她的是什么?她深吸了一口气,低低地蹲了下去,纵身一跃跳到了角落里。今晚她的神明很友好——两个人正背对着她朝码头开枪。她拔刀刺向他们,两下就解决了。六具尸体,六条生命。她需要忏悔很多次去赎罪,但这有助于增加德勒格斯的胜算。现在,她需要前往纵帆船。

她在皮马裤上擦了擦刀,插回刀鞘,然后选择离得最近的货物集装箱为起点,重新往上爬。她的手指紧抓住边缘,手臂下传来一阵刺痛。她及时转身,看到了沃蒙丑陋的脸上一脸坚定的表情。那些收集到的黑尖团的信息一下就涌上了脑海——沃蒙,吉尔斯的那个拖着脚走路的打手,那个徒手捏碎人头骨的打手。

他把她拽了下来,双手抓在她马甲前。让她身侧的刀子剧烈扭动了下。伊奈姬挣扎着让自己别晕过去。

她的兜帽落下时,他大叫了一声,"我的格森呐,我抓住了布莱克的幽灵。"

"你应该目标……高一点,"伊奈姬喘息着,"错过我的心脏了。"

"我不想让你死,幽灵,"他说道,"你可是我的战利品。我迫不及待地想听你为黑手收集到的消息了,还有他的秘密。我喜欢听有趣的故事。"

"我可以告诉你目前这个故事的结局,"她呼吸不稳地说道,"但你不会喜欢。"

"是吗?"他狠狠地把她撞向板条箱,疼痛将她淹没。她的脚尖勉强能碰到地面,血从她身侧的伤口喷涌而出。沃蒙的前臂抵住她的肩膀,让她的手臂无法动弹。

"你知道对付蝎子的秘诀是什么吗?"

他笑了。"开始说胡话了,幽灵?别死太快。还打算让你接受治疗呢。"

她把两个脚踝钩在一起,然后听到了一声让人心安的咔哒声。她膝盖上带着衬垫,除了方便攀爬之外,还有其他原因——每个衬垫后都藏着小钢刀。

"那秘诀,"她气喘吁吁地说,"是千万不要将你的目光从蝎子尾巴上移开。"她抬起膝盖,把刀插进了沃蒙的腿里。

他尖叫着放开了她,伸手捂住了流血的腹股沟。

她一瘸一拐地继续朝板条箱堆爬去。她听到人们的叫喊,枪击声越发激烈。谁占了上风?其他人到纵帆船上了吗?一波晕眩感席卷了她。

她的手指刚碰触到身侧的伤口时,就全都被血浸湿了。血太多了。脚步声。有人来了。她爬不动了,带着这伤口,再加上失血过多,爬不动了。她记得父亲第一次把她放到绳梯上时。*爬,伊奈姬*。

这里的集装箱堆得跟金字塔一样。如果她只能爬一层的话,她会把自己就藏在第一层。*一层就好*。她可以选择爬上去,或者站在这,然后

乌鸦六人组（卷一）：六只乌鸦

死去。

她摇了摇头，让自己清醒了点，然后跳了起来，指尖攀在了板条箱上。**爬，伊奈姬**。她拖着身躯爬了上去，爬上了集装箱锡做的盖子。

能躺在这的感觉太好了，但她知道身后肯定留有血迹。**再爬一层**，她跟自己说道。**再爬一层，你就安全了**。她强迫自己再次行动，去够下一个板条箱。

身下的板条箱摇晃起来。她听到有笑声从下面传来。

"出来，出来，幽灵！我们还有秘密没讲呢。"

她绝望地再次伸手去够下一个板条箱的边缘，然后紧紧抓住了它。她下方的板条箱掉落下去的时候，伤口的疼痛加剧了。然后她就吊在那里，双腿无力地垂下。他们没有开枪，他们想要活捉她。

"下来吧，幽灵！"

不知哪里来的力量，她竟然成功地爬了上去。她躺在板条箱的盖子上，气喘吁吁。

再爬一层就好。但她做不到了。她爬不起来了，也没力气去够下一个板条箱了，就连滚都滚不动了。太疼了。**爬，伊奈姬**。

"我做不到，爸爸。"她声音微弱地说道。即便是现在，她也不想让他失望。

动起来，她跟自己说道。**别死在这破地方**。然而脑海里的声音告诉她，还有比这更糟的地方。她会死在这里，在黎明即将来临之前，自由地死去。她是在一场有价值的战斗之后死去的，不是在某人厌倦了她之后，或者他想从她那得到更多，而她却无能为力。和她的刀一起死在这里，总比脸上涂脂抹粉，身上穿着仿制的绸衣死去要好很多。

一只手握住了她的脚踝。他们爬上了板条箱。为什么她没听到他们的动静？她已经到这种程度了吗？他们抓住她了。有人在抓着她的背把她翻过来。

她滑出系在手腕的刀鞘里的刀。在巴伦,这么锋利的刀被叫作好钢。它能让人死得痛快。这总比落在黑尖团或拉兹格尔手中饱受折磨要好。

希望神明能接纳我。她把刀尖对准了自己的胸膛,搁在肋骨中间,打算刺穿心脏。然后,有只手用力抓住了她的手腕,迫使她放下刀。

"还不到时候,伊奈姬。"

石头相互刮擦的声音。她猛地睁开眼睛。**卡兹**。

他把她抱在怀里,从板条箱上跳了下去,简单粗暴地往下跳,他的伤腿弯曲着。

落到地上后,她呻吟了一声。

"我们赢了吗?"

"我在这儿,不是吗?"

他一定是在跑。每跟跄着往前一步她的身体就在他胸前痛苦地颠簸着。他需要他的拐杖。

"我不想死。"

"我会尽最大的努力让你活下去。"

她闭上了眼睛。

"说话,幽灵。别从我身边溜走。"

"但那是我最擅长的事。"

他把她抱得更紧。"撑到纵帆船上就行。把你那该死的眼睛睁开,伊奈姬。"

她努力了,但视线一片模糊,她能勉强看到卡兹脖子上那泛着白光的伤疤,就在他的颔骨下方。她记得在动物园第一次见到他的时候。他花钱从坦特·海琳那里买消息——股票建议,与政治相关的枕边细语,以及所有动物园的顾客在喝酒时或寻欢作乐时不小心吐露的秘密。他从来都不搭理海琳的姑娘们,虽然大多数姑娘都挺乐意把卡兹带去她们房

乌鸦六人组(卷一):六只乌鸦

间的。她们说他让她们颤抖,他黑手套之下的手有永远洗不掉的血迹,但她从她们的声音里听出了渴望,也看到她们的目光追随他的身影。

一天晚上,在包厢里,他路过她的身旁时,她干了一件很鲁莽、很愚蠢的事。"我可以帮你。"她低声说道。他瞥了她一眼,然后继续往前走,就好像她什么都没说一样。第二天早上,她被带到了坦特·海琳的会客室,她以为等她的又是一顿毒打或者更糟的虐待,但她却看到卡兹·布莱克站在那里,倚着他的乌鸦头拐杖,来改变她的人生。

"我可以帮你。"她现在说道。

"帮我做什么?"

她想不起来了。她原本有事情要告诉他的。但现在不重要了。

"跟我说话,幽灵。"

"你回来找我了。"

"我得保护我的投资。"

投资。"我挺开心我的血蹭得你衬衣上到处都是。"

"我会把它算到你的账上。"

现在她想起来了。他欠她一个道歉。"说你很抱歉。"

"抱歉什么?"

"你说就行。"

她没听到他的回答。世界坠入漆黑。

13
卡　兹

"我们离开这里。"卡兹刚一瘸一拐地登上了纵帆船就喊道,他怀里抱着伊奈姬。船帆已经调整完毕,他们立马就可以驶离港口,但这还是比他期待的慢了点。他知道此行应该招几个御风师,但拜访御风师是一件很危险的事。

甲板上一片混乱,大家呼喊着,努力尽快地让纵帆船驶向公海。

"施佩希特!"卡兹冲他选来做船长的那个水手喊道,那水手善用刀具,但时运不济,最终在德勒格斯混了个低级成员的位置,停滞不前。"让你的队员在我动手捏碎他们骨头之前,调整到最佳状态。"

施佩希特敬了个礼——然后猛地停住。他现在不在海军了,卡兹也不是他的指挥官。

卡兹的腿疼得厉害,这是他从吉尔德斯坦特附近一家银行的房顶摔下来之后痛得最厉害的一次。很可能那根骨头又断了。伊奈姬的重量并不能减轻疼痛,但詹斯博前来帮忙时,卡兹还是躲开了。

乌鸦六人组（卷一）：六只乌鸦

"妮娜在哪？"卡兹咆哮道。

"看下面的伤员去了。她已经给我看过伤了。"卡兹模糊地看到詹斯博大腿上干涸的血液。"打斗之中威岚受了点轻伤。我来帮你——"

"别挡路。"卡兹说道。然后越过詹斯博冲下了通向甲板下面的斜坡。

他看到妮娜在一个狭小的船舱里照顾威岚，她的手从他的手臂上方慢慢飘过，受了枪伤的皮肤开始慢慢愈合。看上去就像擦伤一样。

"走。"卡兹命令道，威岚几乎要从台子上跳下来。

"我还没完成——"妮娜开口说道。然后她看到了伊奈姬。"神呐，"她感叹道，"发生了什么？"

"刀伤。"

几只明亮的灯笼照亮了这个狭小的船舱，樟脑盒旁边的架子上的干净绷带被取了出来。卡兹轻轻地把伊奈姬放到台子上，台子用螺栓固定在甲板上。

"失血太多了。"妮娜低声说道。

"救她。"

"卡兹，我是一个摄心师，不是一个真正的疗愈师。"

"我们找到疗愈师的时候，她估计就死了。动手吧。"

"你挡到光了。"

卡兹退到了通道里。伊奈姬一动不动地躺在台子上，摇曳不定的灯光让她原本富有光泽的棕色皮肤变得黯淡无光。

他能活下来是因为伊奈姬。他们都是。他们能够成功从那个角落冲出去，就是因为伊奈姬让他们没被包围起来。卡兹很清楚死亡的滋味。他感觉死亡的气息已经降临到了船上，笼罩着他们，做好了把幽灵带走的准备。他满身都是她的血。

"你在这帮不上忙，一边去，"妮娜说道，看都没看他一眼，"你在这里我紧张。"他犹豫了下，然后拖着沉重的脚步原路返回了，甚至都没去别的舱换一件干净的衬衣。他不该因甲板上的喧闹,甚至是枪战而心烦意乱,但他确实因此而心烦。内心有东西让他觉得烦躁和刺痛。这感觉在他是个孩子的时候就体验过了,就在乔迪刚走的那段绝望的时光里。

说你很抱歉。这是伊奈姬跟他说的最后一句话。她想让他因什么而道歉呢?可能性太多了。无数罪行。无数愚蠢的嘲弄。

甲板上,他深深地吸了一口海上的空气,看着港口和卡特丹姆消失在地平线。

"到底发生了什么?"詹斯博问道。他靠在栏杆上,旁边放着步枪,头发凌乱,瞳孔扩张。看起来像是醉了,或者是还没睡醒。打斗过后,他通常都是那表情。赫尔瓦尔趴在栏杆上呕吐,显然不是一个水手。在某种程度上,他们需要把他的腿再捆起来。

"我们遭到了伏击。"威岚坐在船首的甲板上说道。他把袖子推了上去,手指摸着妮娜为他治疗后伤口上的那个小红点。

詹斯博有气无力地瞪了一眼威岚。"让从大学请来的家庭教师听听,这孩子就想出来了这个?'我们遭到了伏击'?"

威岚的脸红了。"别再叫我孩子。实际上我们是同龄人。"

"你不会喜欢我给你取的别的名字的。我知道我们遭到了伏击。但这解释不了他们是怎么知道我们会在那儿。或许大鲍里格不是德勒格斯唯一的黑尖团间谍。"

"吉尔斯自己是没脑子和资源让他这么快、这么狠地咬回来的。"

"你确定?因为感觉这一口咬得挺大的。"

"我们问问。"卡兹一瘸一拐地走向罗迪帮他藏匿沃蒙的地方。

我刺伤了你的幽灵,卡兹看到沃蒙蜷缩在地上时他咯咯地笑着说。*我狠狠地刺了她一刀*。卡兹扫了一眼沃蒙大腿上的血然后说道,*看起来她也刺了你*。但她刺得有点偏离目标了,否则沃蒙就没法和任何人开口说话了。他把那打手敲晕,然后在找伊奈姬的时候,让罗迪把他带了

乌鸦六人组(卷一)：六只乌鸦

回来。

如今赫尔瓦尔和詹斯博把沃蒙拖到了栏杆旁，他的双手被绑了起来。

"让他站起来。"

赫尔瓦尔伸出一只大手，拖着沃蒙站了起来。

沃蒙咧嘴一笑，他杂草般粗糙的白发紧紧地贴在头皮上。

"你不打算跟我说说是什么让黑尖团今晚倾巢而出吗？"

"我们欠你的。"

"一场三十个人出动、拔枪相向的公开斗殴？我不这么觉得。"

沃蒙吃吃地笑了。"吉尔斯不喜欢被打败。"

"我脚指头都能猜到吉尔斯的脑子在想什么，大鲍里格是他在德勒格斯唯一的消息来源。"

"或许他——"

卡兹打断了他："你现在还是认真考虑考虑再开口，沃蒙。吉尔斯可能觉得你已经死了，不会赎你回去。我想怎么对你就怎么对你。"

沃蒙朝他吐了一口口水。

卡兹从外套兜里掏出了一张手帕，认认真真地把脸擦干净。他想起伊奈姬一动不动地躺在台子上，想起臂弯里的她轻如鸿毛。

"抓住他。"他跟詹斯博和那菲尔丹人说道。他晃了下外套袖子，一把剥牡蛎壳的刀出现在他手里。不管是什么时候，他的身上都至少会藏两把刀。他甚至都没把这一把算在里面，真的——一把光洁的，邪恶的小刀。

他用刀划过沃蒙的眼睛，划出了一条齐整的伤口——从眉毛到颧骨——在沃蒙还没来得及吸气大声叫喊之前，他沿着反方向划了第二刀，组成了一个近乎完美的X。现在沃蒙开始尖叫。

卡兹擦干净刀，放回袖子里，然后把戴着手套的手伸进了沃蒙的一只眼眶里，猛地拽出了他的眼珠。沃蒙高声尖叫，抽搐不已。血喷得他满脸都是。

卡兹听到威岚在干呕。他把眼球扔出船外,把沾了口水的手帕塞进了沃蒙的眼眶里。然后,他捏住了沃蒙的下颌,手套在那打手的下颌上留下了红色的污迹。他动作平稳精准,就好像在乌鸦俱乐部发牌或是在撬一个容易的锁一样,但他的愤怒炙热、疯狂,且陌生。他内心有什么东西失控了。

"给我听好了。"他生气地低声说道,他的脸距离沃蒙的脸很近,就几英寸。"你有两个选择。告诉我你所知道的,我们会把你扔到下一个港口,给你足够的钱让你去疗伤,并买票回刻赤。或者我拿走你的另一只眼,然后和一个瞎子再重复一遍这对话。"

"这只是一个任务,"沃蒙含糊不清地说道,"带着黑尖团加入,吉尔斯可以得到五千克鲁志。我们还拉了一部分拉兹格尔的人进来。"

"为什么不多带点人手?为什么不让你们的胜算翻倍?"

"船爆炸的时候你原本应该在船上!我们原本是去看管纵帆船的。"

"谁雇的你?"

沃蒙欲言又止,咬着嘴唇,鼻涕从他鼻子里流了下来。

"别让我再问一遍,沃蒙,"卡兹轻声说道。"不管那人是谁,他现在都保护不了你。"

"他会杀了我。"

"我会让你求生不得求死不能,所以你不用去权衡这两个选择。"

"佩卡·罗林斯,"沃蒙呜咽道,"是佩卡·罗林斯。"

卡兹觉得很震惊,他在詹斯博和赫尔瓦尔的脸上也看到了同样的表情。赫尔瓦尔则是无知无畏。

"神呐,"詹斯博呻吟道。"我们完蛋了。"

"是罗林斯自己带着队员出发的吗?"

"什么队员?"

乌鸦六人组(卷一):六只乌鸦

"去菲尔丹的。"

"我不知道关于队员的事儿。我们原本是来阻止你出港的。"

"我知道。"

"我需要医师。你能带我去见医师了吗?"

"当然,"卡兹说道,"就在这。"他揪着沃蒙的翻领把他拽了起来,让他双脚离地,身体靠在栏杆上。

"你想知道的我都告诉你了!"沃蒙挣扎着尖叫道,"我按照你说的做了。"

尽管沃蒙看上去肌肉凸起,但他的强壮具有欺骗性——和詹斯博一样,农场里的一把好手,他或许是在田地里长大的。

卡兹俯身靠近,没有人能听到他说了什么:"我的幽灵会劝我向善。但拜你所赐,她现在没法在这儿为你求情。"

他没有再多说一个字,把沃蒙扔进了海里。

"不!"威岚俯身趴在栏杆上大喊道,他面色苍白,目瞪口呆地看着沃蒙落入海浪之中。打手残缺的面孔消失在视野里,但他的恳求依旧在他的脑海中回响。

"你……你说如果他帮你——"

"你也想下去吗?"卡兹问道。

威岚深吸了一口气,好像这样能让他获得一些勇气,然后气急败坏地说:"你不会把我扔下去的。你需要我。"

为什么每个人都这么说?"或许,"卡兹说道,"但我现在不太理智。"

詹斯博把手放在威岚的肩膀上。"随他去吧!"

"这样是不对的——"

"威岚,"詹斯博一边说,一边轻轻摇了下他,"或许你的家庭教师没给你上这一课,不要和一个满身是血,袖里藏刀的人争论。"

威岚把嘴抿成了一条细细的线。卡兹分不清这孩子究竟是惊恐还是愤怒，而他也并不在意。赫尔瓦尔跟个哨兵一样安静地站着，观察这一切，金色胡须掩盖下的脸看上去有点因晕船而发青。

卡兹转向了詹斯博。"给赫尔瓦尔戴上镣铐，让他老实点，"他一边说一边朝下面走去，"然后给我拿套干净的衣服和一些淡水。"

"我什么时候成你的贴身男仆了？"

"我是有刀的人，想起来了吗？"他转过头说道。

"我是有枪的人！"詹斯博在他身后喊道。

为了省事，卡兹朝他竖起中指作为回应，然后消失在了船舱内。他想洗个热水澡，喝一瓶白兰地，但是暂时能一个人静一静，远离血腥味他就知足了。

佩卡·罗林斯。这名字和枪声一样在他脑海里轰鸣。所有的一切总会回到佩卡·罗林斯身上，曾经就是这个人夺走了他的一切，如今就是这个人横在卡兹和队员试图获取的那一大杯羹中间。罗林斯是派人代他去，还是自己带着船员亲自去抢博·亚尔拜亚？

在他昏暗狭小的船舱里，卡兹低声说了那几个字："一步一步来。"杀了佩卡·罗林斯一直以来都挺诱人的，但让他死还远远不够。卡兹想让罗林斯跌落神坛。他想让他经历自己和乔迪经历的一切。从佩卡·罗林斯那肮脏的手里夺走那三千万克鲁志，将会是一个良好的开端。或许伊奈姬是对的。或许命运不会给爱它的人找麻烦。

14
妮　娜

在那狭窄的手术船舱里，妮娜试图把伊奈姬的身体重新组装起来，但她没有接受过这方面的培训。

在雷凡卡首都接受教育的前两年里，所有的格里莎身体操控能力者都在一起学习，上一样的课，做一样的尸体剖检。后来的训练就有了不同。疗愈师学习错综复杂的疗伤工作，摄心师成了战士——专门制造伤害，而不是修复伤害的行家。这本质上是因为对同种能力的看法不同。但那些活着的需求总比那些死了的多。致命一击要求快速决策，目的明确。治愈却过程缓慢，需要深思熟虑，需要认真研究每一个小的选择。过去的这一年里，她帮卡兹干过的活儿派上了用场，所以在某种程度上，也有了她在白玫瑰改变人情绪和修整人脸的工作。

但看着伊奈姬，妮娜多么希望当初在学校接受的培训能多一点。雷凡卡内战爆发时，她还是小宫殿里的学生，不得不和她的同学躲藏起来。战争结束，尘埃落定以后，尼克莱国王急切地让剩下的、为数不多的格里莎士兵接受训练，走上战场，所以妮娜在执行第一个任务前只上了六个月的高阶课程。那时，她很兴奋。现在，能多在学校上一个礼拜的课她都会觉得感激不尽。

伊奈姬身体柔韧，都是肌肉和纤细的骨头，很像杂技演员的身材。刀从她的左臂下方插入。插入的地方非常危险。再深一点，就会刺破心尖。

妮娜知道，如果她和给威岚疗伤一样，只是让伊奈姬的皮肤愈合，她的身体内部还是会继续出血，所以她试图让内部先止血。她以为自己完全可以做到，但伊奈姬失血过多，妮娜不知道该怎么办了。她听说有的疗愈师可以把一个人的血和另一个的匹配起来，但如果配型不对的话，无异于给病人投毒。这操作远超出了她的能力范围。

她让伤口愈合起来之后，给伊奈姬盖上了一条轻薄的羊毛毯。现在，妮娜能做的就是监测伊奈姬的脉搏和呼吸。把伊奈姬的手放进毯子里后，她发现伊奈姬前臂内侧皮肤上的瘢痕。她的大拇指轻轻扫过那些凸起和棱纹。这一定是孔雀毛造成的，这是动物园，那异国风情屋的文身。给她去除文身的人活做得可不怎么漂亮。

好奇心驱使之下，妮娜把她另一只袖子也推了起来。那里的皮肤光洁无痕。伊奈姬没有文上乌鸦和杯子的文身，而这文身在德勒格斯每个正式成员的身上都有。巴伦的同盟关系总在变，但你的帮派就是你的家，是你唯一的庇护。妮娜自己有两个文身。她左前臂的是白玫瑰之家的。但作数的是她右臂上的：一只乌鸦正在试着从近处的一个空高脚杯里喝东西。这文身告诉世人，她属于德勒格斯，任何与她对着干的人都可能会面临被整个帮派报复的风险。

伊奈姬在德勒格斯的时间比妮娜长，却没有文身。这点很奇怪。她是帮派最重要的成员之一，卡兹很信任她——其他人都期待得到卡兹的信任。妮娜回想着他把伊奈姬放在台子上时脸上的表情。他还是那个卡

乌鸦六人组(卷一):六只乌鸦

兹——冷漠,粗鲁,极难对付——但在他的愤怒之下,她觉得她看到了其他东西。或许只是因为她是个浪漫主义者。

她嘲笑了下自己。她已经不期望再爱任何人了。爱就是你迎来了一个永远摆脱不了的客人。

妮娜拨开伊奈姬脸上的黑色直发。"一定要好起来。"她低声说道。她讨厌自己声音中的脆弱。那声音听上去不像一个格里莎战士,或者德勒格斯难缠的队员,而是像一个茫然无措的小女孩。而那也确实是她现在的感受。她的培训时间太短了,让她执行第一次任务的时间来得太快了。卓娅当时说了很多,但妮娜恳请她让她离开,并且他们也确实需要她,那位年长的格里莎也就大发慈悲让她走了。

卓娅·纳扎伦斯基——一位强大的御风师,漂亮得叫人惊为天人,轻轻地挑一挑眉就能让妮娜的自信心碎成灰。妮娜曾经很崇拜她。**鲁莽、愚笨、容易三心二意**。卓娅总用类似,或更糟的词形容她。

"你是对的,卓娅。现在高兴了吗?"

"头晕眼花。"詹斯博在门口说道。

妮娜被吓了一跳,抬起头来,只见他脚下踩着球前后摇摆。"谁是卓娅?"他问道。

妮娜坐回椅子里。"没谁。格里莎三巨头之一。"

"太意外了。是那个掌管第二军队的吗?"

"还能有谁呢?"雷凡卡格里莎士兵的数量在战争中锐减。一些逃跑了,但更多的是身亡了。妮娜揉了揉疲惫的眼睛。"你知道找到一个不愿被找到的格里莎,最好的方法是什么吗?"

詹斯博伸手挠了挠脖子后面,然后把手放在枪上,然后又放回了脖子上。他一直都在动来动去。"从没想过这个。"他说道。

"等待奇迹和听睡前故事。"那些有女巫和小精灵,以及常理无法解释的事的故事。有时候它们只是迷信。但很多时候当地的神话故事都是基于事实的——有些人生来就有天赋，但不被他们的国民所理解。妮娜对这些故事有非常灵敏的嗅觉。

"在我看来，如果他们不想被找到的话，就应该随他们去。"

妮娜阴郁地瞥了他一眼。"巫师猎人不会随他们去。他们在到处搜捕格里莎。"

"他们都和马蒂亚斯一样有魅力吗？"

"也有不如他的。"

"我需要找到他的脚镣。卡兹总给我安排这些没难度的活儿。"

"想换吗？"妮娜疲倦地问道。

詹斯博那修长的身体里无处安放的精力像是一下子就消失了。他一动不动，妮娜从未见他如此安静，自踏进这个小船舱以来，他第一次凝视伊奈姬。他在努力回避，妮娜意识到。他不愿意看她。毯子随着她轻浅的呼吸微微起伏。詹斯博说话时，声音紧张，就像一个乐器的琴弦调到了最高音。

"她不能死。"他说道，"不能以这样的方式死去。"

妮娜凝视着詹斯博，看上去有点困惑。"不能以什么样的方式？"

"她不能死。"他重复道。

妮娜感到一阵沮丧。她在紧紧拥抱詹斯博，和朝他大喊她正在想办法之间犹豫。"神呐，詹斯博，"她说道。"我在尽我最大的努力。"

他动了下，身体似乎又恢复了元气。"抱歉，"他不好意思地说道，笨拙地拍了拍她的肩膀，"你做得很棒。"

妮娜叹了口气。"难以让人信服。你怎么还不去把那个金发巨人绑起来？"

詹斯博敬了个礼，然后飞快离开了船舱。

虽然他很烦人，但妮娜差点就把他叫回来了。詹斯博走了，卓娅的声音就一直在她的脑海里回响，提醒她，她还不够优秀。

乌鸦六人组(卷一):六只乌鸦

伊奈姬的皮肤摸上去太冰了。妮娜的手搭在伊奈姬的两肩,试图加快她的血液流动,让她的体温稍微升高点。

她刚刚对詹斯博说的不全是实话。格里莎三巨头不只是想从菲尔丹巫师手中救下格里莎,他们还去了漫游岛和诺威哲姆,因为雷凡卡需要士兵。他们在到处寻找可能还偷偷活着的格里莎,想努力说服他们在雷凡卡定居,为王室服务。

妮娜那时太小了,没法参加雷凡卡内战,在第二军队重组的时候,她迫切地想要成为其中一员。她的语言天赋——舒语、克里什语、苏里语、菲尔丹语,甚至还会点哲蒙尼语——最终让她打消了卓娅的疑虑。她同意让妮娜陪着她和一队格里莎审查官去漫游岛,尽管卓娅很担忧,但妮娜大获成功。她伪装成了一个游客,溜进小旅馆和马车房里来窃听当地人的对话和交谈,然后把这些村言村语带回营地。

如果你要去马洛奇格伦,一定要在白天。饱受折磨的灵魂会在那些地方游荡——那些暴风雨突袭的地方。

丘陵女巫真的存在,真的。我二表弟得了滋痱尔,去找女巫,回来之后健康了许多。你说他头里边有问题是什么意思?这真的不能再真了,比你真。

他们在伊斯坦米尔神话故事中的山洞里发现了两个躲起来的格里莎家庭,他们搭救了一个父亲,一个母亲,和两个男孩——控火师,能够操控火焰。他们是来自芬福德的暴民。他们甚至袭击了一艘乐福林港口附近的贩奴船,对那些难民进行分类,据此安排行程,让那些没有特殊能力的人安全回家。那些能力得到格里莎审查官确认的,会被安排在雷凡卡收容所里。只有那个被称作丘陵女巫的老摄心师选择留在原地。"如果他们想要我的血,就让他们来吧,"她笑道,"我会取点他们的血作为回报。"

妮娜的克里什语说得和当地人一样好,她喜欢每到一个小镇就换一种身份。但是卓娅对于他们取得的胜利却并不满意。"擅长语言还远远不够，"她责备道，"你要学着别太……显眼。你嗓门太大，太热情洋溢，太惹人注意。你这样面临的风险太大了。"

"卓娅，"她们一起的一位审查官说道，"慢慢来。"他是一个活法器。死去之后，他的骨头会用来增强格里莎的能力，和格里莎戴的鲨鱼牙或熊爪没什么区别。但是他活着，对她们的任务至关重要，他接受的训练可以让他利用自己的法器天赋，轻轻一碰就能感知格里莎的能力。

大多数时间里，卓娅都在保护他，但现在，她深蓝色的眼睛眯了起来。"我的老师不会让我慢慢来。如果一群暴民在树林里追赶她，你会跟她说慢慢来？"

妮娜跺着脚离开了，骄傲受挫，眼眶里打转的泪水让她觉得很尴尬。卓娅跟她喊着说让她不要穿过山脊，但她没听，想跑得离那御风师越远越好——然后就好巧不巧地走进了巫师猎人的营地里。六个金发碧眼的少年聚在海岸边的悬崖边上，说着菲尔丹语。他们没有生火，穿得看上去像克里什农民，但她瞬间就知道了他们的身份。

银色的月光下，他们盯着她看了很久。

"噢，谢天谢地，"她用抑扬顿挫的克里什语说道，"我是与家人一起出来旅游的，但在树林里绕晕了。你们谁能帮我找到回去的路吗？"

"我觉得她迷路了。"其中一个把她的话翻译成菲尔丹语给其他人听。

另一个站了起来，手里拿着一个灯笼。他比其他人都高，走近的时候，她的直觉告诉她快跑。*他们不知道你的身份*，她提醒自己道。*你只是一个漂亮的克里什姑娘，在树林里迷了路。不要做任何蠢事。把他从其他人中引开，然后打倒他。*

他举起了灯笼，光照在他们俩的脸上。他的头发很长，是铮亮的金色，浅蓝色的眼睛闪闪发光，就像冬阳下的冰一样。*他看起来像一幅画*，她想道，*一幅教堂墙上用金纸精心绘制的神明的画卷，生来就是手*

乌鸦六人组(卷一):六只乌鸦

握火之剑之人。

"你在这儿做什么?"他用菲尔丹语问道。

她做出很困惑的样子。"不好意思,"她用克里什语说道,"我没听明白。我迷路了。"

他猛地朝她扑来。她来不及思考,就下意识地做出了反应,抬起手准备攻击。他太快了。他毫不犹豫地丢掉了灯笼,抓住她的手腕,把她的两只手合在一起,让她没法动用自己的能力。

"女巫。"他满意地说道。女巫。他有着狼一般的笑容。

刚才的攻击只是试探。一个在树林里迷路的女孩会退缩,她会拿出刀或枪,但不会试图用她的手让一个人的心停跳。粗心大意。行事鲁莽。

这就是卓娅为什么不想带她。受过良好训练的格里莎不会犯这样的错误。妮娜是个笨蛋,但她不会做个叛徒。她用克里什语求他们,而不是雷凡卡语,也没有大声呼救——在他们把她的手捆起来的时候没有,在他们威胁她的时候没有,在他们把她扔进像个粟米袋子的小船里时也没有。她想用尖叫来表达她的恐惧,引卓娅前来,她想求人救她,但她不会拿别人的安危冒险。那巫师猎人把她带去了停泊在海岸边的一艘船上,然后把她扔进了甲板下的笼子里,那笼子里全是抓来的格里莎。那时候她真的开始恐慌。

在那阴湿的船腹里,黑夜逐渐变成白天。格里莎囚犯的手都被紧紧地绑了起来,来限制他们使用能力。他们的食物是爬满虫子的面包——那只能让他们勉强活着。他们喝水都要定量分配,因为不知道下次喝水会是什么时候。他们没地方可以解决内急,身体上的臭味以及其他更难闻的味道让人无法忍受。

船有时会抛锚,巫师猎人会带回别的俘虏。菲尔丹人会站在笼子外,大吃大喝,嘲笑他们肮脏的衣服和难闻的气味。情况已经够坏了,但最让人恐惧的是,不知道前面还有什么在等着他们——冰庭调查官的盘问，折磨，和无法避免的死亡。妮娜梦到她被活活烧死了在火葬堆上，然后尖叫着醒来。噩梦和恐惧和饥饿引起的神志不清交织在一起，她不确定什么是真，什么是假。

然后有一天，巫师猎人涌进了货舱，身上穿着熨烫得平平整整的制服，制服是黑银两色相间的，袖子上有一个白色的狼头。指挥官进来时，他们排成整齐有序的队伍，立正站着。那个指挥官和别的巫师猎人一样，个子很高，但蓄着整齐的胡须，鬓边的金色长发开始变白。他绕着货舱走了一圈，然后停在囚犯的前面。

"多少个？"他问道。

"十五个。"那个抓住她的金发铮亮的少年回答道。那是她第一次在货舱里见到他。

那个指挥官清了清嗓子，把手背在身后。"我是亚尔·布鲁姆。"

一阵恐惧淹没了妮娜，她觉得这句话在格里莎监狱里回响，这是一句他们任何人都无法忽视的警告。

在学校里，妮娜曾沉迷于研究巫师猎人，他们和他们的白狼，以及那残忍的刀子和为了与格里莎打仗而专门饲养的马成了她的噩梦。这就是她要通过学习来提高自己的菲尔丹语，并且丰富关于他们文化的知识储备意愿。那是做好应对他们，以及即将到来的战斗的一种方式。亚尔·布鲁姆是他们中最坏的。

他是一个传奇，一个在黑暗里伺机而动的恶魔。巫师猎人的存在已经有几百年的历史了，但在亚尔·布鲁姆的带领之下，他们的队伍规模翻了一番，力量也变得更加致命。他改变了他们的训练方式，发明出了把格里莎在菲尔丹连根拔起的新办法，他把力量渗透进了雷凡卡边界，并且开始驱逐散布在其他地方的格里莎，甚至会追捕贩奴船，"解救"格里莎俘虏，然后把他们抓住锁起来，再送回菲尔丹受审和行刑。她想象过有一天她会以复仇勇士或优秀间谍的身份遇到布鲁姆，但没想到自己

乌鸦六人组(卷一):六只乌鸦

遇到他是在笼子里,极度饥饿,双手被捆,衣衫褴褛。

布鲁姆一定知道他的名字会造成怎样的效果。他等了很久才开始用流利的克里什语说话:"站在你们面前的是下一代巫师猎人,他们被赋予清除你们种族来保护菲尔丹主权完整的使命。他们会把你们带去菲尔丹受审,来赢取军衔。他们是我们中的强者和精英。"

恶霸,妮娜想道。

"我们到达菲尔丹之后,你们将会受到审判,然后判定罪行。"

"求求你,"一个囚犯说道,"我没做过任何事情。我是一个农民。我没做过伤害你们的事情。"

"你对捷尔来说是个侮辱,"布鲁姆回答道,"是地球上的瘟疫。你说和平,但你的孩子要是延续了那邪恶的能力怎么办?他们的孩子怎么办?我还是把我的仁慈留给那些被可恶的格里莎杀害的无助的人吧。"

他转向巫师猎人。"干得漂亮,小伙子们,"他用菲尔丹语说道,"我们即刻出发去捷尔霍尔姆。"

那些巫师猎人看上去非常骄傲。布鲁姆刚走出货舱,他们就亲切地拍着彼此的肩膀,满足且如释重负地笑着。

"干得确实漂亮,"其中一个用菲尔丹语说道。"送十五个格里莎去冰庭。"

"如果这个不能让我们赢得实权——"

"你知道它会的。"

"太好了。我受够每天刮胡子了。"

"我要把胡须蓄到肚脐。"

然后他们中的一个把手伸进栅栏,一把抓住了妮娜的头发。"我喜欢这一个,依旧美丽丰腴。我们或许应该打开笼子,把她洗洗然后扑倒。"

那个头发铮亮的少年拍开了同伴的手。"你怎么回事?"他说道,这是自布鲁姆离开后他第一次开口说话。但听到他接下来的话时,她对他的感激之情瞬间消失了,"你要和一只狗私通吗?"

"那狗长什么样?"

其他人朝上面走去时笑着起哄道。把她比作动物的那金发是最后一个离开的。就在他刚要走进过道时,她用标准的菲尔丹语干脆利落地问道,"什么罪行?"

他停下脚步,一动不动,等他回头看她时,蓝色的眼睛里满是愤恨。但她毫不退缩。

"你怎么会说我们的语言?你是在雷凡卡北部边境的军队服役吗?"

"我是克里什人,"她撒谎道,"但我会说任何一种语言。"

"大多靠巫术。"

"如果你口中巫术的意思是,不断地进行晦涩难懂的阅读练习的话。你的指挥官说我们要被判刑。我只想让你告诉我,我犯了什么罪。"

"你会被判为间谍罪以及反人类罪。"

"我们不是罪犯。"一个坐在门边的制造师用断断续续的菲尔丹语说道。他来这的时间最长,已经虚弱到站不起来了。"我们是普通人——农民,老师。"

我不是,妮娜严肃地想道。*我是士兵。*

"你要接受审判,"那个巫师猎人说道,"与其他人相比,你会得到更加公正的对待。"

"有多少格里莎被判无罪?"

那个制造师呻吟道:"别激怒他。你动摇不了他的思想。"

但她用被绑住的双手抓住栏杆说道,"多少个?又有多少被你送到了火葬堆上?"

他转过身去,不再理她。

"等等!"

他无视了她。

乌鸦六人组(卷一):六只乌鸦

"等等!求求你!就……就来点淡水就行。你会这么对你的狗吗?"

他停了下来,手放在门上。"我不应该那么说。狗最起码还知道忠诚。忠于狗群。叫你狗是对狗的侮辱。"

我会拿你去喂一群饥饿的猎犬,妮娜想道。但她只是说:"水。求你。"

他消失在了过道里。她听到他在爬梯子,然后砰地一声关上了门。

"别跟他浪费口水了,"那个制造师劝道,"他不会对你仁慈的。"

但一小会儿之后,那个巫师猎人拿着一个锡制的杯子和一桶水回来了。他把它放进了监狱里,一言不发,然后"砰"地关上了栅栏门。妮娜帮助那个制造师喝了水,然后自己也灌了一杯水下肚。她的手抖得厉害,有一半的水都洒在了衬衣上。那个菲尔丹人离开了,妮娜愉悦地发现她可以让他窘迫。

"能洗个澡的话我死也满足了,"她嘲弄道,"你可以给我洗洗。"

"别跟我说话。"他低声咆哮道,大步朝门走去。

他没有再回来,接下来的三天里他们都没有淡水可饮用。但暴风雨来临的时候,那只锡制的杯子救了她的命。

妮娜的下巴低了下去,她猛地醒了过来。她刚才是打盹了吗?

马蒂亚斯站在穿舱外的过道上,堵住了门口。他太高了,在甲板下很不舒服。他看她多久了?妮娜快速地检查了下伊奈姬的脉搏和呼吸,发觉她现在似乎一切都平稳之后,感到如释重负。

"我刚刚睡着了?"她问道。

"打盹。"

她伸了伸懒腰,眨了眨眼睛,想把疲惫给眨走。"但没打呼噜吧?"他什么都没说,只是用他那冰雕的眼睛看着她。"他们竟然给了你剃须刀?"

他戴着镣铐的手摸了摸刚刮干净的下颌。"詹斯博给的。"詹斯博肯定也看到马蒂亚斯的头发了。他曾被剃过的头皮上长出了一簇簇参差不齐的金发。它依旧很短,金色的绒毛盖过皮肤,仅能勉强遮住他地狱之门最后一战之中造成的伤痕和瘀青。

能够剃掉胡须他一定很开心,妮娜想道。一个巫师猎人在独立完成任务后,才能被授予官位,在这之前,不许蓄须。如果马蒂亚斯把妮娜带去冰庭受审,他就能得到许可,会戴上标志着巫师猎人官员身份的银色狼头。想起这个,她心里很不舒服。*祝贺你最近进阶成为有品阶的谋杀犯*。这想法提醒了她,让她想起自己在与谁打交道。她坐直,抬起了下巴。

"Hje marden,马蒂亚斯?"她问道。

"别。"他说道。

"你更倾向于我说刻赤语?"

"我不想听到你用嘴说我的母语。"他的眼睛扫过她的嘴唇,她感到他的脸不合时宜地红了。

心生报复的快感,她用菲尔丹语说道:"但你一直都挺喜欢我说你母语的,你说听起来很纯粹。"那是真的。他曾喜欢她的口音——发音像个公主,颇有小宫殿的她老师那谦恭有礼的风范。

"别逼我,妮娜。"他说道。马蒂亚斯的刻赤语难听,粗暴,喉音过重,听起来像他在牢里遇到的小偷和谋杀犯。"原谅你那是一个不切实际的梦。让我的手指重温一下关于你脉搏的记忆更容易一些。"

"你试试。"她怒火中烧地说。她厌倦了他的威胁。"我的手现在没被压制住,赫尔瓦尔。"她指尖弯曲,马蒂亚斯倒吸了一口气,他的心开始狂跳。

"巫婆。"他啐骂道,双手抓紧了胸膛。

乌鸦六人组（卷一）：六只乌鸦

"在取外号这方面你显然是个能手。截至目前，你肯定给我取了上百个外号了。"

"上千。"他咕哝道，额头上满是汗珠。

她放松了手指，感觉有点窘迫。她在做什么？惩罚他，还是戏弄他？他有十足的理由恨她。

"你走吧，马蒂亚斯，我还有病人要照顾。"她专心检查着伊奈姬的体温。

"她会活下来吗？"

"你在乎吗？"

"我当然在乎。她是个人。"

她听懂了他没说出来的那句话。她是个人——**跟你不一样**。菲尔丹人不觉得格里莎是人类，觉得她们甚至还不如动物，是低等邪恶的东西，是地球上的瘟疫，是令人讨厌的事物。

她耸了下肩膀。"我不知道，我真的尽力了，但我的天赋不在于此。"

"卡兹问你，白玫瑰是否会派代表去贺林凯拉。"

"你知道白玫瑰？"

"西斯戴夫可是地狱之门最热门的话题。"

妮娜顿了顿。然后，一言不发，把衬衫的袖子推了上去。她的前臂内侧有两枝互相交织的玫瑰。她可以解释她在那做什么，说她从来没靠身体谋生，但她做什么或者不做什么都与他没关系。他爱怎么想就怎么想吧。

"你选择在那工作？"

"说选择就扯得有点远了，不过是的。"

"为什么？你为什么要留在刻赤？"

她揉了揉眼睛。"我不能把你留在地狱之门。"

"你把我送进了地狱之门。"

"那是个错误,马蒂亚斯。"

他的眼里燃起了怒火,平静的假面被扔到了一边。"一个错误?我救了你的命。你指控说我是个奴隶贩子?"

"是的,"妮娜说道,"去年这时候,我大部分的时间都花在想办法纠正错误。"

"你的嘴里有一句真话吗?"

她疲惫地靠回椅子里。"我以前从没对你说过谎。以后也不会。"

"你跟我刚开始说的那句话,就是谎言。据我回忆,用克里什语说的。"

"在你抓住我把我关进笼子里之前说实话,那是说实话的时机吗?"

"我不应该责备你。你控制不住自己。遮遮掩掩是你的本性。"他盯着她的脖子,"你的瘀青消失了。"

"我把它们消除了。这让你很烦恼吗?"

马蒂亚斯什么都没说,但她看到他的脸上升起一丝羞愧。马蒂亚斯一直都捍卫着自己的正直。为了做一个巫师猎人,他不得不杀死自己内心的善良。但他一直都是他原本应该有的样子,在海难之后俩人共处的日子里,她看到了真正的他。她愿意相信那个少年一直都在,只是被隔绝了起来,即使经历了她的背叛和地狱之门里的一切。

看着现在的他,她开始不确定起来。或许这才是真的他,她去年紧抓着不放的形象只是幻象。

"我需要照看伊奈姬。"她说道,迫切地希望他离开。

但他没有离开。而是说道:"你有没有想起过我,妮娜?我可曾让你难以入眠?"

她耸了耸肩。"只要想睡,一个身体操控能力者任何时候都可以睡着。"虽然她不能控制她的梦境。

"在地狱之门,睡觉是奢侈品。也意味着危险。但我睡着的时候,梦

乌鸦六人组(卷一):六只乌鸦

到过你。"

她的头猛地抬了起来。

"是的,"他说道,"每次我闭上眼睛的时候。"

"梦里发生了什么?"她问道,迫切地想知道答案,但也害怕知道答案。

"恐怖的事情。最痛苦的折磨。你淹死了我。你焚毁了我的心脏。你把我弄瞎了。"

"我是个恶魔。"

"是恶魔,是处子,是冰雪精灵。你亲了我。在我耳边轻声讲故事。在我睡觉时抱着我给我唱歌。你的笑声让我醒来。"

"你一直都很讨厌我的笑声。"

"我爱你的笑声,妮娜,以及你残酷的战士之心。我可能也爱过你。"

可能爱过。曾经。在她背叛他之前。这些话让她心痛。

她知道她此时不应该说话的,但她控制不住自己。"那你做了什么,马蒂亚斯?在你的梦里,你对我做了什么?"

船轻轻晃了一下。灯笼跟着摆动起来。他的眼睛像蓝色的火焰。"一切。"他一边说,一边转身离开,"一切。"

15
马蒂亚斯

马蒂亚斯来到甲板上,径直朝着栏杆走去。这些运河里的无名鼠辈和贫民窟穷鬼很快就不晕船了,他们已经习惯在卡特丹姆的水路上从一艘船跳到另一艘。只有柔弱的威岚,看上去还在苦苦挣扎。他的状况和马蒂亚斯一样可怜。

有新鲜空气的地方要好很多,他可以盯着地平线。他是巫师猎人时,出过几次海,但还是觉得在陆地上和冰上要舒服很多。在过去的几小时里,他趴在栏杆上吐了三次,被这些外国人看到,他觉得很丢脸。

至少妮娜不在这,没看到他那格外丢脸的样子。船舱里的她一直出现在他脑海里,她照看那个古铜肤色的女孩,脸上满是担忧与和善。还有疲惫,她看上去很虚弱。**那是一个错误**,她说道。是给他打上奴隶的标签、扔到刻赤的船上,还是送进监狱里?她说她努力让一切回归正轨。但即使那是真的,又有什么关系呢?她的和善并不光荣。她已经证明这点了。

乌鸦六人组(卷一):六只乌鸦

有人煮了咖啡,他看到有船员在用带着陶瓷盖的铜制马克杯喝咖啡。给妮娜送过去一杯的想法出现在脑海里,但他打消了这念头。他没必要关心她或告诉布莱克她需要换班歇一歇。他握紧手指,低头看着伤痕累累的关节。她在他的内心埋下了软弱的种子。

布莱克示意马蒂亚斯到他和詹斯博以及威岚所在的前甲板上去,避开船员的耳目,研究前往冰庭的计划图纸。看到图纸的那一刻他觉得好像有刀刺进了心脏。那些墙,那些大门,那些警卫。它们会劝退这些傻子,但他现在也是和他们一样的傻子。

"为什么所有东西上都没有标注名称?"布莱克指着图纸问道。

"我不会菲尔丹语,我们需要保证这些细节是对的,"威岚说道,"这应该让赫尔瓦尔来。"看到马蒂亚斯的表情时,他往后退了退。"我只是在做我的工作,别瞪着我。"

"不。"马蒂亚斯低声吼道。

"给你。"卡兹说道,丢给他一个在阳光下闪闪发光的小圆盘。那恶魔靠在一个桶上,倚着桅杆,受伤的那条腿搁在一卷绳索上,那根拐杖靠在他的大腿上。马蒂亚斯想象着把那拐杖给弄成碎片,然后一块一块地塞进布莱克嘴里。

"这是什么?"

"拉斯科的新发明。"

威岚的眼睛猛地睁开了。"我以为他做的是爆破工作。"

"他什么都做。"詹斯博说道。

"把它塞进你的臼齿之间,"他一边把它递给其他人一边说,"但是不要咽下——"

威岚开始结巴和咳嗽,他抓着自己的嘴。他的唇上形成了一层透明膜,呼吸的时候像青蛙的咽喉一样鼓了起来,眼珠惊恐地转来转去。

詹斯博放声大笑,卡兹只是摇了摇头。"我都告诉你别咽下去了,威岚。用鼻子呼吸。"

那少年猛地吸气,鼻孔张得大大的。

"别着急,"詹斯博说道,"你要把你自己弄晕了。"

"这是什么?"马蒂亚斯问道,那个小圆盘依旧在他的掌心。

卡兹把它放进了嘴里,在两牙之间扭动,"巴林。我原本打算把这些保存下来,但经历了那次伏击之后,不知道我们在公海还会遇到什么样的麻烦。如果你掉进海里,没法浮上来呼吸空气时,就把它从臼齿间扭出来吞下去。它会为你争取十分钟的呼吸时间。如果你很恐慌的话,时间会减少一些。"他说着,意味深长地看了威岚一眼。他又给了那少年一块巴林。"这次小心点。"然后拍了拍冰庭的图纸。

"名称,赫尔瓦尔,全部的。"

马蒂亚斯极不情愿地拿起威岚摆出来的钢笔和墨水,开始唰唰地写那些建筑物以及它们周围路的名字。自己亲笔写下这些名字的时候,叛国的感觉更强烈了。他暗自想着他们到那以后,能不能想办法脱离这群人,暴露他们的位置,然后重新赢得政府对他的青睐。冰庭会有人认出他吗?大家可能以为他死了,以为他和他最亲密的朋友以及指挥官布鲁姆在那次海难之中溺亡了。他没法证明自己真实的身份。他将会是一个与冰庭毫无瓜葛的陌生人,如果那时候有人听——

"你有所保留。"布莱克说道,他黑色的眼睛对准了马蒂亚斯。

马蒂亚斯忽略了那股贯穿他的战栗感。有时候它像是那恶魔一样可以读懂他的想法。"我知道的都告诉你了。"

"你的良心影响了你的记忆。想想我们交易的条款,赫尔瓦尔。"

"好吧,"马蒂亚斯说道,他怒火不断高涨,"你想听我的专业意见?你的计划行不通。"

"你甚至都不知道我的计划。"

"从监狱进,从大使馆出?"

乌鸦六人组(卷一)：六只乌鸦

"作为开始。"

"实现不了。监狱区与冰庭的其他部分是完全独立的。它不与大使馆相连。从那儿没法到大使馆。"

"它有屋顶，不是吗？"

"你们到不了屋顶，"马蒂亚斯满意地说道，"作为培训的一部分，巫师猎人会与格里莎囚犯以及警卫一起工作三个月时间。我去过监狱，那里没有通向屋顶的入口，原因刚好就在于——如果有人想办法从牢房逃了出去，我们不会想让他绕着冰庭跑掉。监狱与外圈其他两个区域是完全隔绝开的。你一旦进去，就彻底进去了。"

"总有出去的路。"卡兹从一摞图纸里拿出了监狱的，"一共五层，对吧？办公区和四层牢房。那这里呢？地下室里呢？"

"什么都没有。洗衣房和焚化炉。"

"焚化炉。"

"是的，那是在罪犯到达后，烧掉他们衣物的地方。这么做是为了预防瘟疫，但是——"这些话刚一出口，马蒂亚斯就明白布莱克在想什么了。"你想让我们沿着焚化炉的通风井爬六层？"

"焚化炉什么时候运行？"

"如果我没记错的话，在清晨，但即使不发热，我们——"

"他没想着让我们爬。"妮娜从甲板下出来说道。

卡兹坐得更直了一些。"谁在照看伊奈姬？"

"罗迪，"她说道，"我马上就回去。我需要透透气。打算只用一根绳索，一声祈祷就派伊奈姬爬上六层高的烟囱时，就别假装你很关心她了。"

"幽灵可以做到。"

"幽灵是一个十六岁的小女孩，她眼下不省人事地躺在台子上。甚至有可能活不过今晚。"

"她会的。"卡兹说道，眼里闪过一丝狂怒。马蒂亚斯怀疑如果有必要的话，他会把那女孩从地狱拉回来。

詹斯博拿起了他的步枪，用一块软布擦拭它。"我们还有更大的问题需要解决，为什么一直讨论爬烟囱的事？"

"什么问题？"卡兹问道，虽然马蒂亚斯有直觉他知道。

"如果佩卡·罗林斯加入进来，那博·亚尔拜亚基本没我们什么事了。"

"佩卡·罗林斯是谁？"马蒂亚斯问道，他的发音听上去有点滑稽。刻赤人的姓名在他那得不到应有的礼遇。他知道这人是一个帮派的头目，通过地狱秀赚得钵满盆满。虽然这已经够糟糕了，但马蒂亚斯感觉他还干过更糟的事。

威岚耸了耸肩，撕扯着他嘴唇上黏黏的东西。"卡特丹姆最大最坏的幕后操手。他有我们没有的财力和关系，很有可能还快我们一步。"

詹斯博点了点头。"威岚终于有言之有理的时候了。如果能有奇迹出现，让我们在罗林斯之前劫出博·亚尔拜亚就好了，但一旦被他发现打败他的是我们，我们就死定了。"

"佩卡·罗林斯是巴伦的一个老板，"卡兹说道，"仅此而已。别把他说成个不朽的人物。"

一定还有别的事，马蒂亚斯想道。杀了沃蒙之后，先前扯着布莱克的那根暴力之线好像断了。但他的言语之间还残存着紧张感。马蒂亚斯很确定卡兹·布莱克恨佩卡·罗林斯，这种恨并不仅仅是因为他炸了他们的船并雇人来杀他们。感觉像是新仇旧恨交织。

詹斯博朝后靠了靠说道："你觉得你跟佩卡·罗林斯对上之后，珀尔·哈斯克尔会站在你身后？你觉得那老头会想要看到这场战争？"

卡兹摇了摇头，马蒂亚斯察觉到他身上有真正的沮丧。"佩卡·罗林斯来到世上的时候，不是身穿天鹅绒，腰缠万贯克鲁志。你想的还是不

乌鸦六人组(卷一)：六只乌鸦

够长远。珀尔·哈斯克尔考虑事情的方式，就是罗林斯那样的人想让别人考虑问题的方式。完成这次任务，分到那杯羹，我们就会成巴伦的传奇。我们会成为打败佩卡·罗林斯的人。"

"或许我们应该忘了从北边入境这事，"威岚说道，"如果佩卡的船员抢先了一步的话，我们应该直奔捷尔霍尔姆而去。"

"港口会有非常周密的安全措施，"卡兹说道，"更别提那些常规的海关官员和警官。"

"那南边？穿过雷凡卡？"

"边境封锁很严。"妮娜说道。

"边界线挺长的。"马蒂亚斯说道。

"但我们没法知道哪里防线比较弱，"她回答道，"除非你有办法知道哪些瞭望塔和前哨站活跃。另外，如果我们进入雷凡卡，就必须同时对付雷凡卡人和菲尔丹人。"

她说的有道理，但这并没让他丧失信心。在菲尔丹，女人是不会这样说话的，不会谈论军事或战略问题。但妮娜却一直如此。

"我们按计划从北边入境。"卡兹说道。

詹斯博用头撞了一下船体然后双眼望天。"行吧。如果佩卡·罗林斯杀了我们，我就让威岚的鬼魂教我的鬼魂吹长笛，这样一来，我就能把你的鬼魂从地狱烦出去了。"

布莱克的嘴唇抖了抖。"我会雇马蒂亚斯的鬼魂踢你鬼魂的屁股。"

"我的鬼魂不会和你的鬼魂有什么瓜葛。"马蒂亚斯一本正经地说道。他很想知道是不是海上的空气让他的大脑腐坏了。

第三部分

心 殇

16
伊奈姬

到处都痛。为什么房间里的一切都在动?

伊奈姬慢慢醒了过来,她的思绪有点混乱。她记得自己用刀刺了沃蒙,往板条箱上爬去,她指尖抓在板条箱边缘,整个人悬在空中时,听到有人大喊,下来吧,幽灵。但是卡兹来到了她的身边,来挽救他的投资。他们应该登上了费罗琳德号。

她试图翻身,但疼得太厉害了,她停下来转过头。妮娜在被这个台子逼到角落的凳子上打盹,伊奈姬轻轻地握了握她的手。

"妮娜。"她声音嘶哑地说道,嗓子上像是裹了一层羊毛。

妮娜猛地惊醒。"我来了!"她不假思索地说道,然后睡眼惺忪地盯着伊奈姬。"你醒了。"她一下子坐直身子,"噢,神呐,你醒了。"

然后妮娜放声大哭起来。

伊奈姬试图坐起来,但她只能勉强把头抬起来。

"别,别,"妮娜说道,"别动,躺着休息。"

"你还好吗?"

妮娜含着眼泪笑了起来。"我很好。你才是被刺伤的那个人。我不知道我怎么了。就是感觉照顾人比杀人难多了。"伊奈姬眨了眨眼,然后她们都笑了起来。"哎哟哎哟,"伊奈姬呻吟道,"别让我笑。感觉太痛苦了。"

妮娜的眉头不安地皱了起来。"你感觉怎么样?"

"疼,但不是特别严重。渴。"

妮娜用锡制的杯子给她倒了满满一杯水。"新鲜的。昨天下雨了。"

伊奈姬让妮娜把她的头托了起来,小心翼翼地小口喝着水。"我昏迷多久了?"

"三天,快四天了。詹斯博快把我们逼疯了。我从没见他一动不动地坐两分钟以上。"妮娜突然站了起来。"我需要告诉卡兹你醒了。我们以为——"

"等等,"伊奈姬一边伸手去抓妮娜的手一边说道,"就是……我们能不马上告诉他吗?"

妮娜重新坐了回去,一脸疑惑。"可以。但是——"

"就一晚上,"她顿了顿,"这是晚上吗?"

"是的。实际上刚过午夜。"

"知道港口袭击我们的是谁了吗?"

"佩卡·罗林斯。他雇了黑尖团和拉兹格尔的人,来阻止我们出第五港口。"

"他是怎么知道我们要从哪里出发的?"

"我们现在还不确定。"

"我看见沃蒙——"

"沃蒙死了。卡兹杀了他。"

"他真杀了?"

乌鸦六人组(卷一)：六只乌鸦

"他杀了很多人。罗迪看到他去追击把你逼上板条箱的黑尖团了。我猜他的原话是，'这里的血足够把谷仓染红了。'"

伊奈姬闭上了眼睛。"太多的死亡了。"死亡一直包围着巴伦。但这是她第一次离死亡如此之近。

"他很为你担忧。"

"卡兹从不为任何事情担忧。"

"你应该看看把你带到我这里时，他的那张脸。"

"我是一个非常有价值的投资。"

妮娜惊讶地张大了嘴。"别告诉我这是他说的。"

"当然是他说的。对了，不包括非常有价值这几个字。"

"白痴。"

"那马蒂亚斯呢？"

"也是个白痴。你觉得你能吃下去东西吗？"

伊奈姬摇了摇头。她完全感觉不到饿。

"试试，"妮娜怂恿道，"刚开始不用吃太多。"

"我现在只想休息。"

"没问题，"妮娜说道，"我给你熄掉灯笼。"

伊奈姬再次伸手去够她。"别。我现在不想再睡过去。"

"如果有什么能读的，我可以给你读读。小宫殿的本摄心师可以给你背上好几个小时的史诗，但你会希望自己已经死了。"

伊奈姬笑了，疼得抽搐了下。"留下来待着就好。"

"好吧，"妮娜说道，"既然你想说话。跟我说说你的胳膊上为什么没有杯子和乌鸦。"

"先从简单的问题开始？"

妮娜盘起了腿，双手支住下巴。"等着呢。"

伊奈姬沉默了一会儿。"你看到我的伤疤了。"妮娜点了点头。"卡兹说服珀尔·哈斯克尔跟动物园买下我的契约时，我做的第一件事情就是去掉孔雀毛刺青。"

"做这项工作的人，活儿干得太粗糙了。"

"他不是身体操控能力者，甚至也不是医师。"只是一知半解的屠夫，在巴伦那些绝望的人身上靠此谋生。他让她喝了一大口威士忌，然后切掉了那块皮肤，然后她的手臂上就留下了一个隆起的、皱皱巴巴的伤疤。她没有在意。那疼痛代表着自由。在异国风情屋的时候，他们特别热衷于讨论她的皮肤。它像是加了奶的咖啡一样。它像是铮亮的焦糖糖果一样。它像是缎子一样。她欢迎每一个刀子带来的伤口和因此而留下的伤疤。"卡兹跟我说。除了让自己变得有用之外，不用做任何事。"

卡兹教她撬抽屉、偷东西、挥刀子。她的第一把刀是他送的礼物，她给那把刀取名叫作桑科特·佩蒂尔——没有野生天竺葵那么漂亮，但更实用，她觉得。

或许我会把它用在你身上，她曾经说道。

他叹了口气。**如果你真的那么嗜血的话**。她分辨不出来他是不是在开玩笑。

她在台子上轻轻地挪动了下。疼痛传来，但不是太剧烈。考虑到那刀插得有多深，她的神明肯定是在暗中指导妮娜动手救她。

"卡兹说如果能证明自己的能力，我就可以在自己做好准备的时候加入德勒格斯。我就这么做了。但我没有文身。"

妮娜挑了挑眉。"我不认为那是可选择的。"

"严格来说，它不是。我知道会有人不理解，但卡兹跟我说……他说那是我的选择，他不会做那个让我再次刺青的人。"

但他做了，用自己的方式——尽管那是她自己心甘情愿的。对卡兹·布莱克心动绝对是最愚蠢的。她很清楚这一点。但他是救了她，看到她潜力的那个人。他在她身上下注，那对她来说意义非凡——即便他

乌鸦六人组(卷一):六只乌鸦

这么做是因为自己自私的盘算。他甚至赐予她幽灵的称号。

我不喜欢这称号,她说道,它让我感觉自己听上去像一具尸体。

一个幽灵,他纠正道。

你怎么不说我要成为你的蜘蛛人呢?你怎么不坚持用这个称号呢?

因为巴伦有很多蜘蛛人。除此之外,这名字能让你的敌人害怕。不会想着他用一只脚尖就可以碾死你。

我的敌人?

我们的敌人。

他帮她打造了一个传奇,让她有了一副无形的铠甲,让她比过去的自己更加强大,更具有威慑力。伊奈姬叹了口气。她不想再想卡兹了。

"说话。"她跟妮娜说道。

"你的眼皮快掉下来了。你需要睡觉了。"

"我不喜欢船。不好的回忆。"

"我也是。"

"那随便唱点什么吧。"

妮娜笑了。"记得我说的,你会希望自己已经死了的话吗?你不会想让我唱歌的。"

"请?"

"我只会雷凡卡民谣小调和刻赤祝酒歌。"

"祝酒歌。来首闹腾点的,请吧。"

妮娜轻哼了一声。"我只唱给你听,幽灵。"她清了清嗓子开始了。"强壮的年轻船长,在海上英勇无畏。他是士兵是水手还没有疾病——"

伊奈姬咯咯地笑了起来,捂住了身侧。"你说的没错。你唱歌严重跑调。"

"我都跟你说了。"

"继续。"

妮娜的歌声真的很恐怖。但它能让伊奈姬安心地待在船上，最起码在这一刻。她不想回忆起自己最后一次在海上的经历，但那些回忆很难摆脱。

被奴隶贩子带走的那个早上，她原本不应该在大篷车上。她那时候十四岁，和家人在雷凡卡西海岸避暑，正在享受海边时光和奥斯科沃郊区嘉年华上的表演。她理应在帮父亲补网。但她那天有点懒，想再赖会儿床，就在薄布棚下面听着海浪声打盹。

一个人的身影出现在大篷车门边时，她甚至都不知道跑。她只是说："再五分钟就好，爸爸。"

然后他们抓着她的腿，把她往大篷车外面拖。她的头重重地撞在了地上。一共有四个人，高大的男人，船员。她试图尖叫的时候，他们塞住了她的嘴，绑住了她的双手和手腕。其中一个人把她扛在肩上，然后跳上了一艘停在小海湾里的大划艇。

后来，伊奈姬了解到那个海岸很受奴隶贩子青睐。他们在船上发现了苏里大篷车，然后在黎明之后营地空无一人的时候划了过来。

关于后面的行程的记忆很模糊。她被扔到了一群被当做货物的小孩中间——有些年龄大点，有的年龄小点，大多数是女孩，但也有一些男孩。她是唯一一个苏里人，但有几个会说雷凡卡语，讲述了他们被掳来的过程。有一个是从他父亲的造船厂被抓走的；一个是在潮水潭里玩儿时，游得太远和朋友走散了。一个是被她的哥哥卖掉还赌债的。水手说的语言她听不懂，但其中一个孩子说他们要把他们带去刻赤最大的外岛上，然后以拍卖的形式，卖给卡特丹姆和诺威哲姆的私企营业主或者风月场所。出价的人来自世界各地。伊奈姬以为在刻赤贩卖奴隶是违法的，但显而易见，它依旧在上演。

乌鸦六人组(卷一):六只乌鸦

她从来都没看到拍卖台。他们最终抛锚以后,伊奈姬被带到了甲板上,交给了一个漂亮的女人。那女人比她之前见过的都要漂亮,身材高挑,白肤金发,眼睛是淡淡的褐色。

那女人提高了灯笼,一寸一寸,仔仔细细地把伊奈姬检查了一遍——她的牙齿,她的胸部,甚至是她的脚。她拽着伊奈姬头上黯淡无光的头发。"这需要剃掉。"然后她往后退了一步。"长得挺漂亮的,"她说道,"身材瘦骨嶙峋,像平底锅一样扁平,但皮肤光洁无瑕。"

她转身去和那几个水手讨价还价,伊奈姬站在那里,被绑住的双手紧紧捂着胸前,她的衬衫敞开着,短裙被拉到了腰部。伊奈姬可以看到小海湾的波浪在月光的照耀下波光粼粼。跳,她想道。**不管海底等着她的是什么,总比被这个女人带走的好。**但是她没有勇气。

现在的她会毫不犹豫地跳下去,或许会带着其中一个奴隶贩子和她一起跳。或许她只是说说而已。在西斯戴夫,坦特·海琳跟她攀谈时,她整个人浑身僵硬,一动也不能动。她并没有变得更强大、更勇敢,还是原来那个在那艘船的甲板上呆若木鸡、备感屈辱、饱受惊吓的苏里女孩。

妮娜依旧在唱歌。一首关于一个水手抛弃了爱人的歌。

"教我唱合唱吧。"伊奈姬说道。

"你应该休息了。"

"合唱。"

妮娜给她教了歌词,她们一起唱了起来,俩人支支吾吾地念着歌词,完全不在调上,就这样一直唱到灯笼渐渐暗了下去。

17
詹斯博

为了打破这一成不变的日常,詹斯博感觉他都做好了把自己从船上扔下去的准备。再有六天。再在这艘船上待六天——如果他们足够幸运,风也比较配合的话——他们就能到陆地上了。菲尔丹西海岸满是石头和陡峭的悬崖。原本只要安全到达捷尔霍尔姆和艾尔林就可以了,但因为两个港口的安保措施都非常严格,他们被迫绕道北部的捕鲸港。他暗地里希望可以遇到海盗攻击他们,但他们这艘小船一看就装不了什么值钱货物。他们不是值钱的目标,挂着中立的刻赤的彩旗,一路平安无事地穿过了特鲁海最繁忙的商业线,就到达了北部的寒冷水域,进入了伊森维。

詹斯博在甲板上徘徊,爬过绳索,试图让水手和他玩牌。他很怀念陆地,好吃的食物,美味的啤酒。他很想念城市。如果他想要宽广的空间和安静的话,他就待在边境,和他父亲对他的期待一样,做一个和他一样的农民。船上除了研究冰庭的布局,听马蒂亚斯抱怨,和惹恼威岚

乌鸦六人组(卷一):六只乌鸦

之外无事可干。威岚一直都在试图重构环形墙上的那几道门的工作原理。

他画的草图让卡兹印象深刻。

"你的思维很像撬锁的人。"他跟威岚说道。

"我不是。"

"我的意思是你能看到三条轴心之间的空隙。"

"我不是罪犯。"威岚抗议道。

卡兹几乎是同情地看了他一眼。"你不是,你是个遇人不淑的长笛手。"

詹斯博在威岚的旁边坐了下来。"你要学着去接受恭维。卡兹不经常夸人的。"

"那不是恭维。我和他不一样。我不属于这里。"

"别和我争论。"

"你也不属于这里。"

"你说什么,小商人?"

"卡兹的计划里不需要神枪手,所以你要做什么工作——除了走来走去,让每个人坐立不安之外。"

他耸了耸肩。"卡兹信任我。"

威岚哼了一声,然后拿起了他的笔。"你确定?"

詹斯博不自在地动了动。他当然不确定。他花了太多时间猜卡兹·布莱克在想什么。并且如果他从卡兹那赢得了哪怕一丁点的信任,他值吗?

他的大拇指在左轮手枪上拍了拍然后说道,"子弹纷飞的时候,你会觉得有我转来转去挺好的。这些好看的图纸又不能让你活着。"

"我们需要这些图纸。为了防止你忘了,我提醒你,是我的闪光炸弹让我们离开了卡特丹姆港湾。"

詹斯博呼了一口气。"杰出的战略。"

"它有用，不是吗？"

"你让我们的队友也和黑尖团一样看不见。"

"那是可控的风险。"

"那是上天保佑。相信我，这是有差别的。"

"那我知道了。"

"什么意思？"

"意思就是每个人都知道，有打斗或者是赌局你都必定参加，不管赔率如何。"

詹斯博眯着眼睛看着帆船。"如果你不是生下来就占尽优势，就需要学着抓住机会。"

"我没有——"威岚突然停住了，放下了他的笔。"是什么让你觉得你了解我的一切？"

"我知道很多，小商人。"

"那对你来说挺好的。我一直觉得我知道的不够多。"

"关于什么？"

"任何东西。"威岚咕哝道。

虽然有悖于他良好的判断，但詹斯博很好奇。"比如说？"他追问道。

"比如这些枪，"他指着詹斯博的左轮手枪说道。"它们的射击机制很特别，不是吗？如果我能够把它们拆开——"

"想都别想。"

威岚耸了耸肩。"或者是关于护城冰河？"他指着冰庭的图纸说。马蒂亚斯说那护城河并不是结实的冰，只是在寒冷的水面上覆着一层光滑的，极薄的冰层，并且河面上完全没有掩蔽的东西，无法穿越。

"关于它的什么？"

"水是从哪里来的？冰庭在悬崖上，蓄水层或者是能够把水引上来的沟渠在哪呢？"

乌鸦六人组(卷一):六只乌鸦

"那很重要吗?那里有座桥。我们不需要渡过护城冰河。"

"但你不好奇吗?"

"神呐,不。怎么能找到一个可以在三人黑莓或者记号之轮中获胜的方法,这才是我感兴趣的。"

带着显而易见的沮丧,威岚转过身去继续做他的工作。

不知怎么的,詹斯博也觉得有点沮丧。

詹斯博每天早上和晚上都会来看伊奈姬。码头上的伏击可能让她丧命这个想法对他触动颇大。不管妮娜怎么努力,他都觉得幽灵不会在这世间停留很久了。

但一天早上,詹斯博发现伊奈姬坐了起来,穿着马裤夹层马甲和带兜帽的上衣。

妮娜弯下身去,努力把那苏里女孩的脚穿进她那奇怪的橡胶底便鞋。

"伊奈姬!"詹斯博欢呼道,"你没死!"

她虚弱地笑了笑。"和大家一样。"

"如果你开始传播让人沮丧的苏里智慧,那一定是好多了。"

"别光在那站着了,"妮娜埋怨道,"帮我把这个穿到她的脚上。"

"如果你能让我——"伊奈姬开口说道。

"别弯腰,"妮娜厉声说道,"别跳。别突然移动。如果你不跟我保证慢慢来,我就减缓你的心跳,让你陷入昏迷,直到我确定你完全恢复了。"

"妮娜·哲尼克,等我找到你把我的刀放到哪儿的时候,我们谈谈。"

"最开头的话最好是'谢谢你,伟大的妮娜,谢谢你在这次糟糕的旅程中,把醒着的每一分钟都贡献在挽救我这可怜的小命上'。"

詹斯博以为伊奈姬会笑,但他吃惊地看到她双手捧着妮娜的脸说:

"谢谢你在命运决定把我拉去另一个世界的时候,努力把我留在这个世上。我欠你一条命。"

妮娜的脸变得通红。"我在逗你玩,伊奈姬,"她停顿了下,"我觉得我们欠的债都够多的了。"

"这是我愿意承担的债。"

"行了,行了。我们回到卡特丹姆时,带我去吃华夫饼。"

现在伊奈姬真的笑了。她放下手,做出在思索的样子。"用甜点还救命之恩?我不确定这看上去是不是对等的。"

"我要特别好的华夫饼。"

"我恰好知道一个地方,"詹斯博说道,"那有苹果酱——"

"没邀请你,"妮娜说道,"现在过来帮我扶她站起来。"

"我自己可以站起来。"伊奈姬从台子上溜下站起来时咕哝道。

"迁就一下我。"

伊奈姬叹了一口气,抓住了詹斯博伸过来的手臂,然后走出船舱,向甲板走去,妮娜尾随其后。

"这很傻,"伊奈姬说道,"我没事。"

"你没有,"詹斯博回答道,"但我随时都可能摔倒,所以你关照着点。"

她们刚到甲板上,伊奈姬就掐了一下他的手臂让他停下来。她把头向后仰去,深吸了一口气。天空是石灰色的,大海像是一块萧条的板岩,被浪端的白泡沫打碎了。强劲的风鼓起来风帆,带着小船穿过海浪。

"这种冷感觉挺好的。"她低声说道。

"这种?"

"风穿过头发,浪溅在脸上。冷得鲜活。"

"甲板上转两圈,"妮娜警告道,"然后回到床上。"她朝船尾的威岚走去。她走去了离马蒂亚斯最远的船的一端,这点没能逃脱詹斯博的

乌鸦六人组(卷一)：六只乌鸦

双眼。

"他们一直都是这样吗？"伊奈姬问道，打量着妮娜和那个菲尔丹人。

詹斯博点了点头。"像是在看两个划地盘的短尾猫。"

妮娜拖长调子嗯了一声。"那他们朝对方猛扑过去的时候是什么意思？"

"挠死对方？"

伊奈姬翻了翻白眼。"怪不得你牌桌上表现那么差。"

詹斯博推着她朝栏杆走去，这样他们就可以散散步，不用挡别人的路了。"我想要威胁你说把你丢进海里，但卡兹在看着。"

伊奈姬点了点头。但她并没有看向卡兹，卡兹和施佩希特一起站在舵轮旁。詹斯博冲他欢快地挥了挥手。但卡兹面无表情。

"他偶尔笑一下会死吗？"詹斯博问道。

"很可能会。"

每个人都过来打招呼，说一些祝福的话，詹斯博感觉得到大家欢呼"幽灵回来了"的时候，伊奈姬振作了起来。甚至连马蒂亚斯都笨拙地欠了欠身说，"我知道你是我们能活着驶出海港的原因所在。"

"原因有很多。"伊奈姬说道。

"我也是其中一个。"詹斯博饱含希望地提议道。

"尽管如此，"马蒂亚斯说道，忽略了詹斯博，"还是谢谢你。"

他们继续散步，詹斯博看到伊奈姬的嘴角扬起了愉悦的弧度。

"很惊讶？"他问道。

"有点，"她承认道，"我与卡兹一起待的时间太久了。我觉得——"

"被人欣赏很新奇。"

她咯咯咯地笑了下，伸手捂住了身侧。"笑的时候还是有点疼。"

"你能活着他们很高兴。我也很高兴。"

"我觉得也是。我只是觉得我以前从没有真正地融入德勒格斯。"

"你并没有。"

"谢谢你。"

"我们是一群兴趣有限的人,而你不赌博,不骂脏话,不会纵酒。但是受欢迎的秘诀就是:冒着生命危险救下差点在伏击中被炸碎的同胞。这是交朋友的好办法。"

"只要不让我去参加派对就行。"

他们到达前甲板,伊奈姬靠在栏杆上,朝地平线望去。"他来看过我吗?"

詹斯博知道她说的是卡兹。"每天。"

伊奈姬漆黑的眼睛转向他,然后摇了摇头。"你读不懂人心,也糊弄不了人。"

詹斯博叹了口气。他不喜欢让任何人失望。"没有。"他承认道。

她点了点头,然后继续看海。

"我觉得他不喜欢病床。"詹斯博说道。

"谁喜欢?"

"我的意思是,我觉得对他来说以那种形式陪在你身边挺难的。你受伤的第一天……他有点失控。"詹斯博花了很大的力气才承认这一点。如果刀扎进的是詹斯博的身侧,卡兹会像那样疯狂吗?

"他当然会。这是一项需要六个人的任务,很显然,他需要我爬上焚化炉的通风井。如果我死了,他的计划就瓦解了。"

詹斯博没有反驳。他没法假装他懂卡兹,或者是什么让他有那样的表现。"跟我聊会天吧。跟我说说威岚和他父亲决裂最重要的原因是什么。"

伊奈姬快速地抬头扫了一眼卡兹,然后回头看了看,确保没有人潜伏在附近。卡兹明确地说过,与这个任务相关的信息,即使是相关性不大,也只能他们六个人知道。"我不是很了解,"她说道,"三个月前,威

乌鸦六人组（卷一）：六只乌鸦

岚出现在斯兰特附近的一个廉价旅馆里。他用的别的姓氏，但卡兹一直在注意新到巴伦的每一个人，所以他就让我去一探究竟。"

"然后？"

伊奈姬耸了耸肩。"凡·埃克家的仆人都薪水颇高，很难贿赂。我没有得到多少有用信息。只是听传言说，威岚和他的一个家庭教师传出了风流韵事。"

"真的吗？"詹斯博不可置信地说道。藏得够深的。

"只是传言。又不是威岚离家出走，和情人同居。"

"那凡·埃克的爸爸为什么会把他逐出家门？"

"我不认为是他把他逐出了家门。凡·埃克每周都给威岚写信，但威岚从没拆开看过。"

"信上都说了什么？"

伊奈姬小心翼翼地靠回栏杆上。"你这是假定我看过那些信。"

"你没有吗？"

"我当然看了，"然后她皱了皱眉，回忆着，"它们都是在一遍一遍重复同样的事：如果你看到了这封信，就知道我多么希望你能回家。或者我祈祷你能看看这些信，想想被你抛在身后的一切。"

詹斯博看向正在和妮娜聊天的威岚。"谜一样的小商人。我很好奇凡·埃克做了什么，能够糟糕到让威岚来贫民窟和我们混一块。"

"现在轮到你跟我说说了，詹斯博。是什么让你选择参加这次任务？你知道这任务有多危险，我们生还的概率有多小。我知道你喜欢挑战，但这太过了，即使是对你而言。"

詹斯博看着灰色的浪潮接连不断地朝着天边涌去。他从来都不喜欢海，不喜欢脚底下全是未知的感觉，就好像下面有什么饥肠辘辘、满口利牙的东西等着把他拉下去一样。而这就是他每天的感觉，即使是在陆地上。

"我有债务在身,伊奈姬。"

"你总是债务缠身。"

"不。这次更糟。我借钱找错了人。你知道我父亲有个农场吧?"

"在诺威哲姆。"

"是的,在西部。今年刚开始赢利。"

"噢,詹斯博,你不是吧?"

"我需要贷款……我跟他说这样的话,我就能完成大学的学业获得学位了。"

她凝视着他。"他以为你是学生?"

"那是我来卡特丹姆的原因。我来这个城市的第一个礼拜,和其他几个学生去了东斯戴夫。我在赌桌上放了点克鲁志。那只是一时兴起。我甚至都不知道记号之轮的规则。但当发牌员转动转盘的时候,我听到了一个动听的声音。我赢了,然后一直赢。那是我人生中最好的夜晚。"

"自那以后你就上了瘾。"

他点了点头。"我应该待在图书馆的。我赢了。输了。输得越来越多。我需要钱,所以我就加入帮派赚钱。一天晚上,两个青年把我堵在了巷子里。卡兹打倒了他们,然后我们就开始搭伙接任务了。"

"打你那两人可能是他雇的。这样一来你就觉得欠了他的。"

"他不会——"詹斯博停了下来,然后笑了,"他当然会。"他活动了下关节,专心地看着掌纹。"卡兹是……我不知道,他和我认识的所有人都不一样。他出乎我的意料。"

"是啊。就像衣橱里的一窝蜂一样。"

詹斯博大笑起来。"就是那样。"

"所以我们在这干什么?"

詹斯博转身继续看着海,感觉脸有点发烫。"期待蜂蜜,我觉得。还有祈祷不要被蜇。"

乌鸦六人组(卷一):六只乌鸦

伊奈姬用肩膀碰了碰詹斯博。"那至少,我们是同一种类型的蠢人。"

"我不知道你的理由是什么,幽灵。反正我是没法摆脱臭手气的人。"

她用她的胳膊圈住了他的。"那让你成了一个糟糕的赌徒,詹斯博。却是优秀的朋友。"

"你对他太好了,你知道吧。"

"我知道。你也一样。"

"我们走?"

"好,"伊奈姬说道,跟他步调一致,肩并肩地走着,"等会儿我需要你分散妮娜的注意力,这样我就可以去找我的刀了。"

"没问题。我只用把赫尔瓦尔带过去就好了。"他们朝着甲板的另一边走过去时,詹斯博回头扫了一眼舵轮那边。卡兹一动没动。他还在看着他们,目光严厉,脸上的表情比以前更难读懂。

18
卡　兹

伊奈姬从手术船舱出来两天之后，卡兹才去靠近她。她一个人坐着，盘着腿，背靠着船体，小口地喝着茶。

卡兹一瘸一拐地朝她走去。"我想给你看点东西。"

"我挺好的，谢谢你的问候，"她抬头看着他说，"你怎么样？"

他感觉自己的嘴唇抽了抽。"好极了。"他笨拙地蹲在她身边，把拐杖放在一旁。

"你的腿情况不太好？"

"它很好。这儿。"他把威岚画的监狱区的图纸铺在了他们俩中间。威岚画的冰庭图纸很多都是俯瞰视角，只有监狱的正面是侧视的，横截面显示这座建筑的楼层是堆叠在一起的。

"我看过。"伊奈姬说道。她用手指从地下室到屋顶画了一条线。"爬六层楼的烟囱。"

"你能做到吗？"

乌鸦六人组(卷一):六只乌鸦

她黑色的眉毛挑起。"还有其他选择吗?"

"没有。"

"所以我说爬不上去,你会让施佩希特调转船头带我们回卡特丹姆吗?"

"我会找到其他的选择,"卡兹说道,"目前不知道那是什么,但我不会放弃那杯羹的。"

"你知道我可以做到的,卡兹,而且你知道我不会拒绝。所以何必要问?"

因为我这两天一直在找跟你说话的借口。

"我想确保你知道你要做什么,以及你认真研究图纸了。"

"要来个测试吗?"

"对,"卡兹说道,"如果你失败了,我们所有人就要永远待在菲尔丹的监狱里了。"

"唔,"她喝了口茶说道,"那我就要提前以死而告终了。"她闭上眼睛,头又靠在船身上。"我有点担心逃生到港口的路线。我不喜欢只有一条出路。"

卡兹也靠着船体。"我也不喜欢。"他伸了伸那条伤腿,不情愿地承认道。"但那就是菲尔丹人把它建成那样的原因。"

"你相信施佩希特吗?"

卡兹用侧眼扫了她一眼。"有什么我不能信的理由吗?"

"完全没有,但如果费罗琳德没在港口等我们……"

"我很相信他。"

"他欠你的?"

卡兹点了点头。他环顾一周之后说道,"海军因他不服从命令把他踢了出来,拒绝给他抚恤金。他有个妹妹在贝伦特附近,需要他养活。我帮他弄到了钱。"

"那你可真好。"

卡兹眯了眯眼睛。"我不是小人书里那些搞温和无害的恶作剧,还劫富济贫的人。我需要赚很多钱,收集很多情报。施佩希特对海军的路线了如指掌。"

"从不做亏本的买卖,卡兹,"她说道,目光平静无波,"我知道。然而,假如费罗琳德号被拦截,我们就没办法走出捷尔霍尔姆了。"

"我会想办法让大家出去的。你知道的。"

告诉我你知道。他想让她说这句话。这次任务跟他以往尝试过的都不一样。她有任何怀疑都是合情合理的,但这恐慌却在他的脑海里回响。他在他们离开卡特丹姆前对她疾言厉色地说,如果她觉得他完不成这任务的话,他就找个新的蜘蛛人来一起做这个任务。他需要知道她相信他能做到,能把他们带进冰庭,然后把他们完完整整、理直气壮地带出来,就跟以前完成任务一样。他需要知道她相信他。

但她只是说。"我听说在港口朝我们开枪的是佩卡·罗林斯。"

他感到一股巨大的失落感。"所以呢?"

"别以为我没注意到你追踪他们的方式,卡兹。"

"他只是巴伦另外一个帮派的老板。"

"不,他不是。你追踪别的帮派时,那是公事。但追踪佩卡·罗林斯,是私事。"

过了一会,他不确定他为什么要把它说出来。他从没跟任何人说过,从来没有把这句话说出来过。但现在,卡兹的眼睛看着他们头顶的风帆说道:"佩卡·罗林斯杀了我的哥哥。"

他不用看伊奈姬也可以感受到她的震惊。"你有个哥哥?"

"我有过很多东西。"他低声说道。

"对不起。"

他想要她同情他吗?那是他跟她说这个的原因吗?

乌鸦六人组(卷一):六只乌鸦

"卡兹……"她欲言又止。她现在应该怎么做?把手放在他胳膊上以示安慰?告诉他她明白?

"我会为他祈祷,"伊奈姬说,"祈祷他能在另一个世界里得到这个世界里没有的安宁。"

他把头转了过来。他们坐得很近,肩膀快要挨到一起。她的眼睛是接近墨色的深棕,难得有一回,她的头发落了下来。她的头发总是一丝不苟地梳向后面,紧紧扎成马尾。以前一想到离别人这么近,就感觉有虫子爬过皮肤。但这次他却想着,我如果离她更近点会怎么样呢?

"我不想要你的祈祷。"他说道。

"那你想要什么?"

很容易就能想到那些老套的答案。钱。复仇。乔迪的声音从脑海里彻底消失。但这次,一个完全不同的答案在内心咆哮着,大声地,不间断地,却不被接受的。你,伊奈姬,你。

他耸了耸肩,转向一边。"死了以后埋在属于我的金子下面。"

伊奈姬叹了口气。"那我祈祷你得偿所愿。"

"还有别的祈祷吗?"他问道,"那你想要什么,幽灵?"他问道。

"离开卡特丹姆,再也不用听到这名字。"

好吧。他需要找一个新的蜘蛛人,但他需要先从这种心烦意乱中解脱出来。

"那三千万中你分到的那份足够实现你的愿望了。"他站了起来。"把你的祈祷留给好天气和蠢警卫。别把它用在我身上。"

卡兹一瘸一拐地走向船头,因自己而恼怒,因伊奈姬而生气。他为什么要把她找出来?为什么要告诉她乔迪的事?他这段时间暴躁易怒,容易分神。他习惯了幽灵在他身边——喂他窗外的乌鸦,在他工作的时候打磨她的刀子，用她的苏里箴言谴责他。他不想要伊奈姬。他只想让他们回到原来的样子。

卡兹靠在栏杆上。他多希望他没提过他哥哥的任何事情。那些话勾起了他的回忆，占据着他的思绪。他在交易中心跟吉尔斯说了什么？**他是巴伦特产的混蛋**。又一个谎言，又一个他为自己虚构的谎言。

他的父亲倒在犁下，身体被犁粉碎，内脏散布在田野里，像盛开的红色花朵。他们的父亲过世之后，乔迪卖了农场。不是因为别的。债务和抵押权全指着它。但剩下的钱也足够他们安全地到达卡特丹姆，舒适地生活很久。

卡兹那时九岁，依旧想念父亲，害怕离开他唯一熟悉的家。他紧紧地抓着他哥哥的手，一路上穿越了数千英里让人愉悦、充满生气的农村，然后到达一条主要的水路，跳上了一艘运送农产品去卡特丹姆的船。

"我们到那以后会怎么样？"他问乔迪道。

"我会在交易中心找到一份送信员的工作，然后当文书员。我会成为股东，然后再成为一名真正的商人，拥有自己的财富。"

"那我呢？"

"你会去学校。"

"你为什么不去学校？"

乔迪嗤之以鼻。"我年龄太大，太聪明了。"

刚到这个城市的那些日子里，一切都像乔迪承诺的那样。他们沿着港湾最大的曲线走，这里被称为里德，然后到东斯戴夫去参观赌博的场所。他们没有冒险去太南边，因为有人提醒他们那里的街道充满危险。他们在交易中心不远处的一家整洁的寄宿处租了房间，尝试了所有他们看到的新食物，狂吃橘子味的糖吃到恶心。卡兹喜欢小蛋卷，可以选择自己想加进去的东西。

每天早上，乔迪都会去交易中心找工作，让卡兹待在自己的房间

乌鸦六人组(卷一):六只乌鸦

里。小孩子在卡特丹姆独自出门不安全。那里有小偷,扒手和抓小男孩卖高价的人贩子。所以卡兹就在房间里待着。他搬了一个椅子到洗脸盆旁边,爬了上去,这样一来他就能看到镜子里的自己,模仿魔术师让硬币消失,他在赌场大厅里看魔术师表演过。卡兹有时候能看好几个小时,但乔迪最终会把他拉走。那些用纸牌变的戏法也挺好的,但他时常晚上不睡想着消失的硬币。魔术师是怎么做到的呢?前一刻还在那里,下一刹那就消失了。

灾难是从一个机械狗开始的。

又是徒劳无功的一天之后,乔迪饥肠辘辘地回到家,有些暴躁和沮丧。"他们说他们没有工作岗位,但他们的意思是没有岗位给我这样的孩子。在那儿的每个人都是谁的表亲,谁的兄弟,或谁好友的儿子。"

卡兹也没心情去哄他。他无所事事地在房间里待了好几个小时,只有硬币和纸牌陪着他,也很不开心。他想去东斯戴夫找魔术师。

很多年之后,卡兹一直在想,如果乔迪当时没有纵容他会怎样,如果他们去了港口看船,或只是在运河的另一边走走会怎样。他想要相信这样一来,一切可能会有所不同,但长大以后,他就越来越怀疑那改变不了什么。

他们路过绿宝石宫门前,就在它的旁边,就在金钟前,有一个卖小机械狗的少年。拧紧那小狗的青铜发条,它僵硬的腿就会蹒跚地走路,锡制的耳朵就会拍动。卡兹蹲了下去,拧紧了所有的发条,想让所有的小狗一起走,然后卖狗的那个少年就和乔迪聊了起来。后来了解到,那少年来自利捷,距离卡兹和乔迪长大的地方不到两个城镇。他认识一个招送信员的人——不过不在交易中心,就在这条街下面的一个办公室。乔迪明天早上应该过来一趟,他说,到时候他们可以一起和他聊一聊。他也想找一份送信员的工作。

回去的路上,乔迪给他们每人买了一杯热巧克力,不是买一杯分着喝。

"我们的运气在变好。"他说道。他们手捧着冒热气的杯子,坐在一个小桥边,脚荡来荡去,斯戴夫的灯光在水里摇曳。卡兹看着运河里他俩的倒影,觉得自己当时很幸运。

那个卖机械狗的少年叫菲利普,他认识的那个人叫雅各布·赫尔宗,是个没什么名气的商人,他在交易中心附近有个小咖啡馆,安排低级别的投资者分割路过刻赤的商贸航行的股票。

"你应该看看这个地方,"那天晚上回来后,乔迪跟卡兹说了很多。"那里随时都有人来,分享交换信息,买卖股票和期货,普通人——屠夫,面包师和码头工人。赫尔宗说任何人都可以发财。发财所需要的只是运气和对的朋友。"

接下来的一个礼拜像是一个美梦。乔迪和菲利普在赫尔宗手下当送信员,在码头之间传递消息,偶尔帮他在交易中心或其他交易场所下单。他们工作的时候,卡兹可以待在咖啡馆里。在吧台后面负责按照订单装饮品的人会让他坐在柜台上,练习他的魔术,还会给卡兹喝所有他可以喝的热巧克力。

赫尔宗邀请他们去家里吃晚餐,他家在泽尔威街,房子很大,前门是蓝色的,窗户上挂着白色的蕾丝窗帘。赫尔宗先生身材高大,面色红润,看上去亲切友好,鬓角处有一簇灰色的头发。他的妻子玛吉特捏了捏卡兹的脸颊,给他吃用烟熏香肠做的蔬菜马铃薯泥,他还和他们的女儿萨斯吉雅在厨房里玩。萨斯吉雅十岁,卡兹觉得她是他见过的最漂亮的小女孩。他和乔迪唱歌,玛吉特弹钢琴,他们家那条银灰色的狗也随着音乐胡乱地摇着尾巴,就这样待到深夜。那是自他父亲去世后,卡兹度过的最美好的时光。赫尔宗先生甚至让乔迪拿出一小部分钱买公司的股票。乔迪想投更多,但赫尔宗先生总建议他谨慎。"步子小点,小伙子。步子小点。"

乌鸦六入组(卷一):六只乌鸦

事情在赫尔宗先生的朋友从诺威哲姆回来后,甚至变得越来越好。他的朋友是刻赤商人的头儿,他似乎在与哲蒙尼港口一个糖农交涉。那糖农喝醉了,发牢骚说他和他邻居的甘蔗田被水淹了。现在糖价低,但在未来几个月里,人们发觉很难买到糖之后,糖价会飙升。赫尔宗先生的朋友打算在消息传到卡特丹姆之前买下所有他能买到的糖。

"这听上去像是在作弊。"卡兹跟乔迪悄声耳语道。

"这不是作弊,"乔迪哼道,"这只是一笔好买卖。没有额外的帮助,普通人怎么往上走?"

赫尔宗先生让乔迪和菲利普分别和三个公司下订单,确保购置这么大量的糖不会引起不必要的注意。糖作物收成不好的消息传来,少年坐在咖啡馆里看着黑板上的价格攀升,努力控制着自己的兴奋。

赫尔宗先生觉得股票已经涨到最高时,派乔迪和菲利普卖出之后再收回。他们回到咖啡馆以后,赫尔宗先生从他的保险箱里拿出属于这两个少年的利润,直接递给他们。

"我跟你说过什么?"晚上他们朝卡特丹姆走去时,乔迪对卡兹说道,"运气和好朋友!"

几天之后,赫尔宗先生跟他们说,他从那个朋友那里又得到了一条消息,他说下一种作物是尤尔达。"今年,雨水对每个人的影响都很大,"赫尔宗先生说道,"但这一次,不但农田被毁了,埃姆斯码头往下走的那些仓库也都遭殃了。这将会是一大笔钱,我打算多投点。"

"那我们也应该多投点。"菲利普说道。

赫尔宗先生皱了皱眉。"这笔买卖恐怕不适合你们,少年们。最低的投资额度对你们俩中的任何一个来说,都太高了。但后面还会有更多买卖的!"

菲利普很生气。他朝赫尔宗先生大声嚷嚷,说那不公平。他说赫尔宗先生和交易中心的其他商人一样,把钱全往自己腰包里揽,他辱骂赫尔宗先生的话让卡兹都觉得难堪。他冲出去以后，咖啡馆里的每个人都盯着赫尔宗先生因窘迫而变得通红的脸。

他回到了办公室，无精打采地坐进椅子里。"我……我没法改变做生意的方式。运转这笔交易的人只想要大的投资者，想要那些能承担风险的人。"

乔迪和卡兹站在那里，不知所措。

"你们也对我很生气吗？"赫尔宗先生问道。

当然不，他们跟他保证道。菲利普才是那个不公平的人。

"我理解他为什么生气，"赫尔宗先生说道，"像这样的机会并不是经常会有，但我真的无能为力。"

"我有钱。"乔迪说道。

赫尔宗先生宠溺地笑了笑。"乔迪，你是个好小伙，我毫不怀疑有一天你会在交易中心叱咤风云，但你没有这种投资所需要的资金。"

乔迪抬起下巴。"我真的有。卖掉我父亲农场的钱。"

"那是你和卡兹的生活来源，不是可以在一次交易中拿来冒险的，不管结果有多么确定。你这个年纪的孩子无权——"

"我不是孩子。如果这是个好机会的话，我想抓住它。"

卡兹一直记得那一瞬间，他看到贪婪控制住了他的哥哥，一只无形的手领着他向前，杠杆开始运转了。

赫尔宗先生说了很多让人信服的话。他们一起回到泽尔威街，连夜讨论这桩交易。卡兹头枕在银灰色狗的身上睡着了，手里还抓着萨斯吉雅的红色缎带。

乔迪把他叫醒的时候，蜡烛已经燃烧掉了大半。已经到了早上。赫尔宗先生让他的商业伙伴过来，起草了一个贷款合同。因为年龄的缘故，乔迪将把钱贷给赫尔宗先生，而赫尔宗先生将会进行这笔交易。玛吉特给他们准备了奶茶，以及有酸奶油和果酱的热煎饼。然后他们一道

乌鸦六人组（卷一）：六只乌鸦

去了存放着买农场的钱的银行，乔迪签了字。

赫尔宗先生坚持把他们送回寄宿处，然后在门前拥抱了他们。他把贷款协议给了乔迪，让乔迪好好保存。"如今，乔迪，"他说道，"这笔买卖出问题的概率很小，但概率一直都存在。如果真的出了问题，我希望你不要用这个文件来追回你贷出去的款。我们需要一起承担风险。我相信你。"

乔迪眉开眼笑。"一言为定。"

"一言为定。"赫尔宗先生自豪地说道，他们就像真正的商人那样握了握手。赫尔宗先生给了乔迪一卷厚厚的克鲁志。"吃顿好的晚餐庆祝一下。从今天算起，一个礼拜以后回咖啡馆，我们一起看着价格上涨。"

那一个礼拜里，他们在里德的拱形游廊玩了骑士游戏和钉子游戏。乔迪买了一件新外套，卡兹新买了一双柔软的皮靴。他们吃了华夫饼和炸土豆，乔迪在维斯坦特的一家书店里买了所有他想看的小说。这一周结束以后，他们手牵着手向咖啡馆走去。

咖啡馆空了。前门锁着并且插上了门闩。他们把脸贴向黑漆漆的窗户往里看，发现所有的东西都不见了——桌子，椅子，那个大铜缸，还有贴着每天交易价格的黑板都不见了。

"我们是走错路了吗？"卡兹问道。

但他们知道他们没有。紧张的沉默之中，他们朝着泽尔威街上的房子走去。他们敲了那明亮的蓝色大门，但无人应声。

"他们可能只是出去一会儿。"乔迪说道。他们在台阶上等了好几个小时，直到太阳开始西落，都没有人来或者离开。窗户上也看不到亮起的烛光。

最终，乔迪鼓起勇气，敲了邻居的门。"有事吗？"戴着小白帽的女仆问道。

"你知道隔壁的那一家人去哪了吗？就赫尔宗一家？"

那女佣的眉头皱了起来,"我以为他们只是从泽尔福特过来玩一段时间。"

"不,"乔迪说道,"他们已经在这住了很多年。他们——"

那女佣摇了摇头。"自上一家人搬走以后,那房子已经空了近一年了。它是前几个礼拜才租出去的。"

"但是——"

她当着他的面关上了门。

卡兹和乔迪跟对方什么都没说,不论是在回来的路上还是爬上寄宿处的台阶回他们的小房间时。他们在不断变黑的房间中坐了很久。下面的运河上,做夜间生意的人的声音在房间里回响。

"他们可能出什么事了,"乔迪最终说道,"可能是发生了什么事故或者是紧急情况。他会给我们写信的。他会派人叫我们的。"

那一晚上,卡兹从他的枕头下拿出了萨斯吉雅的红缎带。他把它卷成整齐的一团攥在掌心里。他躺在床上,努力祈祷,但他唯一能想起来的就是魔术师的硬币:前一秒在那里,后一秒消失。

19
马蒂亚斯

太难了。他从未想到再次见到阔别已久的故土会有多难。登上费罗琳德号后，他有一个多礼拜的准备时间，但脑海里全是他选择的路，是妮娜，是把他从监狱牢房带出、让他登上在无边天际下一路北上的船的残酷把戏，束缚他的不仅是镣铐，还有他将要做的事情带给他的压力。

他第一次瞥到北部海岸线的时候是傍晚时分，施佩希特打算黄昏的时候再着陆，指望着那时的暮光会给他们打点掩护。海岸边是一些捕鲸的村庄，大家都希望不要被人看到。虽然德勒格斯成员伪装成了捕兽人，但看上去还是很可疑。

他们在船上过了一夜。第二天的黎明，妮娜发现他在组装詹斯博和伊奈姬分发的寒冷天气里用的装备。伊奈姬的复原能力让马蒂亚斯印象深刻。虽然她眼下的黑眼圈还在，但行动起来的时候已经没有了僵硬感，即使她觉得痛，也会隐藏得很好。

妮娜举起了一把钥匙。"卡兹派我来把你的镣铐取掉。"

"你们会在晚上接着把我锁起来吗?"

"这得看卡兹。还有你,我觉得。坐吧。"

"把钥匙给我就行。"

妮娜清了清嗓子。"他还想让我给你调整调整,易个容。"

"什么?为什么?"一想到妮娜要用她的巫术改变他的容貌,他就觉得无法忍受。

"我们现在到菲尔丹了。他想让你看上去没那么……像你自己,只是以防万一。"

"你知道这个国家多大么?那机会实在是——"

"你在冰庭被认出来的概率相当高。并且改变你的面容时,我没法一次搞定。"

"为什么?"

"我不是一个特别好的修容师。虽然如今所有的身体操控能力者都需要接受这一部分的训练,但我不太喜欢这个。"

马蒂亚斯哼了一声。

"怎么了?"她问道。

"我从没听到过你承认你不擅长什么东西。"

"好吧,这种情况不常发生。"

他惊恐地发现自己的嘴唇弯成了微笑的弧度,但想到他的面容要被改变,那笑容很容易就压下去了。"布莱克想让你对我做什么?"

"不会彻底改变。我会改变一下你眼睛的颜色,你的头发——还有其他的。不会是永久性的。"

"我不想要这样。"*我不想让你靠近我。*

"时间不会很长,也不会痛,但如果你想去找卡兹理论……"

"行了。"他狠下心来说道。与布莱克争论毫无意义,他只会拿赦免书的承诺嘲弄他。马蒂亚斯捡起一个水桶,翻转过来,然后坐了上去。

乌鸦六人组(卷一):六只乌鸦

"现在能给我钥匙了吗?"

她把钥匙递给他,他打开手腕上的镣铐时,她在带过来的一个箱子里翻翻找找。那箱子有一个把手和几个小抽屉,小抽屉里塞满了装着粉末和颜料的小罐子。她从抽屉里取出了一罐黑色的东西。

"这是什么?"

"黑色锑。"她朝他走近,用指尖抬起了他的下巴。"松开你的嘴,马蒂亚斯。你把牙咬碎了也没有用。"

他双臂交叉,放在胸前。

她开始往他的头皮上撒锑,然后遗憾地叹了口气。"为什么勇敢的巫师猎人马蒂亚斯·赫尔瓦尔不能吃肉呢?"她一边忙,一边用戏剧化的腔调问道,"这是一个悲伤的故事,我的孩子。他的牙被烦人的格里莎给剔除了,现在他只能吃布丁了。"

"少来那套。"他咕哝道。

"什么?保持头朝后仰的姿势别动。"

"你在做什么?"

"把你的眉毛和睫毛染黑。就像女孩参加派对前做的那样。"她突然大笑起来,肯定是他的表情很扭曲。"你脸上的表情!"

她俯身靠近。用锑给他的眉毛染色时,她棕色的卷发扫过他的脸颊。她用手捧住他的脸。

"闭上眼睛。"她低声说道。她的大拇指在他的睫毛上划过时,他发现自己屏住了呼吸。

"你闻起来不再像是玫瑰了。"他说道,说完后想踹自己一脚。他不应该注意到她的香味的。

"我可能闻起来像船。"

不,她闻上去很甜,特别像……"太妃糖?"

她心虚地移开了目光。"卡兹让把我们一路上要用到的东西打包。这女生肯定得吃。"她把手伸进衣服兜里，拿出了一袋太妃糖。"想要来一个吗？"

想。"不。"

她耸了耸肩，剥了一个，放进自己嘴里，眯了眯眼睛，发出一声快乐的叹息。"太好吃了。"

虽然这顿悟挺丢人的，但他能看她吃一天。这是他最喜欢妮娜的地方——她让所有东西都变得有滋有味，不管是太妃糖还是小溪里的冷水，或是风干的鹿肉。

"现在是眼睛，"她从箱子里拿出一个小瓶子，嘴里含着糖说道，"你需要一直睁着眼睛。"

"那是什么？"他紧张地问道。

"是一位叫吉恩雅·萨芬的格里莎发明的染色剂。这是改变眼睛颜色最安全的方式。"

她再次俯身靠近。她的脸被冻得红扑扑的，嘴微张着，嘴唇离他的只有几寸。如果他坐得直一点的话，就会亲上去了。

"你需要看着我。"她命令道。

*我在看。*他的目光对上了她的。*你记得这个海岸吗，妮娜？*他很想问，虽然他知道她肯定记得。

"你要把我的眼睛弄成什么颜色？"

"嘘，这有点难。"她轻轻在手指上倒了点，然后朝他的眼睛靠近。

"你为什么不直接倒在眼睛里？"

"你为什么就不能不说话？想让我把你弄瞎吗？"

他停止了说话。

最后，她后退一步，仔细端详他的五官。"褐色的，"她说道，然后眨了下眼睛，"像太妃糖。"

"你打算对博·亚尔拜亚做什么？"

乌鸦六人组（卷一）：六只乌鸦

她挺直了背，走到一边，脸上带着抗拒的表情。"你什么意思？"

看到那个随和的她消失了，他有些惋惜，但这并不重要。他回头看了一眼，确保没有人在听。"你非常清楚我在说什么。我一点都不相信你会让这些人把博·亚尔拜亚带到刻赤商业理事会。"

她把瓶子放回到一个小抽屉里。"我们到达冰庭之前，还得再来两次，这样我就可以把颜色加深了。把你的东西收拾收拾。卡兹想让我们在整点的时候做好下船的准备。"她猛地关上箱子，拿上镣铐。然后离开了。

他们跟船上的队员说再见时，天空从粉色变成了金色。

"捷尔霍尔姆港口再见，"施佩希特喊道，"无需吊唁。"

"无需葬礼。"剩下的人回应道。一群奇怪的人。

令人沮丧的是，布莱克对他们要如何接近博·亚尔拜亚，如何带着这位科学家离开冰庭守口如瓶，但他很清楚，一旦他们得到博·亚尔拜亚这个彩头，费罗琳德号将会是他们的逃跑路线。它有盖着刻赤印章的文书，表明他们只是代表汉拉赫特海湾公司，把皮毛和其他货物从菲尔丹运送到刻赤南部的港口城市泽尔福特。

他们开始沿着崎岖的海岸往上走，朝着悬崖边前进。春天快要来了，但地上的冰依旧很厚，爬起来很难。到达悬崖边后，他们停下来调整呼吸。地平线上的费罗琳德号依旧清晰可见，拍打他们脸颊的风鼓起了它的帆。

"神呐，"伊奈姬说道，"我们真的开始行动了。"

"我之前每一分每一秒都在想着从那艘船上下来，"詹斯博说道，"为什么我突然开始想念它了？"

威岚跺了跺穿着靴子的脚。"可能是感觉我们的脚快要冻掉了。"

"我们的钱到手后,你可以把那些克鲁志烧了取暖,"卡兹说道,"走吧。"他把他的乌鸦头拐杖留在了费罗琳德号上,用一根看起来不那么可疑的拐杖代之。因为要进入监狱,詹斯博悲痛地告别了他珍贵的珠灰色左轮手枪,换上了一对朴素无华的枪,伊奈姬也一样,放下了她那组刀和匕首,带上了她能够承受与之分别的刀。切合实际的选择,但马蒂亚斯知道每个人都有自己的护身符。

詹斯博拿出指南针看了看,然后他们朝南走去,寻找一条通向主要贸易路线的小路。"我想雇人把我的克鲁志烧给我了。"

卡兹与他步调一致,并肩走着。"你为什么不雇个人让那人再雇人把克鲁志烧给你?那才是大玩家会做的事。"

"你知道真正的大老板会怎么做吗?他们花钱雇人去雇人去……"

他们费力地向前走去,说话的声音越来越小。马蒂亚斯和其他人跟在后面。但是他注意到每个人都回头看了一眼费罗琳德号。那纵帆船是刻赤的一部分,对他们而言是家的象征,他们熟悉的最后一件东西每时每刻都在离他们更远一些。

马蒂亚斯有点同情他们,但他们费力地走了一个早上之后,他不得不承认,看着这些运河里的鼠辈哆嗦着、挣扎着向前,是种享受。他们以为他们知道什么是寒冷,但白茫茫的北方总有办法迫使这些陌生人重新评估他们对寒冷这个词的定义。他们跌跌撞撞,脚步蹒跚,穿着新靴子笨拙地走着,努力寻找在坚实的雪地上行走的窍门。很快,马蒂亚斯走在了最前面,带领着大家的步伐,虽然詹斯博一直在盯着他的指南针看。

"把你的……"马蒂亚斯停下来示意威岚。因为他不知道刻赤语里"护目镜",甚至是"雪"这个词怎么说。这些是不会在监狱里出现的词。"罩上你的眼睛,否则会造成永久性伤害。"走到这么北的地方,人会失明,嘴唇、耳朵、鼻子,还有手和脚都会失灵。这片土地贫瘠而又

乌鸦六人组(卷一):六只乌鸦

残酷,这是大多数人能看到的所有。但是对马蒂亚斯来说,这里很美。冰承载着捷尔的精神。每块冰都有颜色、形状和气味,如果你懂得如何辨别的话。

他继续向前走去,感觉非常平静,仿佛在这里,捷尔可以听到他的心声,宽慰他备受困扰的内心。冰让他想起了童年与父亲一起打猎的经历。他们住在南边,离哈尔姆恩德比较近,但一到冬天,那里与菲尔丹的其他地方没什么太大区别,到处都是一片灰白,果园里黑色的树枝光秃秃的,到处都是凸起的岩石,像是停在裸露的海底上的失事船只一样。

第一天的艰难跋涉像是有净化功能——没有太多的话语,北方白色的寂静不带任何评判地欢迎马蒂亚斯回来。他以为会听到很多抱怨声,但连威岚都只是埋头走路。马蒂亚斯明白,**他们都是能在艰苦环境中生存的人。他们适应了。**太阳开始西沉,他们吃了属于自己的那份牛肉干和硬面包,然后一言不发地瘫在了自己的帐篷里。

但第二天早上,先前的安静和马蒂亚斯那脆弱的平静就都告一段落了。他们不在船上,远离船员,卡兹可以深挖一下计划的细节了。

"如果不出错的话,我们会顺利进入冰庭,然后在菲尔丹人发现他们的科学家不见之前离开,"他们背起行囊继续朝南方前进时卡兹说道,"进入监狱以后,我们要在拘留区等着接受指控,拘留区在关押男囚和女囚的牢房下面。如果马蒂亚斯没记错,那儿的程序依旧和以往一样,巡逻队一天只会来拘留区数三次人头。一旦我们从牢房出去,至少有六个小时的时间穿过大使馆,找到博·亚尔拜亚在白岛上的位置,然后神不知鬼不觉,把他带到港口。"

"那拘留区牢房里的其他囚犯怎么办?"马蒂亚斯问道。

"我们自有打算。"

马蒂亚斯怒容满面,但他并不觉得有多么惊讶,一旦他们进入拘留区的监狱,卡兹和其他人就处于最脆弱的时刻。只要马蒂亚斯跟警卫说一句话，他们的全部计划就结束了。这是布鲁姆会做的事，是一个正直的人会做的事。马蒂亚斯觉得回到菲尔丹会让他恢复理智，会给他力量，让他放弃这个疯狂的任务。然而，这只让他更渴望回家，渴望重新回到曾经和巫师猎人的兄弟们在一起的生活。

"一旦我们出了牢房，"卡兹继续说道，"马蒂亚斯和詹斯博设法从马厩里弄到绳子，威岚和我去女性拘留区把妮娜和伊奈姬弄出来。我们在地下室会合。焚化炉就在那里，夜间牢房关闭时，任何人都不要在洗衣房逗留。伊奈姬负责攀爬，我和威岚在洗衣房认真搜索任何可以用来爆破的东西。另外，万一菲尔丹人把博·亚尔拜亚关在牢房里，这就降低了我们任务的难度，妮娜、马蒂亚斯和詹斯博负责在顶层进行搜寻。"

"妮娜和马蒂亚斯？"詹斯博问道，"不是我质疑大家的专业性，只是，这真的是理想的分配方式么？"

马蒂亚斯忍下了怒火。詹斯博是对的，但他不喜欢他说话的方式。

"马蒂亚斯知道监狱的程序，妮娜可以无声无息地搞定狱警。你的任务就是避免他俩杀了对方。"

"因为我是这组的外交官？"

"这组没有外交官。现在听好了，"卡兹说道，"监狱的其他地方不像拘留区。牢房里的巡逻队每两小时巡视一次，我不希望任何一个人触发警报，所以，聪明点。我们根据埃尔德钟楼的报时来协调一切行动。六声钟响之后我们出牢房，八声钟响之时我们爬上焚化炉到达屋顶。没有例外。"

"然后做什么？"威岚问道。

"穿过大使馆区的屋顶，然后从那儿想办法去玻璃桥。"

"我们会到关卡的对面，"马蒂亚斯说道，声音里有掩饰不住的欣赏，"桥上的警卫会以为我们是通过大使馆的大门到那儿的，证件已经审查过了。"

乌鸦六人组(卷一):六只乌鸦

威岚皱了皱眉。"穿着监狱制服?"

"第二阶段,"詹斯博说道,"伪装。"

"是的,"卡兹说道,"伊奈姬、妮娜、马蒂亚斯和我将会从某个代表团那里借点换的衣服——在找到我们的朋友博·亚尔拜亚之后,再从他那儿借点别的——然后就可以悠闲地穿过玻璃桥。我们找到博·亚尔拜亚的位置,接着就把他带回大使馆。妮娜,如果有时间的话,你给他易下容,变化越大越好,只要我们不触发任何警报,就不会有人注意到客人中间多出了一个舒国人。"

如果马蒂亚斯想办法第一个找到博·亚尔拜亚。如果其他人找到他的时候他已经死了,卡兹就不会把他的死归咎到马蒂亚斯身上了。他依旧能得到他的赦免书。如果他一直没法与这组人分开行动呢?返程途中船出了事故依然可以让博·亚尔拜亚在劫难逃。

"所以我得出的结论,"詹斯博说道,"是我要一直和威岚在一起。"

"除非你突然对白岛有了全面且详尽的认知,可以撬锁,爬难以攀爬的墙,或者从高级官员那里套出机密信息。对了,还有,我需要有两组人手准备炸弹。"

詹斯博悲伤地看着他的枪。"这样的潜力还没开发出来。"

妮娜双臂交叉,抱在胸前。"假设这一切都进展顺利。我们怎么出去?"

"我们走出去,"卡兹说道,"那就是这计划的美妙之处。记得我说过要引导标记的注意吗?在大使馆门口,所有的目光都会关注进入冰庭的客人,因为出去的人不会带来安全隐患。"

"那为什么需要炸弹?"威岚问道。

"预防措施。冰庭和港口之间有一段七英里的路。如果有人发现博·亚尔拜亚不见了。我们需要快速经过那块区域。"他用拐杖在雪地里画了一条线。"主路横跨峡谷,我们炸掉桥后,没人能跟得上来。"

马蒂亚斯把头埋进手中,想象着这些低等生物将要给他的国家首都带来的浩劫。

"只是一个囚犯,赫尔瓦尔。"卡兹说道。

"还有一座桥。"威岚帮忙补充道。

"还有中间我们需要炸掉的一切。"詹斯博插了一句。

"所有人都给我闭嘴。"马蒂亚斯低声咆哮道。

詹斯博耸了耸肩。"菲尔丹人。"

"我一点都不喜欢这计划。"妮娜说道。

卡兹挑了下眉。"那至少你和赫尔瓦尔终于有能达成一致的事儿了。"

他们继续向南行进,发现海岸线越来越远,大片的森林打破了冰雪的覆盖,还可以看到黑色的土地和动物的踪迹,一切都证明了这是一个充满生气的世界,捷尔的心一直都在跳动。其他人有问不完的问题。

"再问一次,白岛上有多少个警卫塔楼?"

"你觉得博·亚尔拜亚会在宫殿里吗?"

"白岛上有警卫的营房。如果他在营房里怎么办?"

詹斯博和威岚讨论着从监狱洗衣房的物资里能收集到什么样的爆炸物,以及他们能不能在大使馆区弄到一些火药。妮娜帮伊奈姬估算着她要用怎样的步速爬上焚化炉的通风井,才能有时间固定绳子,把其他人拉到屋顶。

他们反复互相提问,记着法庭的建筑和程序,环形墙的三个警卫室的布局,每个警卫室都建在一个院子周围。

"第一个关卡?"

"四个警卫。"

"第二个关卡?"

乌鸦六人组（卷一）：六只乌鸦

"八个警卫。"

"环形墙大门？"

"大门不运转的时候四个。"

他们像是令人发狂的乌鸦大合唱，在马蒂亚斯耳边嘎嘎叫着：*叛徒，叛徒，叛徒。*

"黄色协议？"卡兹问道。

"区域干扰。"伊奈姬说道。

"红色协议？"

"区域攻破。"

"黑色协议？"

"我们都完了？"詹斯博说道。

"差不多就这意思。"马蒂亚斯说道，把他的兜帽拉得更紧，艰难地向前面走去。他们甚至让他模拟钟声的各种响铃模式。虽然很有必要，但他感觉像个傻子似的。"砰乓砰砰乓。不对，等等，砰砰乓砰砰。"

"等我有钱的时候，"詹斯博在他身后说道，"我要去一个再也不用看到雪的地方。你呢，威岚？"

"我还不太清楚。"

"我觉得你应该买一架金钢琴——"

"长笛。"

"然后可以在一艘豪华大游艇上开音乐会。你可以把它刚好停在你父亲房子前的运河里。"

"妮娜可以唱歌。"伊奈姬插嘴道。

"我们两个二重唱，"妮娜补充道，"你父亲就不得不搬家了。"

她唱歌的声音的确很糟糕。他讨厌自己明明知道这一点，但还是忍不住扭过头去看。妮娜的兜帽掉到后面了，浓密的卷发从衣领逃了出来。

*我为什么总这样？*他沮丧地想道。上船的时候也是一样。他告诉自

己无视她，但等他反应过来时，眼睛却正在搜寻她的身影。

但假装她不在他的心里是件很愚蠢的事。他和妮娜曾一起走过这片土地。如果他算得没错，他们当初被冲上岸的地方，距离费罗琳德号靠岸的地点只有几英里。一切都始于一场暴风雨，在某种程度上，那场暴风雨从未结束。妮娜带着风雨闯进他的生命，让他的世界天旋地转。自那以后，他的一切都失衡了。

那暴风雨无处不在，颠簸起伏的船像波浪上的玩具一样。大海一直玩到它厌倦了这个游戏，然后把他们的船，交织的绳索，帆和不停尖叫的人都拽了下去。

马蒂亚斯记得水中的黑暗，刺骨的寒冷，和深处的寂静。等他再有意识时，他正吐出海水，迫切地想要呼吸。有人的手臂圈住了他的胸膛，他们在水里移动。海水冷到难以忍受，但他还是在忍。

"醒醒，你这个可怜的大肌肉块。"清脆利落的菲尔丹语，声音纯净，说话像个贵族。他转过头去，惊讶地看到那个他们从漫游岛南部海岸抓来的年轻女巫，正牢牢地抱着他自言自语。他知道她不是真正的克里什人，但不知道她怎么挣脱捆绑逃出牢笼的。他整个人都很恐慌，如果不是因为太过震惊和身体麻木，他一定会挣扎的。

"动一下，"她一边拍他一边用菲尔丹语跟他说，"神呐，你吃什么长大的？重得都能赶得上干草车了。"

她费力地挣扎着，为他们两个人而游。她救了他的命。为什么？

他在她的手臂中动了下，蹬着腿帮忙，让他们向前游去。他惊讶地听到她发出了一声微弱的啜泣。"感谢神明，"她说道，"快游。你这个大白痴。"

"我们在哪？"他问道。

乌鸦六人组(卷一):六只乌鸦

"我不知道。"她回答道,他可以听到她声音里的惊恐。

他猛地蹬了一下腿,让自己远离她。

"不要!"她哭道,"不要放手!"

但他用力推开了她的怀抱。离开她的臂弯以后,寒冷涌了进来。疼痛来得剧烈且突然,他的四肢软弱无力。她一直在用那让人反感的魔法给他温暖。黑暗之中,他把手伸向了她。

"Drüsje?"他喊道,声音里的恐惧让他感到难堪。这是菲尔丹语的女巫,他不知道要怎么称呼她。

"巫师猎人!"她大声喊道,然后感到他的手指在漆黑的水里碰到了她。他抓住了她,然后把她拉向他。她的身体感觉并不温暖,但接触到她后,他四肢的疼痛减弱了。感激和厌恶在内心交织。

"我们必须找到陆地,"她气喘吁吁地说,"我没法一边游泳,一边让我们的心脏都保持跳动。"

"我来游泳,"他说道,"你……我来游。"他让她的背紧贴他的胸膛,他的胳膊绕过她的身体,圈在她的胳膊下面,就在片刻前,她用这种方法抱着他,仿佛她快要溺水一般。她快了,他们都快了,如果他们没先被冻死的话,估计很快就会溺亡。

他平稳地蹬着腿,试着不要消耗太多体力,但他们都知道,这很可能是徒劳无功的。他们被暴风雨击中的时候离陆地不远,但现在一片漆黑。他们有可能在朝着海岸线游去,也很可能是在进一步朝海游去。

除了他们的呼吸声,水的溅泼声和海浪的翻滚声之外,没有任何声音。他让他们继续前进——虽然他们有可能在原地打转——她让他们都保持呼吸。他们谁会先放弃,他不知道。

"你为什么要救我?"他最终还是问道。

"别浪费体力。别说话。"

"你为什么这么做?"

"因为你是人类。"她生气地说道。

撒谎。如果他们真的能着陆，她需要一个菲尔丹人，一个了解那块土地的人帮她活下来，虽然她显然精通语言，但她肯定需要。她们都是骗子和间谍，专门训练来坑害像他这样的人，这样没有那种反常能力的人。她们掠夺成性。

他继续蹬腿，但腿上的肌肉已经非常疲倦，并且他可以感觉到寒气在渗进他的体内。

"已经要放弃了吗，女巫？"

他感觉到她甩了甩头来摆脱疲倦，血液又重新流向了他的手指和脚趾。

"我会和你保持步调一致，巫师猎人。如果我们死了，那将会是你来生所要背负的责任。"

他因为这句话笑了笑。她显然不缺乏骨气。她还关在笼子里时，这一点就已经体现得淋漓尽致。

他们那晚就是这样过来的，在感觉任何一个人虚弱的时候，就嘲弄彼此。他们只知道海，冰，以及时不时的溅泼声，那声音有可能是海浪，也有可能是水中饥肠辘辘的生物在朝他们靠近。

"看。"黎明来临时，女巫低声说道，声音充满希望，很欢快。不远处，他只能看到凸出的冰岬和一道黑色的砾石海岸。陆地。

他们没把时间浪费在放松和庆祝上。女巫把头向后靠了靠，靠在他的肩膀上，他努力向前游，痛苦地游了一英寸又一英寸，每个海浪都在把他们往回拉，好像大海不愿意放手一样。最终，他们的脚触到了底部，然后半游半爬，奔着海岸而去。他们分开了，马蒂亚斯拖着身体爬上黑色的岩石，到达那死寂的、结冰的陆地时，浑身被痛苦淹没。

刚开始根本无法走路。他们都冻得哆嗦，断断续续地挪动着，想让四肢听从指挥。最终他站了起来。他想过一走了之，找个栖身之地，不

乌鸦六人组(卷一):六只乌鸦

带她。她用手和膝盖挪动着,她低着头,湿漉漉的头发乱糟糟地盖在脸上。他明显感觉她要倒下去,再也起不来了。

他走了一步,又一步。然后他回头了。不管她的理由是什么,她昨晚救了他的命,不止一次,而是一次又一次。那是血债。

他脚步蹒跚地走向她,然后伸出一只手来。

她抬头看向他,脸上的表情像是一幅荒凉的地图,掺杂着厌恶和疲惫。从她的表情里,他看到了与感激一同而来的羞愧,那短暂的一瞬间里,她是他的镜子。她也不想欠他任何东西。

他可以替她做决定。他欠她那么多。他伸手把她拉了起来,然后一起一瘸一拐地离开了海滩。

他们朝着(马蒂亚斯希望是)西边的方向走去。在如此靠北的地方,太阳可能会欺骗人的感官,而他们也没有可以导航的指南针。天几乎黑了,看到第一个捕鲸营的时候,马蒂亚斯开始感到真正的恐慌在内心萌芽。营地被遗弃了——这种偏远的村镇只有在春天的时候才比较活跃——看上去像是一个圆形的用骨头、草皮和动物皮肤建成的圆形小屋。但这个小屋意味着他们也许至少能活过今晚。

门上没有锁。他们实际上是跌进去的。

"谢谢你。"她瘫坐在圆形的壁炉边时呻吟着说道。

他什么都没说。找到这个营地全靠运气。如果他们被冲上岸的地点在这个海岸更上方几英里的位置,那他们就完蛋了。

捕鲸人在壁炉里留了泥炭和干火引。马蒂亚斯费力地生火,想让火燃起来而不仅仅是冒烟。他笨手笨脚,疲惫不堪,并且饿到感觉能把靴子上的皮革都给吃了。听到身后传来窸窸窣窣的声音时,他转过身来,差点把手里刚刚生着小火苗的浮木给扔了。

"你在做什么?"他咆哮道。

她扭过头,眼睛从肩膀上方瞥过来——她那完全赤裸着的肩膀——

然后说道,"我应该做什么?"

"穿上你的衣服!"

她翻了翻白眼。"我不会为了保全你的风度,把自己给冻死。"

他猛地捅了捅火,但她无视了他,脱掉了剩下的衣服——束腰外衣,裤子,甚至是内衣裤——然后从门旁边堆叠着的脏兮兮的鹿皮里拿了一块,把自己裹了进去。

"神呐,这味道。"她一边咕哝着,一边拖着脚步走了过来,把其他几张皮毛和毯子拿到火边,试图搭一个窝。每次她一动,就会露出圆润的小腿,洁白的皮肤,以及乳沟。她是故意的。他就知道。她想让他心慌意乱。他需要集中注意力生火。他差点就死了,但如果没生着火,他依旧会死。但愿她不要再弄出那么多该死的噪声。浮木在他的手中断裂了。

妮娜哼了一声,在皮毛搭的窝里躺了下来,然后用一只胳膊肘撑起自己。"神呐,巫师猎人,你是怎么回事?我只是想温暖起来。我保证不会在你睡着的时候对你做不轨之事。"

"我才不怕你呢。"他暴躁地说道。

她邪恶地笑了。"那你和看上去一样笨。"

他蹲伏在火旁。他知道他应该在她旁边躺下。太阳落了下去,温度不断下降。他努力让牙齿不要打战。他们需要相互取暖来度过这个夜晚。他不应该有太多顾虑,但他不想靠近她。因为她是一个杀手,他告诉自己。那就是原因。她是一个杀手和女巫。

他强迫自己站起来,大步朝毯子走去。但她伸出一只手来阻止了他。

"穿着那些衣服的时候,你别想靠近我。都湿透了。"

"你可以让我们的血液保持流动。"

"我已经筋疲力尽了,"她生气地说道,"并且一旦我睡着,只有火能让我们保持温暖了。我在这儿都能看到你在抖。是所有菲尔丹人都这么

225

乌鸦六人组（卷一）：六只乌鸦

迂腐守旧吗？"

不是。或许是。他不太知道。但巫师猎人都极守规矩。没娶妻之前，他们都需要保持贞节——守规矩的菲尔丹妻子也不会到处乱跑，冲别人大喊大叫，更不会把衣服脱掉。

"所有的格里莎都像你这样有伤风化么？"他反击道。

"第一军队和第二军队的男生跟女生都是一起接受训练的。没什么机会故作骄矜。"

"女人打仗是违背常理的。"

"一个人的愚蠢程度和他的身高等值才是违背常理的。你还杵在那里。你游那么多英里就是为了死在这个小棚里吗？"

"这是小屋，并且你不知道我们游了多少英里。"

妮娜恼怒地呼了口气，蜷缩在她那边，尽可能地靠近火源。"我累到没力气和你理论。"她闭上了眼睛，"我真不能相信我死之前，最后看见的东西是你的脸。"

他觉得她是在激他。马蒂亚斯站在那里，觉得自己有点傻，他讨厌她让他生出这种感觉。他转身背对她，快速地脱掉了湿透的衣服，把它们铺在火边。他扫了一眼她，确保她没在看他，然后大步走向毯子，挪到她身边躺下，依旧努力保持着距离。

"近一点，巫师猎人。"她柔声说道，带着嘲弄的意味。

他朝她伸出一只手臂，把她的背拉向他的胸膛。她被吓了一跳，发出"哎呀"一声，然后不自在地动来动去。

"别动。"他咕哝道。他也曾亲近过女孩——不是很多，这是真的——但没人和她一样。她丰腴得让人心生欲念。

"你冷冰冰黏糊糊的，"她哆嗦着抱怨道，"像是旁边躺了一只结实的鱿鱼。"

"是你让我靠得近一点的！"

"稍微放松点。"她指示道,他照做以后,她转过身来面对着他。

"你要做什么?"他问道,惊恐地往后退。

"放松点,巫师猎人。在这儿我不会对你做什么的。"

他蓝色的眼睛眯了眯。"我讨厌你说话的腔调。"她脸上闪过受伤的表情,是他的幻觉吗?好像他的话伤害到了女巫。

她开口说话的时候,证明了刚刚真的是他的幻觉。"你觉得我在乎你喜欢什么,不喜欢什么吗?"

她把双手放在他的胸膛上,对准他的心脏。他不应该放任她这么做的,不应该暴露他的弱点,但他的血开始流动时,身体暖和了起来,放松和舒适的感觉在体内游走,这感觉太好,让他无法抵抗。

他勉强让自己在她的手掌下稍微放松了下。她转过身去,把他的手拉过去继续圈着她。"不客气,你这个大白痴。"

他说谎了。他喜欢她说话的腔调。

他现在依旧喜欢。他听到她在他身后不远处喋喋不休地跟伊奈姬说话,教她菲尔丹语的单词。"不对,Hring- kaaalle,你需要把最后一个音节拖长一点。"

"Hringalah?"伊奈姬尝试道。

"好点了,但是,这里,跟刻赤语有点像,像只羚羊一样,从一个词跳到另一个词,"她打着手势说道,"菲尔丹语像海鸥,全是俯冲和突降。"她的手变成了在空中乘风破浪的小鸟。就在那一刻,她抬起头,把正在看她的他逮了个正着。

他清了清嗓子。"不要吃雪,"他建议道,"那只会让你更加口渴,并且会降低你的体温。"他猛地站起来,急切地想要爬上下一座山,与他们拉开距离。但他刚爬过山坡时,猛地停住了脚步。

乌鸦六人组(卷一):六只乌鸦

他转了过来,伸出手臂。"停!你不会想——"

但那已经太晚了。妮娜用手掩住了嘴。伊奈姬做了一个格挡的动作。詹斯博摇了摇头,威岚有点作呕。卡兹像块石头一样站着,脸上的表情难以捉摸。

悬崖上边有一个火葬用的柴堆。负责的人试图在一块露出地表的石头后生火,但这石头的背风处不足以让火苗在风吹的时候保持不灭。冰面上立了三个桩,桩上绑着三具烧焦的尸体,尸体焦黑的、皲裂的皮肤还在冒烟。

"天呐,"威岚咒骂道,"这是什么?"

"这是菲尔丹人对格里莎的所作所为。"妮娜说道。她绿色的眼眸凝视着眼前景象,面目表情萧瑟冷清。

"那是罪犯的所作所为,"马蒂亚斯说道,胃里剧烈地翻腾着,"火葬堆是违法的,自从——"

妮娜猛地转过身来,用力推着他的胸膛。"你敢再说一句试试。"她怒火中烧,燃烧的怒火好像在她周围形成了一圈晕轮。"你告诉我,最后一次有人因活活烧死格里莎而被判刑是什么时候。用这种方法杀死狗的时候,你是不是甚至会称之为谋杀?"

"妮娜——"

"穿着制服杀人的时候,杀人在你那就有新的称呼了吗?"

然后他们听到了一声——一声呜咽,像是悲鸣的风。

"神呐,"詹斯博说道,"他们中有一个还活着。"

那声音又来了,微弱而哀恸,来自于右前方一个焦黑的身体残骸。从身形上很难分辨是男性还是女性。头发被烧得精光,衣服和四肢熔在一起。很多地方的黑色的表皮剥落,血肉裸露在外。

妮娜的嗓子里发出啜泣声。她举起了手,但颤抖得厉害,没法结束那具残骸的痛苦。她满是泪水的眼睛转向其他人。"我……拜托,谁来……"

詹斯博第一个动了。两声枪响,那具尸体悄无声息地倒下去了。詹斯博把手枪放回了皮套里。

"该死的,詹斯博,"卡兹低声咆哮道,"你刚刚向几英里以外的人宣告了我们的存在。"

"他们会认为我们在举行打猎派对。"

"你应该让伊奈姬来的。"

"我不想做这件事,"伊奈姬安静地说道,"谢谢你,詹斯博。"

卡兹抬起下颌,但他没再说什么了。

"谢谢你。"妮娜强忍着眼泪说道。她决然地沿着被雪覆盖的道路前进朝前面冰冻的土地走去。她一路哭着走过去,脚步蹒跚。马蒂亚斯跟在她身后。这里几乎没有地标,很容易迷失方向。

"妮娜,你不可以从团体中脱离——"

"该回去的是你,赫尔瓦尔,"她严厉地说道,"这就是你长期以来都想报效的国家。看到这一幕,你觉得骄傲吗?"

"我从来没有把任何一个格里莎送上火葬堆。格里莎会被给予公正的审判——"

她转向他,把护目镜拉了上去,眼泪凝结在了脸上。

"那为什么从来没有一个格里莎在你所谓的公平的审判之后,被判无罪?"

"我——"

"因为我们的罪行是我们活着。我们的罪行是我们是格里莎。"

马蒂亚斯安静了下来。再开口时,他为所要说的话而羞愧,也为不得不说这些话而感到为难,这些话是他从小听到大的,也是他到现在依旧深信不疑的。"妮娜,你有没有想过可能……你们不应该存在?"

妮娜绿色的眼睛里怒火闪烁。她朝他走近了一步,他可以感受到她

乌鸦六人组(卷一)：六只乌鸦

身上散发出来的怒火。"或许你们才不应该存在，赫尔瓦尔。你们无能而愚蠢，短寿且心怀偏见。你们崇拜的那些木灵和冰灵都不愿现身，但你们看到真正的能力之后，却迫不及待地想要根除。"

"不要嘲弄那些你不理解的事物。"

"我的嘲弄让你感到冒犯吗？我的族人很乐意在这荒蛮的地方听到你的笑声。"一种极度满足的表情爬上了她的脸庞。"雷凡卡在重建。第二军队也是。一旦重建完成，我希望他们给予你一场你应得的公正审判。我希望他们给巫师猎人戴上镣铐，让他们站着，听那些一一列举出来的罪行，让世界了解你们的恶行。"

"如果你如此想看到雷凡卡崛起，你如今为什么在这？"

"我想让你拿到你的赦免书，赫尔瓦尔。我想让第二军队北上，占领这每一寸荒原时，你就在这，我希望他们把你们的田野和大海夷为平地。我希望他们把你的朋友和家人送上火葬堆。"

"他们已经这么做了，哲尼克。我的母亲，父亲，小妹。控火师，你宝贵的、受迫害的格里莎，把我们的村庄烧成了灰烬。我已经没有什么可失去了。"

妮娜苦涩地笑了。"或许你在地狱之门待的时间太短了，马蒂亚斯。人永远都会有更多的东西要失去。"

20
妮　娜

我可以嗅到他们。妮娜在雪中蹒跚前行，不停拍打她的头发和衣服，努力不让自己吐出来。她没法不看那些尸体，鲜红的血肉从烧焦的躯壳中探出，就像是被封住的煤块。她感觉自己身上好像落了一层他们的骨灰，满是皮肉烧焦的味道，无法顺畅地呼吸。

在马蒂亚斯身边让她忘了他真实的身份，忘了他对她真实的看法。她今天早上刚给他易过容，忍受着他的怒视和抱怨。*不，是享受*，对能够靠近他心怀感激，还荒谬地因为能逗他笑感到愉悦。*神吶，我为什么要在乎他？*为什么马蒂亚斯·赫尔瓦尔的一个微笑能抵得过别人的五十个？她让他的头朝后仰，方便她在他眼睛上动工时，感觉得到他加速的心跳。她想过要亲他。她想要亲他，她很确定他也在想着同样的事。*也有可能他想着再次掐死我。*

她没有忘记他在费罗琳德号上时说的话，他问她打算怎么对博·亚尔拜亚，问她是否真的要把那位科学家交给刻赤。如果她蓄意破坏卡兹

乌鸦六人组(卷一):六只乌鸦

的任务,马蒂亚斯会因此而得不到赦免书吗?她不能那么做。不管他是谁,她都欠他自由。

那场海难之后,她和马蒂亚斯一起跋涉了三个礼拜。他们没有指南针,也不知道要去哪里。他们甚至都不知道被冲到了北部海岸的哪个地方。漫长的日子里,他们一直都在雪地里艰难前行;在寒冷彻骨的黑夜里将就栖身在自己搭的简易小棚中;运气好的时候,就在遇到的捕鲸营的废弃小屋里度过。他们以烤海草为食,还有任何他们能找到的草和块茎果腹。如果在某个营地的旅行背包里发现了风干鹿肉块,那简直就是奇迹降临。他们在无声的狂喜里啃食鹿肉,为它的美味而陶醉。

第一个晚上之后,他们都穿着干衣服睡觉,盖着能找到的所有毯子,各自占据火堆的一边。如果没有木材和火引,他们就背对彼此,蜷缩着睡觉;但早上的时候,他们会紧紧靠在一起,连呼吸都同步。他圈着她昏昏沉沉地睡觉,像一轮新月。

每天早上他都抱怨她很难叫醒。

"就像在努力抬起一具尸体。"

"死者还需要多睡五分钟。"她会这么说,然后把头埋进皮毛里。

他会跺着脚走来走去,打包他们的东西,怎么能弄出更大的响动就怎么来,还会喃喃自语。"懒惰,可笑,自私……"直到她自己爬起来,着手为这一天做准备。

"你回到家要做的第一件事是什么?"她问道,那些天好像无比漫长,他们在雪地里艰难地跋涉,期待看到文明的痕迹。

"睡觉,"他说道,"洗澡。为我失踪的朋友祈祷。"

"哦,对,其他的恶棍和杀手。你到底是怎么成为一个巫师猎人的?"

"在一次格里莎突袭之中,你的朋友屠杀了我的家人,"他冷冷地说道,"布鲁姆带走了我,让我有了愿为之而战的东西。"

妮娜不愿意相信他说的,但她知道这可能是真的。战争爆发,无辜的生命在两军交火时消逝。但她很难把凶残的布鲁姆和父亲的形象画上等号。

争论或者道歉似乎都不对,所以她说了最先浮现在她脑海里的一句话。

"Jer molle pe oonet. Enel mörd je nej afva trohem verret."我为保护你而生。我至死捍卫我的誓言。

马蒂亚斯震惊地盯着她。"那是巫师猎人对菲尔丹的誓言。你是怎么知道这些话的?"

"我曾尽最大的努力去学习与菲尔丹有关的知识。"

"为什么?"

她踌躇了一下,然后说道:"我就不怕你们了。"

"你看上去并不害怕。"

"你害怕我吗?"她问道。

"不。"他说道,听上去他有点惊讶。他曾经说过不怕她。这次她信了。她努力提醒自己这并不是件好事。

他们继续走了一会儿,然后他问道:"你回家要做的第一件事情是什么?"

"吃。"

"吃什么?"

"所有东西。卷心菜、土豆馅饺子、黑醋栗蛋糕、柠檬味小薄饼。我迫不及待地想要进入小宫殿,去看看卓娅的脸。"

"卓娅·纳扎伦斯基?"

妮娜突然停了下来。"你知道她?"

"我们都知道她。她是一个强大的女巫。"

那一刻她突然意识到:对巫师猎人而言,卓娅跟亚尔·布鲁姆有点像——他们都是残忍、没有人性,潜藏在暗处,且手握死亡的人。卓娅

乌鸦六人组(卷一):六只乌鸦

对这个少年来说是恶魔。这想法让她很不舒服。

"你是怎么从笼子里出来的?"

妮娜眨了眨眼。"什么?"

"在船上。你被绑起来关进了笼子里。"

"那个水杯。它的手柄断了,下面的豁口参差不齐。我们用它割断了绑着我们的绳子。一旦我们的手自由了……"妮娜的声音局促不安地低了下去。

马蒂亚斯皱起眉头。"你们打算袭击我们。"

"那天晚上,我们打算采取行动。"

"但是遇到了暴风雨。"

"是的。"

一个御风师和一个制造师在甲板上砸出了一个洞,然后游向了自由。他们在冰冷的海水中得以幸存了吗?他们成功到达陆地了吗?她哆嗦了一下。如果他们没有发现那只杯子的秘密,她会淹死在笼子里。

"巫师猎人吃什么?"她一边问一边加快了步伐,"除了格里莎婴儿?"

"我们不吃婴儿。"

"海豚的脂肪?驯鹿的蹄子?"

看到他的嘴唇抽了抽,她很想知道他是觉得恶心,还是或许,很可能,在努力忍住不笑。

"我们吃鱼肉比较多。鲱鱼。盐鳕鱼。对,还有驯鹿,但不吃蹄子。"

"那蛋糕呢?"

"蛋糕怎么了?"

"我很喜欢吃蛋糕。我很想知道我们是不是立场相同。"

他耸了耸肩。

"哎呀,说嘛,巫师猎人。"她说道。他们依旧不知道彼此的名字,她不确定是不是应该告诉对方。如果最终能活下来,他们会到达一个城镇或者是村庄。她不知道那时会发生什么，但以防万一，关于她的信息，他知道得越少越好。"又不是泄露菲尔丹政府的机密。我只想知道你为什么不喜欢蛋糕。"

"我确实喜欢吃蛋糕，但我们不允许吃甜食。"

"任何人？还是只是巫师猎人？"

"巫师猎人。它被视为一种放纵。就像酒和——"

"姑娘？"

他的脸红了，继续向前走去。让他觉得不自在简直太容易了。

"如果不允许你吃甜品或者喝酒，那你可能很喜欢pomdrakon。"

他刚开始不愿意上钩，只是继续走路，但后来他觉得自己安静太久了。"什么是pomdrakon？"

"龙碗，"妮娜说道，"先把葡萄干泡进白兰地里，然后关掉灯，再把它们点着。"

"为什么？"

"这样就很难抢到它们。"

"你抢到它们的时候会做什么？"

"吃掉它们。"

"它们不会烫伤你的舌头吗？"

"当然会，但是——"

"那为什么你要——"

"因为很有趣，笨蛋。你知道'有趣'吗？菲尔丹语里有与它对应的词，你肯定很熟悉那个词。"

"我有很多有趣的经历。"

"好吧，那你会做什么有趣的事呀？"

这就是他们相处的方式，相互打击，就像他们在海里的第一个晚上一样，努力让彼此活下去，拒绝承认他们越来越虚弱。如果不快点找到

乌鸦六人组（卷一）：六只乌鸦

一个真正的城镇，他们坚持不了多久了。很多天以来，饥饿和北方冰面上刺眼的光芒让他们原地打转，不断走回头路，一路步履蹒跚，但他们从来都没有说出来，从没说过"迷路"这个词，好像他们都知道，说这些在一定程度上代表着承认失败。

"为什么菲尔丹人不让女孩打仗？"有天晚上，他们蜷缩在一个陋棚下时她问道。当时他们躺在地上，感受着深入骨髓的寒冷。

"她们不想打仗。"

"你怎么知道？你问过吗？"

"菲尔丹女人都很脆弱，需要保护。"

"这可能是一个明智的政策。"

他那时已经很了解她，已经不觉得惊讶。"是吗？"

"想想如果你被一个菲尔丹女孩打败，那多尴尬。"

他嗤之以鼻。

"我很想看到你被女孩打败。"她高兴地说道。

"这辈子不可能。"

"好吧，那我估计是看不到了。我只想活到我把你踹个狗吃屎的那一刻。"

这次他真的笑了出来，一个她能通过后背感觉到的，真正的笑。

"神呐，菲尔丹人。我竟然不知道你会笑。小心点，慢慢来。"

"我欣赏你的自大无知，女巫。"

现在她笑了。"这是我收到过的最糟糕的恭维。"

"你怀疑过自己吗？"

"一直都在怀疑，"她在快睡着的时候说道，"我只是不表现出来。"

第二天早上，他们在时不时就有参差不齐的裂口的冰原上行走。他们努力避开那些致命的裂缝，走在中间开阔的地带上，讨论着妮娜的睡觉习惯。

"你怎么好意思说自己是个士兵的？如果我放任不管，你能睡到中午。"

"这有什么关联吗？"

"自律。规定。这些对你来说什么都不是吗？捷尔，我迫不及待地想拥有一张属于自己的床了。"

"好吧，"妮娜说道，"你有多讨厌睡在我旁边，我感觉得到。我每天早上都感觉得到。"

马蒂亚斯的脸红得能滴出血来。"你为什么总要说那种话？"

"因为我喜欢看你脸红的样子。"

"这很让人反感。你不用把一切都弄得那么下流。"

"如果你能放松一点——"

"我不想放松。"

"为什么？是什么让你如此害怕？你是怕自己可能会喜欢上我吗？"

他什么都没说。

尽管她很疲惫，但还是费力地走到他前面。"我猜对了，是不是？你不想喜欢上一个格里莎。你害怕自己因为我讲的笑话而笑，害怕回答我的问题，你可能开始觉得我是人类了。这有那么恐怖吗？"

"我确实喜欢你。"

"你说什么？"

"我确实喜欢你。"他生气地说道。

她眉开眼笑，感觉内心的快乐源泉喷发了。"现在，真的，有那么糟糕吗？"

"是的！"他咆哮道。

"为什么？"

"因为你很可恶。你闹腾，下流，还……奸诈。布鲁姆经常告诫我们格里莎可能很迷人。"

乌鸦六人组（卷一）：六只乌鸦

"哦，我明白了。我是一个邪恶的格里莎万人迷。我的格里莎花言巧语让你着迷。"

她戳了戳他的胸膛。

"住手。"

"不。我在**引诱**你。"

"停下。"

她在雪地里围着他蹦蹦跳跳，时不时戳下他的胸膛、腹部和身侧。"神呐。你怎么这么结实。这是一个费力的活儿。"他笑了起来。"有用！我的引诱有用。菲尔丹人沦陷了。你无力抵抗我。你——"

妮娜脚下的冰陷了下去时，她突然尖叫起来。她胡乱挥手，到处摸索着，寻找任何能阻止她往下掉的东西，指尖在冰和石头表面划过。

那个巫师猎人抓住了她的胳膊，她痛呼出声，感觉胳膊要脱臼了。

她挂在那里，悬浮在半空，他的手指是她与黑漆漆的冰洞口之间唯一的东西。有一瞬间，她看着他的眼睛，她很确定他要放手，任她掉下去了。

"求求你。"她说道，泪水滑过脸颊。

他把她拽了上来，拉到洞口边缘，然后一起慢慢地爬到了更坚实的地面。他们躺在地上，喘息着。

"我很害怕……我很害怕你要放手任我掉下去。"她艰难地开口说道。

停顿了很长一段时间后，他开口说道："我想过这个。就一秒钟。"

她气得轻笑一声。"没关系，"她最终说道，"换作我的话，也会这么想。"

他站了起来，伸出一只手。"我是马蒂亚斯。"

"妮娜，"她说道，握住了他的手，"很高兴认识你。"

海难已经是一年多前的事情了，但感觉时间好像还停留在原地。妮娜有点想回到一切还没脱离轨道的瞬间，回到他们只是冰原上的妮娜和马蒂亚斯，而不是格里莎和女巫猎人的时光。但她越想回到过去，就越清楚地知道那样的时光从来都不存在。那三个礼拜像是她和马蒂亚斯为了生存而缔造的一个谎言。而真相就是火葬堆。

"妮娜，"马蒂亚斯小跑过来，站在她身边说道，"妮娜，你需要和其他人待在一起。"

"让我一个人待着。"

他抓住她的手臂时，她猛地转身，握紧了拳头，朝他的喉咙袭去。一般人会放开她，但马蒂亚斯是一个巫师猎人。他抓住了她的另一只手臂，放在她的身侧夹紧，然后紧紧地把她捆在自己身边，让她没法用手。"停下来。"他轻声说道。

她努力挣脱他的控制，对他怒目而视。"放开我。"

"我不能。最起码在你是个威胁的时候不能。"

"对你来说我会一直是个威胁，马蒂亚斯。"

他勾起唇角，惨然一笑，眼里满是悲伤。"我知道。"

慢慢地，他放开了她。她往后退了一步。

"到了冰庭以后，我会看到什么？"她逼问道。

"你受到了惊吓。"

"是的。"她说道，挑衅地抬起了下巴。这点无需否认。

"妮娜……"

"告诉我。我需要知道。刑讯室？在屋顶上燃烧着的火葬堆？"

"法庭不再使用火葬堆了。"

"那是什么？五马分尸？枪决？皇家宫殿里能一睹绞刑架的风采吗？"

"我受够你的臆断了，妮娜。你给我停。"

"他说得对。你不能这样下去了。"詹斯博说道，和其他人一起站在

乌鸦六人组（卷一）：六只乌鸦

雪地里。他们在那儿多久了？看到她攻击马蒂亚斯了吗？

"你少管。"妮娜厉声说道。

"如果你俩一直打下去，我们全都会因此而死，还有更多的牌等着我去输呢。"

"你们需要找到一个和解的办法，"伊奈姬说道，"最起码暂时和解。"

"这不关你的事。"马蒂亚斯低声咆哮道。

卡兹上前一步，脸上的表情很危险。"这与我们有很大关系。注意你的语气。"

马蒂亚斯双手一摊。"你们都被她给骗了。那是她惯用的伎俩。她让你觉得她是你的朋友，然后——"

伊奈姬双手抱臂。"然后什么？"

"我们走，伊奈姬。"

"不，妮娜，"马蒂亚斯说道，"告诉他们。你曾说过你是我的朋友。还记得吗？"他转向其他人。"我们结伴同行了三个礼拜。我救了她的命。我们都救过彼此。我们到了艾尔林，我们……我随时都可以跟我们看到的士兵揭发她。但我没有。"马蒂亚斯开始走来走去，音量也提高了，回忆似乎占据了他的理智。"我借钱。我安排住宿。我愿意背叛我相信的一切来保障她的安全。我目送她走去码头，这样我们就可以努力订到船票，那里有一个刻赤商人，准备出海。"马蒂亚斯又一次回到了那个地方，回到了和她一起站在码头上的时候，她从他眼睛里看得出来。"你们问问她接下来做了什么，问问我那品德高尚的同盟，那评判我和我族人的姑娘。"

没有人说话，但他们都在看着，等着。

"告诉他们，妮娜，"他威逼道，"他们应该知道你是怎么对待你的朋友的。"

妮娜吞了吞口水，逼着自己看向他们的目光。"我跟那刻赤人说他是一个奴隶贩子,把我监禁了起来。我利用他们的同情心,求他们帮我。我有一个当初在漫游岛附近,突袭贩奴船时拿到的印章。我用它作为证据。"

她没法再看着他们了。卡兹当然知道。她告诉过他她曾经做过的指控,想要努力撤回,恳求他帮忙。但他从没再打探,从没问过为什么,从没谴责她。在某种程度上,告诉卡兹是一种安慰。那个被称作黑手的少年不会进行评判。

但现在真相摆在每个人的眼前。私下里,刻赤人知道卡特丹姆港口有奴隶卖进卖出,绝大多数契约工其实就是换了个叫法的奴隶而已。但是在公开的场合,他们痛斥贩卖奴隶,检举奴隶贩子。妮娜很清楚给马蒂亚斯贴上那项指控的标签时会发生什么。

"我不明白到底发生了什么,"马蒂亚斯说道,"我不会刻赤语,但妮娜会。他们把我抓住锁了起来,扔进了双桅横帆船里。我就被关在那里。在黑暗中度过了几个礼拜。等我再次见到光亮时,是他们在卡特丹姆把我带下船的时候。"

"我别无选择,"妮娜说道,声音带着浓浓的哭腔,"你不知道——"

"你就告诉我一件事情。"他说道。他的声音里满是愤怒,但她还听出了其他东西,一种恳求。"如果还能回到过去,你能够消除对我做的一切,你会这么做吗?"

妮娜逼着自己面对他们。她有她的理由,但那些还重要吗?他们是谁,有什么资格评判她?她挺直了背,扬起头。她是德勒格斯的一员,是白玫瑰的雇员,是一个时不时犯傻的姑娘,但在此之前,她是一个格里莎,是一个士兵。"不会,"她清晰地说道,声音在无尽的冰原上回响,"我还会再来一次。"

一阵隆隆声传来,地面开始抖动。妮娜几乎要站不住了,她看到卡兹用拐杖支撑住了自己。他们看着彼此,眼神疑惑。

乌鸦六人组(卷一):六只乌鸦

"这么靠北的地方还有断层线吗?"

马蒂亚斯皱了皱眉。"据我所知没有,但是——"

一大块地面从马蒂亚斯的脚下升起,把他翻倒在地上。有一块突然从妮娜的右侧升起,让她四脚朝天地躺在地上。他们周围都是突然升起的土柱和冰板,像是大地突然苏醒了一般。刺骨的风拍打他们的脸,雪粒洋洋洒洒地打着转落了下来。

"这是什么鬼?"詹斯博吼道。

"某种地震!"伊奈姬喊道。

"不。"妮娜说道,指了指似乎是悬浮在空中的一个黑点,它丝毫不受呼啸的大风的影响。"我们受到了攻击。"

妮娜四肢着地,在地面上爬行,寻找可以遮挡风雪的地方。她觉得自己可能疯了。有一个人在空中,他在她的头顶盘旋。她看到有人在飞。

格里莎御风师可以控制气流。在小宫殿时,她见过他们把彼此在空中抛来抛去,但在空中飞行的技巧和能力却是连想都不敢想的——最起码曾经是这样,在这一刻之前。尤尔达潘勒姆。她之前不太相信卡兹所说的。她甚至怀疑这是他为了骗她加入这个任务,基于自己的见闻捏造的一个谎言。但经历了这当头一棒之后,她才相信这是真的。

那御风师在空中旋转,让暴风雪更加猛烈,空中飞舞的冰雪刺痛了她的脸颊。她几乎看不清了。又有土柱和冰板从地面上突然升起,她向后倒去。他们被团团围住,紧紧地挨在一起,组成了一整个大的攻击目标。

"我需要有人帮我分散他的注意力!"暴风雪里的某处传来詹斯博的喊声。

她听到了一声微弱的丁零声。

"趴下。"威岚大喊道。妮娜平趴在雪地里。头顶轰隆一声,爆炸点亮了御风师右侧的天空。他们周围的风减弱了,御风师偏离了他原来的位置，不得不先稳住自己。这只是极其短暂的一瞬间，但足够让詹斯博瞄准目标射击。

一声枪响，御风师急急地朝地面坠落。又一块冰板突然升起。他们像是被关进围栏的动物一样，等着即将到来的屠杀。詹斯博透过冰板和土柱，瞄准了远处的树林，妮娜意识到那里还有一个格里莎，一个头发乌黑的少年。詹斯博还没来得及开枪，那格里莎猛地向上举起拳头，脚下突然升起的土柱让詹斯博失去了平衡。他跌倒之后翻滚了一圈，然后开枪。

远处的那个男孩大叫一声，单膝跪地，但他的手臂依旧高高举起，地面依旧隆隆作响，猛烈晃动。詹斯博再次开枪，但没有打中。妮娜举起手，试图把注意力集中放在那个格里莎的心脏上，但他超出了她的能力范围。

她看到伊奈姬向卡兹示意。他一言不发地走了过去，背靠在最近的一个冰板旁，双手相握，弯成杯状，搁在膝上。虽然地面剧烈晃动，但他一动不动，伊奈姬借着他手的托力，以一道优雅的弧线冲了出去。她悄无声息地掠过冰板消失了。片刻之后，大地静止了。

"相信幽灵。"詹斯博说道。

他们站了起来，有些头晕目眩，在刚刚的那一片混乱之后，空气奇怪地安静了下来。

"威岚，"詹斯博一边气喘吁吁地说话，一边用力站起来，"把我们从这弄出去。"

威岚点了点头，从他的背包里拿出了一个油灰色的块状物，把它轻轻地放在最近的石头上。"大家趴下。"他命令道。

他们一起蜷伏在土块和冰块围栏允许范围内最远的地方。威岚拍了一下爆炸物然后闪开，挤进了捂着耳朵的詹斯博和马蒂亚斯中间。

什么都没发生。

乌鸦六人组（卷一）：六只乌鸦

"你是在逗我吗？"詹斯博说道。

轰隆。冰板被炸掉了。冰块和石头如雨点般在他们的头顶落下。

威岚一身灰尘，些许迷茫的表情瞬间转化成了狂喜。妮娜笑了起来。"请努力表现出你知道它肯定会爆炸的样子。"

他们脚步蹒跚地走出那围栏。

卡兹向詹斯博示意。"向四周散开。我们需要确保不会再有更多的惊喜。"他们朝相反的方向散开。

妮娜和其他人发现伊奈姬站在那个不断颤抖的格里莎身旁。他穿着橄榄绿色的衣服，双眼无神，大腿上方的枪伤不断有血溢出，右侧胸膛上插着一把刀。这刀肯定是伊奈姬在逃出围栏的时候掷的。

妮娜跪在他身旁。

"我需要再来一点，"那个格里莎含糊地说道，"就多一点。"他抓住了妮娜的手，就在这时，妮娜认出了他。

"奈斯特？"

听到他的名字之后，他抽搐了一下，但他看上去没认出她来。

"奈斯特，是我，妮娜。"在小宫殿的时候，她和他一起上学。战争期间，他们一起被派去了卡拉姆津。在尼克莱国王的加冕礼上，他们一起偷了一瓶香槟，在湖边喝得晕乎乎的。他是一个制造师，是能够加工金属、玻璃和纤维的耐用材料制造师之一。制造师可以制造纺织品和武器。按理来说，他没法操控她刚才看到的一切。

"求求你，"他乞求道，面容扭曲，"我需要更多。"

"潘勒姆？"

"对，"他抽噎着道，"对。求求你。"

"我可以治好你的伤，奈斯特，如果你能保持不动的话。"他状况很差，但如果她能够止血的话……

"我不需要你帮忙。"他生气地说道，推着她，想离她远点。

她努力让他平静下来，降低了他的脉搏，但她很担心这会让他的心脏停跳。"拜托，奈斯特，拜托你不要动。"

他开始大叫起来，跟她动手。

"制服他。"她说道。

马蒂亚斯前去帮忙，奈斯特却猛地举起手臂。

地面如同褶皱的毯子一般升了起来，逼迫着妮娜和其他人后退。

"奈斯特，拜托！让我们帮你。"

他站了起来，受了伤的那条腿摇摇晃晃，他试图把胸口的刀拔出来。"他们在哪里？"他喊道。"他们去哪儿了？"

"谁？"

"舒国人！"他哭叫着说，"他们去哪了？回来！"他蹒跚着向前走了一步，又一步。"回来！"他面部朝下，倒在雪地里。然后再也不动了。

妮娜冲到他身旁，把他翻了过来。他的眼睛里和嘴里都有雪。她把手放在他的胸膛上，想努力恢复他的呼吸，但丝毫没有用。如果不是因为那药搞垮了他的身体，即使是受伤了，他也可能幸存下来的。但他的身体太虚弱了，瘦到皮包骨头，肤色苍白到近乎透明。

不应该是这样的，妮娜痛苦地想道。练习小科学可以让格里莎更加健康和强大。这是她最爱她能力的部分。但身体有极限。那药似乎让奈斯特的能力超过了他身体所能承受的范围。它把他的身体掏空了。

卡兹和詹斯博回来了，气喘吁吁的。

"发现什么了吗？"马蒂亚斯问道。

詹斯博点了点头。"一队人在朝南行进。"

"他刚才在呼唤舒国人。"妮娜说道。

"我们了解到舒国会派人带回博·亚尔拜亚。"卡兹说道。

詹斯博低头看着毫无声息的奈斯特。"但我们不知道他们派了格里莎。我们如何确定他们是不是雇佣兵？"

乌鸦六人组(卷一):六只乌鸦

卡兹举起了一块硬币,硬币的一面刻着马,另一面是两只交叉的钥匙。"这是在御风师的兜里找到的,"他说着,把它抛给了詹斯博,"这是舒国的文冶。通行之币。这是政府派的任务。"

"他们是怎么发现我们的?"伊奈姬问道。

"或许是詹斯博的枪声引过来的。"卡兹说道。

詹斯博怒了,指着妮娜和马蒂亚斯。"或许是他们听到他俩冲彼此大喊大叫。他们可能跟着我们走了好几英里了。"

妮娜努力消化着她刚才听到的。舒国没有将格里莎当作士兵,他们和菲尔丹人不一样;他们不觉得格里莎的能力是违反常理或令人厌恶的,反而为这种能力着迷。但在他们眼中,格里莎依旧不是人类。舒国政府这些年来一直在抓格里莎,用格里莎做实验,试图确定他们能力的来源。他们从来不会让格里莎做雇佣兵。至少以前是这样的。或许潘勒姆改变了这个局面。

"我不明白,"妮娜说道,"如果他们有尤尔达潘勒姆,为什么还要紧追着博·亚尔拜亚不放?"

"很可能他们有尤尔达潘勒姆的库存,但是无法复制它的生产过程,"卡兹说道,"商业理事会似乎是这么认为的。或许他们只是为了确认博·亚尔拜亚没有把这个配方给别人。"

"你们觉得他们会试图让服了药的格里莎闯进冰庭吗?"伊奈姬问道。

"如果他们手里还有更多的话,"卡兹说道,"换作是我,我会那么做。"

马蒂亚斯摇了摇头。"如果他们有摄心师,那我们全都死定了。"

"这还是很有可能发生。"伊奈姬回应道。

詹斯博背上了步枪。"威岚赢得了留下来的权利。"

听到他的名字后,威岚轻轻地跳了一下。"真的吗?"

"你这算是付了个定金。"

"我们走。"卡兹说道。

"我们需要把他们埋葬掉。"妮娜说道。

"地表太坚硬了,我们没有时间。舒国的队伍还在朝捷尔霍尔姆前进。我们不知道他们还有多少个格里莎,另外,佩卡的人手可能已经进去了。"

"我们不能就这样把他们留给狼。"她说道,喉咙发紧。

"你想给他们搭一个火葬堆吗?"

"去死吧,布莱克。"

"做好你的工作,哲尼克,"他反击道,"我让你来菲尔丹不是来参加葬礼的。"

她举起了手。"你觉得我把你的头骨像知更鸟的蛋一样敲开怎么样?"

"你不会想看我的脑子有什么的,亲爱的妮娜。"

她上前一步,但马蒂亚斯站到了她的面前。

"停,"他说道,"我来。我帮你挖墓地。"妮娜凝视着他。马蒂亚斯从自己的装备里拿出了一把镐递给她,然后从詹斯博的装备里又拿了一把出来。"从这里向正南出发,"他跟其他人说道,"我熟悉地形,保证会在夜幕降临之前追上你们。我们会快点赶路。"

卡兹镇定地跟他对视。"记着那张赦免书就好,赫尔瓦尔。"

"把他们单独留在这儿真是个好主意吗?"他们往坡下走去时威岚问道。

"不是。"伊奈姬回答道。

"但我们还是这么做了?"

"我们或是现在信任他们,或是以后信任他们。"卡兹说道。

"我们要不要讨论一下马蒂亚斯爆料的妮娜的忠诚度?"詹斯博问道。

妮娜都能猜到卡兹的回答:"很确定的是,在审查简历时,我们中的绝大多数人都未曾有过'坚定度'或者'忠诚度'的核查。"每次她忍不

乌鸦六人组（卷一）：六只乌鸦

住想狂揍卡兹时，总是忍不住对他心怀那么点感激。

马蒂亚斯从奈斯特的尸体旁向远处走了几步。他举起镐插进了冻土里，在土里翻动，然后再拿出来重新插入土中。

"在这儿吗？"妮娜问道。

"你想让他在别的地方？"

"我……我不知道。"她向白茫茫的旷野看去，上面散布着几个桦树林。"在我眼中都一样。"

"你知道我们的神吗？"

"知道一些。"她说道。

"但你知道捷尔。"

"泉源之神。"

马蒂亚斯点了点头。"菲尔丹人相信整个世界是通过水连接在一起的——大海、冰原、河流和小溪，雨水和风雪。这一切都滋养着捷尔也被捷尔滋养着。我们死后，会称之为 felöt objer，也就是扎根。就像白蜡树的根，不管我们在哪里，都从捷尔那里汲取水源。"

"那就是你们选择烧死格里莎，而不是埋葬他们的原因吗？"

他顿了顿，然后快速地点了下头。

"但你要帮着我让奈斯特和那御风师在这儿安息？"

他又点了点头。

她拿起了另一只镐，尝试着和他一起挥动。地表非常坚硬，很难挖动。每次镐落地的时候，都震得她的胳膊嘎吱作响。

"奈斯特本来做不到那样，"她说，思绪依旧在脑海里翻腾，"没有格里莎能以那样的方式运用能力。那是不对的。"

他沉默了一会儿，然后说道："你现在能明白一点了吗？面对一种陌生的能力是何种感受？面对一个拥有反常力量的敌人呢？"

妮娜把镐握得更紧了。受潘勒姆支配的奈斯特，似乎颠覆了一切她对自身能力的热爱。那就是马蒂亚斯和其他菲尔丹人在格里莎身上看到的吗？无法解释的能力，要被自然毁灭吗？

"或许。"这回答是她的极限了。

"你说在艾尔林的港口时你别无选择。"他说道，看也不看她一眼。他的镐举起落下，节奏不变。"是因为我是一个巫师猎人吗？你是一路都在计划这件事吗？"

妮娜想起了他们真正一起度过的最后一天，那天，他们爬上一座陡峭的山，在山顶看到下面的港口城镇时，欢欣雀跃。她惊讶地听到马蒂亚斯说："我几乎要对你说抱歉了，妮娜。"

"几乎？"

"我饿到没法真的道歉了。"

"你终于在我的感化之下屈服了。但没钱我们怎么吃饭？"他们朝山下走去时，她问道，"我可能要把你漂亮的头发卖到假发店换钱了。"

"打消你那些念头。"他笑着说道。他们在一起跋涉的时间越来越长，他也越来越容易笑了，就好像能流利地说一门新语言了一样。"如果这里是艾尔林，我应该能给我们找到住处。"

然后她停了下来，无比清醒地意识到了他们之间的真实情况。她深入敌国领土，身边没有任何盟友，只有一个几周前把她扔进笼子里的巫师猎人。但她还没来得及开口，马蒂亚斯说道："我欠你一条命，妮娜·哲尼克。我们会让你安全回家的。"

她惊讶地发现她轻易就相信了他。而他也相信她。

眼下，她挥动她的镐，感受着镐落地的冲击从手臂延伸到肩膀，然后开口道："还有格里莎在艾尔林。"

他的镐在半空停了下来。"什么？"

"他们是间谍，在港口从事侦察工作。他们看到我和你一起进入了主广场，并且认出我是从小宫殿出来的。其中的一个也认出了你，马蒂亚

乌鸦六人组（卷一）：六只乌鸦

斯。他是在边境附近的一场小规模战斗中认识你的。"

马蒂亚斯依旧纹丝未动。

"你和寄宿处的经理说话时，他们拦下了我，"妮娜继续说道，"我让他们相信，我也是在这从事秘密工作。他们想把你当囚犯抓起来，但我跟他们说你不是一个人，现在抓你太冒险了。我跟他们保证，第二天会把你带过去。"

"你为什么不直接告诉我？"

妮娜扔下了她的镐。"告诉你艾尔林有格里莎间谍？你可能会与我和解，但你不能指望我相信你不会揭发他们。"

他看向了一边，下颌的肌肉抽搐了下。她知道自己说出了事实真相。

"那天早上，"他说道，"在甲板上——"

"我需要尽最快的速度，让我们两个人都离开艾尔林。我以为只要找到一艘可以让我们偷渡的船……但格里莎一定一直在监视寄宿处，并看到我们离开了。他们在码头出现时，我知道他们是为你而来，马蒂亚斯。如果他们抓住了你，把你带去雷凡卡，审问之后，可能会处死你。我看到了刻赤商人。你知道他们关于奴隶贩卖的法律。"

"我当然知道。"他苦涩地说道。

"我就控诉了你。求他们救我。我知道他们肯定会把你监管起来，然后把我们安全地带到刻赤。我不知道——马蒂亚斯，我不知道他们把你丢进了地狱之门。"

他看着她，目光严厉，镐柄上的那只手指节发白。"你为什么不说出来？为什么在我们到卡特丹姆之后，不告诉我真相？"

"我试过。我发誓。我试过撤回。他们不让我见法官。他们不让我见你。我没法在不暴露雷凡卡情报活动的情况下，解释那枚印章的来源，也无法解释我为什么要指控你。我将会背叛还在战场的格里莎。我将会给他们判死刑。"

"所以你就让我在地狱之门饱受牢狱之苦。"

"我原本可以回到雷凡卡。我想回去。但我待在了卡特丹姆。我用所有工钱行贿,请求法庭——"

"你做了一切,除了说出真相。"

她原本打算带着歉意,温和地跟他说她每天白天和晚上都在想他。但火葬堆的那一幕依旧清晰地刻在她脑海里。"我试图保护我的人民,那些你们用尽一生去消灭的人民。"

他悲伤地笑了笑,翻转了下手中的镐。"Wanden olstrum end kendesorum."

那是一句菲尔丹谚语的前半部分:水会倾听并理解。这句话听上去充满善意,但马蒂亚斯知道,妮娜很熟悉这句话剩下的部分。

"Isen ne bejstrum。"她说完了剩下的部分。水会倾听并理解。冰却不会原谅。

"你现在打算怎么做,妮娜?你会为了格里莎,再次背叛你那些称之为朋友的人吗?"

"什么?"

"你别告诉我你想让博·亚尔拜亚活下去。"

他太了解她了。她每多知道一点关于尤尔达潘勒姆的信息,就越发确定,保护格里莎的最好方法就是结束那科学家的性命。她想到奈斯特在弥留之际还在求他的舒国主人回来。"一想到我的人民要变成奴隶我就无法忍受,"她承认道,"但我们有债务需要解决,马蒂亚斯。那赦免书是我的忏悔,我不会让任何人阻止你重新获得自由。"

"我不想要那赦免书了。"

她凝视着他。"但是——"

"你的人民或许会成为奴隶。或许会成为无法阻挡的力量。如果博·亚尔拜亚活着,尤尔达潘勒姆的秘密就会广为人知,没什么是不可

乌鸦六人组(卷一):六只乌鸦

能的。"

他们久久地凝视对方。太阳开始落山,金色的光芒像是贯穿整个雪原的通风井一样。她可以看到马蒂亚斯曾被她用锑染成了黑色的睫毛,开始露出金色。她需要再给他易容了。

在海难之后的那些天里,她和马蒂亚斯好不容易达成了一个休战协定。他们两人之间衍生出一种比喜欢更猛烈的感情——一种理解,理解他们都是士兵,或许换个身份,他们会成为盟友,而不是敌人。她现在感知到了这一点。

"这意味着背叛其他人,"她说道,"他们会无法拿到商业理事会答应的报酬。"

"是的。"

"卡兹会杀了我们两个。"

"如果他知道真相的话。"

"你试过跟卡兹·布莱克撒谎吗?"

马蒂亚斯耸了耸肩。"那我们就死定了。"

妮娜看着奈斯特消瘦的身形。"事出有因。"

"这件事上,我们意见一致,"马蒂亚斯说道,"博·亚尔拜亚不会活着离开冰庭。"

"成交。"她用刻赤语说道,用那个交易专用,却并不属于他们任何一方的语言。

"成交。"他回应道。

马蒂亚斯挥起他的镐,然后用力插进土里,像是一种宣告。她也举起她的镐,做了同样的动作。他们没有再多说一个词,而是以一种坚定的节奏,继续挖掘墓地。

卡兹至少有一件事说对了。她和马蒂亚斯终于有能达成一致的东西了。

第四部分

花招将尽

21
伊奈姬

伊奈姬感觉自己和卡兹非常相似，都在努力前行，假装自己很好，在其他队员面前藏起自己的伤口和瘀青。

他们又多跋涉了两天，才到达可以俯视捷尔霍尔姆的峭壁，但再往南，朝着海岸行进时就容易了许多。天气渐渐变暖，大地开始解冻，她看到春天来临的迹象。伊奈姬以为捷尔霍尔姆会和卡特丹姆看起来很像——一幅杂糅着黑、灰、棕三色的油画，乱糟糟的街道上笼罩着厚厚的雾气和煤烟，港口挤满了形形色色的船只，行色匆匆，熙熙攘攘，皆为利来利往。捷尔霍尔姆的港口也挤满了船只，但通往港口的街道整洁而秩序井然，房屋是彩色的——红、蓝、黄、粉——好像在对抗这极北之地的白色荒原和漫长冬天。甚至连码头边的货仓都是明亮的色彩。整个看上去像她小时候想象中的城市，一切都是糖果色的，并且井井有条。

插着刻赤国旗和汉拉赫特海湾公司橘绿色彩旗的费罗琳德号，已经偎依在它的泊位，在港口等着了吗？如果计划能按卡兹预想的实行，明天晚上他们将会带着博·亚尔拜亚悠闲地走去捷尔霍尔姆港口，登上他们的船，在菲尔丹人发现之前出海。她不太愿意去想计划出问题的情况，明天晚上会是什么样。

伊奈姬抬头瞥了一眼冰庭，它像一个伟岸的白色士兵，矗立在巨大的悬崖边上，俯视港口。马蒂亚斯说这悬崖无法攀登，伊奈姬不得不承认它对幽灵来说也是一个挑战。悬崖高得惊人，从远处看去，那白色的石灰表面看上去像冰一样洁白明亮。

"大炮。"詹斯博说道。

卡兹眯起眼看了看指向海湾的大炮。"我闯入过银行、仓库、宅邸、博物馆、金库、珍本图书馆，还造访过来克里什访问的外交官的卧室，那位外交官的妻子酷爱绿宝石。还从来没有大炮对准过我。"

"这么说来还挺新奇的。"詹斯博说道。

伊奈姬把手指握得紧紧的。"希望不会到那一步。"

"那些大炮是来阻止入侵的无敌舰队的，"詹斯博自信地说道，"祝它们好运，能够射中一只乘风破浪，驶向财富和荣耀的小纵帆船。"

"炮弹落在我大腿上的时候我会引用你这句话的。"妮娜说道。

他们赶到悬崖小路与通往捷尔霍尔姆北部的大道的交汇处，然后轻而易举地混进了游客和商人中间。北边的城镇是它下方城市的延伸，冰庭的警卫和工作人员以及游客经常光顾的商店、市场和小旅馆杂乱地分布着。幸运的是，人群密集而杂乱，一队外国人走在街上也不会引起注意，伊奈姬发现自己可以松一口气了。她很担心自己和詹斯博在菲尔丹首都，这个到处都是金发碧眼白皮肤的人的城市，会显得非常可疑。或许从舒翰来的人也是借此作为掩护。

贺林凯拉庆典的迹象随处可见。商店精心制作了精巧的狼形胡椒味点心，有些像饰品一样，挂在弯弯曲曲的大树上，横跨河流峡谷两岸的大桥张灯结彩，系满了菲尔丹的银色丝带。一条路进入冰庭，一条路出

乌鸦六人组（卷一）：六只乌鸦

去。他们明天可以和游客一样穿过这座桥吗？

"那些是什么？"威岚问道，停在了一个小贩的手推车前，小推车上装满了用弯弯曲曲的树枝和银色丝带做的花环。

"白蜡树，"马蒂亚斯回答道，"献给捷尔。"

"白岛中心应该有一棵，"妮娜说道，忽略掉菲尔丹人投来的警告的眼神，"那里是巫师猎人聚在一起，举行训诫仪式的地方。"

卡兹用拐杖在地面上敲了敲。"这为什么是我第一次听说？"

"白蜡树是靠捷尔的灵魂维生的，"马蒂亚斯说道，"那里是聆听捷尔训诫的最佳地点。"

卡兹眼神闪烁。"我问的不是这个。为什么我们的计划图纸上没有？"

"因为那是菲尔丹最神圣的地方，与我们的任务没什么必要联系。"

"必不必要由我说了算。你充满智慧的脑子还遗忘其他东西了吗？"

"冰庭是一个非常宏大的建筑，"马蒂亚斯说着，转身离开，"我不可能把每个缝隙和角落都标注出来。"

"那我们就只能寄希望于那些角落里没潜藏着什么东西。"卡兹回应道。

北捷尔霍尔姆没有真正的中心，但大量的酒馆、旅馆和街市摊位都聚集在通向冰庭的山脚下。卡兹看似毫无目的地带着他们穿过了街道，在发现一家叫作 Gestinge 的破败酒馆时停了下来。

"就这儿？"詹斯博抱怨道，窥视着漆黑一片的主屋。这个地方到处都是一股大蒜和鱼腥味。

卡兹意味深长地向上看了一眼，然后说道："露台。"

"Gestinge 是什么意思？"伊奈姬好奇地出声问道。

"它是'天堂'的意思。"马蒂亚斯说道。即便是他，看上去也是一脸怀疑。

妮娜帮忙给他们在这个酒馆屋顶的露台上找了一张桌子。这里几乎没什么人，天气依旧很冷，没法吸引太多顾客前来。或许是他们被这里的食物吓跑了——用腐臭的油做的鲱鱼，不新鲜的黑面包，以及某种看起来像是长了苔藓的黄油。

詹斯博低头看着他的盘子抱怨道："卡兹，如果你想让我死的话，我宁可饮弹自尽，也不要服毒。"

妮娜揉了揉自己的鼻子。"我不想吃东西的时候，必有问题。"

"我们来这是为了视野，不是食物。"

从他们的桌边看去，可以清晰地看见冰庭外面的大门和第一个警卫室。大门在白色拱门中间，拱门由两头用后腿站立的巨大石狼组成，横跨从山顶通向法庭的路。伊奈姬和其他人一边吃午饭，一边观察着进出各个门的车辆，看能不能发现狱车的踪迹。伊奈姬的胃口恢复了，她要尽可能地多吃点东西增强体力，但她点的汤上面漂着的一层薄膜，实在是不利于进食。

因为没有咖啡，他们点了茶和小杯的白兰地，喝下去后，身子暖和多了。寒风渐起，吹动着下面街道两旁的白蜡树上系着的银色丝带。

"我们很快就看上去很可疑了，"妮娜说道，"这里不像是人们喜欢逗留的场所。"

"或许他们没有人可以送进监狱。"威岚说道。

"总有人要送进监狱的，"卡兹回应道，然后朝路边的方向抬了抬下巴，"看。"

四匹健壮的马拉着一辆四四方方的马车来到了警卫室前。车顶和两边都用黑色的帆布盖着，后面的门是用重铁制成的，闩着门闩，挂着锁。

卡兹把手伸进了衣兜里。"给。"他说着，递给詹斯博一本薄薄的，封面精美的书。

"我们是要读给彼此听吗?"

"只用打开翻到最后一页。"

乌鸦六人组(卷一):六只乌鸦

詹斯博打开了书,一脸疑惑地凝视最后一页。"就这样?"

"把它举起来,我们就不用看你丑陋的脸了。"

"我的脸很有特点。除了——哎呀。"

"一本好书,不是吗?"

"谁知道我喜欢文学?"

詹斯博把书传给威岚,让他先暂时拿着。"上面写了什么?"

"你看就是了。"詹斯博说道。

威岚皱了皱眉头,把它举了起来,然后咧着嘴笑了。"你从哪弄到它的?"

轮到马蒂亚斯时,他惊讶地咕哝了一声。

"它被称为露背书。"伊奈姬从妮娜手中接过书举起来时,卡兹说道。书上写满了普通的布道,但精美的封底下藏着两个可以充当航海望远镜的镜片。卡兹让她只用一只眼睛看,就像在乌鸦俱乐部,女人用材质类似的带镜粉盒一样。她们可以看到房间一头玩家手里的牌,然后给牌桌上的同伴示意。

"机智。"伊奈姬一边看一边评论道。对露台上的酒馆女侍和其他老主顾来说,他们看上去好像是在传阅一本书,讨论一些有趣的片段。而伊奈姬可以近距离地看到警卫室和停在门前的马车。

一扇锻铁制成的大门立在两头后肢站立的狼雕像中间,门上有神圣的白蜡树标志,门的周围是围栏,围栏高高耸起,顶部带有尖刺,把冰庭整个围了起来。

"四个警卫。"她说道,和马蒂亚斯说的一样。警卫室两边各站着两个,其中一个在和狱车的车夫交谈,车夫递给了他一包文件。

"他们是第一道防线,"马蒂亚斯说道,"他们会核对文件材料,确认身份,标出任何一个他们觉得需要进行进一步检查的人。明天这个时候,排队进门的将全是参加贺林凯拉的客人,队伍一直能排到峡谷。"

"那个时候我们已经进去了。"卡兹说道。

"那些狱车多久一趟?"詹斯博问道。

"看情况,"马蒂亚斯说道,"通常会在早上,有时会在下午。但我觉得他们不会让囚犯和客人同时到达。"

"那我们就得趁早了。"

伊奈姬再次举起了露背书。那车夫穿着与门边的警卫相似的灰色制服,但上面没有肩带和勋章。他从座位上一跃而下,走了过去,打开了铁门。

"神呐。"伊奈姬在门打开时感叹道。十个囚犯坐在和马车车厢等长的长凳上,手腕和脚腕上都戴着镣铐,头上罩着黑色的麻布袋。

伊奈姬把书传给了马蒂亚斯,轮流看了一圈后,大家对面临的情况有了更深的了解。只有卡兹看上去依旧淡定。

"戴着头套,锁链和镣铐?"詹斯博说道,"你确定我们不能以艺人的身份进去吗?听说威岚的长笛吹得好极了。"

"我们就这样进去,"卡兹说道,"以囚犯的身份。"

妮娜透过书后的镜头看去。"他们在清点人数。"

马蒂亚斯点了点头。"如果程序没变的话,他们会在第一个关卡快速清点人数,然后在下一个关卡再清点第二次,还会在那儿搜查车厢内部和底盘,确保没有违禁物品。"

妮娜把书递给伊奈姬。"车夫打开门之后会发现多了六个囚犯。"

"要是我想到这点了该多好,"卡兹冷冷地说道,"我敢说你从没偷过东西。"

"我敢说你从没认真考虑过你的发型。"

卡兹皱了皱眉,局促地伸出一只手,摸了摸头。"没有什么发型问题是四百万克鲁志解决不了的。"

詹斯博把头偏向一边,灰色的眼睛发亮。"我们会用双层饼干,

乌鸦六人组(卷一):六只乌鸦

对吧?"

"正是。"

"我不认识这个词,双层饼干。"马蒂亚斯说道,努力把这个单词里的音节组合起来。

妮娜没好气地瞪了一眼卡兹。"我也不知道。我们没你那么社会,黑手。"

"你们也永远无法企及,"卡兹轻松地说道,"记得我们的朋友标记吗?"威岚的脸抽搐了下。"如果说标记是一位走在巴伦大街上的游客,他听说这地方很容易被偷,所以他不断拍着自己的钱包,确定它一直在那儿,为自己的警觉和谨慎暗自庆幸。他蠢极了。毫无疑问,每次他拍屁股后的兜或者是外套前的兜时,他在干什么?他在告诉混迹在斯戴夫的贼钱包的具体位置。"

"神呐,"妮娜咕哝道,"我可能就么做过。"

"每个人都做过。"伊奈姬说道。

詹斯博挑了挑眉。"不是每个人。"

"那只是因为你的钱包里从来都是空空如也。"妮娜反击道。

"刻薄。"

"事实。"

"事实是为缺乏想象力的人准备的。"詹斯博轻蔑地挥了挥手说道。

"现在,一个糟糕的盗贼,"卡兹继续说道,"不熟悉业务,只是抓了钱包就跑。很容易就会被城防队给带走。但一个真正的盗贼——像我这样的——拿走钱包后会在它原来的地方放一个东西。"

"饼干?"

"双层饼干只是一个代号。它可以是石头,是一块肥皂,甚至是一块尺寸合适的旧面包。一个真正的贼只用稍稍动一下一个人外套披垂的方式,就可以分辨出来钱包的重量。然后他就会进行替换,那个可怜的标记继续美滋滋地拍着他的口袋。只有在他付钱买煎蛋卷或是在桌上押注时，才会发现自己被骗了。那时盗贼已经到了安全的地带，数着他的战利品。"

威岚在椅子中不开心地动来动去。"欺骗涉世不深的人不是什么值得骄傲的事。"

"在做得好的情况下是。"卡兹朝着狱车点了下头，那车现在正在驶向冰庭和第二个卡点。"我们要做双层饼干。"

"等等，"妮娜说道，"门是从外面锁着的。我们进去之后怎么锁上门？"

"如果你了解真正的盗贼的话，这就不是个问题。把锁留给我。"

詹斯博伸了伸他的长腿。"所以我们需要在警卫和其他囚犯发觉之前，开锁，开镣铐，制服六个囚犯，取代他们，然后重新锁上狱车？"

"没错。"

"还有什么你想让我们完成的不可能的壮举吗？"

卡兹的唇角浮起淡淡的笑意。"我会给你们列个单子。"

抛开真正的盗贼不谈，伊奈姬只想在真正的晚上睡在真正的床上，但舒服地住在旅馆里是不可能的，最起码在他们需要在贺林凯拉开始之前，想办法钻进狱车进入冰庭时，是不可能的。要做的事情太多了。

妮娜被派出去和当地人交谈，去了解伏击狱车的最佳地点。经历过Gestinge的鲱鱼带来的心理阴影之后，他们强烈要求卡兹提供点能吃的东西。他们最终在一家生意火爆的面包店里，慢慢喝着放了巧克力的热咖啡，等妮娜回来，他们面前的桌子上满是面包卷的残渣和点心里的黄油面包屑。伊奈姬注意到马蒂亚斯盯着窗外，面前的杯子纹丝未动，里面的饮品开始慢慢变凉。

乌鸦六人组（卷一）：六只乌鸦

"这对你来说肯定很难受，"她静静地说道，"到了这里却不是真正的回家。"

他盯着杯子。"你不会懂的。"

"我觉得我懂。我已经很长时间都没见过我的家了。"

卡兹转过头去和詹斯博聊天。她提到回到雷凡卡时他经常这样。当然，伊奈姬不确定她还能不能在那儿找到她的父母。苏里人过着漂泊的生活。对他们来说，"家"的含义只是家人。

"妮娜出去了你担心吗？"伊奈姬问道。

"不。"

"她很擅长这些，你知道的。她是天生的演员。"

"我发现了，"他冷冷地说道，"她见人说人话见鬼说鬼话。"

"但她是妮娜的时候是最棒的。"

"那是谁？"

"我觉得你比我们任何人都了解她。"

他健硕的双臂交叉，抱在胸前。"她很勇敢。"他不情愿地说道。

"还很有趣。"

"还很愚蠢。不是每件事情都可以拿来开玩笑。"

"无畏。"伊奈姬说道。

"闹腾。"

"那你的眼睛为什么一直在人群里搜寻她的身影？"

"它们没有。"马蒂亚斯抗议道。看着怒容满面的他，伊奈姬忍不住笑了。他用手指扒拉着面包屑。"你说的那些妮娜都有。她有太多面了。"

"唔，"伊奈姬一边小口喝着饮料，一边咕哝道，"或许是你太单调了。"

他还没来得及回应，面包店门上的铃铛响了。妮娜走了进来，脸颊红红的，棕色的头发弯曲成迷人的弧度，她大声说道："谁赶紧喂我点儿甜面包卷。"

尽管马蒂亚斯一直在抱怨，但他脸上透露出的如释重负绝对不是她想象出来的。

妮娜花了不到一个小时时间，就了解到在去冰庭的路上，大多数狱车都会路过一个叫作瓦尔登小站的客栈。伊奈姬和其他人需要长途跋涉赶往北捷尔霍尔姆以外两英里的地方去找到那个客栈。那里边挤满了农民和当地的劳工，没法在那动手，所以他们沿着路继续往前走，等找到一个可以有利于实现他们目的的地点时，伊奈姬感觉快要瘫痪了，这里有地方藏身，还有一小片树林。伊奈姬无比庆幸詹斯博似乎有用不完的精力。他兴高采烈地自愿往前走，还承担起了放哨的工作。狱车经过时，他会给其他人信号，然后回来和他们会合。

妮娜花了几分钟时间给詹斯博的手臂做了点改变，遮掉了德勒格斯的刺青，让刺青的位置看上去像是一块有疤的皮肤。当天晚上她还需要遮卡兹和她自己的。监狱里可能没人认得出卡特丹姆的匪徒和妓院的头牌，但他们没必要冒险。

"无需吊唁。"詹斯博大声说道，纵身跃进暮色里，迈着他那修长的腿，一会就消失在远处。

"无需葬礼。"他们回应道。伊奈姬真心为他祈祷。她知道詹斯博装备齐全，会照顾好自己，但是他修长的身材和哲蒙尼地区的肤色，还是太引人注目了。

他们露宿在灌木丛旁边干涸的水沟里，轮流在坚硬的石头上打个盹，然后继续保持警戒。尽管很疲惫，伊奈姬觉得自己还是无法入睡，但等她再有意识的时候，太阳已经高高升起，刺眼的阳光照亮了阴沉沉的天空。已经过了中午。她旁边的妮娜拿着一块从北捷尔霍尔姆带来的

乌鸦六人组(卷一):六只乌鸦

胡椒味狼形点心。伊奈姬看到有人生了一小堆火,地上的灰烬里还可以看到石蜡融化后黏糊糊的残留物。

"其他人去哪了?"她问道,环顾着空荡荡的水沟。

"在路上。卡兹说我们应该让你睡觉。"

伊奈姬揉了揉眼睛,觉得这是自己受伤后的特权。或许她并没有把自己的疲惫藏得很好。突然,路上有声音传来,眨眼间她就握着刀站了起来。

"放轻松,"妮娜说道,"只是威岚。"

詹斯博肯定已经发出了信号。伊奈姬从妮娜那儿拿了点心,急匆匆地赶去卡兹和马蒂亚斯所在的地方,他们正在那儿看着威岚在粗壮的冷杉树根基处的地方摆弄什么东西。又传来一串爆破声,树干与地面相接的地方冒起了一缕缕不太显眼的白烟。那树暂时看上去什么事都没有,然后树根自己从土里出来了,卷缩着枯萎了。

"那是什么?"伊奈姬问道。

"浓缩盐。"妮娜说道。

伊奈姬把头歪向一边。"马蒂亚斯是在……祈祷?"

"在说祷告词。菲尔丹人砍掉树木时都会这样做。"

"每一次?"

"这祷告词的内容取决于你打算怎么用这木材。一个用于房子,一个用于桥,"她停顿了下,"一个用于点火。"

不到半分钟时间,他们就把树放倒了,它的躯干挡住了路。树根还是完整的,看上去还像是因为疾病倒下去的一样。

"一旦狱车停了下来,这树最多能帮我们争取十五分钟的时间,"卡兹说道,"快速行动。囚犯应该是戴着头套的,但他们可以听到声音,所以不要说一个字。我们无法承担引起怀疑的代价。对他们来说,这就是常规的停一下,我们就让他们这么以为就好了。"

伊奈姬和其他人在水沟里等待时，她考虑了所有可能会出错的环节。囚犯可能没有戴头套。可能会有警卫在狱车里。如果他们的队员成功了呢？那他们就可以充作囚犯混进冰庭了。可这结果似乎也并没什么光明的前景。

她开始怀疑詹斯博是不是弄错了，是不是把信号发早了。就在此时，一辆隆隆作响的狱车出现在视线里。它路过了他们，在树前停了下来。她听到了车夫跟他的同伴的咒骂。

他们都从驾驶座上下来，朝树走去。他们盯着那棵树看了足足有一分钟时间。那个高大一点的警卫摘了帽子，挠了挠肚皮。

"他们怎么这么懒?"卡兹喃喃自语道。

最终，他们好像是接受了树不会自己挪走的事实。他们走回狱车旁，拿了一大捆绳子，解开了一匹马来帮他们把树从路上拖出去。

"做好准备。"卡兹说道。他轻盈地跃上了水沟，朝狱车走去。他把拐杖留在了水沟里，不管忍受着多么大的痛苦，他都藏得很好。他从外套边缘拿出了撬锁工具，温柔地，甚至几乎是慈爱地捧着挂锁。几秒钟后，锁开了，他把门闩推到了一旁。他扫了一眼正在往树上绑绳子的警卫，然后打开了门。

伊奈姬紧张起来，等着信号。但没等到。卡兹只是站在那里，盯着狱车。

"发生什么事了？"威岚低语道。

"或许他们没戴头套？"她回应道。从这个角度，她看不到。"我过去。"他们不能一下子全都围在狱车周围。

伊奈姬爬出水沟，来到卡兹身后。他依旧站在那里，纹丝不动。她轻轻碰了一下他的肩膀，他猛地一缩。卡兹·布莱克猛地缩了一下。发生了什么？囚犯可以听到声音，她不能冒着暴露的风险去问他。她朝狱车内看去。

乌鸦六入组(卷一):六只乌鸦

囚犯都戴着镣铐,戴着黑色头套。但车里的囚犯比他们在卡点看到的多出很多。他们没有坐在长凳上,也没被用链子拴在长凳边上,而是站着,并且一个挨着一个。他们的手和脚上都戴着镣铐,脖子上还戴着铁颈圈,颈圈挂在车顶的钩子上。任何一个囚犯如果猛地大幅度往下坐或歪向一边,那颈圈都会切断他们的呼吸。这看上去很不妙,他们仅仅挤在一起,任何一个人真的倒下并窒息而死的可能性不大。

伊奈姬又轻轻推了下卡兹。他面色苍白,几近蜡色,但最起码这次他不只是站在那里。他爬进了车里,动作不稳且笨拙,然后开始撬囚犯颈圈上的锁。

伊奈姬向马蒂亚斯示意,马蒂亚斯跳出水沟加入了他们。

"发生了什么?"一个囚犯用雷凡卡语问道,声音听上去很惊恐。

"Tig!"马蒂亚斯用菲尔丹语严厉地低吼道。车厢内,犯人之间响起一阵摩擦声,好像他们都在立正一样。虽然不知道什么意思,伊奈姬也挺直了背。说完那个词以后,马蒂亚斯的整个举止都开始变了,好像简单的一声令下之后,他成了那个穿着制服的巫师猎人。伊奈姬紧张地打量了他一眼。她逐渐适应了这样的马蒂亚斯。这习惯很容易养成,但并不明智。

卡兹打开了六套手链和脚链。伊奈姬和马蒂亚斯从离门最近的囚犯开始,一个一个地卸掉了六个囚犯的镣铐。他们没时间去考虑身高或外形,甚至没时间考虑他们解开的是男性还是女性。他们一边把囚犯带到了水沟边,一边一路关注着路边警卫的进程。"发生了什么?"一个囚犯竟然有胆量问道。但马蒂亚斯另一声快速的"Tig!"让他安静了下来。

刚把他们带离警卫的视线,妮娜就降低了他们的脉搏,让他们陷入昏迷。这时威岚拿掉了那几个囚犯的头套:四个男人,其中有一个年龄挺大的,还有一个中年女性和一个舒国少年。这结果显然并不理想,但希望那些警卫不会在犯人的准确度上纠结。毕竟,一堆戴着链子和镣铐的罪犯能有多麻烦呢？

妮娜给这些囚犯注射了睡眠药剂来延长他们的昏迷时间，威岚帮忙把他们滚到了树后的水沟里。

"我们就把他们这么留在这里吗？"他们拿着囚犯的头套赶回马车时，威岚低声向伊奈姬询问道。

伊奈姬的眼睛密切关注着正在挪树的警卫，她说话时没看着他："他们很快就会醒来然后跑路。他们可能会去海岸，奔向自由。我们帮了他们一个忙。"

"这并不像是帮忙。看上去是把他们留在了水沟里。"

"安静点。"她命令道。眼下不是争论道德问题的时间和地点。如果威岚不知道戴着镣铐和摆脱镣铐的区别的话，他肯定很快就会明白的。

伊奈姬双手弯曲，放在唇边，发出了一声低沉、柔和的鸟叫。警卫把路清理出来前，他们还剩四五分钟时间。值得庆幸的是，警卫在大声地给马和彼此加油打气。

马蒂亚斯先把威岚锁了起来，然后是妮娜。伊奈姬看到，妮娜撩起头发戴颈圈时，露出了脖子白嫩的弧度，马蒂亚斯有瞬间的僵硬。他把它固定在她脖子上时，妮娜扭过头对上了他的视线，他们之间的对视能融化几英里的冰雪。马蒂亚斯匆忙移开了视线。伊奈姬快要笑出声来。那一眼对视送走了巫师猎人，带回了那个少年。

下一个是詹斯博，他气喘吁吁地从十字路口跑了回来。她把头套戴在他头上时，他对她眨了下眼睛。他们能听到警卫来来回回地呼喊。

伊奈姬锁上了马蒂亚斯的颈圈，踮起脚尖给他套上头套。但当她挪过去放下妮娜的头套时，快速地眨了下眼睛，朝狱车门边点了下头。她依旧很想知道卡兹要怎么把门从外面锁起来。

"看着。"伊奈姬用唇语说道。

卡兹向伊奈姬示意，伊奈姬跳了下去。她关上车门，锁上挂锁，把

乌鸦六人组(卷一):六只乌鸦

门闩插了回去。几秒之后,那扇门的另一边开了。卡兹只是动了合页。遇到锁子太复杂没法快速撬开,或是想让盗窃看起来是内部所为时,他们惯用这伎俩。**这是制造自杀假象最理想的办法**,卡兹曾告诉她,而她从来不确定说这话时他是否真诚。

伊奈姬最后又看了一眼路。警卫已经完成了树的清理工作。高大的那个拍掉了手上的灰之后,又拍了拍马背。另外一个朝狱车前面走去。伊奈姬抓住门的边缘,跳上车,挤了进去。卡兹立刻开始更换门的合页。伊奈姬拉过头套罩住妮娜的脸,然后站在了詹斯博旁边的位置上。

但即使是在昏暗的光线下,她也看得出卡兹速度太慢了,他戴着手套的手指是她未曾见过的笨拙。他怎么了?他为什么一动不动地站在狱车门前?有事情让他迟疑了,但那是什么?

卡兹掉了一颗螺丝,她听到了金属落地的声音。她盯着车内的地板,找到螺丝,给他踢了过去,努力忽视自己心跳的声音。

卡兹蹲下来去换第二扇合页。他的呼吸声很重。她知道他在昏暗的光线下工作,用他一直坚持戴着皮手套的手指摸索着,但伊奈姬不觉得这是他这般焦虑不安的原因。她听到狱车右边传来脚步声,一个警卫在喊另外一个。**加把劲儿,卡兹**。她没有时间清除他们留下的脚印。如果警卫注意到了该怎么办?如果那警卫拉一下门,门从合页上掉下去,暴露出既没有戴头套、也没戴镣铐的卡兹·布莱克怎么办?

她又听到一声金属落地的声音。卡兹低声咒骂了一句。突然,警卫拉了拉锁着的挂锁,整个门摇晃起来。卡兹用手固定着合页。门下的光线亮了一点。伊奈姬屏住呼吸。

合页坚持住了。

警卫又用菲尔丹语大喊了一声,更多的脚步声响起。然后缰绳响了,车厢动了,车沿着路向前走去。伊奈姬呼了一口气。嗓子干得厉害。

卡兹站在了她旁边他的位置上。他给她套上了头套,她的鼻子里全是霉味。接下来他会给自己戴上头套,把自己锁起来。很简单,这把戏连街头变戏法儿的都会,卡兹精通此道。他把颈圈套在自己脖子上时,手臂从肩膀至手肘的部分都紧贴着她的手臂。伊奈姬周围的身体动来动去,把她围在了中间。

现在他们安全了。尽管狱车车轮发出巨大的咔嗒咔哒声,伊奈姬可以确定卡兹的呼吸越来越乱了——他的呼吸又浅又急促,像是掉进陷阱的动物。她从没想到会听到他发出这种声音。

因为她离得太近,所以清楚地知道卡兹·布莱克,黑手,巴伦的混蛋,卡特丹姆最致命的少年,晕过去的确切时刻。

22
卡 兹

赫尔宗先生给卡兹和乔迪的钱在第二个星期就花光了。乔迪想把他的新外套退了,但商店不同意,并且卡兹的靴子明显地穿旧了。

带着赫尔宗先生签的贷款协议去银行时,他们发现——那些印章只是看上去像是官方的——这协议是废纸。没有人认识赫尔宗先生或他的生意伙伴。

两天之后,寄宿处把他们赶了出来。他们不得不找个桥洞睡觉,但很快就被警卫驱逐了。在那之后,他们漫无目的地游荡到了清晨。乔迪坚持要回到咖啡馆。他们在街对面的公园里坐了很久。夜幕降临的时候,警卫开始巡逻,卡兹和乔迪一路向南,来到了巴伦南边的街上,这里警卫不会巡逻。

他们在一个酒馆旁边的小巷子里的台阶下,挤在一个废弃的炉子和厨余垃圾之间睡了一觉。那晚无人打扰,但第二天早上,一群街头小混混发现了他们,说他们在拉兹格尔的地盘上。他们围殴了乔迪,把卡兹推进了运河里,但在此之前,还把他的靴子脱走了。

乔迪把卡兹从运河里救了上来,把自己的干外套给了他。

"我饿了。"卡兹说道。

"我不饿。"乔迪回应。不知为什么,那句话让卡兹觉得很好笑,他们一起笑出了声。乔迪伸出胳膊搂着卡兹说道:"目前是这个城市赢了。但你会看到最后赢的是谁。"

第二天早上醒来,乔迪发烧了。

接下来的几年里,人们觉得是船把传染病带到了卡特丹姆的,就把这个城市暴发的那场火毒叫作"女王女士"瘟疫。瘟疫席卷了巴伦的贫民窟。街上尸体成堆,疾病之船在运河里穿梭,用长铲和吊钩把尸体滚上甲板,然后拖到死神之船去焚烧。

乔迪发烧两天后,卡兹也烧了起来。他们没钱买药或者找医生,两个人挤在一个被他们称作安乐窝的破裂木箱里。

没人来驱逐他们。这场疾病把匪徒也全部放倒了。

烧得最厉害的时候,卡兹梦到他回到了农场里,他敲了敲门,梦里的乔迪和卡兹已经在那里了,正坐在餐桌前。他们透过窗户看着他,但不让他进去,所以他就在牧场上游荡,不敢躺在高高的草丛里。

他醒来时,闻不到干草、苜蓿或是苹果味儿,只有煤烟,以及垃圾堆里烂掉的青菜的味道。乔迪躺在他的旁边,凝视着天空。"别离开我。"卡兹很想这么说,但他太累了。所以他把头靠在乔迪的胸膛上。这时感觉已经不对了,冰冷且坚硬。

搬运尸体的人把他滚到疾病之船上时,他觉得自己在做梦。他感觉自己在不断跌落,跌到了横七竖八的尸体中间。他想要大声叫喊,但太虚弱了。尸体到处都是,腿、胳膊、僵硬的腹部、腐烂的四肢,以及嘴唇乌青满是火毒疮的脸。那艘平底船驶向大海时,他的意识断断续续的,分不清什么是真的,什么是在烧糊涂了的梦里。他们把他滚上死神

乌鸦六人组(卷一):六只乌鸦

之船的浅滩时,他才有力气喊出声。

"我还活着。"他尽自己最大的嗓门喊道。但声音还是太小了,疾病之船已经开始返回港口。

卡兹想把乔迪从水中拉出来。他的尸体上遍布绽裂的小疮,火毒这个名字就是这么来的,他的皮肤惨白,满是瘀青。卡兹想起了小机械狗,想起了在桥上喝热巧克力的时候。他以为天国看起来会像泽尔威街上那所房子的厨房一样,闻起来会像赫尔宗家烤箱里的蔬菜马铃薯泥的香味一样。他还拿着萨斯吉雅的红缎带。他可以把它还给她。他们可以用柑橘酱做糖果。玛吉特会弹钢琴,他会在炉火旁熟睡。他闭上了眼睛,等待着死亡。

卡兹期待着在另一个世界醒来,那里温暖且安全,可以吃饱肚子,还有乔迪在身旁。然而,他醒来时,周围全是尸体。他躺在死神之船的浅滩上,衣服湿透了,皮肤泡得皱皱巴巴。乔迪的尸体就在他旁边,几乎要认不出来了,皮肤惨白,肿胀腐烂,漂在水面上,像是某种可怕的深海鱼。

卡兹的视线逐渐变得清晰,皮疹消了下去。他的烧也退了。他忘记了饥饿,但口渴得让他觉得自己快要失去理智了。

整整那一天一夜里,他在尸体堆里等待着,看着港口,希望那平底船会回来。他们会回来点火焚烧尸体,但什么时候?搬运尸体的人每天都会收集尸体吗?还是每两天?他虚弱无力且身体脱水。他知道他撑不了多久了。海岸看上去太远了,他也清楚自己太虚弱游不了那么远。他从高烧中幸存下来,但可能要死在这死神之船上。他在乎吗?除了饥饿,漆黑的小巷,潮湿的运河之外,这个城市里没什么在等着他了。虽然他这么想,但他知道这不是真的。还有复仇在等着,为乔迪复仇,也为他自己。他必须面对它。

夜幕来临的时候,潮水改变了方向。卡兹强迫自己借乔迪的尸体搭把手。他太虚弱了，靠自己游不动，但借助乔迪，他可以漂在水面。他紧紧抓住哥哥，蹬着腿朝卡特丹姆的灯光游去。他们一起漂流，乔迪肿胀的尸体扮演了救生筏的角色。卡兹继续蹬着腿，努力不去想他的哥哥，不去想他手下乔迪尸体僵硬、肿胀的感觉；他努力不去想任何事情，只是在海中有节奏地蹬腿。他听到水里有鲨鱼，但他知道它们不会动他。他现在也是个没有人性的怪物。

他不停地蹬腿，黎明的时候，他抬头看去，发现自己在里德的最东边。这个港口几乎荒废了：瘟疫导致进出刻赤的船运都逐渐陷入停顿。

最后一百码非常地困难。潮水再次改变了方向，阻挡他前进。但卡兹现在有希望了，希望和愤怒之火在他体内熊熊燃烧。它们指引他到达了码头，爬上了梯子。爬上顶部以后，他重重地倒了下去，背部撞在了木板条上，然后他强迫自己翻过身来。乔迪的尸体被水流裹挟着，不断地撞在下面的标塔上。他的眼睛还睁着，有一瞬间，卡兹觉得他的哥哥在回看他。但乔迪没有说话，也没有眨眼，潮汐把他带离标塔、带向大海时，他的视线也没有移开。

我应该合上他的眼睛的，卡兹想道。但他知道，如果他爬下梯子，涉水走进海里，就再也找不到出来的路了。他只能放任自己溺亡，但这再也不可能了。他要活着。有人要付出代价。

狱车上，因为感受到大腿被猛戳了一下，卡兹醒了过来。他浑身冰冷，周围一片漆黑。周围全是尸体，压在他的背上、他的身侧。他要淹死在尸体堆里了。

"卡兹。"一声低语。

他战栗了下。

大腿又被戳了一下。

乌鸦六人组(卷一):六只乌鸦

"卡兹。"伊奈姬的声音。他努力用鼻子深深地吸了一口气。他感觉她从他身边挪开了。在狱车这狭小拥挤的空间里,她设法给他留出空间。他的心跳得厉害。

"接着说话。"他声音粗嘎地说道。

"什么?"

"接着说话就行。"

"我们正在穿过监狱大门。我们已经成功通过了前两个关卡。"

这让他彻底回神了。他们已经经过了两个关卡。这意味着已经清点过人数了。有人打开了那扇门——不是一次,而是两次——或许还伸手碰了他,他都没有醒来。他可能会被抢、被杀。他设想过自己的一千种死法,但从没想过会是在梦中死去。

他强迫自己深呼吸,忽略掉尸体的味道。他依旧戴着手套,这很容易引起警卫的注意,这也是他对自己的脆弱的最大让步。但如果不戴的话,他确定自己会彻底失去理智。

在他身后,他听到其他囚犯也在用不同的语言窃窃私语。即使黑暗让他体内的恐惧苏醒,但他却心怀感激。他只希望剩下的队员,都戴着头套,背负着各自的焦虑,没有注意到他行为的反常之处。他那会儿动作迟钝,反应缓慢,但也仅此而已,他可以编造借口来掩饰过去。

他讨厌伊奈姬看到了这样的他,他宁愿是其他任何人而不是她,但这想法又被另外一个想法取代:**还好是她**。从骨子里,他知道她绝不会告诉任何人,也绝不会拿它说事。她有赖于他的声望。她不会想让他看上去很脆弱的。但还不止这些,不是吗?伊奈姬绝对不会背叛他的。他很清楚。卡兹感觉不太舒服。虽然曾无数次把自己的命托付给她,但把这件丢脸的事托付给她,让他觉得更加可怕。

狱车停了下来。门闩推到一边,门打开了。

他听到有人说菲尔丹语,然后是刺耳的刮擦声和咔哒声。他的颈圈被打开了,有人带着他和其他囚犯走下了斜坡。他听到了好像是大门打开的声音,然后有人驱赶着他们向前,他们戴着镣铐,拖着脚往前走。

头套突然被扯掉的时候,他眯了眯眼。他们站在一个大的院子里。那嵌在环形墙上的巨门已经落了下来,关上了,和石头相撞发出一阵不吉利的当啷声和低沉的嘎吱声。卡兹抬起头来,看见院子周围的屋顶上都有警卫驻守,他们正用步枪瞄准囚犯。下面的警卫在戴着镣铐的一排排犯人之间穿梭,努力把他们和车夫记录的姓名和描述对上号。

马蒂亚斯详细地描述了冰庭的布局,但他没怎么说它看上去是什么样子。卡兹以为会看到一个破旧,阴湿的地方——暗淡无光的灰色石头,有明显的岁月痕迹。但他的周围是白到几乎泛着蓝光的大理石。他感觉像是游荡到了曾经去过的北部荒原,不过更加梦幻。很难分清玻璃、冰和石头。

"如果这不是出自制造师之手,那我就是木灵之王了。"妮娜用刻赤语咕哝道。

"Tig!"一个警卫命令道。他用步枪猛地打了她的臀部,她疼得弯下了腰。马蒂亚斯一直扭头看着,卡兹看到他身体紧绷了起来。

菲尔丹警卫在文件上比画着,试图将囚犯的人数,身份和眼前的他们对上号。这是真正的第一次曝光,也是卡兹无法控制的。挑选他们要取代的囚犯太耗时间也太危险了。这是可以预料到的风险,卡兹只能等着,只能寄希望于警卫的懒惰和官僚主义作风会让他们逃过一劫。

警卫走到队伍前面时,伊奈姬帮着妮娜站直了。

"你还好吗?"伊奈姬问道,卡兹感觉到他被她的声音吸引了过去,就像水顺着山坡而下一样。

慢慢地,妮娜抬起腰站直了。"我还好,"她低语道,"但我觉得我们不需要再为佩卡·罗林斯的人马忧心了。"

卡兹顺着妮娜的视线向环形墙上面看去,院子上方,五个人被墙上

乌鸦六人组(卷一):六只乌鸦

的尖刺刺穿了,就像待烤的肉串一样,他们背部弯曲,四肢悬空。卡兹眯了眯眼,他认出了罗林斯最得力的撬锁者和保险箱盗贼,埃罗尔·阿茨。警卫在他死之前打出来的瘀青和伤痕在晨光的照耀下呈现出深紫色,卡兹勉强才能看清他手臂上的黑色标志——阿茨的普狮刺青。

他快速看了一下剩下的几张面孔——有些肿胀得太厉害,并且在死前饱受折磨,已经很难辨认了。会不会有一个是罗林斯?卡兹很高兴看到有一队人手出局了,但罗林斯不是傻子,想到他的人手甚至没有通过冰庭大门,卡兹就有点伤脑筋了。除此之外,如果罗林斯最终死在了菲尔丹围墙的尖头上……不,卡兹不愿意接受这种可能性。佩卡·罗林斯是他的。

警卫现在正在与狱车车夫争论,其中的一个指着伊奈姬。

"发生什么事了?"他跟妮娜耳语道。

"他们声称这些文件有误,他们在这看到的是一个苏里女孩而不是一个舒国少年。"

"那车夫呢?"伊奈姬问道。

"他坚持跟他们说那不是他的问题。"

"这就对了。"卡兹鼓励道。

卡兹看着他们来来回回地走。这就是自动防故障装置和层层安检的美妙之处。警卫一直觉得他们可以靠着别人发现错误或解决问题。懒惰没有贪婪可靠,但它依旧是个很好的杠杆。他们还在讨论囚犯——戴着镣铐的、全方位包围起来的、将要送进监狱的、无害的囚犯。

最终,其中一个警卫叹了口气,然后跟同伙示意。"Diveskemen。"

"继续。"妮娜翻译道。然后那警卫一边说她一边翻译:"把他们带去东区,让下一轮把他们筛出来。"

卡兹稍微松了口气。

不出所料,警卫把他们分成了男性组和女性组,然后带着两排人,一路镣铐声,去了一个近乎圆形的拱门前,拱门是一个张开的狼嘴形状。

他们进入了一个房间,房间里坐着一个老妇人,手上戴着镣铐,左右两边站着警卫。她的眼神空洞。每个囚犯上前时,那女人都会抓一下囚犯的手腕。

*这人是个活法器。*卡兹知道妮娜在漫游岛寻找格里莎加入第二军队时和他们一起工作过。他们轻轻一碰就能感受到格里莎能力,他见过有人在玩赌注高的游戏时雇他们前来,确保玩家里面没有格里莎。有人可以篡改其他玩家脉搏,或者升高房间的温度,这会让他们有更大的优势。但菲尔丹人用他们却是为了别的目的——确保不会有没被识别出来的格里莎闯入。

卡兹看着妮娜上前。他看到她颤抖着伸出了手臂。那个女人用手指裹住妮娜的手腕。她的眼皮轻轻地颤动了下。然后放下了她的手,挥手让她过去。

她是发现了但并不在意吗?还是他们裹在妮娜前臂上的石蜡起作用了?

他们被带到了左边的一个拱门时,卡兹瞥到伊奈姬和其他的女囚一起消失在了对面的拱门里。他感到胸膛里一阵刺痛和不安,他意识到那是恐慌。她是那个在狱车里让他从昏迷中醒来的人。她的声音把他从黑暗里带了出来:那是曾把他拖回正轨、让他恢复理智的缰绳。

在脚链碰撞发出的叮当声中,男囚被带上一层黑暗的楼梯,到了一个金属通道上。他们的左边是光洁的白色环形墙。他们右边,通道俯视着一堵巨大的玻璃围墙,接近四分之一英里长,高到足以轻松容纳一艘货船。天花板上的一盏看上去像蚕茧的巨大的铁灯笼照亮了整个地方。低头看下去,卡兹看到一排排全副武装的马车,顶上有半球形的炮塔。巨大的车轮上覆盖着一层结实的履带。每个马车上面,都有一个巨大的炮筒——大小介于步枪和大炮之间——指向前方一般用来拴马的位置。

乌鸦六人组（卷一）：六只乌鸦

"这都是什么？"他低声问道。

"托尔威根，"马蒂亚斯压低声音说道，"它们不需要靠马拉。我离开的时候它们的设计还在完善之中。"

"不用马？"

"坦克，"詹斯博小声说道，"我在诺威哲姆和军械工人一起工作时，见过它的原型。旋转枪架上有很多枪，大炮管朝前的火力很猛。"

围起来的那片地方还陈列着重力给料的重型大炮，满是步枪和弹药的架子，以及被雷凡卡人称为格雷纳泰的黑色小炸弹。玻璃背后的墙上，整整齐齐地陈列着旧武器——战斧、长矛、大弓。最上面挂着一条银白两色的横幅，上面写着：STRYMAKT FJERDAN。

卡兹看向马蒂亚斯，那大块头低语道："菲尔丹力量。"

卡兹试图透过厚厚的玻璃看去。他了解防御设施，妮娜说的没错，这玻璃依旧出自制造师之手——防弹且无法透视。不论是进监狱还是出监狱，囚犯都会看到这些武器，军备，作战器械——一切都在无情地提醒着菲尔丹这个国家的力量。

动起来展示一下，卡兹想道。*如果不知道把它指向哪里的话，这大炮有多大威力都无关紧要。*

围墙的另一边，他看到了第二条通道，女囚正走在上面。

伊奈姬会平安无事的。他需要保持警惕。他们现在在敌人的地盘上，一个充满危险的地方，一个如果不时刻保持头脑清醒就走不出去的困境。佩卡的人手在被发现之前走到这一步了吗？佩卡·罗林斯本人呢？他是安全地在刻赤呢，还是也成了菲尔丹的阶下囚？

这些都不重要。现在卡兹必须把注意力集中在这个计划上，顺利找到博·亚尔拜亚。他看了眼其他人。威岚看上去要自己把自己吓尿了。赫尔瓦尔一如既往的冷酷。詹斯博露齿一笑，低声说道："我们成功把自己关进了世界上最安全的监狱里。我们要么是天才的，要么就是狗娘养的蠢蛋。"

"很快就可以知道答案了。"

他们被带到了另外一个白色的房间，这间屋子配有浴盆和软管。

那警卫用菲尔丹语含糊不清地说了什么，然后卡兹看到马蒂亚斯和有些人开始脱衣服。他咽了咽涌到喉头的胆汁。努力不让自己吐出来。

他可以做到的，他必须这么做。他想起了乔迪。如果乔迪看到他的弟弟因为无法控制体内愚蠢的恶心感，而丧失了他们伸张正义的机会，他会说什么？但他只能想起乔迪冰冷的尸体，它在海水之中肿胀起来的过程，平底船上紧紧包围着他的那些尸体。他的视线开始模糊。

振作起来，布莱克，他严厉地训斥自己。但是没用。他又要晕过去了，然后这一切就结束了。伊奈姬曾经就失败这个话题给他说教。"这把戏不会被打倒的。"他笑着跟她说道。"不，卡兹，"她说道，"这把戏正在重新站起来。"苏里的陈词滥调，但不知为何，仅是想到她的声音，也对他有用。他现在好多了。他必须好起来。不仅是为了乔迪，更是为了他的队员。他把这些人带到了这里。他把伊奈姬带到了这里。他有责任再把他们带出去。

这诡计正在重新站起来。脱下靴子、衣服和手套时，他一直回忆着她的声音，这句话在他的大脑里不断回响，一遍又一遍。

他看到詹斯博盯着他的手。"你在期待什么？"他低声怒吼道。

"爪子，至少。"詹斯博说道，他的视线转移到了他自己，瘦骨嶙峋的光脚上。"或许是一个长满尖刺的拇指。"

那警卫已经把他们的衣物扔进了垃圾箱里，毫无疑问，这些会送去焚化炉。他把卡兹的头拨向一边，强迫他张开嘴，然后把肥硕的指头塞进卡兹嘴里摸索着。黑斑跃入眼帘时，卡兹努力保持清醒。警卫那长着黑斑的手指彻底塞进卡兹的牙间，直达他塞巴林的地方，然后在脸颊内部又捏又戳。

乌鸦六人组(卷一):六只乌鸦

"Ondetjärn!"那警卫大声喊道,"Fellenjuret!"从卡兹嘴里拉出两根金属细丝时,他又大声喊起来。撬锁工具落到了地上,发出了丁零声。那警卫用菲尔丹语冲他嚷嚷了什么,然后猛地扇了他一耳光。卡兹跪倒在地上,但又强迫自己站了起来。他注意到了威岚脸上惊恐的表情,但警卫把他推去冲冰水浴时,他只能努力撑起身体。

他从冷水中走出,全身湿透,不停发抖,另一个警卫从旁边的衣服堆里,递给他一条白色的囚服裤子和紧身短上衣。卡兹穿了上去,一瘸一拐地和其他囚犯一起走去了拘留区。那一瞬间,他愿意拿出那三千万克鲁志的一半来换根拐杖。

拘留区的牢房和他想象中的监狱一样——没有白色的石头或者玻璃墙展览,只有潮湿的灰色岩石和铁栏。

他们被赶去了一个已经人满为患的监狱。赫尔瓦尔背靠着墙坐了下来,眯起眼睛审视走来走去的人。卡兹靠在铁栏上,看着警卫离开。他可以感受到他周围的肢体的动静。虽然隔着一段距离,但感觉他们还是离得太近了。再坚持一会儿,卡兹跟自己说道。完全赤裸的双手让他感觉极不习惯。

卡兹等待着。他知道会发生什么。刚进监狱时,他就对监狱里的人有了清晰的认知,他知道那个有胎记的克里什壮汉会来找他麻烦。他焦躁不安,极度紧张,明显地盯着卡兹瘸了的腿。

"喂,瘸子。"那克里什人用菲尔丹语说道。他又用刻赤语试了试,口音很重。"喂,瘸子。"他其实大可不必,卡兹熟知很多语言里"瘸子"的说法。

下一秒钟,那克里什人伸手抓他时,他可以感受到空气的流动。他移向左边,那克里什人带着全身的重量猛地扑上前来。卡兹帮了他一把,他抓着那人的手臂,把他的手塞进了铁栏之间,一直到肩膀的位置。那克里什人的脸撞上铁栏时,他痛呼出声。

卡兹把他的前臂按在铁栏上，然后把全身的重量都压向对手，接着那克里什人的胳膊发出一声令人满意的嘎巴声，从肩膀处脱臼了。那人想张嘴大叫时，卡兹用一只手捂住了他的嘴，另一只捏住了他的鼻子。指尖传来的皮肤相触的感觉让他快要吐出来了。

"嘘。"他说道，用手拽着那人的鼻子让他回到靠墙的长凳上。其余囚犯纷纷避开，让出了一条路。

那人重重地坐了下去，满眼泪水，喘不过气来。卡兹依然拽着他的鼻子和嘴。那克里什人在他的手下哆嗦着。

"你想让我把胳膊接回去？"卡兹问道。

那克里什人呜咽着。

"想吗？"

其他囚犯看过来时他的呜咽声更大了。

"你要是尖叫，我敢保证它就永远都接不回去了，懂吗？"

他放开了那人的嘴，把他的胳膊扭了回去。那克里什人滚到一边，蜷缩在长凳上，开始哭泣。

卡兹在裤子上擦了擦手，回到了铁栏边的位置。他感觉到其他人在看着他，但他总算能安静地待会儿了。

赫尔瓦尔来到了他身边。"真的有必要那么做吗？"

"没有。"但那能够——保证他们无人打扰，可以做要做的事，也让他们记住他并不无助。

23
詹斯博

詹斯博想站起来走走，但他好不容易在长凳上有一席之地，打算宣誓主权留着它。感觉到焦虑和激动在体内激荡，詹斯博发现坐在旁边的威岚在疯狂地抖腿，但这也没让他静下心来。他觉得自己再也等不了了。刚开始是船，然后是一路跋涉，现在他身陷在这小牢房里，等着警卫过来清点人数。

只有他的父亲才懂得他那过分旺盛的精力。他之前努力让詹斯博在农场上消耗体力，但那工作太单调了。原本期待着大学能给他指明方向，但他却走上了另外一条路。他很害怕听到他父亲知道他死在菲尔丹监狱里后会说的话。那问题来了，他又怎么会听到呢？这问题太让人沮丧了，不能细想。

过去多长时间了？如果他们在这儿听不到埃尔德钟楼的钟声怎么办？按理来说，警卫应该会在六声钟响的时候来清点人数。然后詹斯博和其他人会在午夜之前把这任务搞定。他们期望如此。马蒂亚斯只在这个监狱里工作了三个月。那些规矩有可能改了，有些事情他可能弄错了。或许这菲尔开人只是想让我们在监狱里待到他出卖我们为止。

监狱的另一头，马蒂亚斯沉默地坐在卡兹旁边。詹斯博没错过卡兹和那克里什人之间的冲突。有任务时，一般没有什么能让卡兹动摇，但他现在摇摆不定，詹斯博不知道为什么。他有些想问，虽然知道这很愚蠢，满怀希望的农场少年选择了一个最糟糕的关心对象，他从周边的一切寻找蛛丝马迹，但却一无所获——他回想着卡兹选他来做这个任务的时刻，卡兹和他一起开玩笑的时刻。他懊恼不已。他最终看到了声名狼藉的卡兹被脱个精光，他很担心把命交待在了那需要格外注意的尖刺上。

如果说詹斯博有些焦虑的话，威岚看上去似乎真的要吐了。

"我们现在该怎么办？"威岚低声说道，"一个没有撬锁工具的撬锁者有什么用？"

"安静点。"

"你有什么用？一个没有枪的神枪手。你和这使命没什么关系。"

"这不是使命，这是任务。"

"马蒂亚斯把它称作使命。"

"他曾是个军人，你不是。并且我已经在监狱里了，你别诱导我杀人。"

"你又不会杀了我，我也不会假装一切都好。我们被困在这儿了。"

"你绝对适合被关在金丝笼里而不是真正的牢笼里。"

"我离开我爸的房子了。"

"对，你放弃了奢侈的生活，和巴伦的可怜虫一起挤在贫民窟里。这不是什么有趣的事，威岚，这很愚蠢。"

"你什么都不知道。"

"那你告诉我，"詹斯博转向他说道，"我们还有时间。是什么让一个好好的小商人离开家和罪犯为伍。"

乌鸦六人组（卷一）：六只乌鸦

"你整得好像自己跟卡兹一样，是巴伦出生的似的，但你甚至都不是刻赤人。你不也选择了这种生活？"

"我喜欢城市。"

"诺威哲姆没城市吗？"

"跟卡特丹姆不一样。除了你家，巴伦，和豪华的大使馆晚宴以外，你去过别的地方吗？"

威岚把头扭向一边。"去过。"

"哪里？当季的时候去郊区摘桃？"

"卡耶瓦的马赛。舒国的油田。什里福特港的尤尔达田。威德尔。艾尔林。"

"真的假的？"

"我父亲曾去哪儿都带着我。"

"直到？"

"直到什么？"

"直到。我父亲去哪都带着我，直到我严重晕船，直到我在一个皇家婚礼上吐了，直到我试图打弯那大使的腿。"

"那腿罪有应得。"

詹斯博放声笑了起来。"终于有点骨气了。"

"我一直都很有骨气，"威岚咕哝道，"看看它让……"

埃尔德钟楼响起六声钟声时，一个大声说着菲尔丹语的警卫打断了他的话。菲尔丹人最起码挺守时的。

那警卫又用舒国语言和刻赤语说了一遍。"站起来。"

"Shimkopper。"那警卫命令道。他们都迷茫地看着他。"小便用的桶，"他尝试着用刻赤语说道，"哪里……去倒？"他用手势比画着。

大家都耸了耸肩，眼神迷茫。

那警卫阴郁的眼神表明了他显然不在意他们懂没懂。他抄起一桶清水扔到了牢房里，然后砰地一声把门关上了。

詹斯博挤到了前面，用挂在把手上的杯子舀起水灌了一大口。大多数都溅到了他的衬衫上。他把杯子递给威岚的时候，故意把威岚也给弄湿了。

"你干什么？"威岚抗议道。

"淡定，威岚。试着照做。"

詹斯博提起裤腿，在他脚踝薄薄的皮肤上摸来摸去。

"告诉我发生了……"

"安静，我需要集中注意力。"真的。他真的不想让埋藏在他皮肤下的小弹丸在他身体里炸开。

他摸索着妮娜缝的细密的针脚。忍着钻心的痛把它们破开，取出小弹丸。小弹丸跟葡萄干一样大，上面沾着他的血。妮娜估计正在用她的超能力让自己皮肤裂开。詹斯博很想知道那样是不是能比破开针脚少疼一点。

"拉起你的衬衫遮住口鼻。"他跟威岚说道。

"什么？"

"别这么蠢。你还是聪明的时候可爱点。"

威岚的脸红了。他阴沉着脸，把衣领拉了起来。

詹斯博把手伸到长凳下，把他藏起的便桶拉了出来。

"暴风雨要来了。"詹斯博用刻赤语大声说道。他看到马蒂亚斯和卡兹把衣领拉了起来。他把脸转向一边，拉过衬衫遮住口鼻，然后把小弹丸扔进桶里。

小弹丸释放热量快速旋转，水中升起一层薄雾。眨眼间，整个牢房都弥漫着雾气，空气变成了奶绿色。

威岚衣领上方露出的眼睛里满是惊恐。詹斯博有点想假装晕过去，但他造成了周围的人都倒地的效果。

乌鸦六人组(卷一):六只乌鸦

詹斯博默数了六十下,然后放下了衣领,试探着吸了一口气。空气里依旧充斥着让人恶心的甜味,他们有点头晕眼花,但它的威力已经过去了。警卫下次进来清点人数时,这些囚犯将会头痛得厉害,说不了什么。希望那时他们已经走远了。

"那是氯气吗?"

"你绝对是聪明的时候更可爱。没错,那小弹丸的壳子是用酶做的,里边装满了氯粉。它在与氨发生反应之前是无害的。就跟刚才一样。"

"桶里的小便……但那有什么用?我们依旧被困在这里。"

"詹斯博,"卡兹说道,招手让他去铁栏那边,"时间不多了。"

詹斯博一边往那儿走一边卷起袖子。这种活儿通常都要花很长时间,主要是因为他没有接受过真正的培训。他双手握住一根铁栏的两端,然后集中注意力寻找最纯的矿石微粒的位置。

"他在做什么?"马蒂亚斯问道。

"进行一个古老的哲蒙尼仪式。"

"真的假的?"

"不是。"

詹斯博的手间升起黑色的薄雾。

威岚抽了一口气。"那是铁矿石?"

詹斯博点了点头,感到额头上有汗渗出。

"你能熔解铁栏?"

"别像个白痴一样,"詹斯博咕哝道,"你没看到它们有多粗吗?"事实上,他现在握着的这根看上去没什么变化,但他从里边抽取的铁已经多到他两手之间接近黑色。他弯曲指尖,微粒开始旋转,逐渐形成了一个不断收紧、不断变密的旋涡。

詹斯博垂下了手,一根细针丁零一声掉到了地板上。

威岚一把抓了起来,把它拿在手里,针透过暗淡的表面隐约闪着光。

"你是一个制造师。"马蒂亚斯冷冷地说道。

"勉强算吧。"

"你究竟是还是不是?"威岚说道。

"我是。"他用手指戳了戳威岚,"我们回到卡特丹姆之后,你最好守口如瓶。"

"可你为什么要撒谎……"

"我喜欢自由自在地走在街上,"詹斯博说道,"我不喜欢为了我会被奴隶贩子抓走,或被像我们的朋友赫尔瓦尔一样的蠢货处死而担忧。另外,我还有其他比这个更能带给我快乐和利益的技能。这种技能还有很多。"

威岚咳了咳。实际上和他调笑要比惹恼他好玩很多,这次算是在危险的边缘试探。

"妮娜知道你是格里莎吗?"

"不知道,并且她还没发现。我不想听关于加入第二军队和为雷凡卡光明未来而战的长篇大论。"

"再来一次,"卡兹打断了他,"快点。"

詹斯博在另一个铁栏上重复了相同的工作。

"如果这个在计划之中,那为什么还要偷带撬锁工具?"威岚问道。

卡兹双手在胸前交叉。"听过医师给将死之人说他还能奇迹生还的故事吗?他手舞足蹈地走到大街上,被一匹马踩死了。你得让记号觉得他赢了。有警卫观察马蒂亚斯,觉得他看上去似曾相识吗?有警卫在看到詹斯博洗澡时有石蜡脱落而找他麻烦吗?没有,他们都在忙着庆祝逮到了我。他们以为威胁已经解除了。"

詹斯博完成以后,卡兹把两根细细的针捏在指间。他不戴手套干活看上去很奇怪,但眨眼之间,锁开了,他们自由了。他们刚出去,卡兹就用刚才的撬锁工具锁上了门。

乌鸦六人组（卷一）：六只乌鸦

"你知道你的任务，"他低语道，"我和威岚要去把妮娜和伊奈姬弄出来。詹斯博，你和马蒂亚斯——"

"我知道。尽可能弄到更多绳子。"

"钟声过半的时候到地下室。"

他们分头行动。轮子转动起来。

根据威岚的图纸，马厩与警卫室的院子相邻，所以他们需要穿过拘留区原路返回。理论上来说，监狱的这个部分理应只有在有囚犯进出的时候比较活跃，但他们依旧需要小心。一个刚愎自用的警卫就能毁掉他们的全盘计划。最恐怖的部分莫过于穿过通道，到达玻璃围墙，那一长段光线充足的距离会让他们完全暴露，但除了祈祷好运、快速逃离之外别无他法。他们朝楼梯下走去，来到了那个格里莎活法器测试他们的房间。即使石蜡在赌场有用，面对她的时候他的心里还是在打鼓。那他绝对是一个在错的时间错的地点被发现的隐藏的格里莎，结果会是终生为奴，甚至更可怕的遭遇。

詹斯博推开马厩的门时，感觉悬着的心略微放下了一点。干草的味道，在槽位前动来动去的马，和马的嘶鸣让他想起了在诺威哲姆的时光。在卡特丹姆，运河让拉人和运货的马车都没什么用武之地。马是奢侈品，是一种嗜好，可以展示你有地方饲养它们，有财力照顾它们。没有马在身边环绕时，他都没意识到自己有多怀念那时候。

但他没有时间怀旧，也没有时间停下来，去摸马那柔软的鼻子。他大步穿过马厩，来到了马具室。马蒂亚斯的两肩各挂着一卷巨大的绳子。看到詹斯博也设法扛了两卷时他很惊讶。

"农场长大的。"詹斯博解释道。

"你看上去不像。"

"对，我瘦骨嶙峋，"他一边说一边急匆匆地穿过马厩往回赶，"但下雨的时候我能少湿点。"

"为什么?"

"落到我身上的少。"

"卡兹的同伙都和你一样奇怪吗?"马蒂亚斯问道。

"噢,你应该见见德勒格斯的其他人的。和他们相比,我们像菲尔丹人。"

他们经过了淋浴区,但没有继续前往拘留区,而是走下一段狭窄的台阶,穿过一个黑暗的大厅,来到了地下室。他们现在在主监狱的下方,头顶有五层牢房,囚犯和警卫。

詹斯博以为剩下的队员应该已经在洗衣房收集可以爆破的东西了。但他只看到了巨大的锡桶,放东西用的长桌子,以及比他还高的货架上需要在一夜间晾干的衣服。

他们在废物室里找到了威岚和伊奈姬。废物室要比洗衣房小,里面充满了垃圾的臭味。墙边的两个大滚筒里堆满了废弃的衣服,等着送去燃烧。他们刚一进来就感受到了焚化炉的热度。

"我们发现一个问题。"威岚说道。

"多糟的?"詹斯博问道,把身上的两卷绳子丢到了地上。

伊奈姬示意他们向两扇大金属门看去,门上嵌着一个看上去像是大烟囱一样的东西,从墙中伸出,直通屋顶。"我觉得焚化炉在今天下午运转。"

"你曾说它早上运转。"他跟马蒂亚斯说道。

"曾经是。"

詹斯博抓住门上皮革包裹着的把手,把它们推开,顿时迎面袭来一股热浪。那股热浪带着黑色的煤烟和刺鼻的炭味——还有化学药剂的味道,或许是他们加进火里助燃的东西。很难闻。监狱里的所有废弃物都在这里处理——厨余垃圾、人的排泄物、囚犯身上脱下来的衣服,但不管菲尔丹人在燃料里加了什么,这热量足以焚化所有的污秽。他俯身一

乌鸦六人组(卷一):六只乌鸦

靠近便已汗流不止。在最下面,他看到了焚化炉的煤炭,已经封了起来,但还是发出一阵阵愤怒的红色火光。

"威岚,从垃圾桶里给我拿一件衬衫。"詹斯博说道。

他撕下一只袖子,扔进了通风井里。它无声无息地往下落,在半空时着了火,还没碰到那些煤炭就已经烧成了灰烬。

他关上门,把剩下的衬衫扔回到垃圾桶里。"爆破行不通,"他说道,"我们不能带炸药进去。你还能爬吗?"他向伊奈姬问道。

"或许。我不知道。"

"卡兹怎么说?卡兹在哪儿?另外,妮娜在哪儿?"

"卡兹目前还不清楚焚化炉的情况,"伊奈姬说道,"他和妮娜去搜查上面的牢房了。"

马蒂亚斯怒目而视,面色阴沉,像是大雨将至前的天色一样。"理应是詹斯博和我跟妮娜一起。"

"卡兹不想等了。"

"我们很准时,"马蒂亚斯愤怒地说道,"他上去做什么?"

詹斯博也在想同样的事。"他一瘸一拐地在楼梯上上下下,还要躲避巡逻?"

"我原打算试着跟他说明这点,"伊奈姬说道,"总是出乎意料,记得吗?"

"像是一窝蜜蜂。我只希望我们不会被蜇。"

"伊奈姬,"威岚的声音从一个滚筒中传来,"我们的衣服在这儿。"

他伸手去够,一件接着一件,拉出了伊奈姬的小皮便鞋。

她的脸上绽放出灿烂的笑容。最终,算是一点好运。卡兹没了他的拐杖。詹斯博没了他的枪。伊奈姬也没了她的刀。但至少她有那双神奇的便鞋。

"你怎么说,幽灵?可以爬上去吗?"

"我可以。"

詹斯博从威岚那里拿过鞋。"如果不是觉得这上面满是病毒的话,我真想亲它们,还有你。"

24
妮　娜

妮娜尾随着卡兹上了楼。他们健步如飞地爬上了一段陡峭的石阶，掠过了摇曳的煤气灯。她密切地关注着他。他脚步很稳，但步态僵硬。他为什么要坚持自己爬楼梯寻人？不可能是时间的问题，可能他一直就是这么打算的。或许他故意在马蒂亚斯面前有所保留。或许他只是下决心让他们所有人都猜个不停。

每爬上一层台阶，他们都要停下来听一听巡逻队的动静。监狱里面混杂着各种声音，任何动静响起的时候都会让人吓一跳——从楼梯井传来的声音，开关门发出的咣当声。妮娜想起了地狱之门的暴力与混乱，贿赂大行其道，血给沙子染色，与这个刻板的地方是两个完全不同的世界。菲尔丹人在维持秩序上很有一套。

他们爬上四楼时，楼梯井里传来了说话声和脚步声。妮娜和卡兹急忙返回到三楼的楼梯平台处，溜进了通往牢房的门里。离他们最近的一间楼房的囚犯开始大喊。妮娜快速地抬起了手，封闭了他的呼吸道。他盯着她，眼球凸出，用手抓着脖子。她放松了对他喉头的压迫，让他能够呼吸，但降低了他的脉搏，让他陷入昏迷。他们需要他安静而不是死掉。

警卫往楼下走来时，噪音逐渐变大，菲尔丹语在周围回响。妮娜屏住呼吸，密切关注着门，抬起手来做好准备。卡兹没有武器，但他摆出了格斗的姿势，等着看门是否会被推开。但那些警卫只是通过了楼梯平台，向下一层走去。

声音消失之后，卡兹向她示意，他们溜了出来，轻轻地关上了身后的门，然后继续上楼。

他们到达顶楼时，听到了七声钟响。从他们在拘留区迷晕那些囚犯到现在，已经一个小时过去了。他们还有四十五分钟的时间，要搜寻戒备森严的牢房，然后要在楼梯平台处会合，接着还要返回地下室。卡兹示意她负责走廊左边的区域，他负责右边的。

妮娜进去的时候，门吱嘎作响。灯笼之间相距很远，中间的阴影很暗，足以让她藏身。她跟自己说要对可以有藏身的地方心存感激，但不得不承认，这里看起来实在有点阴森恐怖。这里的牢房也有所不同，钢制的实心门取代了拘留区的铁栏。与视线平行的地方装有观察窗。好吧，是与菲尔丹人视线平行的高度。妮娜个子算是高挑，但她依旧得踮起脚尖才能看到里面。

大部分囚犯都在睡觉或者休息，有的蜷缩在角落里，有的平躺着，一只手臂放在眼睛上，来遮挡透过格栅的昏暗灯光。还有一些背靠墙坐着，无精打采，目光空洞。偶尔也会遇到来回走动的，那时她会赶紧溜走。但没看到一个舒国人。

"Ajor?"一个囚犯在她身后用菲尔丹语喊道。她忽略了他，继续前行，心怦怦直跳。

如果博·亚尔拜亚真的在这些牢房里呢？她知道不太可能，但是

乌鸦六人组(卷一):六只乌鸦

……她可以让他死在监狱里,让他毫无痛苦地陷入沉睡,然后心脏骤停。她可以告诉卡兹她没找到他。但如果卡兹先找到了博·亚尔拜亚呢?她可能需要等他们离开冰庭之后再想办法,她至少可以指望马蒂亚斯帮她。他们之间达成了一项多么奇怪又残酷的交易啊。

她在走廊里来回搜寻的时间越久,就感到那科学家在这里的希望越渺茫,几乎为零。还有一排牢房了,她想道,然后就可以一无所获地回地下室了。她进入最后一个走廊时,发现它比其他的都短。原本应该有很多牢房的地方,只有一道钢门,门下透出明亮的灯光。

她走近时,心头涌上一阵强烈的不安,但她还是推开了门。强烈的灯光让她眯了眯眼。灯光很强——跟白昼一样明亮,却一点也不温暖——但她无法找到光源的位置。她听到身后的门快要快速关上了。最后的关头,她快速转身抓住了门的边缘。直觉告诉她这扇门需要用钥匙从里面打开。她搜寻着可以用来撑开门让它别关的东西,最后迫不得已从囚服裤子上撕下一圈布料塞进锁里。

这个地方给人的感觉很不对劲,天花板干净明亮到刺眼。有一半的墙是用光滑无瑕的玻璃嵌板组成的。制造师的造物。就像那用来展示武器的玻璃围墙一样。菲尔丹工匠没法让表面这么光洁。她很确定,制造这些玻璃的时候绝对动用了格里莎的能力。有些游离的格里莎不为任何国家效力,菲尔丹政府可以花钱雇他们。但完成这样的委托任务后,他们还能有命活着吗?感觉更可能是奴役。

妮娜往前走了一步,又一步。她回头看了看。如果有警卫进入身后的走廊,她将无处可藏。所以速战速决,妮娜。

她透过第一扇窗往里看去。牢房里和走廊一样白,依旧有强烈的白光照射。牢房里空无一物——没有长凳,没有盆子和桶。打破那一片惨白的唯一东西就是地板中央的一个排水口,排水口周围有红色的污迹。

她继续查探下一间牢房。情况一样,还是空着,然后下一个,再下一个。但突然有东西吸引了她的眼球，排水口旁边躺着一枚硬币——不，不是硬币，是纽扣。一个小小的银色纽扣，上面饰有翅膀的花纹，这是格里莎御风师的象征。她感到手臂上汗毛竖起。这些监狱是格里莎奴隶为格里莎囚犯特地打造的吗？那些玻璃，墙，和地面都是为了抵挡制造师的能力吗？房间里没有任何金属。这里也没有管道系统，没有可供潮汐制造师操控的水管。妮娜怀疑她如今盯着看的玻璃，从里面看会是镜面，这样一来，摄心师就无法锁定目标。这些牢房是专门用来关押格里莎的。是设计来关押她的。

她快速转身。博·亚尔拜亚不在这，妮娜此刻很想马上离开这个地方。她从锁里抽出了布料，一阵风似的从门里出去了，都没停下来检查身后的门是不是关上了。钢制牢房的走廊看上去比她来时更暗了一些，她一路跌跌跄跄地快速沿原路返回。妮娜知道她有点不够谨慎，但她无法摆脱脑海里那些惨白房间的画面。*那排水口。那周围的污迹。格里莎在那里受过刑吗？让他们承认自己犯了反人类罪？*

她研究过菲尔丹人——他们的领导，他们的语言。她也曾想象过像这样，以间谍的身份进入冰庭，给这个她深恶痛绝的国家的心脏予以致命一击。但现在她站在这里时，只想离开。她已经适应了卡特丹姆，适应了与德勒格斯一起共事时与之而来的冒险，适应了她在白玫瑰舒适的生活。但在那里，她有过安全感吗？在一个她甚至都不能一个人毫不畏惧地走在大街上的城市？*我想要回家。*这念头直击她的内心，引起一阵疼痛。*我想回到雷凡卡。*

埃尔德钟楼响起了柔和的钟声，已经三刻钟了。她迟到了。开门进入楼梯井前，她依旧强迫自己慢下了脚步。那里没人，也没有卡兹的踪影。她探头往反方向的通道里看去，看卡兹是否正在往外走。什么都没有——钢制的门，浓重的暗影，但不见卡兹的踪迹。

妮娜等了等，不知道该怎么办。他们约定在还剩十五分钟的时候在

乌鸦六人组(卷一)：六只乌鸦

楼梯平台处碰头。如果是他遇到麻烦了呢？她犹豫了下，然后冲进卡兹负责的区域去找他。她快速经过了那些牢房，在走廊里穿梭，但始终找不到卡兹。

够了，她搜寻到第二个走廊末端时想道。不管是卡兹抛弃了她已经和他们在地下室会合，还是他被抓起来拖去了别的地方。不管是哪种情况，她都需要赶去焚化炉。找到其他人之后，大家就能计划要怎么办了。

她快速穿过走廊，猛地推开了通向楼梯平台处的门。两个警卫站在楼梯口聊天。有一瞬间，他们张大嘴盯着她。

"Sten！"其中一个用菲尔丹语大声喊道，一边摸枪一边勒令她停下来。妮娜快速伸出双手，十指握拳，看着警卫朝后倒去。一个瘫倒在了楼梯平台处，但另外一个滚下了楼梯，步枪射击着，子弹不断击中石墙，声音在楼梯井内回响。卡兹会弄死她的。她也要弄死卡兹。

妮娜像一阵风似的掠过了警卫的尸体朝楼下冲去，一层台阶，两层台阶。三楼平台处一扇门打开，一个警卫冲进了楼梯井。妮娜在空气中扭动手指，那警卫的脖子咔嚓一声断掉了。他的尸体倒地之前，她冲向了下一层楼。

就在那时，埃尔德钟楼的钟声响起。不是平稳的报时声，而是刺耳的噪音，高亢且具有冲击力——警报声。

25
伊奈姬

伊奈姬抬头向上看去，一片漆黑。她的头顶是一小片灰蒙蒙的夜空。她需要爬六层楼，手上全是汗，下面的火还在燃烧，背着的绳子的重量让她下滑，而下面却没有网可以接住她。*爬，伊奈姬。*

光着手爬是最好的，但焚化炉的墙壁温度太高，不允许她徒手攀爬。所以威岚和詹斯博帮她从洗衣房的桶里捞出了卡兹的手套。她短暂地犹豫了下。卡兹在的话，会让她直接戴上手套，做一切能完成这任务的事。然而，她伸手戴上那双柔软的黑色皮手套时，觉得有点内疚，就跟她未经允许闯进他的房间，读他的信，躺在他床上一样。手套没有衬里，指尖有细细的缝。这是为了让手更灵活，她意识到，这样他就可以碰到硬币或纸牌或娴熟地撬锁了。不用碰触的碰触。

手套戴着有些大，但她没时间去适应了。另外，卡特丹姆冬天很冷，她手指冻僵时，戴着手套也爬过很多次。她在小皮鞋里活动了下脚指头，找了一下感觉，跺了跺她那防滑斑纹高高凸起的橡胶底皮，一脸

乌鸦六人组(卷一):六只乌鸦

的无畏和急切。热度不算什么,只是不舒服罢了。七十英尺长的绳子的重量盘在她的身上?她是幽灵,她经历过更艰难的。她自信地冲过去爬烟囱。

手指碰到石头时,她倒吸了一口气。即使隔着皮子,她依然可以感受得到砖块上那炽热的温度。如果没有手套,她的皮肤肯定会立马起水疱。她继续攀爬——先手后脚,然后接着是手,就这样循环往复,在被煤烟熏得光滑的墙面上,摸索下一个小裂缝和凹痕。

她背上汗如雨下。绳子和衣服都被浸湿了,但这也没有让她好受多少。她身体通红,全身充血,像是整个人要被慢慢烤熟一般。

因为热量,脚上的脉搏跳得突突的,沉重笨拙得像是其他人的脚一样。她努力平衡自己的重心。她相信自己的身体。她很清楚自己的能力和能做的事。她再次伸出一只手,努力让四肢配合,寻找着节奏,但最终却发现,每往上爬一点,她就觉得手脚不听使唤,肌肉抖得厉害。她努力伸出手去够下一个可以抓住的凹痕,和脚能够借力的缝隙。**爬,伊奈姬**。

她的一只脚滑了下。脚滑落了墙面,自身和绳子的重量让她腹部猛地倾斜了下。卡兹的手套还包裹着她满是汗水的手指。她的脚再次寻找着借力的点,但只是在砖上打滑。然后另一只脚也开始打滑。她猛地吸入一口热气。有什么不太对。她冒险往下看了一眼。在最下面,她看到炭发出火红的光,但看到自己的脚时才让她真的陷入恐慌。双脚黏糊糊的。她的鞋底——她那双完美的,挚爱的鞋子的鞋底——正在熔化。

没关系,她跟自己说。只是换个爬法。把重量集中到肩膀上。爬得高点的时候橡胶会冷却下来的。但她感觉脚像在火上一样。看到发生了什么之后,一切好像变得更糟了,感觉橡胶在和脚一起熔化。

伊奈姬眨了眨眼,让掉到眼睛上的汗水流走,然后又竭力往上爬了几英寸。她听到从上面某处传来埃尔德钟楼的钟声。过去半小时了?还是只剩十五分钟了？她需要加快速度。她如今理应已经到了屋顶，该在系绳子。

她努力爬得更高，但脚下一直打滑。她寻找着可以借力往上爬的东西，整个身体抵住墙艰难地挪动却又滑落了。没有人会来救她。卡兹不会来救她，也没有网可以接住她，只有火在等着吞噬她。

伊奈姬往后仰了下头，搜寻着头顶的那一小块天空。天空看上去依旧非常遥远。距离有多远？二十英尺？三十英尺？也可能还有几英里。她要死在这里了，慢慢地，在炭火上恐怖地死去。他们也都要死了——卡兹、妮娜、詹斯博、马蒂亚斯、威岚——都是她的错。

不，不，不是的。

她又往上爬了一步——是卡兹把我们带到了这里——然后又一步。她逼着自己去寻找下一个可以抓的东西。卡兹和他的贪婪。她不觉得内疚。她不觉得抱歉。她只是很生气。生气卡兹要接这么难的任务，生气自己竟然答应了。

她为什么答应了？为了偿还她的债务，还是因为不管她多么理智，有什么更好的打算，还是会对那个巴伦混蛋产生感情？

很久之前的那个晚上，伊奈姬进入了坦特·海琳的会客室，卡兹·布莱克已经在那等着了，他穿着深灰色的衣服，挂着他的乌鸦头拐杖。那个会客室装修成了金色和蓝绿色的，其中有一面墙全是孔雀毛花纹的图案。伊奈姬讨厌动物园的每一寸地方——讨厌她和其他女孩被迫在客人面前嗲声嗲气、挤眉弄眼，讨厌那装扮成滑稽的苏里大篷车、还缠着紫色丝绸、焚着香的卧室——但坦特·海琳的会客室是最让她讨厌的。这间房间代表的是毒打，是海琳最盛的怒火。

伊奈姬刚到卡特丹姆的时候试图逃跑过。她跑到了距离动物园两条

乌鸦六人组(卷一)：六只乌鸦

街区的地方，身上依旧穿着丝绸衣服，西斯戴夫的灯光和混乱让她头晕目眩，她漫无目的地跑着，直到科贝特富那肥胖的手抓住了她的脖子，把她拖了回去。海琳把她带到了会客室，狠狠一顿毒打，让她一个礼拜都没法工作。接下来的一个月里，海琳用金链子拴着她，甚至都不让她到楼下的包间去。最终打开锁链时，海琳说道，"你欠了我一个月的收入。再跑，我就会以违反契约的罪名将你送进地狱之门。"

那一晚，她带着极深的恐惧走进了会客室，看到卡兹·布莱克在那时，她内心的恐惧翻了一倍。黑手可能告发她了。他告诉坦特·海琳她不合时宜地说话了，她想制造麻烦。

但海琳靠在她那丝绸质地的椅子里说道，"小猪猁，看来你现在要成为其他人的问题了。很明显，珀尔·哈斯克尔喜欢苏里女孩。他用非常可观的一笔钱买下了你的契约。"

伊奈姬吞了吞口水。"我要去别的风月场所？"

海琳摆了摆手。"珀尔·哈斯克尔名下确实有风月场所——如果你非要这么叫的话——就在巴伦南边的某处，但你在那里是浪费他的钱——虽然你刚领教了坦特·海琳曾经对你有多好。不是，是珀尔·哈斯克尔自己想要你。"

谁是珀尔·哈斯克尔？这重要吗？内心有个声音说道。他是一个买女人的男人。你知道这点就够了。

伊奈姬脸上痛苦的表情一定很明显，因为坦特·海琳轻笑出了声。"别担心。他老了，非常老了，看上去足够无害。当然，谁知道呢？"她耸了耸肩。"或许他会和他的手下，布莱克先生，分享你呢。"

卡兹冷冷的眸子转向她。"我们成交了？"这是伊奈姬第一次听到她说话，他粗嘎的声音吓了她一跳。

海琳哼了一声，调整着她微微发亮的蓝色长袍。"我们成交了，小混蛋。"她加热了一块孔雀蓝色的石蜡，在她面前的一份文件上盖上了自己的印章。然后她站了起来，对着在壁炉架上放着的一块镜子，端详镜中自己的倒影。伊奈姬看着海琳正了正她脖子上的钻石贴颈项链，项链上的珠宝发出明亮的光芒。脑子里一片混乱和迷茫，伊奈姬想，它们看上去像偷来的星星。

"再见，小猞猁，"坦特·海琳说道，"我怀疑你在那地方撑不过一个月。"她扫了一眼卡兹。"如果她跑了的话千万别惊讶。她比她看上去能跑。但珀尔·哈斯克尔或许就喜欢那样的。你们自行离开吧。"

她一阵风似的掠出房间，身上的丝绸翻飞，空气里满是甜甜的香水味，留下了头脑清醒但目瞪口呆的伊奈姬。

慢慢地，卡兹穿过房间，关上了门。伊奈姬对接下来要发生的一切感到很紧张，手指拧着她的丝绸衣服。

"珀尔·哈斯克尔经营着德勒格斯，"卡兹说道，"你听说过我们吗？"

"他们是你的同伙。"

"是的，珀尔·哈斯克尔是我的老板。也是你的，如果你愿意的话。"

她鼓起勇气说道："如果我不愿意？"

"我收回我的提议，然后跟个傻子似的回去。你继续和没人性的海琳在这待着。"

伊奈姬飞快地用手捂住嘴。"她会听到的。"伊奈姬小声说道，极度恐慌。

"让她听吧。巴伦有各种各样没人性的恶人，有些确实很漂亮。我花钱从海琳这买消息。事实上，我花了挺多钱跟她买消息。但我很清楚她是什么样的人。我让珀尔·哈斯克尔买下了你的契约。你知道为什么吗？"

"你喜欢苏里的姑娘？"

"我认识的苏里姑娘不多，没什么发言权。"他走到桌边，拿起了文件，卷起来收进外套兜里。"那天晚上，你跟我说……"

乌鸦六人组(卷一):六只乌鸦

"我无意冒犯,我……"

"你想给我提供消息。是想让我帮忙作为回报?给你父母送封信?还是额外的报酬?"

伊奈姬觉得有点难堪。她确实是那么想的。她无意中听到了关于丝绸贸易的消息,想以此作为交换。这太蠢了,太自以为是了。

"伊奈姬·伽法是你的真名吗?"

伊奈姬的嗓子里发出一声奇怪的声音,有点像哭,有点像笑,声音微弱,带着点窘迫,但这是她几个月以来第一次听到自己的名字和姓氏。"是的。"她艰难地说道。

"这是你比较倾向的称呼方式吗?"

"当然,"她说,然后又继续说道,"卡兹·布莱克是你的真名吗?"

"挺真的。昨天晚上,你靠近我时,如果不是你开口说话,我甚至都不知道你在我旁边。"

伊奈姬皱了皱眉。她想安静所以就那么做了。那有什么关系吗?

"你脚踝上有铃铛,我却没听到你,"卡兹说道,指向她的衣服,"你穿着紫色的丝绸,肩膀上画着斑点,我却没看到你。我通常可以看到一切东西。"她耸了耸肩,他把头侧向一边。"你以前就是被培养来做舞蹈演员的吗?"

"杂技演员,"她顿了顿,"我全家都是杂技演员。"

"高空钢索?"

"还有秋千,杂耍,和翻腾。"

"你表演时需要用网吗?"

"只有在我很小的时候。"

"很好。卡特丹姆没有网。你打过架吗?"

她摇了摇头。

"杀过人?"

她的眼睛一下子睁大了。"没有。"

"有过杀人的念头吗？"

她顿了顿，双手交叉，放在胸前。"每天晚上。"

"那只是个开始。"

"我不想杀人，不是真的想。"

"这是所有人的一贯想法，但仅限于在没人杀你之前。但杀人在我们这行当是常有的事。"

"我们这行当？"

"我想让你加入德勒格斯。"

"做什么？"

"收集消息。我需要一个可以爬上卡特丹姆的房子和会所，可以在窗户上或屋檐下窃听消息的蜘蛛人。我需要一个可以隐身，像个幽灵一样的人。你觉得你可以做到吗？"

我已经是个幽灵了，她想道。*我已经死在了那艘贩奴船上。*

"我觉得可以。"

"这个城市里有很多有钱的男男女女。你要了解他们的习惯，他们的穿梭往来，他们夜间做的肮脏事，白天努力掩盖的罪行，他们的鞋码，他们的保险箱密码，他们儿时最爱的玩具。我会利用这些消息来拿走他们的钱。"

"你要是拿了他们的钱成有钱人了怎么办？"

听到这话，卡兹的嘴角抽了抽。"那你也可以窃取我的秘密。"

"这就是你买下我的原因吗？"

他脸上的笑容消失了。"珀尔·哈斯克尔没有买下你。他付清了你的契约。这就意味着你欠他钱。很多钱。但这是一份真正的合约。给，"他说着，从外套里拿出了海琳的那份文件，"给你看点东西。"

"我看不懂刻赤语。"

乌鸦六人组（卷一）：六只乌鸦

"没关系。看到数字了吗？这是海琳说你从她那借的偷渡到雷凡卡的钱。这是你为她干活赚的钱。这是你依旧欠她的钱。"

"但是……但是这不可能。这钱如今比我刚来这时高多了。"

"那就对了。她向你收取房费，饭钱，和装束费。"

"她买下了我，"伊奈姬说道，她的怒火不由自主地升了起来，"我根本看不懂我签字的东西。"

"奴隶在刻赤是违法的。但契约不是。我知道这份合约是个骗局，任何有脑子的法官也会这么觉得。不幸的是，有很多有脑子的法官都听海琳差遣。珀尔·哈斯克尔给你提供贷款——别无其他。你的合约会用雷凡卡语撰写。你需要付利息，但利息不会多到压垮你。只要你每个月按一定比例付给他钱，你来去自由，随你高兴。"

伊奈姬摇了摇头。哪一条都似乎不太可能。

"伊奈姬，我跟你说得再清楚点吧。如果你不履行合约逃了，珀尔·哈斯克尔会派人追捕你，这些人会让你觉得坦特·海琳很慈爱。而我也不会阻拦他。为了你这份小合约，我的脑袋也挂在腰间。这不是我喜欢的方式。"

"如果这是真的的话，"伊奈姬慢慢地说道，"那我有说不的自由。"

"当然。但那样你会很危险，"他说道，"我希望你永远不要对我造成危险。"

危险。她想把这个词的主动权握在自己手里。她很确定这个少年要么是精神错乱，要么是彻底被骗了，但她喜欢那个词，如果她没弄错的话，他是在提议今晚帮她走出这风月场所。

"这不是……不是什么骗局吧？"她的声音比她以为的要小很多。

卡兹脸色一黑。"如果这是骗局，我保你安全。给你幸福。我不知道巴伦有没有这东西，但你在我这儿是找不到的。"

不知为什么，这些话安慰到了她。可怕的真相总比善意的谎言好。

"好吧,"她说道,"我们怎么开始?"

"就从离开这里,给你找些合适的衣服开始吧。噢,对了,伊奈姬,"他带她离开会客室时说道,"别再偷偷摸摸靠近我了。"

事实上,自那以后,她试着偷偷摸摸地靠近卡兹好多次。但从没成功过。好像自从卡兹看见她之后,就知道了怎么能看见她了。

那晚,她相信了卡兹·布莱克。她变成了危险的女孩,那个潜伏在她内心、却被他觉察到了的危险女孩。但她犯了一个错误,那就是继续相信他,相信他为自己打造的传奇。那些传奇让她来到了这里,陷入了这闷热的黑暗之中,像依附在秋天树枝上的最后一片叶子一样,在生与死之间摇摆。最终,卡兹·布莱克只是一个少年,是她允许他把自己带向这种命运。

她甚至都没法责怪他。她放任自己被带到这,因为她不知道自己想去哪儿。*心是一支箭*。四百万克鲁志,自由,回到家乡的机会。她跟自己说她需要这些东西。但内心深处,她不敢想回到父母身边这件事。她能跟父母说出真相吗?他们会理解她做的一切只是为了生存吗?这不只是在动物园,还有自那之后的每一天吗?她可以把头靠在母亲的大腿上,获得他们的原谅吗?他们注视她时,会看出什么呢?

爬,伊奈姬。但是要去哪里呢?遭受这一切之后,等待着她的又是什么样的生活呢?她的背很疼。手流着血。腿上的肌肉肉眼可见地颤抖着,皮肤感觉快要从身体上脱落了。每呼吸一口那黑色的空气都让她觉得肺都要被烧焦了。她不敢深呼吸。她甚至看不清那一小块灰色的天空。汗水不断从额头流下,刺得眼睛生疼。如果她放弃了,就是放弃他们所有人——放弃了詹斯博和威岚,放弃了妮娜和她的菲尔丹人,放弃了卡兹。她不能这么做。

乌鸦六人组（卷一）：六只乌鸦

这不再取决于你了，小猞猁，坦特·海琳的声音在她脑海里回响。*这样无意义的坚持有多久了？*

焚化炉里的热气包裹着伊奈姬。那热气就像是一个活物，一个在巢穴里的沙漠之龙，躲着冰雪，等着她。她很清楚自己的身体极限，知道自己没力气了。她下错了赌注。就这么简单。那片秋天的叶子可能还依附着树枝，但它已经死了。唯一的问题是它什么时候落下。

放手吧，伊奈姬。她的父亲教她攀爬，教她信任绳子，信任绳子的摆动，以及最终，相信自己的能力，相信她纵身一跃，就能到达对面。他会在那等她吗？她想起了她的刀，藏在费罗琳德号上的刀——或许它们会落到其他渴望变得危险的女孩手里。她低声念叨着它们的名字：佩蒂尔，玛雅，阿纳斯塔西娅，弗拉基米尔，莉兹贝特，桑科塔·安丽娜，在她满十八岁之前殉难。*放手吧，伊奈姬*。她是现在跳下去，还是就这样等着体力耗尽？

伊奈姬感到了脸颊上的湿意。她在哭吗？现在？在她拼尽一切和经历一切之后？

然后她听到了，听到了轻柔的啪嗒声，一种没有什么节奏的，柔和的敲击声。她的脸和嘴都可以感受到它。她听到它落到煤炭上后，发出嘶嘶的声音。雨。凉快且宽容。她听到某处传来三刻钟的钟声，但她并不在意。她只听到了美妙的雨声，它能洗去一切汗水和煤灰，洗去卡特丹姆的煤烟，洗去动物园里人脸上的脂粉。雨浸湿了绳子上一缕一缕的黄麻纤维，让她饱受摧残的脚下的橡胶开始变硬。这像是福音，虽然她知道卡兹肯定会把它称为天气。

她现在必须爬，快速爬，在这石头变得湿滑、在雨成为敌人之前爬上去。她一边向神明低声说着感恩的祈祷，一边迫使自己的肌肉收缩、手指去摸索，一只脚去借力往上爬，然后另一只，一次又一次。她找回了之前的节奏。

即使她心怀感激地祈祷了,她清楚这雨还是不够大。她想要一场暴风雨——电闪雷鸣,狂风骤起,大雨倾盆。她想要它劈裂卡特丹姆的风月场所,掀翻那些屋顶,扯掉那些门。她想让海面上升,掌控所有的贩奴船,粉碎它们的桅杆,在荒无人烟的岸边撞碎它们的船体。**我想要召唤那场暴风雨,**她想道。四百万克鲁志应该足以做这件事了。足够给她自己买一艘船——一艘虽小但火力凶猛的船。就像她一样。她想要追捕奴隶贩子和他们的买主,让他们听到她就闻风丧胆。**心是一支箭,它需要目标着陆。**她紧紧地攀附在墙上,这是她最终找到的目标,是让她爬上去的动力。

她不再是猞猁或者蜘蛛人,甚至不是幽灵。她是伊奈姬·伽法,她的未来在上面等着她呢。

26
卡　兹

卡兹快速穿过了上层的牢房，争取了一点时间，扫视了每个格栅。博·亚尔拜亚不会在这。他没多少时间了。

他觉得有点精神错乱。他没有拐杖，光着双脚，穿着奇怪的衣服，双手苍白且没戴手套。他感觉这一点都不像是自己。不，这不是真的。他感觉这像是乔迪刚死后那几个礼拜里的卡兹，像一个野生动物，奋力求生。

卡兹看到一个舒国的囚犯潜伏在一间牢房的后面。

"Sesh-uyeh。"卡兹低语道。那人茫然地盯着他。"亚尔拜亚？"没有回应。那男人开始用舒国语冲他大喊大叫起来，卡兹急匆匆地离开，经过剩下的牢房，溜到楼梯口，然后用最快的速度冲向下一层。他知道自己有些鲁莽和自私，但这不就是他被叫作黑手的原因吗？没有什么任务是太过冒险的。没有什么恶行是太过卑鄙的。黑手会亲眼见证这危险。

他不确定是什么在驱使着他。很可能佩卡·罗林斯不在这里。很可能他已经死了。但卡兹不信。*我知道，我就是知道。*"你会死在我手里。"他低语道。

从死神之船游回去的那天是卡兹的重生之日。曾经的孩子已经死在了那场火毒里。那场高烧已经把他内心的每一寸柔软都燃烧殆尽。

一旦把正直抛到脑后，生存就没有他想的那么难。第一条原则就是寻找弱小的人，拿走他所拥有的。当时的卡兹也很弱小，这并不是件容易的事。他拖着脚步，从港口走到了小巷，朝着赫尔宗曾经生活的街区走去。他看到了一家糖果店，就在店外等着，然后看到一个矮胖的小学童落在了朋友的后面。卡兹把他打倒在地上，掏空了他的兜，拿走了他的甘草包。

"把你裤子给我。"他说道。

"它对你来说太大了。"那男孩哭喊道。

卡兹揍了他。那男孩放弃了自己的裤子。卡兹把裤子卷成了球状，扔进了运河里，然后迈着他虚弱的腿尽自己最快的速度跑了起来。他不想要那裤子，只想让那男孩在原地先等一等，在哭着求救之前。他知道那个学童会在小巷子里蜷缩很久，权衡一下光着大腿出现在大街上的羞耻感和回家告诉家人发生了什么事的必要性。

跑到他能找到的巴伦最黑的小巷里时，卡兹停了下来。他把所有甘草都一次性塞进嘴里，痛苦地吞了下去，又立马吐了出来。然后拿着钱买了一个白面包卷。他光着双脚，浑身脏兮兮的。为了让他走远点，面包师又给了他一个面包卷。

感到没那么乏力，脚步没那么不稳之后，他向东斯戴夫走去。他找到了一个特别昏暗的赌场，那赌场甚至都没有牌子，只有一个人在外面揽客。

乌鸦六人组(卷一)：六只乌鸦

"我想找个活儿干。"他在门前说道。

"没有，小东西。"

"我算术挺好的。"

那人笑了。"你会刷便壶吗？"

"会。"

"那可太遗憾了。我们已经有一个刷便壶的了。"

卡兹等了整晚，直到看到一个和他年龄差不多的男孩走出了赌场。他跟着他走了两个街区，然后用石头砸了他的头。他坐在那男孩的腿上，脱了他的鞋，然后用一个瓶子的碎片，在他的脚掌上划了一条口子。这个男孩会好起来，但不会很快返回工作岗位。摸到他裸露的脚踝时，卡兹满心厌恶。死神之船上，他目之所及全是发白的尸体，手掌之下是乔迪肿胀的皮肤。

第二天晚上，他回到了那个赌场。

"我想找个活儿干。"他说道。然后他得到了一份。

自此以后，他在那里干活，勉强维生。他跟踪巴伦专业的小偷，学会了如何偷东西，如何割破一个女士钱包上的蕾丝。他第一次入狱，然后第二次。他很快就赢得了什么活儿都愿意接的名声，黑手的名号也随之而来。他没什么打架技巧，但胜在坚韧。

"你没策略，"银加尔特的一个赌徒跟他说道，"没技巧。"

"我当然有，"卡兹回应道，"我练习了'拉起他的衬衫罩住头，然后打到见血'的技能。"

他依旧叫卡兹，跟过去一样，但姓氏布莱克是借用了在码头看到的一台机器上的字。里特维德，他原本的姓氏，被抛弃了，就像切掉一段残肢一样。曾经那个姓氏是他与乔迪、他父亲以及过去的他之间的最后联系。但他不想让雅各布·赫尔宗知道他来了。

他发现赫尔宗在他和乔迪身上实施的骗局很常见。那咖啡馆和泽尔威街上的住宅不过是舞台布景，用来骗从乡下来的傻子的。菲利普和他的机械狗是引子，引乔迪上套，而玛吉特、萨斯吉雅和贸易办公室的职员是诱饵，让乔迪上钩。甚至其中一个银行职员也加入其中，把顾客的信息透露给赫尔宗，并提示他有新来的乡下人开户。赫尔宗可能同时在很多人身上实施这个骗局。乔迪刚开始投进去的那点钱，可能都不足以让他专门设局。

后来卡兹才发现他在纸牌方面很有天赋这一残忍现实。这天赋有可能让他和乔迪变得富有。只要他学了一种玩法，几个小时之内就可以做到精通，没有人可以打败他。他能够记住每一手牌，每个赌注。发牌时他可以记住五副牌。如果有什么想不起来的，他也能够通过作弊弥补。他变魔术时手法敏捷，从硬币到纸牌、杯子、钱包、手表，无一不通。一个变戏法的高手和真正的贼没什么太大区别。不久之后，东斯戴夫的所有赌场都禁止他上场。

他每去一个地方，每到一家酒馆，旅舍，妓院和私自占用的房子时，他都会打听雅各布·赫尔宗，但即使有人知道这个名字，他们也不愿意承认。

后来有一天，卡兹在穿过东斯戴夫的一座桥时，看到了一个面色红润、两鬓斑白的人进了一家杜松子酒商店。他穿的不再是商人常穿的古板的黑色套装，而是鲜艳的条纹裤子和红褐色旋涡纹马甲，以及深绿色的天鹅绒外套。

卡兹穿过人群，脑子嗡嗡作响，心怦怦直跳，不知道他要怎么做，但到商店门口时，一个戴着圆顶礼帽的彪形大汉伸出一只宽大的手拦住了他。

"店关门了。"

"我可以看到它开着。"卡兹的声音在他听来不太舒服——尖细刺耳，完全陌生。

乌鸦六人组(卷一):六只乌鸦

"你需要等。"

"我要见雅各布·赫尔宗。"

"谁?"

卡兹快要气到灵魂出窍了。他隔着玻璃指着。"雅各布·该死的·赫尔宗。我有话跟他说。"

那彪形大汉看着卡兹,好像卡兹精神有问题似的。"你搞清楚,小伙子,"他说道,"那不是什么赫尔宗。那是佩卡·罗林斯。想在巴伦行走的话,你最好记住他的名字。"

卡兹知道佩卡·罗林斯的名字。每个人都知道。他只是从未见过人。

就在那时,罗林斯把头转向了窗户。卡兹等他认出他来——一个得意的笑,一个讥讽的笑,或者其他一星半点认出他的迹象。但赫尔宗的眼睛直接绕过了他。一个标记而已。一次选择性宰杀而已。他又怎么会记得?

很多喜欢卡兹揍人方式和玩牌技术的帮派,都有意拉拢他加入。但他全都拒绝了。他来巴伦是为了找赫尔宗,为了惩罚他的,而不是加入什么临时的团伙。但知道他真正的目标是佩卡·罗林斯之后,一切都变了。那天晚上,他躺在一间他临时占用的空房的地板上,一夜未眠,思考他究竟想要什么,想着怎么做才能最终为乔迪伸张正义。佩卡·罗林斯拿走了卡兹的一切。如果卡兹打算以其人之道还治其人之身,他首先要能和罗林斯平起平坐,然后再超越他,并且这事不能靠他单打独斗。他需要一个帮派,不是随便什么帮派都行,而是一个需要他的团伙。第二天,他走进了斯兰特,问珀尔·哈斯克尔他是否能动用别的士兵。从那时起他便知道,虽然他要从大兵做起,但德勒格斯会成为他的军队。

是过去的那一步步让他今晚走到了这里吗?到这漆黑的走廊里?这

不是他所期待的复仇。

一排排的牢房延伸着，没尽头，没可能。他没可能及时找到罗林斯。但这没可能只存在于可能之前。他看到了那个庞大的身躯，隔着钢门的格栅看到了那红润的脸。那不可能只存在于他站在佩卡·罗林斯的牢房门前之前。

他侧身躺着，睡得正熟。看起来有人狠狠地收拾了他一顿。卡兹看着他胸膛起起伏伏。

在那个杜松子酒商店第一次瞥到佩卡之后，卡兹见过他多少次了？但他从来没有认出他的迹象。他不再是个孩子，佩卡没理由能从他的外貌上认出那个曾受他骗的孩子。但每次他们有交集的时候，他都觉得很愤怒。不应如此。佩卡的脸——赫尔宗的脸——在卡兹的脑海中是不可磨灭的，就跟用锯齿状的刀刻上去的一样。

卡兹如今有些犹豫，感受着撬锁工具那微不足道的重量，就像手心里放着一只虫子一样。这不就是他想要的吗？看佩卡跌入谷底，丧失尊严，处境悲惨，满心绝望，他最得力的手下死在围墙的尖刺上。或许这就够了。或许他现在需要的是让佩卡知道他究竟是谁，知道他做了什么。他可以进行一场小审判，宣判，然后予以处罚。

埃尔德钟楼传来了三刻钟的钟声。他应该离开了。留给去地下室的时间不多了。妮娜可能在等他。他们都在。

但是他需要这个。这也是他为之奋斗的目标。虽然这不是他设想的方式，但或许也没什么差别。如果佩卡·罗林斯被某个无名的菲尔丹剑子手处死，那这一切就都不重要了。卡兹将会有四百万克鲁志，但乔迪的仇将永远无法得报。

卡兹很容易就撬开了牢房门。

佩卡睁开了眼睛，然后笑了。他根本就没睡。

乌鸦六人组(卷一):六只乌鸦

"你好,布莱克,"罗林斯说道,"来幸灾乐祸?"

"并不全是。"卡兹回答道。

他身后的门砰的一声关上了。

第五部分

冰不会原谅

27
詹斯博

八声钟响

卡兹到底去哪了？ 詹斯博在焚化炉前面单脚跳来跳去，微弱的警报声传入他的耳中，扰乱了他的思绪。黄色协议？红色协议？他记不清哪个是哪个了。他们的整个计划是围绕着绝对不会听到警报声展开的。

伊奈姬已经在屋顶系好了绳子，放了下来让他们爬上去。詹斯博已经送威岚和马蒂亚斯带着剩下的绳子先上去了，一起带上去的还有他在要洗的衣服里发现的一把剪刀，以及他用搓板上的金属条做的一个抓钩。然后他清理掉了废物室地板上溅到的雨滴和水滴，确保没有绳子刮屑或其他他们留下的痕迹。除了等待之外无事可做——还有警报响起时的恐慌。

他听到囚犯们在大喊大叫，屋顶上传来雷鸣般的跺脚声。随时都可能会有警卫凭着直觉冒险来到地下室。如果他们在焚化炉旁发现了詹斯博，那到屋顶的路线就暴露无遗了。他不仅会毁了自己，还会连带着其他人一起。

快点儿，卡兹，我在等你。他们都在等你。就在几分钟前妮娜冲进了废物室，上气不接下气。

"走！"她大声吼道，"你在等什么？"

"你！"詹斯博回击道。但他问她卡兹在哪的时候，妮娜的脸皱成一团。

"我以为他跟你在一起。"

她消失在了绳子上，吭哧吭哧地用着力，就剩詹斯博一个人站在下面，犹豫不决。那些警卫抓住卡兹了吗？他是在监狱某处为活命而战吗？

他是卡兹·布莱克。即使他们把他锁了起来，卡兹也可以逃出任何一间牢房，他打得开所有的镣铐。詹斯博可以给他留绳子，并祈祷雨和逐渐冷却的焚化炉别把绳子底端烧掉。但如果他像个傻子似的站在这里，会暴露他们的逃跑路线，那他们所有人都在劫难逃。除了爬之外他别无选择。

詹斯博刚抓住绳子时，卡兹从门里冲了进来。他的衬衫上沾满了血，漆黑的头发乱蓬蓬的。

"快。"他直截了当地说。

詹斯博的脑子里有无数个问题，但他没停下来问他。他抓着绳子从煤炭的上空荡过去，开始攀爬。依旧有雨不断从上面落下，卡兹跟在他后面抓住绳子的时候，他感觉绳子抖了一下。詹斯博向下看去，看到卡兹借助绳子，使足力气关上了他们身后焚化炉的门。

詹斯博两只手交替着一个结点一个结点地往上爬。他的胳膊发疼，绳子勒划了他的手掌。必要的时候，他用脚撑着焚化炉的墙壁借力，然后会因砖块的热度而迅速缩回。没有任何可以抓的东西，伊奈姬是怎么爬上去的？

上面，埃尔德钟楼的警报声依旧在响，像是打开了一个装满了愤怒

乌鸦六人组(卷一):六只乌鸦

的锅碗瓢盆的抽屉。什么地方出问题了?为什么卡兹和妮娜分开了?他们要怎么摆脱这困境?

詹斯博摇了摇头,试图眨出落入眼睛的雨水,他越爬越高的时候,背上的肌肉都鼓了起来。

"感谢神明。"马蒂亚斯和威岚抓着他的肩膀把他拖上最后几英尺时,他气喘吁吁地说道。他在烟囱的边缘绊了一下,倒在屋顶上,浑身湿透,瑟瑟发抖,像一只差点溺亡的小猫。"卡兹在绳子上。"

马蒂亚斯和威岚抓住绳子把他拉了上来。詹斯博不确定威岚帮了多大忙,但他确实挺卖力的。他们把卡兹拽出了通风井。他仰躺在地上,大口呼吸空气。"伊奈姬在哪?"他气喘吁吁地问道。"妮娜在哪?"

"已经在大使馆的屋顶上了。"马蒂亚斯说道。

"留下这根绳子,带上剩下的,"卡兹说道,"我们走。"

马蒂亚斯和威岚把焚化炉上那脏兮兮的绳子随意扔作一堆,然后抓起了两卷干净的绳子。詹斯博拿了一卷,勉强自己站了起来。他跟着卡兹走到了屋顶的边缘,伊奈姬在这里拴了一根拴绳,这根绳子一端连接着监狱顶部,另一端连着下面大使馆区的屋顶。这相当于为不具备幽灵那蔑视地心引力的天赋的人装了一根吊索。

"感谢神明,捷尔,以及他姨妈伊娃。"詹斯博满怀感激地说道,然后滑下了绳索,其他人也紧随其后。

大使馆的屋顶是弧形的,可能是为了能让雪落下去,但走在上面,感觉就像走在一只巨鲸的背上似的。这里的屋顶明显……要比监狱屋顶的透气性和排水性好很多。它布满了入口——通风孔,烟囱,为采光而设计的小玻璃穹顶。妮娜和伊奈姬蜷缩在最大的穹顶的底部,那里是装饰浮雕细工的天窗,可以俯视大使馆入口处的圆形大厅。那里无法避雨,但万一有环形墙上的警卫把目光从引道转向法庭的屋顶,也看不见她们。

妮娜把伊奈姬的脚放到她的大腿上。

"她脚后跟上的橡胶我弄不下来。"看到他们走来时,她说道。

"帮她。"卡兹说道。

"我?"詹斯博说道,"你不是让我——"

"照做。"

詹斯博趴了下来,以便能够更好地看清伊奈姬满是水疱的脚,感觉到卡兹在看着他的一举一动。上次伊奈姬受伤的时候,卡兹很不安,虽然这次要比刺伤好很多——并且这次卡兹没法怪在黑尖团头上。詹斯博把注意力集中在橡胶微粒上,想和从监狱铁栏上提取铁矿微粒一样,把它们从伊奈姬的血肉中弄出来。

伊奈姬知道他的秘密,但妮娜张大嘴看着他,"你是一个制造师?"

"我说不是的话你相信吗?"

"你为什么不告诉我?"

"你没问过。"他无力地道。

"詹斯博……"

"别管它,妮娜。"她紧紧地抿着嘴,但他知道,这不会是他最后一次听她提起这事。他把注意力重新放在伊奈姬脚上。"神呐。"他说道。

伊奈姬皱着眉头。"很糟糕吗?"

"不是,只是你的脚是真的丑。"

"这双丑脚让你爬上了屋顶。"

"但我们被困在这儿了?"妮娜问道。埃尔德钟楼的警报声终于停了下来,在随之而来的一片寂静之中,她如释重负地闭上了眼睛。"终于。"

"监狱里发生了什么?"威岚问道,声音里有压不下去的恐慌,"什么触发了警报?"

"我撞到了两个警卫。"妮娜说道。

詹斯博抬头看了一眼。"你没把他们放倒?"

乌鸦六人组(卷一):六只乌鸦

"我有。但其中一个开了几枪。另外一个警卫跑过来了。就在那时,警报响了。"

"该死的。所以警报就是这么触发的?"

"可能,"妮娜说道,"你那时候在哪儿,卡兹?如果不是浪费时间找你,我就不会出现在那楼梯井。你为什么没有按时和我在楼梯平台处会合?"

卡兹透过穹顶的玻璃向下看去。"我决定去五楼的牢房也搜寻一圈。"

他们都盯着他。詹斯博感觉他的脾气要开始发作了。

"你在搞什么鬼?"他说道,"你在我和马蒂亚斯回来之前就出发了,然后你又决定扩大搜索范围,害得妮娜以为你遇到了麻烦。"

"我有事要处理。"

"这不是个好理由。"

"我有某种直觉,"卡兹说道,"我就遵从它了。"

妮娜满脸的不可置信。"某种直觉?"

"我犯了个错误,"卡兹低声咆哮道,"可以了吗?"

"不可以,"伊奈姬平静地说道,"你欠我们一个解释。"

片刻之后,卡兹说道:"我去找佩卡·罗林斯了。"卡兹和伊奈姬对视着,詹斯博却无法理解:这其中有什么事情是把他排除在外的。

"神呐,为什么?"妮娜问道。

"我想知道德勒格斯中谁给他走漏了消息。"

詹斯博等着下文。"结果呢?"

"我没找到他。"

"那你身上的血是怎么回事?"马蒂亚斯问道。

"碰到警卫了。"

詹斯博并不相信。

卡兹用手捂住了眼睛。"我搞砸了。我触发了警报,理应受到责备。但这并不能改变我们的处境。"

"我们处境如何?"妮娜向马蒂亚斯问道,"他们现在会做什么?"

"那警报是黄色协议,区域干扰。"

詹斯博揉着太阳穴。"我想不起来那意味着什么了。"

"我猜他们以为有人试图越狱。那个区域已经封锁起来,与冰庭的其他部分隔绝开了,所以他们会进行搜寻,可能会努力找出牢房里谁不见了。"

"他们会发现男囚和女囚拘留区被我们迷晕的罪犯,"威岚说道,"我们需要离开这里,忘了博·亚尔拜亚这茬。"

马蒂亚斯不屑地摆了摆手。"已经太迟了,如果警卫认为有人在越狱,所有的关卡都会高度戒严。他们不会让任何人通过的。"

"我们依旧可以试试,"詹斯博说道,"我们赶紧把伊奈姬的脚包扎好……"

她活动了下脚,然后站了起来,试了试她光秃秃的鞋底。"感觉还好。就是我鞋底的凸起的斑纹没有了。"

"我可以给你一个地址,方便你把投诉邮过去。"妮娜眨了下眼睛说道。

"好了,幽灵可以走动了。"詹斯博说道,用袖子擦了擦他湿透的脸。雨慢慢变小了,跟细雾一样。"我们找一间舒适的房间,给那些参加派对的人迎头一击,然后穿上他们的最好衣服大摇大摆地走出这里。"

"穿过大使馆大门和两道关卡?"马蒂亚斯怀疑地问道。

"他们不知道已经有人从监狱区逃了出来。他们看到了妮娜和卡兹,所以他们知道有人逃出了牢房,但关卡的警卫会关注穿着囚服的匪徒,而不是穿着精致衣服,香气袭人的外交官。我们需要在他们反应过来六个人已经潜逃到了外圈之前这么做。"

"算了吧,"妮娜说道,"我是来这找博·亚尔拜亚的,找到他之前我是不会离开的。"

乌鸦六人组（卷一）：六只乌鸦

"那有什么意义？"威岚说道，"即便你设法到了白岛，找到了博·亚尔拜亚，我们也没法出去了。詹斯博说得对：我们应该趁着还有机会赶紧离开这儿。"

妮娜双手在胸前交叉。"如果我必须独自去白岛的话，我会的。"

"那可能行不通，"马蒂亚斯说道，"看。"

他们一起聚在玻璃穹顶周围。圆形大厅里有很多人，他们喝着酒，谈笑风生，互相问候，在白岛的庆祝开始之前，举行着一场喧闹的派对。

他们正看着时，一队新的警卫推门进入了大厅，努力组织人群排队。

"他们加了一个新的关卡，"马蒂亚斯说道，"在允许人们前往玻璃桥之前，他们会重新检查每个人的身份证件。"

"因为黄色协议？"詹斯博问道。

"可能。一种防范手段。"

这像是看着他们最后一点好运都消失在了玻璃里。

"那就这么决定了，"詹斯博说道，"我们需要减少损失，想办法现在出去。"

"我知道一个办法。"伊奈姬静静地说道。他们都转头看着她。穹顶黄色的灯光汇聚在她乌黑的眼里。"我们可以通过关卡，到达白岛。"她指着下面从警卫室大院进入圆形大厅的人说道，那些人正在抖身上的水雾。从礼服的颜色，头上的花饰和领圈上很容易就能认出蓝色伊里斯的姑娘们。也没人会把她们与安维尔的男人们搞混——他们不惧严寒，光着手臂，骄傲地展示着巨大的刺青。"西斯戴夫的代表团已经开始到场了。我们可以进去。"

"伊奈姬……"卡兹说道。

"妮娜和我可以混进去。"她继续说道。她的背挺得笔直，语气平稳。她看上去像是面对行刑队，咒骂着头套一样。"我们和动物园的一起进去。"

28
伊奈姬

八声钟响和两刻钟报时

卡兹专注地看着她,他黑咖啡般的眼睛在穹顶的灯光下闪闪发光。

"你清楚那些服装,"她说道,"厚重的斗篷,兜帽。那是菲尔丹人所能看到的一切。一个哲蒙尼幼鹿。一个克里什母马。"她吞了吞口水,艰难地接着说了下去。"一个苏里猞猁。"不是人,甚至不是真的姑娘,只是一些待收集的可爱物品。会有客人低语道,我一直都想扑倒一个哲蒙尼姑娘。一个红头发的克里什姑娘。一个焦糖色皮肤的苏里姑娘。

"这很冒险。"卡兹说道。

"什么不冒险呢?"

"卡兹,你和马蒂亚斯要怎么过关?"妮娜问道,"我们可能需要你撬锁,如果在岛上,事情有变的话,我不想被困在那里。我很怀疑你们冒充动物园能不能蒙混过关。"

"这应该不是问题,"卡兹说道,"赫尔瓦尔会对我们有所保留。"

乌鸦六人组(卷一):六只乌鸦

"是吗?"伊奈姬问道。

"不是……"马蒂亚斯用手抓了抓他参差不齐的头发。"你是怎么知道这些的,恶魔?"他朝卡兹低声咆哮道。

"逻辑。冰庭在自动防故障装置和双重系统方面堪称杰作。玻璃桥让人印象深刻,但在紧急情况下,还会有其他方式来增援白岛,并将皇室带出去。"

"没错,"马蒂亚斯恼怒地说道,"还有其他到达白岛的办法。但那很棘手。"他瞥了一眼妮娜。"穿着礼服显然是不行的。"

"等等,"詹斯博打断了他,"谁在乎所有人都能到达白岛?即使妮娜从某个菲尔丹高官那里套出了博·亚尔拜亚的位置,然后你把他弄到了这里,我们依然被困住。那时警卫会完成搜查,知道有六个囚犯不知道用什么方法逃出了监狱区。我们进入大使馆大门和通过关卡的全部机会就都没了。"

卡兹的目光从穹顶转向了大使馆的露天院子和环形墙旁的警卫室。

"威岚,让这些门失效有多难?"

"让它开着?"

"不,让它一直关着。"

"你的意思是毁掉它?"威岚耸了耸肩,"我不觉得那会很难。我们进入监狱大门的时候我看不到它的机制,但从布局来看,我猜它很常规。"

"滑轮,嵌齿,和一些很大的螺丝?"

"唔,是的,还有一个相当大的绞车。电缆包裹着它,就像一个大线轴一样,警卫通过手柄或轮子转动它。"

"我知道绞车是怎么运转的。你能拆掉一个吗?"

"我觉得可以,但是电缆连接的警报系统有点复杂。我不确定我能在不触发警报的情况下拆掉它。"

"很好,"卡兹说道,"我们就是要触发警报。"

詹斯博一只手举了起来。"抱歉,我们难道不是想不惜一切代价避免黑色协议吗?"

"我确实记得其中一些后果。"妮娜说道。

"我们利用它来对抗警卫的话另说。今晚,法庭的安保系统大都集中在白岛和大使馆这里。触发黑色协议的时候,玻璃桥会关闭,把所有的警卫和客人都困在这里。"

"但是马蒂亚斯离开白岛的路线怎么办?"妮娜问道。

"他们无法以那种方式方法调动主要警力,"马蒂亚斯让步道,"至少没那么快。"

卡兹看着白岛,歪着头,目光有点分散。

"一脸算计。"伊奈姬低语道。

詹斯博点了点头,"的确如此。"

她有点怀念这表情。

"环形墙上有三道大门,"卡兹说道,"监狱大门已经因为黄色协议紧锁。大使馆大门是一个挤满了客人的瓶颈——菲尔丹人不会让军队从那进去。詹斯博,巫师猎人区的大门交给你和威岚负责。你用它来触发黑色协议,然后摧毁。拆到所有警卫都没法出来追踪我们即可。"

"我非常赞成把菲尔丹人锁在他们的'堡垒'里,"詹斯博说道,"真的。但我们怎么出去?一旦我们触发黑色协议,你们将会被困在岛上,我们会被困在外圈。我们没有武器,也没有可以用来爆破的材料。"

卡兹露齿而笑,笑容像一把锋利的剃刀。"我们可是真正的盗贼。我们要小小地扫一圈货——由菲尔丹人全权买单,"他说道,"伊奈姬,我们先从闪光的东西开始吧。"

在大玻璃穹顶旁边,卡兹详细地说明了他的想法。如果说旧计划很

乌鸦六人组(卷一):六只乌鸦

大胆的话,它至少还是基于秘密行动的基础之上的。这个新计划冒险且鲁莽,甚至有点疯狂。它不只是在跟菲尔丹人宣告他们的到来,更像是大肆宣扬。成员需要再次分头行动,他们还是会按照埃尔德钟楼的报时来把握行动时间,但现在没什么犯错的余地了。

伊奈姬在心里默默思考了一遍,原本期待着找到一些注意事项和需要担忧的事,但她发现自己已经做好准备了。她接这活儿不是为了付清欠珀尔·哈斯克尔的债务。也不是为了完成卡兹或是德勒格斯的任务。她想要——钱,能帮她完成梦想的钱。

卡兹解释的时候,詹斯博拿出从待洗衣服里找到的剪刀来分配绳子,威岚帮伊奈姬和妮娜做准备工作。为了乔装成动物园的成员混进去,她们需要刺青。他们先从妮娜开始。威岚根据伊奈姬的描述,用卡兹的一个撬锁工具和詹斯博从屋顶上提取出来的黄铁矿,几经修改,尽自己最大的能力在妮娜的手臂上描摹了一个动物园的羽毛图案。然后妮娜把颜料融进了自己的血肉里。身体操控能力者不需要文身针。妮娜尽自己最大的努力,修复了伊奈姬前臂上的疤痕。结果不是特别尽如人意,但他们都没时间了,并且妮娜也不是一个专业的修容师。威岚在伊奈姬的皮肤上画了第二个羽毛图案。

妮娜顿了顿,"你确定吗?"

伊奈姬深吸了一口气。"这是出征前的彩绘,"她对自己,也对妮娜说道,"这是我需要打上的标记。"

"它也只是暂时的,"妮娜保证道,"我们一到港口我就给你去掉。"

港口。伊奈姬想起了彩旗飞扬的费罗琳德号,看着孔雀羽毛渗进她皮肤里时,脑子里努力一直想着那幅画面。

完工后的刺青经不起任何仔细的检查,但希望她能侥幸过关。

最终,他们站了起来。伊奈姬估计动物园到得会比较晚——坦特·海琳喜欢闪亮登场——但她们依旧需要做好准备,在时机到来时快速行动。

然而,他们犹豫了。心里清楚他们可能再也见不到彼此了,他们中的一部分人——或者所有人——可能活不过今晚,这种沉重的气氛在空气中凝滞。一个赌徒,一个罪犯,一个任性的儿子,一个失踪的格里莎,一个成了杀手的苏里女孩,一个堕落了的巴伦少年。

伊奈姬看着形象怪异的队员们,他们光着脚,穿着被煤烟弄脏的囚服,穹顶的金色灯光给他们的身影镀上了一圈金边,在薄雾之中显得很柔和。

是什么把他们绑在了一起?贪婪?绝望?还是因为知道有人或者所有人今晚会消失不见,也不会有人来找吗?伊奈姬的父母可能还在因为失去女儿而垂泪,但如果伊奈姬在今晚死去,没有人会为现在的她而悲伤。她没有孩子,没有父母,没有兄弟姐妹,只有身边一起并肩战斗的人。或许这也是值得悲伤的事情。

詹斯博是第一个开口说话的。"无需吊唁。"他笑着说道。

"无需葬礼。"他们异口同声地回应道。甚至连马蒂亚斯都悄声附和。

"如果你们中有人幸存下来,记得确保我有个敞开的棺材,"詹斯博一边说,一边把两小卷绳子扛在肩上,然后示意威岚跟着他穿过屋顶,"这张脸值得在这世上多停留一会儿。"

伊奈姬看到马蒂亚斯和妮娜紧张地对视着,但她没有多惊讶。经历了和舒国人的一战之后,他们之间有些什么东西悄悄改变了,但伊奈姬说不上来具体是什么。

马蒂亚斯清了清嗓子,笨拙地朝妮娜微微欠了欠身。"有什么要说的吗?"他问道。

妮娜敷衍地欠了欠身作为回应,就让他带着她离开了。伊奈姬很高兴,她想和卡兹单独待会儿。

"我有东西要给你。"说着,她从囚服袖子里拿出了他的皮手套。

乌鸦六人组(卷一)：六只乌鸦

他看着它们。"怎么……"

"我从废弃的衣服里找到的。在我爬通风井之前。"

"黑暗之中爬了六层楼。"

她点了点头。她不打算等他的一声谢谢。不为爬通风井，不为这手套，不再为其他任何东西。

他慢慢戴上了手套，她看着他苍白、脆弱的手消失在了皮手套下。那是魔术师的手——那修长、优雅的手指是为了撬锁、藏硬币，让东西消失而生。

"我们回到卡特丹姆之后，我会拿着我的那份钱离开德勒格斯。"

他把头转向了一边。"你应该这么做的。你太善良了，不适合巴伦。"

是时候离开了。"神之速度，卡兹。"

卡兹抓住了她的手腕。"伊奈姬。"他戴着手套的拇指划过她的脉搏，在羽毛文身上摩挲着。"如果我们能成功的话，我想让你知道……"

她等着他说完。她感觉内心的希望扇动着翅膀，准备在卡兹说出那些正确的话之后展翅高飞。但她的希望最后成了沉默。那些话永远都不会说出来了。心是一支箭。

她伸出手，碰了碰他的脸颊。她以为他又会退缩，甚至是会打开她的手。在与卡兹肩并肩战斗了近两年的时光里，他们一起完成那些深夜里的算计，那些看似不可能的盗窃，那些暗中进行的任务，一起吃了无数次的炸土豆，一起在赶路途中，狼吞虎咽地吃蔬菜马铃薯泥，但这是她第一次直接碰触到他，没有手套，没有外套，也没有衬衣袖子的阻挡。她的手轻轻捧着他的脸颊。因为下雨，他的皮肤冰冷而潮湿。他静静站着，一动不动，但她却看到他颤动了下，好像是在跟自己作斗争一样。

"如果我们没活过今晚，我将会毫无畏惧地死去，卡兹。你敢说同样的话吗？"

他的眼眸几近墨色，瞳孔放大了。她可以看见在她的碰触之下，他竭尽全力让自己一动不动。然而，他没有躲开。她知道这是他的极限了。但这还不够。

她放下了手，深深地吸了一口气。

卡兹曾说他不想要她的祈祷，而她也不会说出口，但无论如何她都希望他安全。她现在有自己的目标了，她的心有了方向，虽然知道这条路意味着要与他分别，但她可以忍受。

伊奈姬和妮娜一起在穹顶边缘等着动物园的到来。穹顶比较宽，但比较薄，全是浮雕细工装饰和玻璃。伊奈姬看到下面广阔的圆形大厅里镶嵌而成的地板。那地板在参加聚会的人群中若隐若现——地上的图案是两只嬉戏的狼，只要冰庭还在，它俩就注定只能原地打转。

从宏伟的拱门进来的客人，被分成小组护送入了圆形大厅附近的房间，来搜查有没有带武器。伊奈姬看到警卫出现了，他们戴着小胸章，豪猪毛绣制品，有的还甚至戴了肩带，伊奈姬怀疑那肩带里可能有金属或者金属丝。

"你其实不必这么做的，"妮娜说道，"你没必要再次穿上这些丝绸的。"

"比这更糟糕的事我都做过了。"

"我知道，你为我们爬上了六层楼高的地狱。"

"我不是这意思。"

妮娜顿了顿。"那我也知道你说的是什么，"她犹豫了下，然后说道，"这次艰难的旅程对你如此重要吗？"听到妮娜声音里的内疚感时，伊奈姬很惊讶。

埃尔德钟楼传来了九声钟响。伊奈姬低头看着圆形大厅地板上嬉戏

乌鸦六人组(卷一):六只乌鸦

的狼。"我不知道我为什么要加入这个任务,"她承认道,"但我知道我为什么要完成这个任务。我知道命运为什么把我带到这来,为什么让我走上了赢取这笔赏金的路。"

她有点含糊其词,因为她还没准备好说出她心底燃起的那个梦想——一个人,一艘船,一场斗争。它似乎是需要保密的东西,是一粒如果不拔苗助长,就可以长成参天大树的种子。她甚至不知道怎么开船。然而她有点想要把一切都告诉妮娜的冲动。如果妮娜决定不回雷凡卡,一个摄心师将会是她很好的搭档。

"他们来了。"妮娜说道。

动物园的姑娘们排着楔形队伍,推开门进入了圆形大厅,她们的礼服在烛光下闪闪发光,斗篷上的兜帽遮住了她们的脸。每个兜帽都代表着一种动物——圆耳白斑的哲蒙尼幼鹿,褐色顶鬃的克里什母马,红色鳞片的舒国大蛇,雷凡卡狐狸,来自南方殖民地的猎豹,一只乌鸦,一只貂,当然还有苏里猞猁。那个个子高挑,金发碧眼,穿着银色皮毛扮演菲尔丹狼的姑娘显然不在。

接待她们的是穿着制服的女警卫。

"我没看到她。"妮娜说道。

"等着吧。孔雀会是最后入场的。"

果然,她来了:海琳·凡·后登,穿着闪闪发光的蓝绿色绸缎衣服,用孔雀羽毛精心制作的环状衣领衬托着她金色的头。

"精致。"妮娜说道。

"精致可不在巴伦出售。"

伊奈姬发出了一声高亢的口哨。詹斯博的口哨声从远处的某个地方传来。这就是了,伊奈姬想道。她已经做了推手,巨石如今滚下了山坡。谁知道它会带来怎样的破坏,又有什么会建在废墟上呢?

妮娜眯着眼往玻璃下看去。"那么多钻石的重量竟然还没把她压垮?

不会是假的吧?"

"唔,是真的。"伊奈姬说道。那些珠宝是用像她这样的女孩的血汗与悲伤换来的。

警卫把动物园的成员分成了三组,海琳则是单独护送。那孔雀从来不会在其他女孩面前脱掉衣服,撩起裙子。

"她们。"伊奈姬指着一组人说道,苏里狯猁和克里什母马也在那组。她们朝着圆形大厅左侧的门走去。

妮娜的目光追随着她们,伊奈姬翻过了屋顶,追踪着她们的活动轨迹。

"哪道门?"她喊道。

"右边第三个。"妮娜说道。伊奈姬移动到了最近的风道,抬起了格栅。对妮娜来说可能有点窄,但她们还是想办法进去了。她滑下通风管,蹲伏在房间之间狭窄的通风井里移动。在她身后,她听到一声咕哝,接着是一声巨响,妮娜跟一包待洗衣服一样,砰的一声落到了通风井的底部。伊奈姬的脸抽搐了下。希望在下面的人发出的噪声能够把那动静掩盖过去。或许冰庭的老鼠真的很大。

她们匍匐前进,一一查看她们经过的通风孔。最终,她们低头看去,看到了一个类似于会议室的房间,被征用来让警卫对客人进行检查。

异国风情屋的成员拿掉了她们的斗篷,把它们放在了长长的椭圆形桌子上。其中一个金发碧眼的警卫把姑娘们全身上下都拍了一遍,仔细检查着她们衣服上面的接缝和褶边,甚至还把手指插入她们的头发间,另外一个警卫把手放在步枪上,密切监视着所有人的一举一动。她虽然带着枪,但看上去高度紧张。伊奈姬知道菲尔丹人是不让女性在军队承担作战任务的。或许这些女警卫是从别的部门征募过来的。

伊奈姬和妮娜一直等着,直到警卫完成了对那些姑娘,以及她们的斗篷和串珠钱包的搜查。

乌鸦六入组（卷一）：六只乌鸦

"Ven tidder。"一个警卫从房间出去时说道，让动物园的姑娘们都坐在右边。

"五分钟。"妮娜低声翻译道。

"走。"伊奈姬说道。

"我需要你动一动。"

"为什么？"

"因为我需要清晰的视线，而现在我满眼都是你的屁股。"

伊奈姬往前挪了挪，妮娜就可以清晰地看到通风孔了，片刻之后，她听到了四声轻柔的闷响，动物园的姑娘们瘫倒在了深蓝色的地毯上。

很快，她把格栅扳松，然后落到了光滑的桌面上。妮娜紧跟着她，跌跌撞撞地滑了下来，落地时瘫成了一团。

"不好意思。"她爬起来时呻吟着道。

伊奈姬几乎要笑出声了。"你在作战的时候特别优雅，但跌落的时候不是。"

"大概是学这个的时候没去上学。"

她们把苏里和克里什女孩的衣服扒得只剩内衣，然后用窗帘上的绳子把她们的手腕和脚踝都捆了起来，把囚服撕成条，堵住了她们的嘴。

"时间紧迫。"伊奈姬说道。

"抱歉。"妮娜在克里什女孩的耳边低语道。伊奈姬知道通常妮娜都会用颜料来改变自己的发色，但如今没有时间了。妮娜直接从那女孩鲜红的头发上榨取了红色，用在自己的头发上，留给那个女孩一头乱糟糟的白色大卷，有些头发看上去宛若生锈一般，而妮娜的头发也没变成地道的克里什红。妮娜的眼睛是绿色的而不是蓝色的，但那样的改变没法一蹴而就，她们只能这样了。她从女孩的绣珠包里拿出了白色粉末，尽自己最大的努力把皮肤涂白。

妮娜在一边行动时，伊奈姬把其他女孩拖到了墙另一边的一个高高的银木柜子里,把她们的四肢正了正,给那个克里什姑娘留点位置。她检查了下那苏里女孩的塞口布,确定没问题时觉得一阵内疚。她是坦特·海琳买回来代替伊奈姬的:她有和她一样的古铜色皮肤,一样浓密的黑发。但她的身形不同,更加柔软,更有曲线感,而不是像她那样纤细消瘦。或许是她自愿去坦特·海琳那的。或许是她选择了这种生活。伊奈姬希望她的猜想是真的。

"愿神明保佑你。"伊奈姬对这个陷入昏迷的女孩轻轻说道。

敲门声响起,有人在用菲尔丹语说话。

"她们需要用这个房间来检查下一批女孩。"妮娜低声说道。

伊奈姬和妮娜把那个克里什女孩塞进了柜子里,并想办法关上门并上了锁,然后快速套上她们的戏服。伊奈姬很庆幸她没时间考虑那熟悉但不讨人喜欢的丝绸衣服穿在身上的感觉,还有脚踝上那可怕的铃铛声。她们以最快的速度披上了斗篷,然后匆匆扫了一眼镜子。

俩人的戏服都不合身,伊奈姬的紫色丝绸衣服太宽松了,至于妮娜……

"这究竟是什么鬼?"她低头打量着自己说道。低领的礼服几乎遮不住她丰满的乳沟,裙子紧紧包裹着臀部。它的设计原本看上去像一个蓝绿色的鱼尾,结果现在成了微微发光的薄绸团扇。

"可能是美人鱼?"伊奈姬说道,"或者波浪?"

"我以为我是匹马。"

"他们不会给你穿带有马蹄的服装的。"

妮娜用手抚平了那滑稽的戏服。"我觉得我要出名了。"

"我很好奇马蒂亚斯对这件衣服的评价。"

"他不会认可的。"

"他不认可与你有关的任何东西。但你笑的时候,他就立马振作起来,像是遇到水的郁金香一样。"

乌鸦六人组(卷一):六只乌鸦

妮娜嗤之以鼻。"马蒂亚斯牌郁金香。"

"一朵发蔫的黄色大郁金香。"

"你准备好了吗?"她们把兜帽拉得低到遮住脸时,妮娜问道。

"好了。"伊奈姬说道,而她也确实准备好了。"我们需要分散她们的注意力。否则她们会注意到进去了四个女孩,却只出来了两个。"

"交给我。留意你的褶边。"

她们开门走向走廊时,警卫不耐烦地招手让她们过去。斗篷之下,妮娜用力地晃了晃手指。一个警卫发出一声低呼,她开始流鼻血,血把制服前面染了一大片。另外一个警卫嫌弃地避开,但下一秒钟,她捂住了自己的胃部。妮娜以搅动的方式转动手腕,那个女警卫的神经系统产生一阵强烈的恶心感。

"你的褶边。"妮娜平静地重复道。

伊奈姬还没来得及拉拢披肩,那警卫就弯着腰,把她吃的晚饭都吐到了瓷砖地板上。走廊的客人尖叫起来,推搡着彼此,想从混乱中脱身。妮娜和伊奈姬一边快速往外走,一边应景地发出厌恶的尖叫声。

"流鼻血的把戏其实就已经足够了。"伊奈姬低声说道。

"做戏最好做足点。"

"我没看出来好在哪儿了。我觉得你只是想让菲尔丹人痛苦。"

她们一路低着头,走进了挤满圆形大厅的人群中,忽略了想要努力指引她们去房间另一边的哲蒙尼鹿幼虎。她们必须与真正的动物园姑娘保持距离。伊奈姬只盼穿着斗篷,没那么容易穿越人群。

"这里。"伊奈姬说道,带着妮娜走到了远离动物园其他成员的那一排。那一排移动的速度似乎要快一点。但到了那一排的前面之后,伊奈姬怀疑自己做了一个糟糕的选择。这个警卫感觉比其他警卫都要疾言厉色,不苟言笑。他伸手要走了妮娜的文件,蓝色的眼睛仔细检查着。

"描述中说你有雀斑。"他用刻赤语说道。

"我确实有,"妮娜平静地说道,"只是它们现在看不出来。想看吗?"

"不,"那菲尔丹人冷冰冰地说道,"你比描述里说的高。"

"靴子,"妮娜说道,"我喜欢与人平视。你的眼睛很漂亮。"

他看着那文件,然后打量了下她的着装。"你比文件里描述的胖,我敢打赌。"

她巧妙地耸了耸肩,领口滑得更低了。"我心情好的时候喜欢吃,"她说道,厚颜无耻地噘了噘嘴,"然后我的心情一直挺好的。"

伊奈姬努力保持严肃。如果妮娜再眨巴眨巴眼睛,她估计就要破功笑出声了。但那菲尔丹人似乎很吃这一套。或许妮娜有让所有北方壮汉晕头转向的能力。

"进去吧,"他生硬地说,然后又补充道,"我……我等会儿可能会去参加派对。"

妮娜伸出一根手指,顺着他的手臂滑了下来。"我等你跳舞。"

他咧着嘴笑得像个傻子一样,然后清了清嗓子,恢复了严肃的表情。*神呐,伊奈姬想道,一直如此一本正经可能挺累的*。他马马虎虎地浏览了下伊奈姬的文件,思绪还停留在妮娜蓝绿色薄绸包裹之下的曼妙身材上。他挥手让她过去,但伊奈姬往外走的时候绊了一下。

"等等。"那警卫说道。

她停了下来。妮娜回头看了看。

"你的鞋是怎么回事?"

"只是有点大,"伊奈姬说道,"它们穿着穿着就变大了。"

"给我看下你胳膊?"那警卫说道。

"为什么?"

"照做。"那警卫严厉地说道。

伊奈姬把胳膊从斗篷中伸了出来,露出了凹凸不平的孔雀羽毛刺青。

一个戴着队长臂章的警卫走了过来。"怎么了?"

乌鸦六人组(卷一):六只乌鸦

"她是苏里人,这点毫无疑问,并且也有动物园的刺青,但这刺青看上去不太对。"

伊奈姬耸了耸肩。"我小的时候严重烧伤了。"

那队长指向入口处,入口附近警卫包围着一群面带恼色的客人。"把所有可疑的人都带到那边去。把她带过去和他们一起,我们等会儿把她带回关卡,重新检查一下她的证件。"

"我会错过派对的。"伊奈姬说道。

那警卫没有理会她,抓着她的手臂,把她拽到了入口处,那队伍里的人盯着她窃窃私语。她的心怦怦直跳。

妮娜面带惊恐,脂粉之下的脸也变得苍白,但伊奈姬没法说什么去安慰她。她朝她快速点了下头。*走,*她默默想道。*现在靠你了。*

29
马蒂亚斯

九声钟响

"如果我说不呢，布莱克？"这只是故作姿态，马蒂亚斯很清楚这点。可以提出异议的时间早就过去了。他们沿着大使馆屋顶的缓坡一路小跑，前往巫师猎人区，威岚累得气喘吁吁，詹斯博的步伐轻快，布莱克虽然没有拐杖，步态怪异，但一直与他们齐头并进。但马蒂亚斯不喜欢被这个盗贼看穿的感觉。"如果我不告诉你我有所保留的那一部分呢？"

"你会的，赫尔瓦尔。妮娜如今已经在去白岛的路上了。你打算让她困在那吗？"

"你太自以为是了。"

"在我看来恰到好处。"

"这里是冰庭，是吧？"他们快速翻越屋顶时，詹斯博看着下面那雅致的院子说道，每个院子周围都有一个流水潺潺的喷泉围绕，旁边还点缀着沙沙作响的冰柳。"我觉得如果你被判死刑的话，这是个行刑的好

乌鸦六人组(卷一):六只乌鸦

地方。"

"到处都有水,"威岚说道,"喷泉是捷尔的象征吗?"

"泉源,"卡兹沉思着,"是可以洗净一切罪恶的地方。"

"也可能是他们淹死你,让你招供的地方。"

詹斯博哼了一声。"威岚,你思想黑化得有点太快。我很担心德勒格斯把你带坏了。"

他们用一段对折的绳子和抓钩来穿过巫师猎人区的屋顶。威岚必须用绳子绑着自己,跟吊索一样才行,但詹斯博和卡兹游刃有余,他们双手交替着在绳子上移动,速度快得惊人。马蒂亚斯则要谨慎一些,虽然他没表现出来,但他不想让绳子因他的重量而嘎吱作响,垂向地面。

其他人把他拉上了巫师猎人区屋顶的石头,马蒂亚斯站起来往下看时,感到一阵眩晕。这里比冰庭的其他地方,比世界的任何一个角落都能给他家的感觉。但如今这家翻转了过来,而他的人生也已经错位。他暗中张望,看到屋顶上巨大的金字塔形天窗。他有很强烈的预感,如果透过玻璃看去,他会看到自己在训练室里练习跑步,在餐厅的长桌前坐着。

他听到远处的狼在嚎叫,在警卫室旁的窝棚里发出阵阵低吼,想知道它们的主人今晚去了哪里。如果他伸出手向它们走去,它们会认出他吗?他自己都不确定能不能认出自己。在北部的冰原上,他的选择似乎很明确。但现在,他的思绪变得混乱不清,因为这些匪徒和盗贼,因为伊奈姬的勇气和詹斯博的无畏,也因为妮娜,一直都是妮娜。他无法否认看到她仪容不整,气喘吁吁,惊魂未定地从焚化炉的通风井中活着爬出来时,内心如释重负的感觉。他和威岚把她从烟道拉出来时,他本该强迫自己放手。

不,他不会透过天窗往下看的。他再也不能软弱了,尤其是在今晚。是时候往前走了。

他们到了俯视护城冰河的屋顶边缘。在那里，冰河看上去很结实，在白岛警卫塔的灯光的映衬下，河面跟镜子一样闪闪发亮。但是冰河的水一直都在流动，只是水上覆盖着一层薄薄的冰霜。

卡兹把另一卷绳子系在了屋顶的边缘，准备顺着绳子滑到岸边。

"你们知道该怎么做，"他跟詹斯博和威岚说道，"十一声钟响，不要提前。"

"我什么时候提前过？"詹斯博问道。

卡兹抱住自己滑了下去，消失在另一边。马蒂亚斯紧随其后，双手抓紧绳子，赤裸的双脚撑在墙壁上。他抬头向上看去，发现威岚和詹斯博看着他。但等他再抬头的时候，他们不见了。

冰河周围的河岸铺着白石，又窄又滑。卡兹紧贴着墙壁站在那里，皱着眉头看着护城河。

"我们怎么过去？我没看到任何东西。"

"因为你不配。"

"我没近视。这就是什么都没有。"

马蒂亚斯顺着墙慢慢移动，手在及臀高度的墙面上摸索着。"在贺林凯拉，巫师猎人会为我们完成入会仪式，"他说道，"在圣白蜡树旁举行的典礼上，我们怀着雄心壮志接受检验，成为巫师猎人新手。"

"那是树跟你说话的地方。"

马蒂亚斯忍住了想把他推进水里的冲动。"那是我们期望能听到捷尔声音的地方。但那是最后一步。首先，我们需要在不被发现的前提下，穿过护城冰河。如果我们值得的话，捷尔会为我们指明道路。"

事实上是，年长的巫师猎人只是把秘诀告诉那些他们认同的有志之士：那是一种剔除弱者的方式，或只是筛掉那些不能成功入选的人。如果你交到了朋友，如果你证明了自己，然后就会有兄弟站在你这边，在启蒙之夜告诉你，你应该到护城冰河的河岸，双手在巫师猎人区的墙面

乌鸦六人组(卷一):六只乌鸦

上摸一摸。在墙中央,你会摸到一头狼的蚀刻版画,那里标示着另一座玻璃桥的位置——那座玻璃桥没有从冰河到大使馆侧翼的玻璃桥那么宽阔,那么高,它更平坦更窄一些,只有几英尺。它就在河表面那层薄冰之下,如果你不知道方法,是发现不了的。指挥官布鲁姆亲自给马蒂亚斯传授了如何寻找玻璃桥,以及如何在不被发现的情况下过河的秘诀。

马蒂亚斯在墙面上来回摸索了两遍,才摸到蚀刻版画的线条。他的手在那短暂地停留了下,感受着那将他与巫师猎人联系起来的传统,这传统跟冰庭一样古老。

"这里。"他说道。

卡兹拖着脚挪了过去,眯眼看着那护城冰河。他刚探出身去,就被马蒂亚斯拽了回来。

他指着环绕着白岛的墙上的警卫塔。"你会被发现的,"他说道,"用这个。"

他的手在墙上刮擦,手掌变白了。那晚,马蒂亚斯在他的入会仪式上,也是把这种白垩粉擦在自己的衣服和头发上。这种伪装躲过了塔上警卫的视线,他穿过狭窄的小桥,去和兄弟们碰面。

现在他和卡兹做了同样的事情,虽然马蒂亚斯注意到卡兹首先把他的手套叠整齐收了起来。肯定是伊奈姬还给他的。

马蒂亚斯踏上了这座不为人知的桥,然后听到卡兹在护城河的冰水漫过他脚踝时吸了一口气。

"冷,布莱克?"

"要是我们有时间游泳就好了。继续往前走。"

虽然马蒂亚斯奚落了卡兹,但他们走到一半时,他的脚完全失去知觉了。他密切关注着冰河上面的警卫塔。今晚早些时候巫师猎人可能经历过这一切了。虽然他没听说有谁在桥上被发现或被射杀,但一切皆有可能。

"经历这一切才能成为巫师猎人?"卡兹在他身后说道,"德勒格斯需要一个更好的入会方式。"

"这只是贺林凯拉的一部分。"

"好了,我知道了,然后那树会告诉你如何秘密握手。"

"我挺同情你的,布莱克。你的生命中没有什么是神圣的。"

过了很久之后,卡兹说道:"你错了。"

白岛的外墙矗立在他们眼前,墙上刻有波纹图样。他们花了点时间才找到把隐藏着大门的棱纹。就在片刻之前,巫师猎人可能就聚在这墙上的壁龛前,迎接他们的新兄弟上岸,但如今这里空荡荡的,铁格栅也是锁起来的。他们很快就进到了一个狭窄的通道,这通道通向皇家警卫营房后的花园。

"你一直都很擅长撬锁吗?"

"不是。"

"你怎么学会的?"

"和你学任何东西的方式都是一样的。拆解开来。"

"那些魔术呢?"

卡兹哼了一声。"所以你如今觉得我不再是个恶魔了?"

"我知道你是个恶魔,但你玩的把戏是人类的。"

"有些人看完魔术之后会说,'这不可能!'他们鼓掌欢呼,把钱交过来,然后十分钟后就把它抛到脑后了。还有些人会问它的原理是什么。他们回到家,躺在床上,辗转反侧,很想知道那魔术是怎么做到的。然后就有那些睡不着的人,一遍一遍尝试那魔术,寻找感官上的跳跃和幻象中的破绽解释眼睛为什么受骗;这些人属于那类如果自己掌握不了那些小把戏,就誓不罢休的人。而我就是那一类人。"

"你喜欢耍花招。"

"我喜欢谜题。耍花招只是我可以信手拈来的东西。"

乌鸦六人组(卷一):六只乌鸦

"花园,"马蒂亚斯指着前面的树篱说道,"我们可以一路沿着篱笆走去舞厅。"

就在他们快要从通道出来时,两个警卫绕过了这个角落——俩人都穿着黑银相间的巫师猎人制服,背着步枪。

"Perjenger!"其中一个惊讶地大声喊道。囚犯。"Sten!"

马蒂亚斯不假思索地说道。"Desjenet, Djel comenden!"退下,这是捷尔的意愿。这原本是巫师猎人指挥官说的,但他用自己最威严的语气说出这句话。

那士兵彼此交换了下疑惑的眼神。那一瞬间的迟疑就已经足够了。马蒂亚斯抓住了第一个士兵的步枪,用头狠狠地撞向他。那个巫师猎人瘫倒在地。

卡兹给了另一个士兵一记重击,把他打倒在地上。那个巫师猎人紧紧抓着步枪,但卡兹溜到了那个士兵身后,用前臂勒住他的喉咙,然后不断用力,直到他闭上了眼睛,头垂了下去,失去了意识。

卡兹把那士兵扔到一边,站了起来。

马蒂亚斯突然意识到了他们的现状。卡兹没有捡起步枪。马蒂亚斯手中有枪,但卡兹·布莱克手无寸铁。他们站在两个失去意识的巫师猎人旁,而他们曾是他的兄弟。*我可以朝他开枪*,马蒂亚斯想道。简单的一个动作就会让妮娜和其他人在劫难逃。马蒂亚斯再次感觉到他的人生错位了。他穿着囚服,以入侵者的身份站在了他曾称之为家的地方。*我如今是谁?*

他看着卡兹·布莱克,一个只忠于自己的少年。他依旧是幸存者,是他自己的战士。他在和马蒂亚斯讨价还价中取得了胜利。任何时候,他都能让马蒂亚斯为他的目标服务——帮他们画图纸,和他们逃出拘留区的牢房,说出了不为人知的玻璃桥的秘密。不管马蒂亚斯如今变成了谁,他都不会朝一个手无寸铁的人开枪。他还没堕落到如此地步。

马蒂亚斯放下了他的武器。

卡兹的嘴角微微扬起，露出了一个淡淡的笑容。"我不确定在这种情况下你会怎么做。"

"我也不确定。"马蒂亚斯承认道。卡兹挑了挑眉，马蒂亚斯突然意识到了那给他迎头一击的真相。"这是一次试探。你是故意选择不拿起枪的。"

"我要确定你真的跟我们站在一边。我们所有人。"

"你怎么知道我不会开枪？"

"因为，马蒂亚斯你那酸腐的正派。"

"你疯了。"

"你知道赌博的秘诀吗，赫尔瓦尔？"卡兹那只完好的脚踩在倒地警卫的枪托上，枪翘了起来。卡兹把枪拿在手里，瞄准了马蒂亚斯，枪口几乎要挨到他。他从来没有真正遇险过。"行骗。现在抓紧把这儿清理下，穿上制服。我们要去参加派对。"

"总有你没有花招可耍的一天，恶魔。"

"你最好期望不是今天。"

*今晚会怎样，我们走着瞧，*马蒂亚斯低头干活时想道。*耍花招不是我的强项，但我可以学。*

30
詹斯博

九声钟响和一刻钟报时

詹斯博知道他该生卡兹的气——为他追踪佩卡·罗林斯,彻底毁了他们的第一个计划,为他的新计划,所有人陷入更深的危险之中。但他和威岚在巫师猎人区的屋顶上匍匐行进,前往警卫室时,他高兴得快要发狂。他的心怦怦直跳,体内肾上腺素噌噌往上飙。这感觉就像他曾去西斯戴夫参加一个派对一样。有人在城市的喷泉里装满了香槟,没两秒钟,詹斯博就脱掉靴子跳了进去,喝了个痛快。如今危险充斥着他的口鼻,让他头晕目眩,所向披靡。他喜欢这种感觉,讨厌喜欢这种感觉的自己。他应该认真考虑工作、金钱,还有还清他的债务,确保他的父亲不会因为他的荒唐而受苦。但只要詹斯博的大脑刚一想到这些,全身所有的细胞就都在抗拒。努力不送死就成了分散注意的最好办法。

即便如此,在他们远离了大使馆的人群和喧嚣后,詹斯博对他们此时发出的响声更加敏感。今晚是属于巫师猎人的,贺林凯拉是他们的节日。他们都安然无恙地待在白岛上。这一时刻,这个地方对他和威岚来说可能是最安全的地方了。但这里的寂静显得沉重且凶险。这里和大使馆那里不同,没有柳树和喷泉。和监狱一样,冰庭的这个部分不是为了暴露在大众眼中而设的。詹斯博突然发觉自己在用舌头紧张地扭动揳在牙齿之间的巴林,他迫使自己在触发它之前赶紧停了下来。他很确定威岚不会让他忘记这般愚蠢的错误。

一个金字塔型的大天窗俯视着一个看上去像是训练室的地方,房间的地板上印着巫师猎人狼头的花纹,架子上摆满了武器。透过下一个玻璃金字塔看去,他瞥到一个大餐厅。一个壁炉占据了一整面墙,壁炉上方的石头上刻着一个狼头。对面的墙上是一个巨大的横幅,横幅的形状并不规则,是用布条拼缝起来的——大多是红色和蓝色,但也有紫色的。詹斯博花了好一会才明白他看到的是什么。

"神呐,"他说道,感觉有点不舒服,"格里莎的颜色。"

威岚眯了眯眼。"那横幅?"

"红色是身体操控能力者。蓝色是以太能力者。紫色是物料能力者。这些布条都来自于格里莎在战场上穿的卡福达。"

"这里有太多了。"

成百。上千。*我理应穿紫色的,如果我加入第二军队的话*,詹斯博想道。他努力找回刚才在体内沸腾的那种狂热。他愿意,甚至是迫切地希望自己是以盗贼和雇佣枪手的身份被捕和行刑。为什么觉得以格里莎的身份被捕会更惨?

"我们继续往前。"

和监狱以及大使馆一样,巫师猎人区的警卫室也是围院子而建的,所以从上面可以发现并朝任何闯入这里的人开枪。但大门坏了之后,这个庭院的城垛就会与其他地方彻底隔绝。在这里,光滑的黑色石板上嵌着银色的狼头,表面被怪异的蓝色火焰照亮。这是他在冰庭见到的唯一

乌鸦六人组（卷一）：六只乌鸦

一个不是灰色或白色的地方。甚至大门都是某种看起来无比重的黑色金属制成的。

可以看到下面有一个警卫，靠在警卫室的拱门旁，肩上挂着把步枪。

"只有一个吗？"威岚问道。

"马蒂亚斯说不运作的大门旁会有四个。"

"或许黄色协议帮了我们的忙，"威岚说道，"他们可能被派去了监狱区或……"

"或许这里有十二个高大的菲尔丹人在室内取暖。"

他和威岚密切地观察着，那警卫拉开了一罐尤尔达，把一团脱水的橘色花朵塞进嘴里。他看上去无聊且恼怒，可能是因驻扎在这远离有趣的贺林凯拉节活动的地方而沮丧。

*我不怪你，*詹斯博想道。*但你的生活将要变得刺激起来了。*

至少这警卫穿的是普通制服，不是巫师猎人的黑色制服，詹斯博沉思着，没法把那横幅的画面从脑海里晃出去。他母亲是哲蒙尼人，但他父亲的克里什人血统给了詹斯博灰色的眼睛，而他也未曾真正摆脱漫游岛的迷信。詹斯博的能力初现之时，他的父亲十分伤心。他鼓励詹斯博把能力隐藏起来。"我很害怕，"他说道，"这世界对你们来说太残酷了。"但詹斯博常常在想，或许他的父亲是不是也有点害怕他呢？

*如果我去了雷凡卡而不是刻赤会怎样？*詹斯博想道。*如果我加入了第二军队呢？*他们会让制造师上战场吗？还是会把他们圈在工作坊里？雷凡卡现在要比以前稳定一些，正在重建。那里没有对格里莎实行强制征兵。他可以去参观，或者学会更好地使用自己的能力，挥别卡特丹姆的赌场。如果他们成功把博·亚尔拜亚移交到商业理事会手中，一切便皆有可能。他晃了晃脑袋。他在想什么呢？他需要一个迫在眉睫的危险来让他的大脑回归正常。

他一改蹲在地上的姿势，站了起来。"我要进去。"

"有什么计划?"

"你等会儿会知道的。"

"我可以帮你。"

"你可以帮我闭上你的嘴,别挡我的道。给。"詹斯博一边用抓钩把绳子固定在屋顶边缘一边说,把绳子垂到了走道边缘镶嵌着的一排石板上。"等我制服警卫之后,你把自己放下来。"

"詹斯博……"

詹斯博在屋顶上移动,到了俯视整个院子的屋顶边缘时,伏下身子。他来到了警卫身后的墙上。

他尽可能悄无声息地把另一段绳子绑在了屋顶上,然后顺着绳子慢慢往下滑。那警卫几乎就在他的正下方。詹斯博不是幽灵,但如果他能够无声地降落,并蹑手蹑脚地走到那警卫身后,就可以让一切在无声中进行。

他绷紧了身体,准备降落。另一个警卫从警卫室里走了出来,在寒风之中拍着手,大声说着什么,然后第三个警卫出现了。詹斯博呆住了。他在三个有武器的警卫上方,在墙的半中央晃来晃去,整个人完全暴露,无处藏身。这就是卡兹做此打算的原因。他额头上冒出了汗珠。他没法一次搞定三个警卫。并且万一警卫室里还有更多呢,准备好触发警报了吗?

"等等,"其中一个警卫说道,"你听到什么声音了吗?"

别往上看,噢,神呐,别往上看。

几个警卫慢慢转着圈,举起了步枪。其中一个,头朝后仰,扫视着屋顶。他要转头了。

一个奇怪,甜美的声音打破了空气的宁静。

"Skerden Fjerda, kende hjertzeeeeeng, lendten isen en de waaaanden."

詹斯博听不懂的菲尔丹语,但那精彩且完美的男高音在院子里回

乌鸦六人组(卷一):六只乌鸦

响，在黑色的石头城垛上回荡。

威岚。

警卫快速转过身来，用步枪指着通向庭院的走廊，寻找声音的来源。

"奥兰德?"

"尼尔森?"

他们的枪举了起来，但声音里更多的是困惑和好奇，而不是攻击性。

他到底在搞什么鬼?

一个剪影出现在走道的拱门上，左摇右晃。

"Skerden Fjerda, kende hjertzeeeeeng."威岚唱道，伪装成了一个醉醺醺，但很有歌唱天赋的菲尔丹人，十分令人信服。

警卫大笑出声，跟着唱了起来。"Lendten isen⋯"

詹斯博跳了下去。他抓住了离得最近的菲尔丹人，折断了他的脖颈，拿起了他的步枪。下一个警卫转身时，詹斯博把枪托猛地砸在他的脸上，发出刺耳的咔嚓声。第三个警卫举起了他的武器，但威岚从他身后笨拙地钩住了他的手臂。步枪从他的手中滑落，咔哒一声落在了石头上。他还没来得及叫出声，詹斯博就猛地扑上前，用枪托捅进了那个警卫的内脏，然后在他的颌骨上猛击两拳，把他放倒。

他弯下腰，伸手捡起步枪，把一支扔给了威岚。他们站在倒下的警卫旁边，喘着气，举起了步枪，等着更多的菲尔丹士兵涌进警卫室。但没有人来。或许第四个警卫因黄色协议被抽调走了。

"那就是你闭上嘴、不挡道的方式吗?"他们把那几个警卫带离视线，拖到一块石板后面时说道。

"这是你道谢的方式吗?"威岚反击道。

"那首歌到底是什么?"

"国歌，"威岚得意洋洋地说道，"菲尔丹课堂用语，还记得吗?"

詹斯博摇了摇头。"我印象深刻，对你以及你的家庭教师。"

他们扒下了两套警卫服,把他们的囚服整整齐齐地放在一边,然后把那些的警卫的手脚都捆了起来,用囚服上撕下来的布条堵住了他们的嘴。威岚的制服太大了,詹斯博的袖子和裤子看上去短得离谱,但最起码靴子非常合适。

威岚指着那些警卫。"把他们就这样丢在这儿安全吗,就是……"

"都活着?我不擅长杀失去意识的人。"

"我们可以把他们叫醒。"

"太残忍了,小商人。你之前杀过人吗?"

"在我到巴伦之前从没见过尸体。"威岚承认道。

"这不是什么尴尬的事情。"詹斯博说道,惊到了自己。但这确是他的真实想法。威岚需要学着照顾自己,不过若他能做到这一点,又能不与死亡为伍,那就再好不过了。"确保他们的嘴都塞紧了。"

为了以防万一,他们把塞住了嘴的警卫绑到了石板后面。很可能这些可怜的大块头还没找到逃脱的办法就被发现了。

"我们走。"詹斯博说道,然后他们穿过院子来到了警卫室。拱门的左右两边都有门。

他们选择了右边,然后谨慎地爬上了楼梯。虽然詹斯博觉得前面不会有埋伏,一些警卫可能接到了不惜一切代价保护大门运行机制的任务。但拱门上方的房间是空的,仅有矮桌上的一盏灯笼照明,那桌上还放着一本摊开的书,书旁有一小堆核桃和核桃壳。墙上是一排排的步枪架子——上面放着非常昂贵的步枪——并且詹斯博推测架子上的盒子里装满了弹药。到处都一尘不染。整洁的菲尔丹人。

一辆长长的绞车占据了大半个房间,绞车两端都有手柄,手柄上缠绕着粗链条。每个手柄旁边,链条穿过石头上的狭槽,形成紧绷的辐条。

威岚把头歪向一边。"啊。"

"我不喜欢这声音。出什么事了?"

乌鸦六人组(卷一):六只乌鸦

"我以为会是绳子或电缆,而不是钢链。如果我们要确保菲尔丹人无法开门,就必须切断金属。"

"那我们怎么触发黑色协议?"

"那就是问题所在。"

菲尔德钟楼传来十声钟响。

"我来弱化链条间的连接,"詹斯博说道,"你找一个锉刀或者任何有刀刃的东西。"

威岚拿出了从洗衣房里带出的剪刀。

"很好。"詹斯博说道。它一定可以的。

我们还有时间,他把注意力集中在链条上时跟自己说道。*我们可以搞定的。*詹斯博希望其他人不要遇到什么突发状况。

或许马蒂亚斯关于白岛的认知是有误的。或许剪子会在威岚的手中断掉。或许伊奈姬会失败。或许妮娜。或许卡兹。

或许是我。或许我会失败。

虽然只有六个人,但这计划出现偏差的方式会有成百上千种。

31
妮　娜

九声钟响和两刻钟报时

妮娜冒险回头看了一眼,看着警卫把伊奈姬拖到了一边。*伊奈姬很聪明,绝顶聪明。她可以照顾好自己的。*

这想法并没有带给妮娜多少安慰,但她得继续往前。她和伊奈姬显然在一起过,她想在刚刚拦住伊奈姬的警卫把怀疑范围扩展到她之前离开。另外,对于伊奈姬现在的状况,她也无能为力,只会暴露自己,毁掉一切。她在参加聚会的人群中穿梭着,脱掉了那惹人生疑的马鬃斗篷,让它在身后拖曳着,然后让它掉了下去,被人群踩来踩去。她的戏服依旧引人注目,但至少她现在不用担心红色的大顶髻会暴露她的位置。

光洁的拱形玻璃桥耸立在她眼前,桥顶的灯笼燃着蓝色的火苗,桥身在灯笼的映衬下闪着微光。周围的人都在谈笑风生,爬得更高的时候,他们互相依偎着,桥下的护城冰河闪闪发光,像一面几近完美的镜子。这一切让人感到不安和眩晕:她过紧的串珠便鞋看起来像是悬浮在

乌鸦六人组(卷一)：六只乌鸦

半空。周围的人好像是在空气中行走。

她又一次不快地意识到这个地方肯定是制造师在很久之前建的。菲尔丹人声称冰庭的建造是上天或森吉·埃蒙德的手笔，森吉·埃蒙德是他们宣称有菲尔丹血统的神。但在雷凡卡，人们都开始重新思量这些神迹。它们是真的神迹还是出自技艺高超的格里莎之手？这座桥是捷尔的礼物，还是古时候奴役格里莎的成果？或是冰庭是在格里莎还没有被菲尔丹人当成怪物之前建的？

到拱桥的最高点时，她才真正看到了白岛和外圈的样子。她之前在远处看白岛时，只能看到一堵墙将它围了起来。但从这个有利的位置看去，她看到那堵墙被精心雕刻成了海中巨兽的形状，一条巨大的冰龙首尾相接，包围着这个岛屿。她哆嗦了一下。狼，龙，下一个会是什么？雷凡卡的故事中，怪兽在等着被英雄的召唤唤醒。**好吧，她想道，我们显然不是英雄。期望怪兽能一直沉睡。**

从桥上往下走时，眩晕的感觉更甚，妮娜的脚再次踏上坚实的白色大理石时，她松了一口气。白色的大理石走道两旁是白色的樱花树和银色的梧桐树篱。桥这边的安保措施明显要松很多。立正站着的警卫穿着精致的白色制服，制服上银色的皮草镶边，看上去没有银色花边那么令人生畏。但妮娜记得马蒂亚斯说过：你越往环形墙里走，安保措施越严格——只是没么显眼了而已。她看着那些参加聚会的客人和她一起朝着光滑的楼梯走去，穿过了龙口和龙尾之间的裂缝。有多少是真的客人，贵族和艺人？又有多少是乔装的菲尔丹士兵和巫师猎人？

他们穿过了一个敞开着的石头庭院以及宫殿大门，来到了有几层楼高的拱形入口。这个宫殿和冰庭的墙一样，都是用干净、洁白、未加雕饰的石头建成的，整个地方感觉像是在冰川上凿出来的一样。妮娜不知道是因为神经紧张，还是自己的幻觉，还是这个地方是真的冷，她的皮肤上起了鸡皮疙瘩，她要强忍着才能不让牙齿打战。

她进入了一个宽阔的圆形舞厅，舞厅里已经挤满了人，有的在跳舞，有的站在闪闪发光的狼群冰雕下畅饮。这里至少有三十只巨大的，或跑，或跳的狼的雕像，它们的胁腹部分在银色的光下闪烁着令人不适的微光，狼口大张着，慢慢融化的口鼻时不时会把水滴到下面的人群身上。管弦乐队在看不见的地方奏乐，在嘈杂的说话声中，几乎听不见乐声。

埃尔德钟楼上传来十声钟响。通过那该死的玻璃桥浪费她太多时间了。她需要找个能看清整个房间的地方。她朝着一段倾斜的白色长阶走去时，看到壁龛那里有两个熟悉的身影。卡兹和马蒂亚斯。他们做到了。穿着巫师猎人的制服。妮娜忍住想要打战的冲动。看到穿着制服的马蒂亚斯让她有股深入骨髓的寒意。他穿这衣服时在想什么？她的视线和他的短暂交汇，但他的目光却难以捉摸。看到他身后的卡兹时，她有了些许安慰。她不是一个人，他们还在按计划行事。

她不敢冒险跟他们点头示意，只是继续踏上通往二楼阳台的台阶，在那里她可以更好地看到下面的人流。这是她在学校时跟卓娅·纳扎伦斯基学的把戏。人的移动都有固定的模式，他们都会围绕权力聚集。他们以为自己在移动，在漫无目的地乱转，但实际上他们都被有身份地位的人吸引了过去。毫不意外，菲尔丹女王和她的侍从周围围了一大圈人。*奇怪*，妮娜观察着她们的白色礼服想道。在雷凡卡，白色通常是仆从穿的颜色。但那王冠无可挑剔——交织的棘状钻石看上去像是覆着一层薄霜的树枝，闪闪发光。

皇室成员周围的安保力量太强，不能为她所用，但不远处，她看到另一个活跃的圈子，那圈子围绕着一些穿着军装的人。如果有人知道博·亚尔拜亚在这个岛上的下落的话，那一定会是菲尔丹军队中的高级将领。

"视野很好，不是吗？"

乌鸦六人组（卷一）：六只乌鸦

一个男人悄悄贴近时，她差点跳了起来。刚刚忙着探清情况，她甚至都没注意到他靠近。

他朝她咧嘴一笑，把手放在她的后腰上。"这儿有专门用来找点乐子的房间。你看上去可不止有点乐子。"他的手往下滑去。

妮娜猛地降低了他的心跳，他像个石头一样倒了下去，一头撞在了扶手上。十分钟左右他就会醒来，会感到剧烈的头痛，或许还会有点轻微脑震荡。

"他还好吗？"一对路过的夫妻问道。

"喝太多了。"妮娜轻快地说道。

她飞快溜下楼梯混进人群里，稳步向一群穿着银白相间军装的士兵走去。他们的中心是一个胡须浓密、身材魁梧的人。如果说他胸前群星荟萃般的奖章代表着什么的话，那他一定是一个将军或诸如此类的人物。她要直接把他作为目标吗？她需要军衔高到能优先知道绝密消息的人，醉到能够做出错误决策的人，但不能醉到无法带她去她想去的地方。那将军两颊酡红，走路左摇右晃，看上去醉得厉害，估计除了把脸塞进盆栽里打盹之外，什么事都做不了。

妮娜觉得时间在流逝。是时候出手了。她拿起了一杯香槟，然后小心翼翼地朝那圈子走去。一个士兵离开了人群，她往后退了一步刚好挡住了他的路。他撞上了她。他脚步很轻，撞得并不是很疼，但她尖叫一声，朝前扑去，香槟洒了。刹那间，好几只强壮的手臂伸出来接住要倒下的她。

"你个蠢货，"那将军说道，"你差点把她撞倒了。"

初试身手，妮娜暗自想道。*没关系。我是一个优秀的间谍。*

那可怜的士兵脸颊通红。"抱歉，女士。"

"不好意思。"她用刻赤语说道，作出困惑的样子，模仿动物园的人说话的方式。"我不会菲尔丹语。"

"深表歉意。"他尝试着用刻赤语说道。然后又勇敢地尝试用克里什语说道："非常抱歉。"

"不，完全是我的错。"妮娜气喘吁吁地说道。

"阿尔格伦，别糟蹋人家的母语了，去给她拿一杯新的香槟过来。"那士兵欠了欠身，急匆匆离开了。"你还好吗？我帮你找个坐的地方？"那将军用极为出色的刻赤语问道。

"他只是吓了我一跳。"妮娜靠在那将军的手臂上，微笑着说道。

"我觉得最好还是找个可以让你歇歇脚的地方。"

妮娜忍住了想要皱眉的冲动。我只能赌运气了。但我首先需要弄清楚你知道些什么。

"那错过了派对？"

"你看上去很苍白。在楼上的房间休息会儿可能会好点。"

神呐，他真是一点儿时间都不打算浪费。妮娜还没来得及坚持说她没事，只想在露台上走一走时，一个热情的声音说道："说真的，埃克伦将军，赢得女人好感的最好方式是不要说她看起来面色苍白。"

那将军皱了皱眉头，胡子竖了起来，然后，他好像突然意识到了什么一样。

"没错，没错。"他局促地大笑道。

妮娜转过了头，感觉脚下的地板沉了下去。不，她想道，她的心惊恐地跳着。不可能。他淹死了。他应该在海底的。

可要是亚尔·布鲁姆死了，那他就是诈尸了。

32
詹斯博

十声钟响和两刻钟报时

詹斯博的衣服上盖了一层铁屑和刨花。汗水浸透了他偷来的制服，他的胳膊酸痛，头也疼得厉害，那疼痛好像钻到左边太阳穴里，打算定居了。他在一条连接绞车和石墙狭槽的链条上耗费了快半小时了，他动用能力来弱化这根链条，威岚在用洗衣房带出的剪刀锯。刚开始时，他们小心翼翼，担心会弄断连接，让大门在升起之前就瘫痪了，但后来发现这钢链比他们任何一个人预想的都要牢固，他们的进展慢得让人沮丧。四十五分的报时声响起时，詹斯博要被恐惧淹没了。

"我们直接把门升起来算了吧，"他沮丧地低声咆哮道，"我们触发黑色协议，然后朝绞车开枪，直到它停下来。"

威岚撩了下额前的卷发，抽空看了他一眼。詹斯博看到他手上起了很多水疱，在他砍连接处时破了，血流了出来。"你真的那么喜欢枪吗？"

詹斯博耸了耸肩。"我不喜欢杀人。"

"那要枪有什么用？"

詹斯博重新开始弱化那连接处。"我不知道。那声音。那世界突然缩小，只有你和你的目标的感觉。我在诺威哲姆的时候和一个军械工人一起工作，他知道我是一个制造师。我们想出了点疯狂的东西。"

"杀人用的？"

"你制造炸弹，小商人。还是省省，别评判我了。"

"我的名字叫威岚。你说得对。我没资格批评你。"

"别这样。"

"什么？"

"认同我，"詹斯博说道，"这是通向毁灭的必经之路。"

"我也不喜欢杀人。我甚至不喜欢化学。"

"你喜欢什么？"

"音乐。数字。方程式。它们不像语言。它们……不会混淆不清。"

"只要你能用方程式和女孩聊天。"

长久的沉默之后，威岚的眼睛盯着他们在连接处凿出来的V形切口，然后开口说道，"只和女孩？"

詹斯博忍住了笑意。"不，不只是和女孩。"真可惜，他们所有人都可能会在今晚死去。然后，埃尔德钟楼传来了十一声钟响。他与威岚对视。他们没时间了。

詹斯博一跃而起，努力拂去了脸上和衬衫上的一些钢铁碎屑。那链条撑得住吗？会不会太久不断？他们只有试试才知道。"就位。"

威岚来抓住了绞车右侧的手柄，詹斯博抓住了左侧的。

"准备好听到末日的声音了吗？"他问道。

"那是你从来都没听到过我爸暴怒时的声音。"

"这幽默感有点巴伦的味道了。如果我们能活下来的话，我教你怎么骂脏话。听我倒数，"詹斯博说道，"让整个冰庭都知道德勒格斯来访了。"

乌鸦六人组(卷一):六只乌鸦

他从三开始倒数,然后他们开始努力保持同样的速度去转动绞车,眼睛盯着连接处的切口。詹斯博以为会听到震耳欲聋的声音,但发现只听到嘎吱声和当啷声,那机械装置没发出任何声音。

慢慢地,那环形墙上的门开始上升。五英寸。十英寸。

或许什么都不会发生,詹斯博想道。或许马蒂亚斯在撒谎,或者这个黑色协议就是一个为了阻止人们试图打开大门的骗局。

然后埃尔德钟楼上的钟声响了起来,音量很大且充满恐慌,音调很高且极为迫切,像是涨潮时的回声,一声高过一声,在白岛、在护城冰河、在环形墙上空不断回响。黑色协议的警报声响起。已经没有回头路了。他们一起松开了绞车上的手柄,让大门重重落下,但连接处仍没有断掉。

"拜托。"詹斯博说道,耐心地摆弄着那根牢固的链条。一个好点的制造师估计很快就能搞定。一个服用了潘勒姆的制造师,估计能把这链条打造成切牛排的刀,还有时间喝杯咖啡。但詹斯博两者都不是,他已经竭尽全力。那双手抓住那链子,整个人吊在上面,试图用自己的体重给那链条施压。威岚也跟着一起,他们挂在链条上面就像一对因没有掌握攀爬技能而发狂的松鼠。现在,警卫随时都可能冲进院子里,他们必须停止这些疯狂的举动,准备自卫。这大门依旧可以运转。他们失败了。

"或者你可以对着它唱歌试试。"詹斯博绝望地说道。

然后,链子颤抖着发出最后的抗议,连接处断了。詹斯博和威岚掉到了地上,链条从他们手中滑出,一端消失在了裂缝里,另一端让绞车手柄不停转动。

"我们做到了!"詹斯博在喧嚣的警报声中大声喊道,声音介于激动和惊恐之间。"我掩护你。你处理那绞车。"

詹斯博捡起了他的步枪,站在俯视这个院子的石墙上的一个狭缝旁,做好了不惜一切代价突出重围的准备。

33
伊奈姬

十声钟响和两刻钟报时

"我们还要在这儿等多久?"一个穿着酒红色天鹅绒衣服的男人说道。警卫没有理会他,但其他和伊奈姬一起挤在入口处的客人都在抱怨,发泄他们的懊恼。"我花了大价钱来这里,"他继续说道,"不是为了把时间浪费到在大门口前徘徊的。"

离他们最近的警卫用单一的语调说:"关卡处的警卫在处理其他客人。他们完成之后,就会带你们穿过环形墙,但在确认你们的身份之前,要暂时扣留在关卡。"

"扣留,"那穿着天鹅绒衣服的男人说道,"像罪犯一样!"

伊奈姬大半个小时都在听他们换汤不换药地进行重复的对话。她看了一眼通向大使馆环形墙大门的院子。如果要让这个计划运转起来,她需要机灵点,保持冷静。她不久前感受到的确信和乐观全都消失不见了。她在等待中看着时间流逝,眼睛不断打量人群。但四十五分的报时

乌鸦六人组(卷一):六只乌鸦

声传来时,她知道自己不能再等下去了。她现在得采取行动了。

"我受够了,"伊奈姬大声嚷嚷道,"带我们去关卡或让我们走。"

"在关卡处工作的警卫——"

伊奈姬挤到人群前面,然后说:"你这话我们都听腻了。带我们去大门,然后抓紧进行核查。"

"安静,"那警卫命令道,"你们是这儿的客人。"

伊奈姬用手戳他的胸膛。"那请用对客人的方式对待我们,"她说道,努力模仿妮娜装模作样的样子。"我强烈要求现在带我去大门,你这个大块头。"

那警卫抓住她的胳膊。"你迫切地想要到大门那去?你别想再回来了。"

"我只……"

然后,另外一个声音在圆形大厅内回响。"停!那边的,我叫你停下!"

伊奈姬闻到了她的香水味——百合花的香味,浓烈而黏腻,强烈却又特别的味道。她要窒息了。海琳·凡·后登,动物园,也就是异国风情屋的所有者及经营者,正在努力挤出人群。在那儿,只要出得起钱,世界都是你的。

她不是说过坦特·海琳喜欢闪亮登场吗?

海琳挤到那警卫面前时,他被吓了一跳,停了下来。"女士,您的姑娘将在今晚结束之后交还给您。她的文件——"

"她不是我的姑娘。"海琳说道,她饱含恶意地眯了眯眼。伊奈姬一动不动地站着,她就是想消失也没地方可去。"这是幽灵,卡兹·布莱克的右手,卡特丹姆最臭名昭著的罪犯之一。"

他们周围的人都投来目光。

"你怎么敢伪装成我风情屋的人到这来的?"海琳愤然说道,"那个曾给你吃给你穿的风情屋?安佳拉在哪?"

伊奈姬张了张嘴,但在她开口说话之前,恐惧让她喉咙发紧。她的舌头变得无用且麻木。她再次直视那个曾打她、威胁她、买下她,又一次次卖了她的女人的眼睛。

海琳抓住伊奈姬的肩膀摇晃着。"我的姑娘去哪了?"

伊奈姬垂眼看着她掐进她肉里的手指。有一瞬间,曾经所有的恐惧都卷土重来,她确实是个幽灵,一个游离在只能带给她痛苦的身体之外的鬼魂。不,是那具给她力量的身体。是那具让她爬上卡特丹姆的屋顶,在战斗中帮了她大忙,让她能摸黑爬上满是烟灰的六层楼高的烟囱的身体。

伊奈姬抓住了海琳的手腕,然后用力拧向右边。海琳尖叫起来,在警卫冲上前来之前,膝盖屈曲着。

"我把你的姑娘扔进了护城冰河。"伊奈姬咆哮道,几乎听不出她原本的嗓音。她的另一只手捏住了海琳的喉咙,不断用力。"你能下去陪她的话就更好了。"

然后强壮的手臂拖着她,把她和那个老女人分开,拽了回去。

伊奈姬喘息着,心跳飙升。*我差点杀了她*,她想道。*我可以感受到手掌之下她的脉搏。我应该杀了她的。*

海琳站了起来,一边呜咽,一边咳嗽,围观的人都过来帮忙。"如果她在这儿,那布莱克也在。"她尖叫着说。

就在那时,好像是约定好了似的,黑色协议的警报声响起,声音洪亮且持续不断。停滞了一秒之后。整个圆形大厅似乎爆炸了,警卫冲到了他们的岗位上,指挥官开始维持秩序。

其中一个警卫,显然是副巡长,用菲尔丹语说着什么。伊奈姬唯一能听懂的一个词就是监狱。他抓着她的丝绸斗篷,用刻赤语大声喊道:"你一伙的还有谁?你们的目标是什么?"

乌鸦六人组(卷一):六只乌鸦

"我不会说的。"伊奈姬说道。

"我们让你干什么你就干什么。"那警卫怒斥道。

海琳低低地笑了,声音里满是欢愉。"我等着看你被处以绞刑。还有卡兹·布莱克。"

"桥已经封闭了,"有人宣布道,"今晚没有人可以踏上或者离开这个岛屿。"愤怒的客人转向任何一个可能听进去的人、警卫,逼着他们给出解释。

警报声依旧在响,那些警卫拖着伊奈姬穿过院子,出了环形墙。现在完全不在乎任何风度或者处世之道。

"我说过,你会再次穿上我的丝绸的,小猞猁。"海琳在院子里喊道。大门已经在下降了,黑色协议的警报声响起时就开始同步关闭门了。"你现在要穿着它奔赴绞架了。"

大门砰的一声关上了,但伊奈姬可以发誓,她依旧可以听到海琳的笑声。

34
妮　娜

十声钟响和两刻钟报时

妮娜祈祷她的恐慌没有显露出来。布鲁姆认出她了吗？他看上去一点都没变：金色长发，两鬓斑白，消瘦的颌骨上蓄着整齐的胡须，穿着巫师猎人的制服——银黑两色，右边的袖子上饰有银色的狼头。距她上次见到他已经一年多了，但她绝不会忘记那张脸以及那双坚定的蓝色眼睛。

亚尔·布鲁姆最后一次出现在她周围时，是在那艘船的拘留区，他趾高气扬地从马蒂亚斯以及他的巫师猎人兄弟面前走过。马蒂亚斯。他见到布鲁姆，看到他曾经的良师益友，如今依然健在并且在和妮娜说话了吗？她压下了在人群中搜寻他和卡兹身影的欲望。

那船上的拘留区黑漆漆的，她和其他囚犯一样——满身脏污，惊恐不已。她的头发是不同的颜色；她的皮肤上涂了粉。她突然很感激这身滑稽的戏服。毕竟，布鲁姆是个男人。希望伊奈姬是对的，他只会看到

乌鸦六人组(卷一):六只乌鸦

一个穿着超级低领衣服的红发克里什人。

她深深地屈膝行礼,透过睫毛看了他一眼。"荣幸之至。"

他的目光在她身上游走。"或许吧。你是从异国风情屋来的,是不是?柯普雅·诺姆?"

"诺米·菲安娜。"她用克里什语回答道。他是在试探她吗?"但您想怎么称呼我都行。"

"我以为动物园的克里什姑娘会穿着红色母马斗篷。"

她气冲冲地嘟着嘴。"我们的哲蒙尼人踩到了它,把边给扯掉了。我觉得她是故意的。"

"那姑娘挺该死的。我们找到她之后惩罚她怎么样?"

妮娜努力地咯咯咯笑出声。"您打算怎么定刑?"

"他们说刑罚要与罪行相适应,但我觉得应该是与罪犯相匹配。如果你是我的罪犯的话,我会把了解你的喜恶——当然还有你的恐惧,当成我的本职工作。"

"我无所畏惧。"她眨了眨眼说道。

"真的吗?那可真是有趣。菲尔丹人十分看重勇气。你觉得我们国家怎么样?"

"这是一个神奇的地方。"妮娜装腔作势地说。妮娜做好了应对的准备。如果他知道她是谁,那她最好现在就弄清楚。但如果他没有,好吧,那她需要打探到博·亚尔拜亚的下落——从传奇人物亚尔·布鲁姆嘴里骗出情报是多么让人愉快的事。她靠得近了一点。"你想知道我最想去哪儿吗?"

他配合着她充满阴谋的语调。"我很想知道你所有的秘密。"

"雷凡卡。"

那巫师猎人弯起唇角。"雷凡卡?那是一片满是渎神者和野蛮人的土地。"

"没错,但去看格里莎呢?你可以想象那种刺激吗?"

"我跟你保证。那可谈不上什么刺激。"

"你这么说是因为你戴着狼头的标志。这意味着你是一个……巫师猎人,是吧?"她问道,假装艰难地说出了那个菲尔丹词。

"我是他们的指挥官。"

妮娜的眼睛瞪大了。"那你一定在战场上打败过很多格里莎。"

"和这种生物打仗没多少荣耀可言。我宁可面对一千个手持利剑的诚实的人,也不愿意面对一个拥有反常能力的诡诈巫师。"

你带着步枪和坦克频频在雷凡卡出没,朝孩子和无助的村民下手,我们还不能动用自己拥有的武器吗? 妮娜咬紧牙关,忍住内心的愤怒。

"刻赤也有格里莎,不是吗?"布鲁姆问道。

"我也听说了,但我在动物园或巴伦从没见到过。最起码我不知道。"她能冒险提一下尤尔达潘勒姆吗?她假扮的这个女孩怎么会知道这消息呢?她向他靠过去,唇角勾起一丝狡黠的、略微带着点惭愧的微笑,希望自己看上去像是急切地想知道点让人兴奋的事物,而不是想打探情报。"我知道他们很可怕,但……他们确实让我非常激动。我听说他们的能力是无限的。"

"唔……"那个巫师猎人支支吾吾的。

妮娜可以看出他在跟自己交战。很可能是在筹划战略撤退。她耸了耸肩。"这可能不是你擅长的领域。"她视线越过他的肩膀,看到一个穿着浅灰色丝质衣服的贵族青年。

"你今晚想去看格里莎吗?"

她的视线转向布鲁姆。**那我只需要一面镜子就够了。布鲁姆还在什么地方藏着格里莎囚犯吗?** 她只想听到博·亚尔拜亚和尤尔达潘勒姆的消息。但这可能只是个开始。如果她可以与布鲁姆独处的话……

乌鸦六人组（卷一）：六只乌鸦

她拍了拍他的胸膛。"你在逗我玩。"

"你溜走的话，你的女主人会发现吗？"

"那就是我们到这儿来的原因，不是吗？溜走？"

他把手臂伸了过来。"那我们？"

她笑了笑，用手圈住了他的前臂。他轻轻拍了拍。"好姑娘。"

她有点作呕。*或许我可以让你不举*，妮娜不快地想道。他带着妮娜走出了舞厅，穿过了一个满是冰雕的阳台——一只狼嘴里叼着一对尖叫的鹰，一条缠在熊身上的大蛇。

"好……原始。"她低声说道。

布鲁姆轻笑出声，然后又拍了拍她的手。"我们崇尚狼文化。"

*现在杀了他的话后果会不会太糟糕？*她一边走一边思考。*弄得看上去像心脏病突发？把他留在这寒风中？*但如果是为了不让尤尔达潘勒姆流传于世，她可以再多忍会儿亚尔·布鲁姆在她前襟上流连的色眯眯的视线。

另外，如果博·亚尔拜亚在这被神遗弃的岛上，布鲁姆是那个可以带她找到他的人。舞厅门口的警卫放他们过去时挤眉弄眼，一脸奸笑。

就在他们的正前方，妮娜看到一棵巨大的银树，在一个圆形的院子中央，它的树枝向四周延展，像一个闪闪发光的华盖。圣白蜡树，妮娜意识到。那他们一定是在岛的中心。这个院子的两边都有拱形柱廊环绕。如果马蒂亚斯和威岚的图纸没错的话，这个院子前面的建筑就是宝库了。

布鲁姆没有带着她穿过院子，而是左拐踏上了一条环绕着这边柱廊的小路。他在前面走时，妮娜看到一群穿着带有兜帽的黑色外套的人，朝着那树走去。

"那些都是什么人？"妮娜问道，虽然她觉得自己可能猜到了。

"巫师猎人。"

"你不和他们一起吗?"

"这是一个老成员欢迎新兄弟的仪式,上尉和军官不需要参加。"

"你也经历过吗?"

"自捷尔指定了第一个巫师猎人之后,历史上每个巫师猎人都是通过同样的仪式入会的。"

妮娜忍住想要翻白眼的冲动。一个奔涌的巨大泉源选中一些人去搜捕和谋杀无辜的人。这可能性真大。

"那就是贺林凯拉所庆祝的,"布鲁姆继续说道,"每年,如果有合适的新成员的话,巫师猎人就会聚在这神圣的白蜡树下,在这里他们可能会再次听到神的声音。"

捷尔说你是一个狂热分子,沉湎于自己的权力之中。明年再来吧。她腹诽道。

"人们忘了这是一个神圣的夜晚,"布鲁姆喃喃地说道,"他们来到这个宫殿饮酒作乐,沉湎于声色。"

妮娜欲言又止。如果不是布鲁姆的眼睛一直沿着她的领口往下看的话,她都要觉得他的思想真的是神圣的了。

"这些事情有那么糟糕吗?"她故意调侃道。

布鲁姆笑了笑,捏了捏她的胳膊。"有节制的话就不是。"

"节制不是我的菜。"

"我发现了,"他说道,"我喜欢过得快活的女人。"

我喜欢让你慢慢窒息,她的手指在他手臂上划过时想道。看到布鲁姆,她不仅因他对她族人的所作所为而怪他;也因为他对马蒂亚斯做的一切。他带走了那个勇敢但可怜的少年,却用仇恨将他养大。他用偏见和所谓的神圣使命,压制了马蒂亚斯的良知,而那使命不过是从古树树梢吹过的风。

他们走到了对面的柱廊。她突然惊觉,布鲁姆是故意领着她在院子

乌鸦六人组(卷一):六只乌鸦

里绕的。或许他不想带着一个娼女穿过神圣的地方。**伪君子**。

"我们要去哪?"她问道。

"宝库。"

"你要用珠宝和我求爱吗?"

"我不觉得像你这样的女孩需要求爱。难道不是吗?"

妮娜笑了。"每个女孩都喜欢被关注。"

"那你会拥有的。还有你寻找的刺激。"

亚尔拜亚有可能在宝库里吗?卡兹说他在冰庭最安全的地方。这可能是指宫殿,但也可能就是指宝库?为什么不呢?又是一个用闪闪发光的白色石头打造的圆形建筑,但这宝库没有窗户,没有古怪的装饰或者龙鳞纹。它看上去像个坟墓,两个巫师猎人站在厚重的大门前。

突然之间,她意识到了自己现在的处境。她单独与一个菲尔丹最致命的人待在一起,与一个假如知道她的真实身份之后很乐意折磨她、并杀害她的人在一起。原本的计划是她从某处打探到博·亚尔拜亚的下落,而不是和最高级别的巫师猎人舒适地待在白岛上。她的眼睛扫视周围的树木和小路,迷宫一样的树篱紧贴着宝库东面的墙壁。她希望看到有人影经过,让她知道还有人和她一起,她不是完全一个人。卡兹曾跟她保证会带她离开这个岛的,但卡兹的第一个计划已经彻底失败了——这个可能也会。

妮娜和布鲁姆经过时,门口的警卫眼睛眨也不眨,只是恭恭敬敬地敬了个礼。布鲁姆从他的脖子上拉出一个链子,链子上挂着一个奇怪的圆形磁盘。他把磁盘推进了门上一个近乎看不见的凹口里,然后转动了一下。妮娜的眼睛警惕地看着锁子。这锁子可能超出卡兹·布莱克的能力范围了。

桶形入口里寒气逼人,空无一物,照明的光跟监狱侧翼的格里莎牢房里的一样刺目。没有煤气灯,没有蜡烛。没有可供御风师和控火师操纵的东西。

她眯了眯眼。"我们在哪?"

"旧宝库。宝库前些年搬走了。这里就改造成了实验室。"

实验室。这个词让妮娜觉得心生寒意。"为什么?"

"你可真是个爱追根究底的小东西。"

我快和你一样高了,她想道。

"宝库在白岛上已经很安全,装备很齐全了,所以改造成这样的设施是一个明智的选择。"

这些话听上去毫无恶意,但她内心的寒意却更重了,仿佛一个冰冷的拳头,紧紧压着她的胸口。她跟着布鲁姆的脚步,走进了拱形大厅,经过了光滑的白门,每扇门上都有一小扇玻璃窗。

"我们到了。"布鲁姆说道,在一扇门前停了下来,这扇门看起来和别的没什么区别。

妮娜透过窗户看去。这间房子看上去和监狱顶层的牢房别无二致,只不过观察窗在另外一边——一面镜子占据了半面墙。在里面,她看到一个少年,穿着又湿又脏的蓝色卡福达,焦躁不安地走来走去,一边自言自语,一边搔着自己的胳膊。他的眼睛深陷,头发稀疏且暗淡。他看上去很像奈斯特死前的样子。**格里莎不会生病**,她想道。但这病看上去完全不同。

"他看上去没什么威胁力。"

布鲁姆站到了她的旁边。他说话时,呼吸掠过她的耳朵。"相信我,他有。"

妮娜汗毛直立,但她让自己微微向他倾斜。"他为什么在这?"

"为未来。"

妮娜转过身,把手放在他的胸膛上。

"还有吗?"

乌鸦六人组（卷一）：六只乌鸦

他不耐烦地呼了一口气，带着她朝下一扇门走去。一个女孩侧身躺着，蓬乱的头发遮住了脸。她穿着一件脏兮兮的直筒连衣裙，手臂上满是瘀青。布鲁姆突然在那扇小窗户上敲了敲，把妮娜吓了一跳。

"看上去还活着。"布鲁姆讥讽道，但那女孩没有动。布鲁姆的手在窗户旁边的一个黄铜按钮上盘旋着。"如果你真的想看表演的话，我可以按下这个按钮。"

"它是做什么的？"

"美好的东西。奇迹，真的。"

妮娜觉得她猜到了：这个按钮会通过某种方式给这个女孩一剂尤尔达潘勒姆。为了让妮娜看乐子。她把布鲁姆拖走了。"算了。"

"我以为你想看格里莎使用她的能力。"

"我确实想，但她看上去没什么意思。还有吗？"

"近三十个。"

妮娜猛地一颤。第二军队在雷凡卡内战中几乎被摧毁了。一想到这里竟然有三十个格里莎，她就难以忍受。"他们都是这种状态吗？"

他耸了耸肩，带着她走向一个走廊。"有的好点。有的更糟一点。如果我给你找到了一个充满生气的，有什么奖励吗？"

"直接给你展示更方便点。"她用轻柔又低沉的声音说道。

妮娜实在是不忍再看到饿得奄奄一息的，满脸惊恐的格里莎了。她需要亚尔拜亚。布鲁姆肯定知道他在哪里。这个宝库几乎被废弃了。里面没有一个警卫。如果她能把布鲁姆带到一个远离入口，警卫听不到声音的空走廊里……她可以折磨一个铁石心肠的巫师猎人吗？她觉得她可能可以做到。她封住他的鼻子，给他的喉头施压。几分钟无法呼吸的痛苦可能会让他内心柔软点。

"或许我们可以找一个安静的角落。"妮娜建议道。

布鲁姆有点沾沾自喜，挺起了胸膛。"这边走，dirre。"他说的这个词是克里什语里宝贝的意思。

他带着她走下了一个废弃的大厅，用他那圆形的钥匙打开了门。

"这应该可以，"他欠了下身说道，"既私密，又有魔力。"

妮娜眨了眨眼，然后滑过他的身旁。她以为会看到办公室或者警卫休息室一类的。但这里没有桌子，也没有床榻。整个房间空无一物——除了地板中央的排水口。

她急忙转身时，看到牢房的门刚好砰的一声关上了。

"不！"她大声喊道，双手在门的表面乱抓。门上没有把手。

布鲁姆的脸出现在窗户上。他的表情有点洋洋得意，但目光是冷酷的。"我可能夸大了它的魔力，但这里绝对私密，妮娜。"

她畏缩了下。

"这是你的名字，不是吗？"他说道，"你真的认为我认不出你吗？我记得你在贩奴船上那张倔强的小脸，并且我们有雷凡卡每个现役格里莎的文件。我把了解他们所有人当成我的工作——甚至是那些我以为被大海吞没了的。"

妮娜抬起了手。

"尽管来吧，"他说道，"把我的眼珠爆破在眼眶里，把我的心脏爆破在胸膛里。那扇门不会打开，你花时间在我的脉搏上做手脚时，我会按下这个按钮。"她看不见那个黄铜按钮，但她能想象到他的手指在上面盘旋的样子。"你知道它有什么用吗？你已经看到了尤尔达潘勒姆的效果。你也想体验一下吗？它用作粉末时有效，但用作气体时效果更好。"

妮娜僵住了。

"聪明的姑娘。"他的笑让她胳膊上的汗毛直立。*我不会求他的*，她跟自己说道。但她知道她会。一旦这个药进入了她的体内，她就无法阻止了。她吸了一口新鲜的空气。徒劳的举动，甚至有点孩子气，但她决定尽最大限度地憋着这口气。

乌鸦六人组(卷一):六只乌鸦

然后,布鲁姆顿了顿。"不。这仇别算在我头上。还有人欠你更多。"他消失在了窗户里,片刻之后,马蒂亚斯的脸出现在玻璃上。

"怎么会?"妮娜低声说道。不确定他们能不能隔着门听到她说的话。

"你真的相信我会背叛我的国家吗?"马蒂亚斯的声音里是浓浓的厌恶,"放弃我毕生为之奋斗的信仰?我一到这里就去给布鲁姆报信了。"

"但你说……"

"国家先于个人,哲尼克。这是你永远都理解不了的东西。"

妮娜用手捂住了嘴。

"我可能再也做不了巫师猎人了,"他说道,"我可能会一直带着'奴隶贩子'的指控活着,但我会以其他的方式为菲尔丹效力。我会等着看你服下尤尔达潘勒姆。我会看着你将你的同类屠杀殆尽,求我们给你下一剂药。我会看着你背叛你深爱的人民,就像你当初对我所做的一样。"

"马蒂亚斯……"

他一拳击在了玻璃上。"别叫我的名字。"然后,他笑了,那笑容和北部的海一样冰冷和无情。"欢迎来到冰庭,妮娜·哲尼克。我们之间的账现在清了。"

外面的某个地方,传来了黑色协议的警报声。

35
马蒂亚斯

十一声钟响

"她很漂亮,"布鲁姆说道,"非常引人注目的那种。你的定力很强,能不受她引诱。"

然而,我已经受她引诱了,马蒂亚斯想道。并且不只是因为她的美貌。

"这警报……"马蒂亚斯说道。

"毫无疑问,她的同伙。"

"但是……"

"马蒂亚斯,我的人会搞定它。冰庭是安全的。"他回头看了一眼妮娜的牢房。"我们现在就可以按下按钮了。"

"她不会成为威胁吗?"

"我们在尤尔达潘勒姆里加入了一种镇定剂,这会让他们更顺从。我们依旧在研究正确的配比,我们总会成功的。另外,第二剂药之后,上

乌鸦六人组(卷一):六只乌鸦

瘾会承担起控制他们的角色。"

"不是第一剂?"

"这取决于格里莎的情况。"

"这事您做了多少次?"

布鲁姆笑了。"我没数过。但相信我,她会迫切地想要更多尤尔达潘勒姆,不敢反抗我们的。这是一个显著的转变。我觉得你会喜欢的。"

马蒂亚斯的胃抽搐了一下。"这么说,您让那科学家活了下来?"

"他尽自己最大的努力去复制制造这个药的过程,但这很复杂。有些批次有用,有些比灰尘好不到哪去。只要他还在效力,就还能活着。"布鲁姆把手放到了马蒂亚斯的肩膀上,严酷的目光变得柔和。"我简直不能相信你真的在这里,活着,站在我面前。我以为你死了。"

"我也以为您死了。"

"我在舞厅里看到你时,几乎认不出来,即使你穿着那套制服。你变化很大……"

"我不得不让那女巫给我易容。"

布鲁姆脸上的厌恶很明显。"你允许她……"

不知为何,在其他人的脸上看到这种反应,让马蒂亚斯为自己当初对妮娜的反应而感到羞愧。

"不得不这么做,"他说道,"我需要她相信我忠于她。"

"现在一切都过去了,马蒂亚斯。你最终安全地回到了你的同伴当中。"布鲁姆皱了皱眉。"有什么事在困扰你。"

马蒂亚斯往大厅走去时,朝妮娜旁边的牢房看去,然后下一间,再下一间,布鲁姆跟在他身后。有些格里莎囚犯焦虑不安,走来走去。还有一些把脸贴在玻璃上。还有的就干脆躺在地板上。"您知道尤尔达潘勒姆的事不会超过一个月。这些设施在这里多久了?"

"大约十五年前,在国王和议会的支持下,我让人建的。"

马蒂亚斯僵了一下。"十五年？为什么？"

"我们需要找个地方关押受审之后的格里莎。"

"之后？如果发现格里莎有罪，就会判处他们死刑。"

布鲁姆耸了耸肩。"这依旧是死刑，只是行刑过程有点长。我们很久之前发现，格里莎可以是一种有用的资源。"

一种资源。"您之前跟我说他们需要根除。说他们是自然界的瘟疫。"

"他们确实是——在他们试图伪装成人的时候。他们没法理性思考，没有人类道德。需要对他们进行控制。"

"这是你要潘勒姆的原因吗？"马蒂亚斯不可置信地问道。

"我们已经用自己的方法尝试很多年了，但成效甚微。"

"但是你已经看到尤尔达潘勒姆的功效，看到受它控制的格里莎……"

"枪并不邪恶。利刃也一样。尤尔达潘勒姆能保证格里莎听话，让他们成为应有的样子。"

"一支第二军队？"马蒂亚斯问道，他的声音里带着浓浓的轻蔑。

"军队是由士兵组成的。这些生物生来就是做武器的。生来就是为捷尔的士兵服务的。"布鲁姆耸了下肩膀，"马蒂亚斯，我特别想你。你的信仰一直都很纯粹。我很高兴你不愿接受这个办法，但这是我们进行致命一击的绝佳机会。你知道为什么很难杀死格里莎吗？因为他们不属于这个世界。但他们很擅长相互残杀。他们称之为'同类相吸'。你等着看我们的成果，看格里莎制造师帮我们制造的武器。"

马蒂亚斯回头看了眼大厅。"妮娜·哲尼克在刻赤花了一年时间，努力为我争取自由。我不确定怪物会不会有这些举动。"

"毒蛇在发起攻击之前会伏在地上不动，疯狗在咬断你脖子之前会舔你的手。格里莎也能有善举，但这不会改变她的本性。"

马蒂亚斯想了想。他想起门砰的一声关上时，妮娜惊恐地站在牢房

乌鸦六人组(卷一):六只乌鸦

里。他很想看到她被俘,受他所受过的惩罚。然而,一起经历了这一切之后,感受到穿过心扉的痛时,他并不觉得有多惊讶。

"舒国的科学家是什么样的人?"他问布鲁姆道。

"顽固。依旧在因他父亲的去世而悲伤。"

马蒂亚斯对博·亚尔拜亚的父亲一无所知,但目前还有一个更重要的问题。"他是安全的吗?"

"宝库在岛上是最安全的。"

"你把他与格里莎关在一起?"

布鲁姆点了点头。"金库给他改造成了实验室。"

"你确定那安全吗?"

"主要的钥匙在我手里,"布鲁姆说道,拍了拍挂在脖子上的磁盘,"日夜都有人看守他。只有特定的几个人知道他在那。已经很晚了,我需要去确认一下黑色协议处理得怎么样了。"布鲁姆用一只手臂搂住了马蒂亚斯。"明天我们会处理你归来和复职的事。"

"我依旧背负着贩卖奴隶的罪名。"

"我们让妮娜签署一份撤回贩奴指控的协议很容易。相信我,一旦她尝到第一口尤尔达潘勒姆,就会完成你所命令的任何事,有过之而无不及。可能会有听证会,但我保证,你会重新穿上巫师猎人的制服,马蒂亚斯。"

巫师猎人的制服。马蒂亚斯曾骄傲地穿着它。他因对妮娜产生的感情而感到羞耻。现在如此,以后估计也会如此。他积攒数年的愤恨在一夜之间消失。但如今这羞耻变成了回音,他感受到的只有后悔——为他浪费的时间,为他所造成的痛苦,为他接下来所要做的事。

他转向了布鲁姆,这个亦师亦父的人。失去家人之后,是布鲁姆把他招进了巫师猎人。马蒂亚斯曾年轻气盛,一无所长。但他为了那个目标,献出了他破碎的心中残存的一切。但这目标是错的,是个谎言。他是什么时候发现这一点的？帮妮娜埋葬她朋友的时候，还是更久以前——她在冰原上第一次睡在他怀里的时候？还是她在海难中救了他的时候？

妮娜冤枉了他，但她这么做是为了竭尽所能保护她的人民。她伤害了他，但她尽她所能来弥补。她的所作所为都向他展示了她的正直、强大和宽厚，以及人性，这一切或许要比他认识的所有人都更加具有人性。若她是如此，那格里莎就并非生来邪恶。他们和所有人一样——向善和作恶的可能都很大。如果马蒂亚斯不是个恶魔，他就无法忽略这些。

"您教会了我很多，"马蒂亚斯说道，"您教会我珍惜荣誉，崇尚能力。您在我最需要复仇的时候给了我武器。"

"这些武器能让我们创造一个美好的未来，马蒂亚斯。菲尔丹的时代终会到来。"

马蒂亚斯抱了抱他曾经的良师益友。

"我不知道你对格里莎的看法是否正确，"他轻声说道，"但我知道你错看了她。"

马蒂亚斯紧紧地抓着布鲁姆，用他在巫师猎人大本营的那有回声的训练室里，那可能不会再见的房间里学会的方法抓着他。他抓着布鲁姆，看着他短暂挣扎，身体瘫软了下去。

马蒂亚斯离开时，布鲁姆陷入了昏迷之中，但他觉得曾亦师亦父的布鲁姆脸上的怒容不是他臆想出来的。他让自己记住他的样子。他应该记住那个表情。他最终成了一个真正的叛徒，而他也理应承受这种压力。

他们进入舞厅时，马蒂亚斯和卡兹在楼梯旁的一个隐秘的角落里蹲守着。他们看到妮娜穿着闪闪发光的礼服走了进去——然后马蒂亚斯看到了布鲁姆。看到这位良师活着的震惊被发现布鲁姆在跟踪妮娜的可怕认知所取代。

"布鲁姆认出来了，"他跟卡兹说道，"我们必须救她。"

乌鸦六人组(卷一):六只乌鸦

"机灵点,赫尔瓦尔。你可以在救她的同时帮我们把博·亚尔拜亚也弄出来。"

马蒂亚斯点了点头,然后扎进了人群中。"体面,"他听到卡兹在身后低声抱怨道,"像是廉价古龙水。"

他在楼梯处拦住了布鲁姆。"长官……"

"等会。"

马蒂亚斯不得不直接走到他的正前方。"长官。"

布鲁姆停了下来。他的表情先是因被阻拦而面带愠色,而后转变成了困惑,后来成了难以置信。"马蒂亚斯?"他低语道。

"拜托,长官,"马蒂亚斯急切地说道,"请给我几分钟时间。有位格里莎打算在今晚暗杀您的一名囚犯。如果你能给我点时间的话,我可以跟您说明下情况以及阻止这一切的办法。"

布鲁姆示意另一位巫师猎人跟着妮娜,然后带着马蒂亚斯来到了楼梯下的一个凹室里。"说吧,"他说道。然后马蒂亚斯跟他说了实话——虽然只是冰山一角:他如何从海难之中逃脱,他快要溺亡的惨状,他被妮娜冤枉贩卖奴隶,他被囚禁在地狱之门,以及那个赦免书的承诺。他把这一切都怪在了妮娜的头上,没有提及卡兹和其他人。布鲁姆问到妮娜是不是一个人执行这项任务时,他只说了他不知道。

"她以为我会护送她通过那座隐秘的桥。我一有机会就逃跑了,然后来找您。"

他对自己如今谎言张口就来的样子感到些许厌恶,但他不能把妮娜的命交到布鲁姆手中。

他看着布鲁姆,他的嘴微张着,睡着了。他过去无比崇拜布鲁姆的冷酷,崇拜他愿为达成自己的目标不顾一切。布鲁姆从自己对格里莎的恶行中获取快乐,他对詹斯博和妮娜也会做同样的事。或许那些恶行对布鲁姆来说无关痛痒,但对马蒂亚斯而言不是。那不是光荣的使命,只是打着为菲尔丹好的名号行事。那是一种乐子。

马蒂亚斯从布鲁姆的脖子上拿走了那把万能钥匙，然后把他拖进了一间空牢房，让他靠墙坐着。他不愿意把他留在这里，看到他在他眼前下巴贴着胸膛，四肢摊开，毫无尊严可言。他不愿去想那将会席卷他的羞愧感，不去想一个战士被他自己信任且偏爱之人背叛的事。他太了解那种痛苦了。

马蒂亚斯用他的额头轻轻贴了下布鲁姆的。他知道他听不到，但还是说了那些话。"你所过的生活，你感受到的憎恨——都是毒药。而我无法继续服毒。"

马蒂亚斯锁上了监狱的门，急匆匆地沿着通道走去，走向妮娜，走向其他地方。

36
詹斯博

十一声钟响

詹斯博在墙边的裂缝旁等着，这裂缝像是狙击手的门栓，对他这样的少年来说是一个完美的地方。**我们刚刚做了什么？**他想道。但他的血液却是鲜活的，他的步枪背在肩上，世界又重新有了意义。

警卫去哪了？詹斯博原以为那些警卫会在他和威岚刚触发黑色协议之后就冲进院子里。

"我做到了！"威岚在他身后喊道。

不清楚将要面临什么之前，詹斯博不愿意放弃这块高地，但没时间了，他们需要到房顶上去。"好吧，我们走。"

他们冲下了楼梯。冲出警卫室的拱门时，六个警卫朝着院子跑来。詹斯博突然停住，伸出胳膊。

"往回走。"他跟威岚说道。

但威岚指着院子对面。"看。"

那些警卫不是朝着警卫室而来：他们的注意力全部放在石板旁一个穿着一身橄榄绿色衣服的人身上。那制服……

一个女人穿墙而来，微微发亮的雾态在那个陌生男人身旁固化。她穿着同样的橄榄绿色衣服。

"潮汐制造师。"威岚说道。

"舒国人。"

那些警卫开了枪，潮汐制造师消失了，然后重新出现在他们身后，举起了手臂。

警卫尖叫起来，武器掉了下去。他们周围形成了红色的雾气。雾气越变越浓，警卫的尖叫声也越来越大，他们的血肉似乎在向着骨头收缩。

"那是他们的血，"詹斯博说道，胆汁涌上了喉头，"神呐。潮汐制造师在排出他们的血液。"他们被活活榨干了。

流动的血液逐渐汇成了模糊的人形，湿滑的人形悬浮在空中，逐渐变成了暗红色，然后在警卫倒地时，溅落在了地上，他们的皮肤在干瘪的尸体上形成了怪异的褶皱。

"回到楼梯上去，"詹斯博低声说道，"我们需要离开这儿。"

但为时已晚。那个女潮汐制造师消失了。眨眼之间，她出现在楼梯上。她双手抓住栏杆以保持平衡，脚踩在威岚的胸口上，把他踢向了詹斯博。他们滚落到了院子里黑色的石头上。

步枪猛地扯了一下他的胳膊，咔嗒一声掉到了一边。他试图站起来，那潮汐制造师拍了下他的后脑勺。他躺倒在了威岚旁边，那俩潮汐制造师居高临下地看着他们。他们举起了手，詹斯博看到自己的周围升起了红色的薄雾。他将会被榨干。他感到自己的力量开始衰退。他向左看去，发觉步枪离他太远了。

"詹斯博，"威岚气喘吁吁地说道，"金属。制造。"然后他开始尖叫。

乌鸦六人组(卷一):六只乌鸦

突然之间,詹斯博明白了。这不是一场能靠枪取胜的战斗。没时间去思考,也没时间去怀疑。

他忽略掉皮肤上撕裂般的痛,把注意力集中在衣服上星星点点的金属上,那是大门金属链上的薄片和碎屑。他不是一个出色的制造师,但他们绝不会想到他是一个制造师。他猛地把手朝前伸去,制服上的金属屑飞了起来,在空中形成了一层闪闪发光的尘雾,然后以迅雷不及掩耳之势向潮汐制造师袭去。

金属钻进女潮汐制造师的皮肤时,她尖叫起来,然后试图化身成为雾态。另一个潮汐制造师做了同样的事,他的形态开始液化,但随后又重新固化,他脸色灰白,脸上散布着金属斑。詹斯博没有泄气。他驱使着金属,把金属屑驱进了他们的内脏,不断深入。他可以感受到他们试图操控金属碎片,如果换做是子弹或者刀,他们可能会成功。但是钢铁的碎片和碎屑太多,也太小了。那位女潮汐制造师捧着肚子跪在了地上。男的尖叫着咳出了黑色铁屑和血。

"救我。"那女的啜泣道,她试图化成雾态,身形变得模糊,身体颤抖着。

詹斯博放下了手。他和威岚急匆匆地离开了潮汐制造师痛苦扭动着的身体。

他们是濒死了吗?他刚刚是杀死了两个自己的同类吗?詹斯博只想活下去。他又想起了那面墙上的布条,那些红的、蓝的、紫的布条。

威岚拉了下他的胳膊。他的脸看上去有点透明,血管清晰可见,"詹斯博,我们必须要走了。"

他慢慢地点了点头。

"现在就走。"

詹斯博让自己的脚动了起来,跟在威岚身后,顺着绳子爬上了屋顶。他感到眼冒金星，头重脚轻。其他人还指着他呢，他很清楚这点。他得继续向前。但他感觉把自己的某个部分留在了那个院子里，他尚不清楚有多重要的一部分，就像薄雾一般难以捉摸。

37
妮　娜

十一声钟响和一刻钟报时

马蒂亚斯打开妮娜的牢房门时,她有一瞬间的犹豫。可她控制不了。她在这里的时间越长,就越无法忘记窗户上马蒂亚斯的脸,无法忘记他那残酷的面容,以及自己内心涌出的怀疑。她看着他站在门口时,她再次感受到了那怀疑,但他朝她伸出手时,她知道他们打败了恐惧。

她跑向了他,他把她抱在怀里。

他把脸埋在了她的头发里,在她耳边说道:"我再也不想看到你这样了。"

"你是说这衣服还是这监狱?"

他笑了。"当然是监狱。"然后他用手捧着她的脸。"Jer molle pe oonet. Enel mörd je nej afva trohem verret."

妮娜用力咽了咽口水。她知道这些话,也知道它们的意思。*我为保护你而生。我至死捍卫我的誓言。*这是巫师猎人对菲尔丹的誓言。而如今，这是马蒂亚斯对她的誓言。

她知道她应该说点深刻的东西，说点好听的话作为回应。然而，她选择实话实说："如果我们能活着离开这儿，我要把你亲到昏厥。"

他英俊的脸上露出了笑容。她迫不及待地想重新看到他原本的蓝眼睛了。

"亚尔拜亚在金库，"他说道，"我们走。"

妮娜跟着马蒂亚斯冲出了大厅，耳朵里满是黑色协议的警报声。如果布鲁姆认出了她，那其他的巫师猎人可能也一样。她怀疑过不了多久，他们就会来找他们的指挥官了。

"请告诉我卡兹没有再次消失不见了。"她在他们急匆匆地冲下走廊时说道。

"我把他留在了舞厅里。我们会和他在白蜡树下碰头。"

"我上次看到那棵树时，它周围都是巫师猎人。"

"或许黑色协议会帮我们搞定他们。"

"如果我们能在巫师猎人手中存活，估计也逃不脱卡兹的手掌心，如果我们杀了亚尔拜亚……"

他们转向下一个拐角时，马蒂亚斯伸出一只手示意他们停下来。他们慢慢上前。转弯时，妮娜快速搞定了金库门前的警卫。马蒂亚斯拿出了步枪，然后把布鲁姆的钥匙插进了锁里，金库的圆形入口慢慢打开。

妮娜举起双手，准备发起攻击。他们等着，心怦怦直跳，门慢慢地打开了。

这里和其他房子一样白，但并不是空无一物。长桌上摆满了架在蓝色火焰上的烧杯，加热和冷却装置，还有装着橘色粉末的玻璃小瓶，粉末的颜色深浅不一。有一整面墙都是一个巨大的石板，石板上用粉笔写满了方程式。另一面全是带有小金属门的玻璃箱。箱子里是盛开的尤尔达植株，妮娜猜测这些箱子一定是加过热的。另一面墙旁边支着一张小

乌鸦六人组(卷一):六只乌鸦

床,薄薄的床单皱巴巴的,上面随处丢着纸张和笔记本。一个舒国少年盘着腿坐在上面。他看着他们,黑色的头发搭在前额,大腿上放着一个笔记本。他看上去不超过十五岁。

"我们不是来伤害你的,"妮娜用舒国语说道,"博·亚尔拜亚在哪?"

那少年撩起了眼前的头发,露出金色的眼眸。"他死了。"

妮娜皱了皱眉。凡·埃克的情报有误吗?"这是什么情况?"

"你是来杀我的吗?"

妮娜不知道要怎么回答。"Sesh-uyeh?"她冒险试探道。

那少年的脸上露出如释重负的表情。"你是刻赤人。"

妮娜点了点头。"我们是来救博·亚尔拜亚的。"

那少年把腿蜷缩在胸前,用双手抱着。"你们救不了他了。我父亲在菲尔丹人试图阻止刻赤人把我们带离阿姆拉特·詹恩之手时就死了。"他的声音有些颤抖。"他在双方交火时被杀了。"

我父亲。妮娜一边努力理解这几个字代表的意思,一边给马蒂亚斯翻译。

"死了?"马蒂亚斯问道,他的肩膀微微耷拉下去。妮娜知道他在想什么——他们所经历的一切,他们所做的一切,以及博·亚尔拜亚早已死去的事实。

但菲尔丹人留着他儿子总有原因。"他们试图让你研究这配方。"她说道。

"我在实验室里给他帮过忙,但我记不起所有的东西。"他咬了咬嘴唇,"我一直在拖延时间。"

菲尔丹人用在格里莎身上的潘勒姆肯定是博·亚尔拜亚曾带去刻赤的存货。

"你能做到吗?"妮娜问道,"你能重新创造出配方吗?"

那少年犹豫了下。"我觉得可以。"

妮娜和马蒂亚斯交换了下眼神。

妮娜咽了咽口水。她以前杀过人。她今晚也杀人了，但这不一样。这少年没有拿枪指着她，或者试图伤害她。杀了他——将会是谋杀——也意味着要背叛伊奈姬、卡兹、詹斯博和威岚。那些为了一个他们从未见过的彩头如今在拿生命冒险的人。但她随后想到奈斯特无声无息地倒在冰雪里，想到了牢房里饱受折磨的格里莎，都是因为这药。

她举起了手臂。"抱歉，"她说道，"如果你成功了的话，你所制造的苦难将是无止境的。"

那少年目光坚定，微微抬起下颚，好像早就知道了这一刻的到来。正确的做法显而易见。快速杀了这少年，让他没有痛苦地死去。毁了这实验室以及这里的一切。根绝了尤尔达潘勒姆的秘密。如果想杀死一棵葡萄藤，不只需要砍断它，更需要把它的根从土壤里挖出来。然而她的双手却在颤抖。巫师猎人就是抱着这种想法吗？毁掉威胁，将它根除，不管眼前的人是不是无辜。

"妮娜，"马蒂亚斯温和地说道，"他只是个孩子。跟我们一样。"

跟我们一样。一个比她小不了多少的少年，陷入了一场由不得他选择的战争。一个幸存者。

"你叫什么名字？"她问道。

"库维。"

"库维·亚尔博。"她开口说道。她是打算判他死刑，还是道歉，还是求他原谅？她不知道。但她听到自己的声音说道："你把这实验室毁掉最快需要多久？"

"很快。"他回答道。他在空中挥了下手，一个烧杯下的蓝色火焰发出了弧形的蓝色火光。

妮娜盯着他。"你是格里莎。你是控火师。"

库维点了点头。"尤尔达潘勒姆是个失误。我父亲试图想办法隐藏我

乌鸦六人组(卷一)：六只乌鸦

的超能力。他是一个制造师。一个格里莎，和我一样。"

妮娜思绪纷飞——博·亚尔拜亚，一个在舒翰边界躲避着众人目光的格里莎。没时间细想了。

"我们需要尽可能多地毁掉你的工作成果。"她说道。

"这里有易燃物，"库维回应道，已经开始收集文件和尤尔达样本，"我可以引发一场爆炸。"

"只能炸金库。这里还有格里莎。"以及警卫。以及马蒂亚斯的良师益友。虽然妮娜挺乐意让布鲁姆去死的，但想到马蒂亚斯已经背叛他的指挥官了，她觉得马蒂亚斯不会想看到曾对他而言亦师亦父的人被炸成碎片的。想到抛在身后的格里莎时，她有点动摇，但没法把他们带去港口。

"别管剩下的了，"她跟马蒂亚斯和库维说道，"我们该走了。"

库维在燃烧炉上架了许多装满液体的小玻璃瓶。"我准备好了。"

他们检查了一下走廊，急匆匆地朝宝库入口走去。每次转弯的时候，她都希望看到巫师猎人或警卫一路狂奔，但他们都丝毫不受影响地在大厅内巡逻。在正门前，他们停了下来。

"我们的左侧有个迷宫般的树篱。"妮娜说道。

马蒂亚斯点了点头。"我们需要靠它打掩护，然后跑向白蜡树。"

他们刚一开门，就听到钟声吵到难以忍受。妮娜看到埃尔德钟楼在宫殿最高的银色尖塔上，表面像月亮一样闪闪发光。警卫塔上的强光在白岛上扫视，妮娜可以听到宫殿周围警卫的喊叫声。

她跟着马蒂亚斯，紧贴着建筑物的墙壁，努力和阴影融为一体。

"快点。"库维说道，紧张地回头看了一眼实验室。

"走这边，"马蒂亚斯说道，"这迷宫……"

"不许动。"有人喊道。

太晚了。警卫从迷宫的方向朝他们冲过来。除了跑之外别无他法。

他们冲进入口，跑过柱廊，进到了圆形的院子里。到处都是巫师猎人——在他们眼前，在他们身后。他们随时都可能被击毙。

就在那时，爆炸声响起。妮娜在听到声音之前就感觉到了：一股热浪把她抛到半空，随之而来的是震耳欲聋的爆炸声。她重重地摔在了白色的铺路石上。

周围浓烟滚滚，到处一片混乱。妮娜挣扎着跪坐了起来，耳朵里嗡嗡作响。宝库的一边成了碎石堆，浓烟和灰尘在夜空中翻涌。

马蒂亚斯和库维朝她走来。妮娜站了起来。

"Sten！"两个从别的组跑来的警卫大声喊道，那组警卫正朝着宝库跑去。"你们在这做什么？"

"我们只是在享受派对！"妮娜大声喊道，声音里听上去满是疲惫和恐惧。"然后……然后……"她的眼泪轻而易举地就掉了下来。

一个警卫举起了枪。"给我看一下你们的文件。"

"没有文件，拉尔斯。"

马蒂亚斯向前一步的时候，那巫师猎人的头猛地抬了起来。"我认识你吗？"

"你曾经认识，虽然我现在看上去有点不一样了。Hje marden，拉尔斯？"

"赫尔瓦尔？"他问道，"他们……他们说你死了。"

"我是。"

拉尔斯把目光从马蒂亚斯转向妮娜。"这是布鲁姆带去宝库的摄心师。"然后他看到了库维，一脸后知后觉的震惊。"叛徒！"他朝马蒂亚斯咆哮道。

妮娜举起手来降低拉尔斯的脉搏，但就在这时，她发现自己右边的阴影里有动静。有东西击中了她，她尖叫出声。向下看去，她看到一个缆绳圈正在收紧，把她的上臂紧紧地跟身体绑在一起。她没法举起双

乌鸦六人组(卷一)：六只乌鸦

手。没法使用她的能力。缆绳圈从黑暗中甩出，缠住他们的躯干时，马蒂亚斯闷哼了一声，威岚发出惊叫。

"这就是我们的战术，放血疗法，"拉尔斯讥笑道，"我们在追捕像你这样的无耻之徒。我们知道你所有的把戏。"他踹了一脚马蒂亚斯的小腿。马蒂亚斯跪倒在地，倒吸了一口气。"他们告诉我你死了。我们为你哀悼，给你烧白蜡树枝。但现在看来，他们是在保护我们，不让我们知道比你死去还要坏的消息。马蒂亚斯·赫尔瓦尔，是一个叛徒，在帮我们的敌人做事，与那些有反常能力的人厮混在一起。"他朝马蒂亚斯的脸吐了口唾沫。"你怎么能背叛你的国家和神明？"

"捷尔是生之神，不是死之神。"

"为亚尔拜亚而来的，除了你和你身边的那生物之外，还有其他人吗？"

"没有。"妮娜撒谎道。

"我没问你，女巫，"拉尔斯说道，"没关系。我们会用自己的办法从你们那儿得到情报的。"他转向库维。"还有你。别以为这不会有什么恶果。"

他在空中做了个手势。一队人从柱廊的阴影处现身：巫师猎人，兜帽盖住了金色的长发，堆在衣领上的金发微微发光，他们身穿银黑相间的制服，像是北部冰原黑暗的裂缝里诞生的生物一样，他们呈扇形散开，包围着妮娜，马蒂亚斯和库维。

妮娜想起了洁白的牢房，以及地板上的排水口。库维实验室里的潘勒姆都销毁了吗？他再制一批需要多久？在此之前，他们会怎么对她呢？她绝望地往黑暗中瞥了一眼，祈祷能看到卡兹的踪迹。他也被抓了吗？他把他们抛弃在这了吗？她原本是个战士。她需要坚强地去应对即将到来的一切。

一个巫师猎人把一个看上去像长柄鞭子，上面绑着套住他们的缆绳圈的东西递到了拉尔斯手中。

"认出这个了吗，赫尔瓦尔？"拉尔斯问道，"你应该认识的。你还参与了它的设计。能操控多个囚犯的可收缩缆绳。当然，还有这倒刺。"

拉尔斯用手晃了晃一根缆绳，小小的倒刺扎进了妮娜的手臂和躯干，她倒吸了一口气。那巫师猎人笑了。

"别动她。"马蒂亚斯用菲尔丹语低吼道，声音里满是怒气。有一瞬间，妮娜看到马蒂亚斯的前同志有点惊慌。他比他们都要高大，曾是他们的首领，是这些杀人不眨眼的少年中最优秀的。然后拉尔斯又晃了晃另一根缆绳。倒刺出现，马蒂亚斯痛苦地闷哼一声，弯下腰去，他再次露出了普通人脆弱的一面。

随之而来的讥笑声诡秘而残酷。

拉尔斯猛地拉了一下鞭子，缆绳开始收缩，迫使妮娜、马蒂亚斯和库维笨拙地排成一排，在他身后蹒跚地走着。

"你还会向我们的神明祈祷吗，赫尔瓦尔？"他们路过圣树时拉尔斯问道，"你认为捷尔会听到和格里莎同流合污的人的哀号吗？你觉得……"

就在这时，响起了一声动物般的尖叫。妮娜和其他人花了很长时间才反应过来那是拉尔斯发出的。他张大了嘴，血从下巴下喷出，染红了制服上明亮的银色纽扣。他的手松开了鞭子，身旁戴着兜帽的巫师猎人冲上前抓起了鞭子。

尖锐的砰砰声从圣树的根基处传来。妮娜认出那声音了——他们伏击狱车之前，她在北部小路上听到过这声音。那时他们放倒了那棵大树。白蜡树嘎吱作响，发出了近乎呜咽的声音。那古老的树根开始蜷缩起来。

"Nej！"一个巫师猎人大喊道。他们目瞪口呆地站着，看着那棵遭了殃的树。"Nej！"又一个悲痛的声音响起。

乌鸦六人组(卷一):六只乌鸦

圣树开始倾斜。这棵树太大了,光靠浓缩盐是不够的,但它开始倾斜了,一声沉闷的轰鸣从树下的黑洞里传来。

这是巫师猎人聆听他们神明声音的地方。而此刻,有声音响起。

"这可能会有点刺痛。"握着鞭子的巫师猎人说道。他的声音粗嘎而熟悉。手上戴着手套。"但如果我们能活下来,你们以后会感激我的。"他的兜帽滑了下去,卡兹·布莱克回头看着他们。目瞪口呆的巫师猎人举起了枪。

"到达海底之前别触发巴林。"卡兹喊道。然后他抓着库维,把他们都拖进了树根下面的黑洞里。

身体被缆绳扯着向前的时候,妮娜尖叫出声。她胡乱抓着石头,试图找到一个支点。她最后一眼看见马蒂亚斯紧挨着她掉进了树洞里。她听到了枪声——然后就陷入了黑暗,陷入了寒冷,陷入了捷尔的咽喉,陷入了未知的地方。

38
卡 兹

十一声钟响和三刻钟报时

卡兹想过设法窃听马蒂亚斯和布鲁姆在舞厅里说什么,但他不想在周围满是巫师猎人的时候,失去妮娜的踪迹。他把赌注压在了马蒂亚斯对妮娜的感情上。他喜欢赌。真正的风险在于像马蒂亚斯那般诚实的人是否可以当着他导师的面撒谎。毫无疑问,那菲尔丹人挺有潜力的。

卡兹追踪着妮娜和布鲁姆穿过院子进入宝库。然后他利用一个冰雕作掩护,极力将他在伏击狱车之前吞下去的威岚制作的树根炸弹给吐出来。他需要把炸弹返到口中——还有一袋叶绿素,以及他为了以防万一,吞下食道的一套备用撬锁工具。过程并不愉快。这把戏是他在东斯戴夫一个吐火多年的魔术师那里学到的,后来那人因为误食煤油,中毒而死。

完成之后,他检查了宝库的周边、屋顶和入口,直到无事可做,只能干等。他保持警惕,担心一切都会出错。他想起了伊奈姬站在大使馆

乌鸦六人组(卷一):六只乌鸦

的屋顶上,整个人因某种新的热情而神采奕奕的样子,他不懂,但依旧能够分辨出来——目标。它让她光彩照人。**我拿到我的那份之后,就会离开德勒格斯了。**她之前说离开卡特丹姆的时候,他并没有当真。但这次不同。

黑色协议的警报声响起时,他藏在西边柱廊的阴影里。埃尔德钟楼的钟声在整个岛上轰鸣,空气都颤抖起来。警卫塔上的强光汇成了一片光流。白蜡树周围的巫师猎人中断了他们的仪式,开始发号施令,一波警卫从塔中冲出,散布到了岛上的各个角落。他等待着,算着时间,但没看到妮娜和马蒂亚斯的踪迹。**他们遇到麻烦了,**卡兹想道。**或者你完全看错马蒂亚斯了,你将要为所有树会说话的玩笑付出代价。**

他必须进入宝库,但他需要在撬那把神秘的锁时,有东西给他打掩护,这里到处都是巫师猎人。然后他看到妮娜和马蒂亚斯,以及他猜测可能是博·亚尔拜亚的人从宝库跑了出来。他刚要开口喊他们时,爆炸发生了,一切都完了。

他们炸了实验室,碎片如雨点般在他周围落下时他想道。**我绝对没说过让他们炸毁实验室的话。**

剩下全靠即兴发挥。卡兹只跟马蒂亚斯说了黑色协议的警报声响起时在白蜡树旁碰头。他以为他有足够的时间跟他们说,让他们在陷入黑暗之前触发巴林。现在他只能希望他们不会恐慌,好运在下面等着他们。

下坠的过程似乎超乎寻常的长。卡兹希望他抓着的那个舒国少年是博·亚尔拜亚,只是他很年轻罢了,而不是妮娜和马蒂亚斯临时起意、决定解救的某个倒霉囚犯。下落的过程中,卡兹用自己的手指把一块巴林塞进了那少年口中。他轻甩了下鞭子,松开了那些缆绳,绳索收缩时,他听到了其他人的尖叫声。至少他们不会被捆着掉进水里。卡兹等了一会儿之后才吞掉了自己的巴林。碰到冰冷刺骨的水时,他很担心自己的心脏会停止跳动。

他有点怀疑自己原本的想法了，河水的力量非常惊人，水流湍急，宛若雪崩。即使在水下，水声依旧震耳欲聋，但伴着恐惧而来的，是对他猜想的证实。他是对的。

神明的声音。传奇总是基于事实。卡兹一直都在花时间打造属于自己的传奇。他很好奇冰庭护城冰河和喷泉的水源自哪里，为什么这河流那么宽，那么深。妮娜一描述完巫师猎人的入会仪式，他就明白了：这菲尔丹大本营不是围绕着一棵大树，而是围绕着一个泉源而建的。捷尔，就是那泉源，那汇入大海，补给雨水，滋养圣树的泉源。

水会发出声音。这是运河边尽人皆知的事，任何曾在桥洞下过过夜或是在翻转的船下度过整个寒冬的人都知道——水流会发出情人的呢喃，久别重逢的兄弟的问候，甚至是神明的声音。这才是关键所在，一旦卡兹意识到了这点，就好像是为冰庭和它的运行机制绘制了一张蓝图。如果卡兹没猜错的话，捷尔会在峡谷将他们吐出。如果在这之前他们没淹死的话。

而那很有可能。巴林只能提供十分钟的新鲜空气，如果他们能保持冷静的话，可能会有十二分钟，但他很担心他们会恐慌。他自己心如鼓擂，肺部紧缩。在寒冷的水中和无处不在的黑暗里，他的身体失去知觉，隐隐作痛。但除了忍受震耳欲聋的单调水声和让人作呕的跌撞翻腾之外别无他法。

他不确定水流的具体速度，但他清楚地知道自己猜的数字很接近。数字一直都是他的盟友——概率，利润以及下注的技巧。但他现在还需要指望别的。*你信奉什么神？*伊奈姬曾问他道。*任何能够保佑我好运的都行*。幸运的人不会在敌国护城冰河下的茶壶里玩完。

到达峡谷后，等着他们的将会是什么？谁会在那儿等着？詹斯博和威岚设法触发了黑色协议。但他们能想办法搞定剩下的吗？他会在对岸看到伊奈姬吗？

乌鸦六人组（卷一）：六只乌鸦

　　*活下去。活下去。活下去。*这是他的生活之道，每时每刻，每瞬每息皆是如此，自他从那个可怕的清晨醒来，发现乔迪早已死去，但自己依旧活着以后，便是如此。

　　卡兹在黑暗之中翻滚着。他感觉到前所未有的冷。他想起了伊奈姬的手放在他脸上时的感觉。他的思维受到了感官的影响，已经乱作一团。一片喧嚣之中，除了恐惧和恶心之外，还有渴望，有挥之不去的期待，希望她再次碰触他的期待。

　　十四岁时，卡兹召集了一队人马去抢劫曾帮赫尔宗欺诈过他和乔迪的银行。他的同伙卷走了五十万克鲁志，而他却因从屋顶上跌落而摔断了腿。骨头没有接好，自此之后，他的腿就瘸了。所以他就找了一个制造师，给他打造了一根拐杖。这是一种宣告。从此之后，他的身上没有哪部分不曾受伤，没有哪部分完全愈合，也没有哪部分在受伤之后没有变得更强壮。那拐杖成了他为自己打造的传奇的一部分。没有人知道他是谁。没有人知道他来自哪里。他成了卡兹·布莱克，成了自信的瘸子，巴伦的混蛋。

　　那双手套是他对软弱作出的唯一让步。那晚从横尸遍野的死神之船游回来之后，他就无法忍受任何皮肤上的接触了。任何接触都让他备受折磨，反感不已。那是他的过去之中唯一不能锻造成危险的铠甲的东西了。

　　他嘴巴周围的巴林鼓起了气泡。水渗了进来。河流裹挟着他们走了多远？他们还要走多久？他的一只手依旧抓着博·亚尔拜亚的衣领。那舒国少年比卡兹小，希望他还能呼吸。

　　记忆清晰地在卡兹的脑海里闪现。他戴手套的那只手捧着一杯热巧克力，乔迪提醒他等饮料凉一点再喝。他在乌鸦俱乐部契约上签了字，墨水逐渐干涸。他在动物园第一次见到伊奈姬，她穿着紫色的丝绸衣服，眼睛上涂着眼影。他给了她一把骨质手柄的刀。她第一次杀人之后在斯兰特的房间里啜泣。他忽略了那啜泣声。卡兹想起他刚带她来德勒格斯的一年里，她会时不时地坐在他阁楼的窗台上。她曾一直给圈养在屋顶的乌鸦喂食。

"你不应该和乌鸦交朋友。"他跟她说道。

"为什么？"她问道。

他坐在桌前，抬起头准备回答她的问题，但他想说的一切都说不出口。

有一瞬间太阳出来了，伊奈姬把脸转向太阳。她闭着眼睛，黑漆漆的睫毛覆在脸颊上，像把小扇子。港口的微风拂过她黑色的长发，有一瞬间卡兹又成了当年的那个孩子，相信世界上有魔法的存在。

"为什么？"她重复道，依旧闭着眼睛。

他说了脑海中闪现出的第一个想法："它们没有风度。"

"你也没有，卡兹。"她笑着说道，如果能用瓶子把那声音装起来的话，他愿意每晚都为它酩酊大醉。这想法让他觉得恐慌。

巴林溶解时，卡兹吸了最后一口气，然后水灌了进来。他在水流中眯着眼睛看去，期待着能看到日光。河水让他撞在了通道的墙上。胸腔内的压力增大。*我足够强大*，他跟自己说道。*我的意志很强大*。但他听到了乔迪的笑声。*不，小老弟。没谁是足够强大的。你已经多次与死亡擦肩而过了。贪婪可能会为你服务，但死亡不会向任何人屈服。*

那天晚上，卡兹差点在港口溺亡，他在黑暗之中努力蹬腿，靠乔迪的尸体浮在水面。但现在没什么可以撑起他了。他努力想着自己的哥哥，想着复仇，想着把佩卡·罗林斯绑在泽尔威街那幢房子里的椅子上，迫使他在记住乔迪的名字的同时，把贸易订单塞进他的喉咙里。但他能想起来的只有伊奈姬。她必须活着。她必须逃离冰庭。如果她没有的话，那他需要活下来去救她。

肺部的疼痛变得难以忍受。他需要告诉她……什么？她很漂亮，很

乌鸦六人组（卷一）：六只乌鸦

勇敢，比他应得的一切都要美好。他偏执，狡诈，不够正直，但还没有坏到无可救药的地步，他要为了她，振作起来，活出个人样。他无意识地开始依赖她，寻找她的身影，期望能有她在身边。他需要谢谢她送给他的新帽子。

水流挤压着他的胸膛，迫使他张开嘴。*我不会的*，他在心里郑重说道。但最终，卡兹张开了嘴，水灌了进去。

第六部分

真正的盗贼

39
伊奈姬

伊奈姬的心快要跳出胸膛。人在空中的绳子上荡来荡去,松开一根再去够下一根,等意识到自己犯了错误,感受到自身的重量时,便是下坠的开始。

警卫拖着她回到了监狱大门。跟坐着狱车,和其他队员一起第一次来这院子时相比,如今有更多的警卫拿枪指着她。他们穿过了狼口,走上了楼梯,拖着她走下通道,穿过那有巨大玻璃围墙的走廊。妮娜曾给她翻译过那横幅:菲尔丹力量。第一次经过这里时她笑了,她看了看下面的坦克和武器,一只眼睛关注着卡兹,另一只看着对面的通道。她很想知道什么样的人才会在手无寸铁、戴着镣铐的囚犯面前展示自己的力量。

警卫走得很快。伊奈姬的脚绊了一下,这是她一晚上之内的第二次了。

"快走。"那士兵用刻赤语厉声呵斥道,拖着她向前。

"你走得太快了。"

他用力拽了下她的手臂。"别磨磨蹭蹭的。"

"你不想见我们的审讯官吗？"另一个问她道，"他们会让你开口的。"

"但经历过他们的审问之后，你看上去可就没现在漂亮了。"

他们笑了起来，伊奈姬的胃在翻滚。她知道他们是故意用刻赤语说的，就是为了让她听懂。

她觉得自己能拿下他们，即使他们有枪，即使她没有刀。她的双手没有被捆起来，他们依旧觉得自己抓着的是一个让人不齿的妓女。海琳说她是个罪犯，但对他们而言，她只是一个穿着紫色绸衣的小蟊贼。

正在考虑要怎么动手时，她听到有别的脚步声传来。她看到了另外两个穿着制服的身影朝他们走来。她一个人能搞定四个警卫吗？她不确定，但她知道，一旦他们离开了这个走廊，一切就都完了。

她回头看了一眼玻璃围墙上的横幅。机不可失，时不再来。

她用腿钩住左侧警卫的脚踝。他向前倒去，然后她猛地向上挥了一拳，打断了他的鼻子。

另一个举起了枪。"你会为此付出代价的。"

"你不会朝我开枪的。你需要从我这儿获取情报。"

"我可以朝你的腿开枪。"他讥笑道，放下了步枪。

然后他瘫在了地上，一把破旧的剪刀从他的后背穿过。他身后的士兵开心地挥了挥手。

"詹斯博，"她如释重负地呼了口气，"终于。"

"你要知道，我也在这儿。"威岚说道。

那个鼻骨骨折的警卫在地板上呻吟着，试图举起他的枪。伊奈姬朝他的头狠狠地踢了一脚。他再也不动了。

"你设法弄到大钻石了吗？"詹斯博问道。

伊奈姬点了点头，从她的袖子里滑出一个镶嵌着巨大宝石的贴颈项

乌鸦六人组（卷一）：六只乌鸦

链。"快点，"她说道，"即使海琳现在还没意识到它不见了，很快就会发现了。"虽然黑色协议已经生效，没什么她能做的了。

詹斯博从伊奈姬的手中抓过那贴颈项链，有些目瞪口呆。"卡兹说我们需要一颗钻石。但他没让你偷海琳·凡·后登的。"

"赶紧行动。"

卡兹给了伊奈姬两个任务：设法给詹斯博弄到一颗大钻石，以及十一声钟响之后想办法来这走廊。她可以偷别的钻石，用别的方法引起警卫的注意。但她就想愚弄海琳。在她搜集的所有秘密，偷过的所有文件，以及参与过的所有打斗中，朝海琳·凡·后登下手是她最大的夙愿。

海琳为她动手提供了便利条件。在圆形大厅扭打时，伊奈姬让她的注意力集中在因扼喉而呼吸困难上，而不是担心项链被偷上。此后，海琳只顾着沾沾自喜。伊奈姬觉得最大的缺憾莫过于看不到坦特·海琳发现自己珍贵的项链不见时的样子。

詹斯博点亮了灯笼，然后和威岚一起行动。就在那时，她看到他们身上都带着从监狱通风井爬下来时蹭的煤灰。他们还带了两卷脏兮兮的绳子。他们行动时，伊奈姬关上了走廊两端的拱门。用不了多久，就会有巡逻的警卫经过，发现不该关上的门关上了。

威岚制作了一个长金属螺丝钉和一个看上去像是巨大的绞车手柄的东西，然后试图把它们安装到一起，伊奈姬觉得完工之后应该是一个虽丑但实用的钻子。

一道门上传来了重击声。

"快点。"伊奈姬说道。

"你这么说没用，并不能加快我行动的速度，"詹斯博一边抱怨，一边专心地处理石头，"如果我分解了这些石头的话，它们就失去原有的分子结构了。它们只能靠切割的，并且还需要小心，把边缘磨成一个完美的钻头。我没接受过训练……"

"那怪谁?"威岚插嘴道,都没有抬头看一眼。

"你说的这句,也没用。"

此时,那些警卫重重地拍打着那道门。透过围墙看去,伊奈姬发现很多人冲进了另一边通道,拿枪指着他们,大声喊着什么。但他们的子弹没法穿过这两道防弹玻璃墙。

这玻璃是格里莎制作的。经过展区时,妮娜就意识到了菲尔丹人可能受格里莎技艺的庇护,但还有一种比格里莎玻璃坚硬的东西——钻石。

通道两边的门上都开始嘎吱作响。"他们来了!"伊奈姬说道。

威岚抓起了那块钻石,当做临时的钻子。钻石放在玻璃上时,发出了刮擦声,詹斯博开始转动手柄。这个过程格外缓慢。

"这有用吗?"伊奈姬大声喊道。

"玻璃太厚了!"

有东西击穿了他们右侧的门。"他们有破门锤。"威岚抱怨道。

"继续。"伊奈姬催促道。她踢掉了自己的鞋子。

钻头嗡嗡作响,詹斯博加快了转动曲柄的速度。他开始让它做曲线运动,先画出一个圆的起点,接着是半月形。快点。

通道尽头的门上的木头开始碎裂。

"抓住手柄,威岚!"詹斯博大声喊道。

威岚接替了他的位置,用自己最快的速度转动钻子。

詹斯博拿起了那两个倒在地上的警卫掉的枪,用枪指着门的方向。

"他们来了!"他喊道。

玻璃上的两条曲线合在了一起。一个满月的形状。那个圆形开始脱离墙面,向里边倾斜。还没倒地之前,伊奈姬后退了几步。

"闪开!"她命令道。

然后她跑了起来,脚步轻盈,身上的丝绸衣服宛若羽毛。这一刻她已经不介意了。她愚弄了海琳·凡·后登。从她那儿拿走了点小玩意,

乌鸦六人组(卷一):六只乌鸦

拿走了一个虽然愚蠢、但她很珍视的标志性物件。以后她还会欺诈其他的老鸨,捉弄别的奴隶贩子。她身上的丝绸衣服是羽毛,她自由了。

伊奈姬看着墙上那圆圈——一轮月亮,一轮缺失的月亮,那是通往未来的门——她一跃而过。她的身体勉强穿过那洞口,衣服在锋利的玻璃边缘窸窣作响。她的身体在空中画出一条弧线,然后她伸出手去。她只有一次拿下挂在围墙上面的铁灯笼的机会。那是一次看上去不可能完成的疯狂跳跃,但她又成了那个让父亲骄傲的女儿,不受地心引力的束缚。她在空中停留的时间出乎寻常地长,双手抓住了灯笼的底座。

她听到身后的门猛地打开了,枪击声传来。**干掉他们,詹斯博。为我赢取点时间。**

她在空中荡来荡去,积蓄动力。一颗子弹在她身边呼啸而过。意外,还是已经有人突破了威岚和詹斯博的阻挡,通过洞口朝她开枪?

蓄够力之后,她放手一搏。她狠狠地撞到了墙面上。没有什么体面的路可走,但她的手抓在了用来展示古斧的石壁架上。这让一切变得简单起来:从壁架到桁架,再到低处的壁架,然后她赤裸的双脚咣当一声落在了一辆巨大的坦克的顶上。她溜进了坦克顶部中央的金属圆顶里。

她转动了一个旋钮,然后又一个,努力寻找正确的操控按钮。最终有一杆枪升了起来,她扣动了扳机,枪的后冲力让她的整个身体都开始颤抖,子弹像冰雹一般朝玻璃墙射去,飞得到处都是。这是她能给詹斯博和威岚的最好的警示了。

伊奈姬迫切地希望她能让坦克运作起来。她在坦克的驾驶舱内扭来扭去,旋转着视线范围内唯一的操纵杆,坦克的炮管升了起来。这就是控制杆了,就如詹斯博和威岚所说的那样。她用力地拉了一下它后,传来了一声微弱的咔嗒声。然后,过了好一会儿,一点动静都没有。**如果它里边没有装弹药呢?** 她想道。如果詹斯博对它的判断没错的话,那菲尔丹人把这么多火力就这样放在这里,真的太愚蠢了。

坦克某处传来了"铛"的一声。她听到有什么朝她的方向滚来，惊恐地觉得自己是不是弄错了什么。迫击炮即将滚落到长长的枪管里，她的大腿都感觉在震动。坦克发出嘶嘶声，以及金属摩擦的声音，然后传出巨大的爆炸声。震耳欲聋的爆炸声在空中回响，随之升起了一团黑烟。

迫击炮把玻璃击得粉碎，无数碎片在闪闪发光。**这比钻石更美**，伊奈姬惊叹道，希望詹斯博和威岚可以趁机找个地方藏身。

她等着黑烟消散，耳朵里嗡嗡作响。玻璃围墙消失了。一切都静止了。两截挂在通道围栏上的绳子晃动着垂了下来，詹斯博和威岚顺绳而下：詹斯博像一只敏捷的蝴蝶，而威岚却像只试图破茧而出的毛毛虫一样不停地扭动。

"Ajor?"伊奈姬用菲尔丹喊道。妮娜会很为她骄傲的。

伊奈姬操纵着炮筒朝各个方向转动。残留的玻璃墙的另一边，警卫在通道上大声叫喊着。炮筒对准他们时，他们四散逃开。

詹斯博和威岚爬上坦克时，伊奈姬听到了脚步声和叮当声。詹斯博挂在圆顶上，探头进来。"我来开吗？"

"如果你坚持的话。"

她挪到了一边，方便他爬到控制装置后面。

"噢，你好，亲爱的。"他开心地说道。他拉了一下另外一个控制杆，这个装甲车抖动起来，仿佛有生命一般，喷出黑烟。**这是什么怪物？**伊奈姬想道。

"那噪声！"她大声喊道。

"是引擎！"詹斯博咯咯地笑着说。

然后他们动了起来——视线中连一匹马都没有。

上面传来了枪炮声。很显然，威岚找到了上面的控制装置。

"看在神明的面子上，"詹斯博转向伊奈姬说道，"帮他瞄准。"

她挤进圆顶炮塔，坐在威岚旁边，用第二支小炮筒进行瞄准，在警

乌鸦六人组（卷一）：六只乌鸦

卫冲进围墙时，端掉了他们的掩护。

詹斯博正在调转坦克，倒回到最远的位置。然后用最大的炮筒开火。迫击炮把围栏炸得粉碎，又穿过通道，击中了后面的环形墙。白色的灰尘和石头碎片到处都是。他再次开火。第二发迫击炮狠狠地击在了墙面上，墙上的石头四分五裂。詹斯博在墙上打出了一个凹痕——一个挺大的凹痕——但不是洞。

"准备好了吗？"他大声喊道。

"准备好了。"伊奈姬和威岚异口同声地回答道。他们闪身钻到了炮筒的塔楼下。威岚的脸和脖子都被飞溅的碎玻璃划伤了。他笑容满面，伊奈姬抓住他的手用力握了一下。他们来这里时像老鼠一样，东躲西藏。不管是生是死，离开时像军队一样，趾高气扬。

传动装置运作起来，伊奈姬听到重重的咣当声和铿锵声。坦克呼啸着，那声音像是困在铁桶里的雷声，呼号着要放它出去。坦克后退了一下，然后向前冲去。他们全速向前，不断加速，越来越快。坦克颠簸了一下——他们肯定是出了围墙。

"抓紧了！"詹斯博大声喊道。然后伴着一声巨大的撞击声，他们冲进了冰庭那传说中坚不可摧的墙。伊奈姬和威岚朝后仰去。

他们穿了过去。坦克在路上发出隆隆声，枪击声消失在身后。

伊奈姬听到噗噗的声音。她坐直了，抬头向上看去。威岚正在笑。

他从圆顶塔楼出来，回头望着冰庭。她也加入了他，看到了环形墙上的洞——像是白色石头上的黑点，警卫从里面冲了出来，徒劳地朝坦克身后飞扬的团团尘土开枪。

威岚指着下面，笑得前仰后合。却依旧停不下来。拖在他们后面的是一个卡在坦克履带上的横幅。虽然横幅上污迹斑斑，还有炮火烧过的痕迹，但伊奈姬依旧能认出上面的字迹：**STRYMAKT FJERDAN**。菲尔丹力量。

40
妮　娜

他们摆脱了黑暗，浑身湿透，伤痕累累，在月光下喘着粗气。妮娜感觉浑身都像被毒打一般。残余的巴林黏在她的嘴角。她的裙子磨损严重，几乎衣不蔽体，如果不是因为如此急切，如此兴高采烈地发现自己还活着，还能呼吸，她会为自己赤着双脚、几近赤裸地站在这里，站在河流北部的峡谷里而忧虑，这里距离港口还有一点五英里。她听到远处传来冰庭的警报声。

库维咳出了水，马蒂亚斯把四肢无力、失去意识的卡兹拖出了浅滩。

"神呐，他还有气吗？"妮娜问道。

马蒂亚斯粗鲁地把他翻过来，让他平躺，然后用力地挤压他的胸膛，那力度远比需要的大。

"我应该放任你去死的。"马蒂亚斯一边进行胸部按压一边说道。

妮娜在石头上匍匐前行，跪坐在他们身边，"让我来吧，免得你压断他的胸骨。他还有脉搏吗？"她的手指按在他的颈边。"还有，不过在不

乌鸦六人组(卷一):六只乌鸦

断变弱。解开他的衬衫。"

马蒂亚斯帮忙扯掉了巫师猎人制服。妮娜的一只手放在卡兹苍白的胸膛上,她把力量集中在他的心脏上,迫使心脏收缩。她的另一只手捏住卡兹的鼻子,逼迫他张开嘴,给他做人工呼吸。技术娴熟的身体操控能力者能够抽取出他胸膛里的水,但她没时间因自己缺乏训练而懊恼了。

"他会活下来吗?"库维问道。

我不知道。她再次将嘴唇压向卡兹,根据他心跳的节奏调整着他的呼吸。*加油,你这个恶臭的巴伦混蛋。你都挺过那么多困难了。*

她感受到卡兹的心脏开始自主跳动了。然后他咳了起来,胸膛剧烈起伏,水从嘴里喷了出来。

他把她从身上推开,吸着空气。

"离我远点。"他喘息着说道,用戴着手套的手擦着嘴。卡兹目光空洞。看上去像是在直勾勾地盯着她,但目光却透过她看向了别的地方。"别碰我。"

"你休克了,恶魔,"马蒂亚斯说道,"你快淹死了。你应该淹死算了。"

卡兹又咳了起来,他整个身体都在颤动。"淹死。"他重复道。

妮娜缓缓点了点头。"冰庭,记得吗?那不可能完成的盗窃?九死一生?三百万克鲁志还在卡特丹姆等你呢?"

卡兹眨了眨眼,眼神变得清明。"四百万。"

"我觉得这样说会让你回过神来。"

他用手搓了搓脸,进了水的胸膛里依旧发出低低的咳嗽声。"我们做到了,"他惊叹地说道,"捷尔创造了奇迹。"

"你不配拥有奇迹,"马蒂亚斯说道,怒目而视,"你亵渎了圣树。"

卡兹站了起来,有点站不稳,然后又吸了一口气。"那只是一个象征,赫尔瓦尔。如果你的神明这么脆弱的话,也许应该换个新的。我们离开这儿吧。"

妮娜绝望地摊了摊手。"不客气,你这个不知感恩的卑鄙小人。"

"我们登上费罗琳德号时,我会感激你的。动起来。"他已经开始顺着峡谷另一边的一块巨石开始攀爬。"你可以在路上跟我解释一下,为什么著名的舒国科学家看上去像威岚的校友。"

妮娜摇了摇头,有点懊恼,又有点佩服他。或许那是在巴伦生存下去所必需的东西。永不停歇。

"他是朋友?"库维用舒语怀疑地问道。

"分场合。"

马蒂亚斯扶着她站了起来。他们都跟在卡兹身后,沿着峡谷陡峭的石壁,向桥的另一端缓慢攀爬,那里离捷尔霍尔姆更近一些。妮娜从未如此精疲力尽过,但她不能让自己停下来休息。他们带出了彩头,比任何一队都走得远。他们还炸毁了冰庭中央的建筑。但如果没有伊奈姬和其他人的话,他们到不了港口。

她不停地移动着。还有一个选择就是坐下来原地等死。冰庭方向的某处传来了隆隆声。

"噢,神呐,希望那是詹斯博。"他们沿着峡谷边缘往上爬时,她乞求道,回头看了一眼因贺林凯拉而系着丝带和白蜡树枝的桥。

"不论即将到来的是什么,都不会是件小事。"马蒂亚斯说道。

"我们要做什么,卡兹?"

"等。"他说道,那隆隆声越来越大。

"我们'找掩护'怎么样?"妮娜问道,紧张地换着脚跳跃,"'有信心吗?''我在近处的灌木丛里藏了二十支步枪'?给我们说点啥吧。"

"几百万克鲁志怎么样?"

一辆坦克隆隆地驶过山丘,履带下溅起石子和尘土。有个人在炮塔下面给他们招手——不。两个人。伊奈姬和威岚在圆顶后大喊,疯狂地

乌鸦六人组(卷一):六只乌鸦

挥手。

妮娜发出胜利的欢呼声,马蒂亚斯不可置信地看着他们。妮娜看向卡兹,她有点不相信自己的眼睛。"神呐,卡兹,你看上去挺开心的。"

"别傻了!"他厉声说道。但绝对不会有错。卡兹·布莱克在跟傻子一样咧着嘴笑。

"我们认识他们?"库维问道。

菲尔丹对德勒格斯的行动的回应跃入眼帘时,妮娜脸上的狂欢消失了。一支坦克队翻越了山丘,沿着月光照耀的小路冲了下来,履带下升起团团尘土。或许詹斯博没把巫师猎人区域的大门给封上。或许他们提前在基地备好了坦克。考虑到冰庭墙后藏着的火药,她理应觉得他们挺幸运的。但感觉并非如此。

直到伊奈姬和威岚坐着坦克轰隆隆地驶过桥的栈架时,她才明白过来他们在喊什么:"快躲开。"

他们从坦克上一跃而下,坦克轰隆隆地路过他们身旁,然后慢慢停了下来。

"我们有一辆坦克了,"妮娜惊奇地道,"卡兹,你真是一个让人毛骨悚然的天才,那计划奏效了。你给我们弄到了一辆坦克。"

"是他们给我们弄到了一辆坦克。"

"我们有一辆,"马蒂亚斯说道,然后指着在尘土之中驶向他们的一队坦克,"他们有更多。"

"没错,但你知道他们缺什么吗?"詹斯博旋转塔克上巨大的炮筒时,卡兹说道。"一座桥。"

坦克内部升起一声尖锐的金属声。然后响起了剧烈的、震得人骨头发麻的爆炸声。妮娜听到一声高亢的哨声,什么东西从空中划过,掠过他们身边,然后和桥发生了碰撞。前两个栈架爆炸了,在一片火光中直直地跌入了下面的峡谷里。那炮筒又开火了。嘎吱一声,整个栈架彻底崩塌了。

如果菲尔丹人想要过河，他们得飞过来才行。

"我们有一辆坦克和一条护城河。"妮娜说道。

"爬上来！"威岚欢呼道。

他们爬上了坦克的两边，惜命地紧紧抓着这辆装甲车上任何可以摸到的凹槽和凸起，然后他们一路向下，朝着港口全速前进。

他们隆隆地驶过街灯时，人们从家里探头出来，想看看到底发生了什么。妮娜试图想象在这些疯狂的菲尔丹人眼中，他们的队员是什么样子。他们从窗户和门廊探出头来时会看到什么？一群大喊大叫着的孩子紧紧抓着一辆喷着菲尔丹国旗图案的坦克，仿佛这是脱离了游行队伍的节日彩车；一个穿着紫色丝绸的姑娘和一个红金色卷发的少年从炮筒后面探出头来，四个浑身湿透的人紧紧抓住坦克的两边——其中有一个穿着囚服的舒国少年，两个满身泥污的巫师猎人，还有妮娜，一个穿着破裂的蓝绿色薄绸衣服、几近半裸的姑娘，大声喊着："我们有条护城河。"

他们进入城镇时，马蒂亚斯大声喊道："威岚，告诉詹斯博一直沿着西边的街道前进。"

威岚弯下身去，然后坦克朝着西边前进。

"那里是仓库区，"马蒂亚斯解释道，"晚上空无一人。"

坦克轰隆隆地在鹅卵石上驶过，为了避开为数不多的行人左右摇摆，然后加速朝港口区前进，途中路过了客栈、商店和船运事务所。

库维把头朝后仰去，脸上洋溢着喜悦。"我可以闻到大海的味道。"他开心地说道。

妮娜也可以闻到。远处的灯塔隐约可见。再穿过两个街区，他们就可以到达码头，就自由了。三千万克鲁志。她可以带着她的那份，和马蒂亚斯去任何想去的地方，过任何他们想过的生活。

"快到了！"威岚大声喊道。

乌鸦六人组(卷一):六只乌鸦

他们拐过一个街角,妮娜的心沉了下去。

"停!"她大声喊道,"停!"

她本不必因此而烦心。坦克颠簸着停了下来,差点把她从站的位置上甩了出去。码头就在他们眼前,码头之外的港口,上千艘船的旗帜在风中招展。时间已经很晚了。码头应该是空荡荡的。但恰恰相反,这里挤满了士兵,一排排士兵穿着灰色制服,至少有两百人——所有的枪都对着他们。

妮娜依旧可以听到埃尔德钟楼上传来的警报声。她回头看去。冰庭赫然耸现在港口,栖息在悬崖上,像只阴沉的海鸥一样,羽毛竖起,它白色的墙从下面被照亮,在夜空的映衬下闪闪发光。

"怎么回事?"威岚向马蒂亚斯问道,"你从没说过……"

"他们肯定改变了部署程序。"

"其他一切都一模一样。"

"我从未见到黑色协议被触发过,"马蒂亚斯低声咆哮道,"或许他们早就部署了军队驻扎在港口。我不清楚。"

"安静,"伊奈姬说道,"先别说话。"

有声音在人群中响起,妮娜吓了一跳。那声音先是用菲尔丹语,然后是刻赤语,最终是舒国语。"释放囚犯库维·亚尔博。放下武器,走下坦克。"

"他们不可能直接开火,"马蒂亚斯说,"他们不会冒让库维受伤的风险。"

"他们没必要开火,"妮娜说道,"看。"

一个瘦弱的囚犯被带到那一排排士兵的前面。黯淡无光的头发遮住了前额。他穿着一件破旧的红色卡福达,紧紧地抓着他旁边警卫的袖子,嘴唇快速地动着,像是在传达什么重要的消息。妮娜知道他在乞求潘勒姆。

"一个摄心师。"马蒂亚斯严肃地说道。

"但他离我们太远了。"威岚抗议道。

妮娜摇了摇头。"那不重要。"他们是让驻扎在南捷尔霍尔姆的军队把他一直羁押在这里吗？为什么不呢？他可是比任何枪支或坦克都好的武器。

"我看到费罗琳德号了。"伊奈姬喃喃低语道。她指向码头不远处的地方。妮娜花了点时间，找到了刻赤国旗以及欢快招展着的汉拉赫特海湾公司的三角旗。他们距它如此之近。

詹斯博可以击毙那个摄心师。他们可以试着将坦克开过那军队，但他们永远都到不了那艘船上。在库维落入其他人之手后，菲尔丹人不介意拿他的生命冒险。

"卡兹？"詹斯博在坦克里喊道，"这将会是一个你说自己预料到了这一切的好时机。"

卡兹的目光穿过那一排排士兵。"我没预料到，"他摇了摇头，"你曾说我总会有把戏玩尽的一天，赫尔瓦尔。好像被你说中了。"这话是对马蒂亚斯说的，但他的眼睛却看着伊奈姬。

"我受够了囚禁的日子，"她说道，"我不会活着落入他们手中的。"

"我也不会。"威岚说道。

詹斯博在坦克里哼了一声。"我们真该让他结交更靠谱的朋友。"

"与其让菲尔丹人把我穿在围墙的尖头上，还不如挥着拳头走出去。"卡兹说道。

马蒂亚斯点了点头。"那我们达成共识。在这里结束一切。"

"不。"妮娜小声说道。他们都将目光转向她。

菲尔丹军队中的劝告声再次响起。"你们有十秒钟的思考时间。我再重复一遍：释放囚犯库维·亚尔博然后投降。十……"

妮娜用舒国语快速对库维说了什么。

乌鸦六人组(卷一):六只乌鸦

"你不明白,"他回复道,"只需一剂……"

"我明白。"她说道,但其他人不明白。直到库维从口袋里拿出一个皮质小袋。那个小袋的边缘有铁锈色的粉末。

"不!"马蒂亚斯喊道。他伸手去够潘勒姆,但妮娜手速更快。

那菲尔丹人的声音又嗡嗡地响起:"七……"

"妮娜,别犯傻,"伊奈姬说道,"你亲眼见过……"

"有些人在第一剂之后不会上瘾。"

"这不值得让你冒险。"

"六……"

"卡兹已经没有把戏可施展了,"她扯开了那袋子,"但我有。"

"妮娜,求你了。"马蒂亚斯恳求道。在艾尔林,他以为她抛弃了他时,脸上流露出过同样的痛苦。某种程度上,她又在做同样的事,再次抛弃他。

"五……"

第一剂是最强的,他们是这么说的吗?那水平和能力是永远都无法复制的。她可能余生都要吸食它了。或许,她会比药效更强大。

"四……"

她轻轻地摸了摸马蒂亚斯的脸颊。"如果事情朝着不好的方向发展,想办法结束它,赫尔瓦尔。我把做正确的事的责任委托给你了。"她微微笑着。"再一次。"

"三……"

然后她把头朝后仰去,把潘勒姆倒进嘴里,用力吞了下去。它有她熟悉的尤尔达花的甜味和灼烧感,但还有其他的味道,那她分辨不出来的味道。

她停止了思考。

她的血液开始快速流动,心怦怦直跳。整个世界都裂变成了闪烁着的微光。她可以看到马蒂亚斯眼睛真正的颜色，那是她用灰色和棕色掩饰着的纯净的蓝色，月光之下，他的每根头发都在发光。她看到了卡兹额头上的汗珠，以及他前臂上肉眼几乎看不见的刺青的针孔。

她朝着菲尔丹士兵看去。可以听到他们的心跳声，看到他们正在放电的神经元，感受到正在形成的脉搏。一切都讲得通了。他们的身体像是一张张细胞图，无数可以在瞬间，在毫秒之间解答的方程式，并且只有她知道答案。

"妮娜?"马蒂亚斯低声道。

"行动。"妮娜说道，她看到她的声音的波纹在空气中回荡。

她在人群中感应到了那摄心师，感知到了他吞下潘勒姆时喉部的动作。他将会是第一个。

41
马蒂亚斯

"二……一……"

马蒂亚斯看到妮娜的瞳孔扩张。她双唇分开,把他推到一边,走下了坦克。她周围的空气似乎紧张起来。她容光焕发,像是体内有什么神奇的东西把她照亮一般。好像是捷尔与她有了直接感应,体内有神力在流动。

她直击摄心师。妮娜转动手腕,他的眼球在眼眶里爆炸,然后毫无声息地倒在了地上。"解脱了。"她说道。

妮娜轻快地朝着那些士兵走去。马蒂亚斯看到有枪指向她时,冲过去保护她。她举起了手。"停。"她说道。

他们静止不动了。

"放下你们的武器。"他们听令行事,动作整齐划一。

"睡。"她命令道。妮娜的手在空中画过一个弧度,士兵直直地倒了下去,一排接一排,像是被无形的大镰刀割倒的麦秆一样。

空气安静得可怕。慢慢地，威岚和伊奈姬从坦克上爬了下来。詹斯博和其他人也紧随其后，他们目瞪口呆地站着，一言不发地看着那倒在地上的士兵，眼前的一切，让所有的语言都显得多余。事情发生得太快了。

要想到达港口，他们只能越过士兵。他们二话不说，开始挑着路往前走。埃尔德钟楼上传来的钟声打破了这宁静。马蒂亚斯把手放在妮娜的手臂上，她微微叹了口气，任他带着她前行。

码头旁的泊位空荡荡的。

其他人朝着费罗琳德号走去，马蒂亚斯和妮娜紧随其后。马蒂亚斯看到罗迪紧紧抱着桅杆，吓得下巴耷拉着。施佩希特等着给船解缆，他脸上也是惊恐万分的表情。

"马蒂亚斯！"

他转过身去。一队巫师猎人站在码头上，制服湿透了，黑色的兜帽戴在头上。他们脸上戴着闪着灰色光芒的脸甲，身上穿着锁子甲。亚尔·布鲁姆开口说话时，马蒂亚斯听出了他的声音。

"叛徒，"他的声音从脸甲下传来，"背叛自己的祖国和神明的叛徒。你不会活着离开这里的。你们中的任何一个都不会。"肯定是爆炸发生后，他的属下把他从宝库里带了出来。他们是跟着马蒂亚斯和妮娜，通过圣树下的河流到这儿的吗？上游的城镇里会有更多的人手和坦克吗？

妮娜抬起了手。"为了马蒂亚斯，我给你个放我们离开这里的机会。"

"你控制不了我们，女巫，"布鲁姆说道，"我们的兜帽、面具，以及身上穿的一针一线，都是格里莎用钢铁加固过的。这核心布料是格里莎制造师在我们的监控之下，按照我们的规范而造的，是专门设计来应对这种局面的。你没法把你的意志强加给我们，也伤害不了我们。游戏到此就结束了。"

妮娜抬起了一只手。什么都没有发生，马蒂亚斯知道布鲁姆说的都

乌鸦六人组(卷一):六只乌鸦

是真的。

"走!"马蒂亚斯朝他们喊道,"抓紧!你们……"

布鲁姆举起了枪,然后开火。子弹直击马蒂亚斯的胸膛。那疼痛突然且凶猛——然后就消失了。他看到子弹从胸膛出来,丁零一声掉到了地上。他扯开衬衣,发现没有伤口。

妮娜从他身旁走过。"不!"他大声喊道。

巫师猎人朝她开枪。他看到子弹进入她的身体时,她瑟缩了一下。她的胸膛上,乳房上,裸露的大腿上满是鲜血。但她没有倒下。子弹刚进入她的身体,她就为自己疗伤,弹壳掉到了码头上,没有造成任何伤害。

巫师猎人瞠目结舌地看着妮娜。她笑了。"你们已经完全习惯了面对被囚禁的格里莎。在牢房里时,我们都挺温顺的。"

"我们还有其他手段,"布鲁姆说着,从腰间抽出了一条长鞭,和拉尔斯之前用的很是相似,"你的能力影响不了我们,女巫,我们的使命是崇高的。"

"我影响不了你们,"妮娜抬起了手,"但我可以好好地影响他们。"

巫师猎人身后,那些妮娜下令让其沉睡的士兵站了起来,他们表情木然。其中一个从布鲁姆手中扯过鞭子,其他的扒下了巫师猎人的兜帽和面具,面具下他们受惊的脸跃然于眼前,显得有些不堪一击。

妮娜动了动手指,巫师猎人都放下了步枪,双手抱头,痛苦地尖叫着。

"为了我的国家,"她说道,"为了我的人民。为了每个你们架在火葬堆上的孩子。自食恶果吧,亚尔·布鲁姆。"

马蒂亚斯看着那些巫师猎人抽搐着,颤抖着,血从耳朵和眼睛里流出,其他的菲尔丹士兵面无表情地看着这一切。他们的尖叫声混杂在一起。克拉斯,曾和他一起在阿弗雷喝得酩酊大醉。吉尔特,训练自己的狼接受他的喂食。他们是恶魔,他很清楚这点,但他们也只是少年,和他一样的少年——仇恨和恐惧都是别人灌输给他们的。

"妮娜。"他说道,手依旧压在胸膛光洁的皮肤上,那理应有个枪伤的地方。"妮娜,求你了。"

"你知道他们不会对你手下留情的,马蒂亚斯。"

"我知道。我知道。但让他们羞愧地活着吧。"

她犹豫了。

"妮娜,你教会了我更加美好的东西。他们也需要有人教。"

妮娜跟他对视着。她的眼神里满是凶狠,眼眸呈深绿色,瞳孔像是深井。她周围的空气好像都在因她的能力而发光,像是笼罩着某种神秘光环。

"他们怕你,就跟我曾怕你一样,"他说道,"你曾让我害怕。我们对别人而言都是恶魔,妮娜。"

她认真端详了他的表情许久。最后,她放下了手,那些巫师猎人瘫倒在地上,呜咽着。她再次伸出手去,布鲁姆尖叫起来。他一掌击在自己头上,血从指尖流下。

"他能活下来吗?"马蒂亚斯问道。

"能,"她一边踏上那艘纵帆船一边说道,"他只会彻底秃顶。"

施佩希特大声发号施令,费罗琳德号慢慢游进了港口,风帆鼓起时,船速也随之加快。没有人跑上码头阻止他们,没有人警告他们,也没有人让坦克的炮筒对准他们。没人再留意埃尔德钟楼传来的声音,纵帆船消失在夜色笼罩着的宽阔海洋里,只有她要面临随后而来的折磨。

42
伊奈姬

强风为他们提供了便利。风吹过头发时，伊奈姬不由自主地想着暴风雨要来了。

一到甲板上，马蒂亚斯就转向库维。

"她还有多长时间？"

库维会说点简单的刻赤语，但还是需要妮娜时不时地翻译。她心烦意乱地翻着，闪闪发光的眼睛来回打量着周围的每个人和每件事物。

"药效将会持续一两个小时。这取决于她身体消化那一剂药需要多久。"

"你为什么不能像逼出体内的子弹一样，把它逼出来呢？"马蒂亚斯绝望地问妮娜。

"没有用，"库维说道，"即使她能够克制住对药的渴望，让身体代谢体内的药，在药效完全消失前，她会失去把它从体内逼出的能力。这工作需要另一个身体操控能力者在潘勒姆的药效下完成。"

"这会对她造成什么影响?"威岚问道。

"你曾亲眼见证过,"马蒂亚斯苦涩地回答道,"我们都很清楚会发生什么。"

卡兹双手在胸前交叉,"开始时会有什么反应?"

"身体疼痛,畏寒,跟一般的病症差不多,"库维解释道,"然后会有一种超敏反应,在这之后是颤抖和对药的渴望。"

"你还有潘勒姆吗?"马蒂亚斯问道。

"有。"

"足够让她撑到卡特丹姆吗?"

"我不会再服用了。"

"我手里的潘勒姆足以让你不那么难受,"库维说道,"但如果你服用第二剂的话,就彻底没有希望了。"他看向马蒂亚斯。"这是她唯一的机会。很可能她的身体会自己清除大部分的潘勒姆,不会成瘾。"

"如果成瘾了呢?"

库维伸出了手,抱歉地耸了耸肩。"没有足够的药品供应的话,她会发疯的。但继续服用,她的身体会被掏空。你知道潘勒姆这个词吗?这是我父亲为这个药取的名字。它的意思是'残忍'。"

妮娜翻译完后,沉默了很久。

"我不想再听了,"她说道,"这些无法改变即将到来的一切。"

她向船头走去。马蒂亚斯的目光追随着她。

"水会倾听并理解。"他低声喃喃自语道。

伊奈姬找到了罗迪,让他翻找出了自己和妮娜在换上御寒装备北上时,留下的羊毛大衣。她看到妮娜站在船头,凝视着海面。

"一两个小时。"妮娜说道,没有转过身来。

伊奈姬震惊地停下了脚步。"你听到我靠近了?"没有人听得到幽灵的声音,尤其是在风和海的声音的掩盖之下。

乌鸦六人组（卷一）：六只乌鸦

"不要担心，出卖你的不是轻盈的脚步声。我可以听到你脉搏跳动和呼吸的声音。"

"你知道那是我？"

"每个人的心跳都不一样。我以前没有意识到。"

伊奈姬和她一起站在了围栏旁边，把大衣递给了她。妮娜穿上了，虽然寒冷对她没有什么影响。她们头顶上方，亮晶晶的星星透过银色的云朵照着海面。伊奈姬已经准备好了迎接黎明，准备好了和这个漫漫长夜告别。她惊讶地发现自己很想再次看到卡特丹姆。她想吃煎蛋卷，想喝杯甜甜的咖啡。她想听雨打屋檐的声音，想静静坐在自己在斯兰特的温暖舒适的房间里。还会有不少未知的风险，但它们可以至少等她洗个热水澡——哪怕是它们中的一部分也行。

妮娜把脸埋进羊毛大衣的衣领里说道："我很希望你可以感受到我能感受到的东西。我可以听到船上每个人的声音。听到他们血管里血液的流动。我可以听到卡兹在看向你时，呼吸的变化。"

"你……你可以？"

"每次都会屏住呼吸，像是他以前从未见过你一样。"

"那马蒂亚斯呢？"伊奈姬问道，急切地想换个话题。

妮娜挑了下眉，显然没上当。"马蒂亚斯很担心我，但不管感受如何，他的心脏依旧有节奏地跳动着。很菲尔丹，很有条不紊。"

"我不觉得你会放任那些人活着，就港口里那些。"

"我不知道那么做对不对。我可能会成为他们给孩子讲的又一个格里莎恐怖故事。"

"不听话的话，妮娜·哲尼克会把你抓走？"

妮娜想了想。"好吧，我还挺喜欢听到这句话的。"

伊奈姬靠在围栏上看着妮娜。"你看上去光彩照人。"

"这并不持久。"

"没什么会持久。"伊奈姬的笑容逐渐淡去。"你害怕吗?"

"极度恐慌。"

"我们会跟你在一起。"

妮娜深深地吸了一口气,呼吸有些颤抖,然后点了点头。

伊奈姬在卡特丹姆同盟很多,但朋友很少。她把头靠在妮娜的肩膀上。"如果我是苏里先知就好了,"她说道,"那我就可以看到未来,然后跟你说一切都会好起来的。"

"也有可能是我会痛苦地死去,"妮娜的脸颊贴在伊奈姬的头顶上。"随便给我说点什么好听的吧。"

"一切都会好起来的,"伊奈姬说道,"你会撑过去的。然后你会变得非常非常富有。你可以在东斯戴夫的卡巴莱夜总会里唱水手号子,或者祝酒歌,还可以贿赂观众,让每个人在你每唱完一曲之后都热烈喝彩。"

妮娜轻轻地笑了。"我们还是买下动物园吧。"

伊奈姬露齿而笑,想起了她的未来和小船。"我们把它买下来然后烧为平地吧。"

她们看了会海浪。"准备好了吗?"妮娜说道。

伊奈姬很庆幸自己不用开口麻烦她。她卷起了袖子,露出了孔雀羽毛文身和它下面凹凸不平的肌肤。

眨眼间,妮娜的指尖轻轻扫过。她的皮肤奇痒无比,但痒意很快就过去了。刺痛感消失后,伊奈姬前臂的皮肤完美如初——光洁无瑕,仿佛是身体中全新的一部分一样。

伊奈姬摸了摸柔软的肌肤,就跟妮娜刚才所做的一样。如果所有的伤口都能这么容易抹去就好了。

妮娜亲了亲伊奈姬的脸颊。"事情朝着坏的方向发展之前,我要去找马蒂亚斯。"

妮娜离开时,伊奈姬发现她的离开还有其他理由。卡兹在桅杆附近

"交易是交易。或许凡·埃克没他看上去的那么正直。"

他们沉默了一会儿。最终，她说道："我要学开船。"

卡兹的眉头皱了皱。惊讶地看了她一眼。"真的吗？为什么？"

"我想用我的那份钱雇一个船员，购置一艘船。"说这些话的时候，她的呼吸有些急切。她的梦想依旧很脆弱。她不想去在乎卡兹是怎么想的，但又控制不了自己。"我要去追捕奴隶贩子。"

"目标，"他深思之后说道，"你知道你没法阻止所有奴隶贩子。"

"如果不试试的话，我一个都阻止不了。"

"那我有点同情那些奴隶贩子了，"卡兹说道，"他们不知道自己将要面对什么。"

她的脸颊染上了一抹愉悦的绯红。卡兹一直都觉得她很危险吗？

伊奈姬把胳膊肘支在栏杆上，用手支撑着下颌。"即便如此，我会先回家。"

"去雷凡卡？"

她点了点头。

"去寻找你的家人。"

"对。"若是在两天前，话题可能到此就终止了，她会遵守两人之间心照不宣的协议，不过问彼此的过去。但如今她说道："只有你和你哥哥吗，卡兹？你的父母呢？"

"巴伦地区的男孩子没有父母。我们都是在港口出生，从水道里爬出来的。"

伊奈姬摇了摇头。她看着波澜起伏的大海叹气，每涌过来一朵浪花，便叹一次气。她勉强能辨认出天际线，黑色的天空和墨色的海面的差别微乎其微。她想到了自己的父母。她离开他们快三年了。她还能再当他们的女儿吗？也许不是现在。但她想和父亲坐在大篷车的阶梯上，吃从树上摘下来的果子。她想看母亲在准备晚饭前拍掉手上的粉笔灰。

乌鸦六人组(卷一):六只乌鸦

她想看到南部丰茂的草原和思库哲山顶广阔的天空。她想要的一切都在那里等着她。卡兹想要什么?

"你会变得很有钱,卡兹。不用再刀尖舔血或复仇时,你要去做什么?"

"总会有更多。"

"更多的钱,更多的纷乱,更多的纷争。除此之外再没别的梦想了吗?"

他什么都没说。他内心的希望是在靠什么支撑?她可能永远无法得知。

伊奈姬转身要走。卡兹抓住了她的手,握着她的手放在栏杆上。他没有看她。"留下来,"他说道,声音粗嘎,"留在卡特丹姆。和我在一起。"

她低头看着他抓着她的手,那手上戴着手套。浑身每个细胞都在叫嚣着说好,但她不会轻易妥协,毕竟她还没理清楚。"理由是什么?"

他吸了一口气。"我想要你留下来。我想要你去……我想要你。"

"你想要我。"她把这句话重复了一遍。轻轻地,她捏了捏他的手。"你打算怎么拥有我,卡兹?"

他转头看着她,目光凶狠,咬紧牙关。这是他内心交战时的表情。

"你打算怎么拥有我?"她重复道,"衣着整齐,戴着手套,头转向一边,我们的嘴唇永远都无法碰触?"

他放开了她的手,肩膀耷拉下去,脸转向大海时,目光愤怒且难堪。

可能是因为他背对着她,让她最终能说出这些话。"我要么丢盔卸甲地拥有你,卡兹·布莱克,要么就彻底放弃你。"

说话,她无声地恳求道。*给我一个留下来的理由*。尽管卡兹自私且残忍,但他依旧是那个曾经救了她的少年。她想要努力相信他也值得

被救。

　　帆嘎吱嘎吱地响着。云层为月亮让道,又重新在它周围聚拢。

　　伊奈姬离开卡兹的时候,风还在呼啸,黎明还很遥远。

43
妮　娜

　　疼痛在天亮时袭来。一个小时以后，她的骨头像是要顶穿关节一样。她躺在为伊奈姬治疗刀伤时的台子上。她的感官依旧敏锐，就算是罗迪清洁过后的木板，她依然可以嗅到伊奈姬血液散发出来的铁锈味。这味道和伊奈姬很像。

　　马蒂亚斯坐在她身旁。他试图抓住她的手，但疼痛实在太剧烈了，他们皮肤的摩擦让她感觉像自己的皮肉被擦伤一般。看上去什么都不对劲。感觉一切都不对劲。她能想到的只是潘勒姆的甜味和灼烧感。她喉咙发痒。感觉皮肤像敌人一样。

　　开始发抖时，她求他离开。

　　"我不想让你看到这样的我。"她说道，试图背过身去。

　　他拂去了她额前的湿发。"感觉很糟糕吗？"

　　"很糟糕。"但她知道，还会变得更糟。

　　"你想来点尤尔达吗？"库维建议道，一小剂常规的尤尔达能让妮娜熬过这天。

她摇了摇头。"我想要……我想要——神呐，为什么这儿这么热？"然后，尽管痛得厉害，她试图坐起来。"别再给我服用了。不管我说什么，马蒂亚斯，不管我怎么乞求。我不想和奈斯特一样，和牢房里的那些格里莎一样。"

"妮娜，库维说药效的消退会要了你的命。我不会让你死的。"

库维。在宝库时，马蒂亚斯说，*他跟我们一样*。她喜欢这个词。*我们*。一个没有分隔和边界的词。听上去似乎充满希望。

她扑通一下躺了回去，整个身体都在抗议。身上的衣服像是碎了的玻璃。"我要杀了所有巫师猎人。"

"我们都背负着自己的罪孽，妮娜。你要活下去，让我有机会赎罪。"

"没有我你也可以做到。"

他把头埋进掌心。"我不想。"

"马蒂亚斯。"她说道，手指抚过他的短发。痛。整个世界都痛。碰触他时很痛，但她依旧这么做了。她可能再也没机会这么做了。"我很抱歉。"

他握住了她的手，轻轻地亲了亲她的指关节，她瑟缩了一下。但他试图离开时，她紧紧地抓住了他。

"留下来，"她喘着气说道，眼泪从眼角流出，"直到最后一刻。"

"还会更久，"他说道，"会一直都在。"

"我想重新获得安全感。我想回家，回到雷凡卡。"

"我会带你去那儿。我们去火烧葡萄干，去做所有你们这些异教徒用来取乐的事。"

"狂热分子。"她虚弱地说道。

"女巫。"

"野蛮人。"

"妮娜，"他低语道，"小红鸟。别走。"

44
詹斯博

纵帆船一路南下，似乎全员都处于警戒状态。每个人说话都很急促，在甲板上走动时都放轻脚步。詹斯博担心妮娜的程度不亚于任何人——除了马蒂亚斯，他觉得——但这种沉默难以忍受。他需要可以射击的东西。

费罗琳德号像一艘鬼船。马蒂亚斯和妮娜单独待在一起，他让威岚帮他一起照顾妮娜。即便不喜欢化学，威岚也比船上其他人更了解酊剂和化合物。他虽然比不上库维，但马蒂亚斯实在听不懂库维所说的。自从离开捷尔霍尔姆港口之后，詹斯博就没再看见过威岚了，他不得不承认自己挺怀念那小商人在身边的感觉的，可以时不时地逗逗他。库维看上去很友好，但他的刻赤语太差了，并且不怎么喜欢说话。有时候他晚上会来到甲板上，安静地站在詹斯博身旁，看着海浪出神。气氛有点紧张，只有伊奈姬有心思与每个人攀谈，那是因为她似乎对和航海相关的一切产生了浓厚的兴趣。她大部分时间都与施佩希特和罗迪在一起，学习航速和装帆。

詹斯博一直都很清楚,他们这次出来很可能无法回家了,很可能会以进菲尔丹监狱或者跟烤串一样串在围墙的尖刺上而告终。他原本以为,如果他们完成了营救亚尔拜亚的任务,登上费罗琳德号,返回卡特丹姆的旅程就会像是一场派对。他们会喝掉施佩希特贮藏在船上的所有东西,吃掉妮娜全部的太妃糖,重新计算他们不断变短的行程和每一次小小的胜利。但他从来都没预料到港口的某个角落里等着他们的敌人,他也从来都没想到,妮娜为了救他们所付出的代价。

詹斯博很担心妮娜,一想到她就觉得非常内疚。在他们登上纵帆船,库维解释了潘勒姆之后,他内心有个微弱的声音,说他也应该提议服用潘勒姆的。即便他是一个没受过训练的制造师,或许他可以帮妮娜把潘勒姆从体内逼出来,让她得以自由。但那是英雄的声音,詹斯博很久之前就觉得自己不具备成为英雄的潜质。他们在港口里和菲尔丹人交锋时,英雄会自愿服下潘勒姆。

刻赤终于出现在地平线上时,詹斯博觉得百味杂陈,有如释重负,也有恐惧忧虑。他们的生活将会发生巨变,而改变的方式似乎有点不太真实。

他们抛了锚,夜幕降临时,詹斯博问卡兹自己是否能和他以及罗迪一起登上去第五港口的大划艇。他们不需要他一道前往,可詹斯博迫切地希望能有什么可以分散他的注意力。

卡特丹姆一如既往地混乱——船只在码头上卸货,游客和士兵从船上蜂拥而出,在去巴伦的路上欢笑,叫喊。

"看起来跟我们离开时一样。"詹斯博说道。

卡兹挑了挑眉。他又穿回了笔挺的黑灰色套装,系着工整的领带。"你在期待什么?"

"我不太清楚。"詹斯博承认道。

乌鸦六人组(卷一):六只乌鸦

但他觉得不一样了,即使珠灰色的左轮手枪就挂在他的臀部,依旧是他熟悉的重量。他一直在想那个女潮汐制造师,想起她在巫师猎人院子里的尖叫声,以及她黑斑遍布的脸。他低头看着自己的手。他想成为一个制造师吗?像制造师那样活着?他无法改变过去的自己,但他是要培养自己的能力还是继续隐藏呢?

卡兹把詹斯博和罗迪留在了甲板上,自己去找跑腿的给凡·埃克带信。詹斯博想和他一起,但卡兹让他静静待着。詹斯博有点恼怒,他想借此机会活动活动腿脚,却发现罗迪在观察他。直觉告诉他,卡兹让罗迪看着他。卡兹是觉得他会直奔最近的赌场吗?

他看着云层密布的天空。为什么不承认呢?他就是禁不住诱惑。他特别手痒,迫不及待地想握一手牌。或许他真的应该离开卡特丹姆。一旦他拿到钱,还完了债,就可以去任何他想去的地方了。希望妮娜可以好起来,等她恢复的时候,詹斯博就可以和她坐下来聊一聊,弄明白自己要做什么了。他没法立即做出承诺,但最起码可以去看看,不是吗?

半小时后,卡兹带着消息回来了,确认商业理事会的成员,将于明天黎明时分与他们在维尔吉鲁克会面。

"看一下。"卡兹说道,把文件拿出来给詹斯博看。在会面细节的说明下面有一行文字:祝贺,国家感谢你们的所作所为。

这些文字让詹斯博内心觉得有些好笑,他边笑边说道,"只要国家给钱就行。理事会知道那科学家死了吗?"

"我在给凡·埃克的便条中都说了,"卡兹说道,"我跟他说博·亚尔拜亚已经死了,但他的儿子还活着,在为菲尔丹人研制尤尔达潘勒姆。"

"他讨价还价了吗?"

"便条中没有。他表达了'深切的担忧',但对价格只字未提。我们完成了任务。他是否会压价,我们去了维尔吉鲁克就知道了。"

他们划着大划艇回到费罗琳德号时,詹斯博问道:"威岚会和我们一

乌鸦六人组(卷一):六只乌鸦

的阴影里站着。他穿着厚厚的羊毛大衣，挂着乌鸦头拐杖——看上去又回到了原来的模样。伊奈姬的刀和其他物品都在等着她呢。她很想念自己的爪牙。

卡兹跟妮娜低声说了什么，妮娜惊讶地抬起了头。伊奈姬不知道他们说了什么，但她可以看出交流的气氛很紧张，然后她听到妮娜恼怒地呼了一口气，消失在甲板下。

"你跟妮娜说了什么？"他和她一起站在围栏边时，她问道。

"我有个任务需要她去完成。"

"她即将遭受一场巨大的折磨……"

"但任务依旧需要她去完成。"

务实的卡兹。为什么要让同情当道？或许妮娜很愿意它能分散自己的注意力。

他们并排站着，看着波涛，沉默在他们中间蔓延。

"我们还活着。"他最终开口说道。

"看起来你祈祷时求对神了。"

"要不就是和正确的人同行了。"

伊奈姬耸了耸肩。"谁为我们选了这条路？"他什么都没说，她只好微笑着道："不义正词严地反驳？不嘲笑我的苏里名言了？"

他戴着手套的大拇指在围栏上摩挲着。"不。"

"我们和理事会的人怎么碰头？"

"距离不远时，我和罗迪会划着大艇前往港口。我们会找个跑腿的给凡·埃克带句话，然后在维尔吉鲁克完成交易。"

伊奈姬哆嗦了下。那岛上盛行贩卖奴隶和走私。"这是理事会的选择还是你的？"

"凡·埃克提议的。"

伊奈姬皱了皱眉。"一个商人怎么会知道维尔吉鲁克？"

起去见凡·埃克吗?"

"不会,"卡兹说道,手指敲着他拐杖上的乌鸦头,"马蒂亚斯会与我们一起,所以必须有人留下来照顾妮娜。除此之外,如果我们要用威岚牵制他父亲的话,最好不要太早摊牌。"

这么做是对的。不管威岚与他父亲之间有什么不和,詹斯博怀疑,当着德勒格斯和马蒂亚斯的面,威岚会把事情搞得一团糟。

他经历了一个不眠之夜,在吊床上翻来覆去直到天蒙蒙亮。天气潮湿而闷热,一丝风也没有,海面看上去平静无波,像个平滑如镜的蓄水池。

"天气不给力。"伊奈姬一边喃喃自语,一边眯着眼睛望向维尔吉鲁克。她说的没错。天边没有云朵,但感觉空气中满是水汽,好像不愿意聚成暴风雨一般。

詹斯博扫了一眼空荡荡的甲板。他本以为威岚会上来目送他们离开,但不能留妮娜一个人待着。

"她怎么样了?"他向马蒂亚斯问道。

"很虚弱,"那菲尔丹人说道,"她无法入眠。但我们给她喝了点肉汤,她似乎咽下去了。"

詹斯博知道自己又自私又愚蠢,他有时候揣测,返程的路上威岚是不是在故意躲着他。或许现在这个任务完成了,他即将分到自己的那杯羹,威岚与罪犯为伍的日子也要结束了。

"另一只大划艇呢?"詹斯博在他和卡兹,马蒂亚斯,伊奈姬,库维和罗迪划着划艇离开费罗琳德号时问道。

"在维修。"卡兹说道。

维尔吉鲁克地势非常平坦,他们在水中划船时,几乎看不见它。那个岛不足一英里宽,上面一片荒凉,除了沙子就是石头,以及拆除了的潮汐理事会的塔楼地基。走私者把这里称作维尔吉鲁克,也就是好运的

乌鸦六人组（卷一）：六只乌鸦

意思，因为曾经的方尖塔塔基的绘画依旧清晰可见：金色圆圈是硬币的象征，它代表着工业与商业之神格森的青睐。詹斯博和卡兹曾来过这个岛，和走私者见面。这里远离卡特丹姆港口，超出了港口警卫的巡逻范围，没有建筑也没有隐蔽的小海湾来提前设伏，是秘密会面的理想场所。

一艘双桅帆船停在岛的对岸，风帆无力地垂着。黎明时分，詹斯博看着它从卡特丹姆慢慢启程，最后变成一个黑点，慢慢消失在地平线上。他能听到水手划船时的口号声。如今，船员放下了一个大划艇，划艇上坐满了人。

他们自己的大划艇登岸之后，詹斯博和其他人跳出了划艇，把它拉到了沙滩上。詹斯博检查了下他的左轮手枪。他看到伊奈姬用手指轻轻碰了碰每一把刀，嘴里说着什么。马蒂亚斯调整了背上的步枪，活动了他那健壮的手臂。库维静静地看着这一切。

"好了，"卡兹说道，"我们踏上发财之路吧。"

"无需吊唁。"罗迪说道，在大划艇上坚守，等他们归来。

"无需葬礼。"他们回应道。

他们朝着岛的中心走去，库维跟在卡兹身后，其次是詹斯博和伊奈姬，俩人一左一右。走近之后，詹斯博看到一个穿着黑色套装的商人走来，随行的是一个高大的舒国人，那人黑色的头发堆在颈边。他们身后跟着两个穿着紫色制服，配有警棍和连发步枪的沙得威志警卫。那俩警卫抬着一个沉重的箱子，他们似乎不堪重负，脚步蹒跚。

"那就是三千万克鲁志的重量。"卡兹说道。

詹斯博低低地吹了声口哨。"希望大划艇不会沉。"

"只有你一个吗，凡·埃克？"卡兹向穿着黑色套装的商人问道，"商业理事会的其他人没有来？"

这就是詹恩·凡·埃克。詹斯博觉得与威岚相比，他身形更瘦，发际线更高，但不难发现他们之间的相似之处。

"理事会觉得我是完成这个任务的最佳人选,因为我们之前打过交道。"

"领夹挺好看的,"卡兹说道,扫了一眼凡·埃克领带上的红宝石领夹,"虽然没另一个漂亮。"

凡·埃克动了动嘴唇。"另一个是祖传之物。嗯?"他跟身边的舒国人说道。

那舒国人开口道:"那是库维·亚尔博。我上次见到他已经是一年前的事了。他长高了点,但和他父亲几乎一模一样。"他用舒国语跟库维说了什么,然后微微欠身示意。

库维扫了一眼卡兹,也欠身回应。詹斯博可以看到他额头上的汗珠。

凡·埃克笑了一下。"坦白说,我挺惊讶的,布莱克先生。既惊讶又开心。"

"你不认为我们会成功。"

"应该说我觉得你希望不大。"

"这就是你两边下注的原因吗?"

"啊,所以你已经和佩卡·罗林斯聊过了?"

"他平心静气的时候,挺健谈的。"卡兹说道。詹斯博想起了在监狱时卡兹身上的血。"他说你跟他和普狮签好了合同,让他们也为了商业理事会营救亚尔拜亚。"

詹斯博有点不安,不知道罗林斯还和卡兹说了什么。

凡·埃克耸了耸肩。"保险起见。"

"你都不担心一群乌合之众在争夺彩头的时候会互相厮杀吗?"

"我们知道每队的胜算都很小。作为赌徒,我希望你能够理解。"

但詹斯博从不觉得卡兹是个赌徒。赌徒做事爱碰运气。

"只有三千万克鲁志才能抚慰我受伤的心。"卡兹说道。

凡·埃克向身后的警卫示意。他们抬起那个箱子,放到了卡兹面

乌鸦六人组(卷一):六只乌鸦

前。他蹲在箱子旁,把它打开了。虽然有段距离,但詹斯博依旧可以看到一堆浅紫色的钱币,上面印着三条飞鱼,一沓一沓的钱都是用蜡封的紫色绑带捆起来的。

伊奈姬吸了一口气。

"就连你们货币的颜色都如此独特。"马蒂亚斯说道。

詹斯博很想伸手摸一摸那一沓沓钱。他想在它们里洗个澡。"我觉得我要流口水了。"

卡兹拿出了一沓钱。戴着手套的拇指划过一沓,然后又拿起了一沓,确保凡·埃克没有糊弄他们。

"都在这里了。"他说道。

他看过来,招手示意库维上前。那少年走了过去,凡·埃克拍了下他的后背,示意他站到自己身边。

卡兹站了起来。"好吧,凡·埃克。很想说这是我的荣幸,但我不擅长说谎。我们先行一步。"

凡·埃克站到库维前面,然后说道:"我恐怕不能答应,布莱克先生。"

卡兹拄着拐杖,目光犀利地看着凡·埃克。"有什么问题吗?"

"我现在只要数几个数,你们谁也别想从这个岛上离开。"

凡·埃克从衣兜里拿出一只哨子,吹了一下,哨声很尖锐。与此同时,他身边的随行人员拨出了武器,然后突然起风了——不正常的大风呼啸着,绕着这个岛上盘旋起来,海面开始升高。

双桅帆船放下的那艘大划艇上的水手都举起了手,他们周围波涛翻涌。

"潮汐制造师。"马蒂亚斯低声吼道,伸手去够他的枪。

又有两个身影出现在双桅帆船上。

"御风师!"詹斯博大声喊道,"他们用了潘勒姆。"

那两名御风师在空中盘旋,他们周围的空气都化成了疾风。

"你私藏了博·亚尔拜亚送给理事会的部分药品。"卡兹说道,黑色的眼睛眯了眯。

御风师举起了他们的手臂,瞬时狂风大作,发出高亢而凄厉的哀号。

詹斯博拔出了他的左轮手枪。他不是挺想有可以射击的东西吗?*我觉得这个地方运气不错*,他匆忙想道。**看来我的愿望要实现了。**

45
卡 兹

"在商言商，凡·埃克，"卡兹在越来越大的暴风雨声中说道，"如果商业理事会不履行协议，巴伦的任何人都不会再和你们有什么贸易往来了。你们的话将毫无价值。"

"那是会挺麻烦的，布莱克先生，如果理事会听到了关于这笔交易的风声的话。"

电光石火之间，一切都明晰起来。"他们从来都没参与。"卡兹说道。他为什么会相信凡·埃克得到了商业理事会的支持呢？就因为他是一个富有的、正直的商人？因为他的家仆和手下都穿着沙得威志的紫色制服？卡兹和凡·埃克是在一个处于隔离状态的商人府邸碰面的，而不是政府大楼，而他却被服装迷惑了。赫尔宗和咖啡馆的把戏重新上演，只是现在的卡兹已经长大了，懂得多了。

"是你想得到亚尔拜亚，你想要潘勒姆的配方。"

凡·埃克毫无压力地点了下头，承认了这个事实。"中立是个奢侈品，而刻赤已经拥有它太长时间了。理事会的成员认为财富可以给他们提供有力保障，不管世界如何纷争，他们都可以坐在后面数钱。"

"所以你很有远见？"

"确实如此。尤尔达潘勒姆是一个捂不住，压不了，也在哲蒙尼前线藏不了的秘密。"

"所以你说的贸易线和市场崩塌……"

"噢，一切都会如我所料，布莱克先生。我就指望着它了。理事会一收到博·亚尔拜亚的消息，我就开始在诺威哲购买尤尔达田了。潘勒姆面世的时候，每个国家，每个政府将会急需现货，来用在他们手里的格里莎身上。"

"混乱。"马蒂亚斯说道。

"没错，"凡·埃克说道，"混乱将会来临，而我将会是它的主宰。非常富有的主宰。"

"你将会助长奴隶制度，导致格里莎大量死亡。"伊奈姬说道。

凡·埃克挑了下眉。"你多大了，姑娘？十六？十七？国家有荣辱兴衰，市场也有起起落落。权力转换的时候，总有人要受苦。"

"是利益转换的时候。"詹斯博回嘴道。

凡·埃克有点困惑。"它们不是一回事吗？"

"理事会发现的时候……"

"理事会不会听到一点风声，"凡·埃克说道，"你以为我为什么会选择巴伦的渣滓来为我效力呢？噢，你足智多谋，比任何雇佣兵都聪明，所以我把任务交给你了。但更重要的是，没人惦念你。"

凡·埃克抬了抬手。潮汐制造师挥动手臂。卡兹听到一声喊叫，转过身去，看到波涛朝罗迪席卷而去。波涛拍击在大划艇上，划艇分崩离析，他一边躲避，一边寻找藏身之处。

"你们没人能离开这个岛，布莱克先生。你们所有人都会消失，却没

乌鸦六人组(卷一):六只乌鸦

有人会在意。"他再次扬了扬手,潮汐制造师发起了新一轮的攻击作为回应。巨大的波浪呼啸着向费罗琳德号奔去。

"不!"詹斯博大声喊道。

"凡·埃克!"卡兹喝道,"你儿子在那艘船上。"

凡·埃克的目光猛地转向卡兹。他吹了下哨子。潮汐制造师都一动不动,等着指令。凡·埃克极不情愿地放下了手。波涛无声无息地落了回去,被搅动的海水拍打着费罗琳德号的船侧。

"我儿子?"凡·埃克说道。

"威岚·凡·埃克。"

"布莱克先生,你肯定知道,我几个月前就让我儿子卷铺盖走人了。"

"我知道的是,威岚离家之后,你每个礼拜都会给他写信。这不像是一个不在乎他唯一的儿子和继承人的人会有的举动。"

凡·埃克笑了起来——笑声热烈得,甚至称得上欢快,但夹杂着苦涩。

"我给你说说我的儿子吧。"他咬牙切齿地说道,像是嘴唇上有什么毒药似的。"他原本应该是刻赤最出色的商人的继承人,一个富可敌国,拥有一个船运航线遍布全球的商业帝国的商人的继承人,这帝国是我父亲,和我父亲的父亲一手建立起来的。但我那原本应统治这个帝国的儿子,连一个七岁稚子都不如。他可以解方程式,拥有高超的绘画技巧和精湛的长笛技艺。但布莱克先生,我儿子做不到的是识字。他不会读也不会写。我曾斥资从全球各地给他搜罗最好的家庭教师。我找过专家,补药,毒打和催眠术。但无一奏效,他拒绝接受教育。我最终不得不接受我有一个傻子一样的孩子,接受自己是受了格森的诅咒。威岚是一个长不大的孩子。他是我们家的耻辱。"

"那些信……"詹斯博说道,卡兹看到他怒容满面,"你求他回去,是在嘲弄他。"

詹斯博说的没错。如果你在读这封信的话，你将会知道我有多么希望你能回家。每封信都像是打在威岚脸上的一记耳光，一个残忍的玩笑。

"他是你儿子。"詹斯博说道。

"不，他是一个错误。一个即将被修正的错误。我年轻可爱的妻子怀孕了，不管是男是女，还是长着犄角的怪物，都会是我的继承人，而不会是那个连本赞美诗集都读不懂，更别说看账本的傻子，不会是那个让凡·埃克这个姓氏沦为笑柄的白痴。"

"傻的人是你，"詹斯博厉声说道，"他比我们所有人加在一起都聪明，他值得一个比你好的父亲。"

"他拥有过。"凡·埃克更正道。他吹了两下哨子。

那些潮汐制造师毫不迟疑地行动起来。所有人还没来得及喘口气去抵挡，两面巨大的水墙升起，径直击向了费罗琳德号。水墙两面夹击，产生巨大的轰隆声，船的残骸四溅。

詹斯博愤怒地大吼了一声，举起了枪。

"詹斯博！"卡兹命令道，"退下！"

"他杀了他们，"詹斯博说道，面容扭曲，"他杀了威岚和妮娜。"

马蒂亚斯伸出一只手放在他的肩膀上。"詹斯博，"他平静地说道，"别轻举妄动。"

詹斯博回头看着那翻滚的波浪，看着几秒之前还完整的船遗留下来的桅杆和风帆碎片。"我不……我不明白。"

"我承认我也有点震惊，布莱克先生，"凡·埃克说道，"不掉眼泪？不义正词严地为你失去的队友发声抗议？在巴伦成长起来的你可真是冷漠。"

"冷漠且谨慎。"卡兹说道。

"好像还不够谨慎。最起码你没机会活着为自己的错误而后悔了。"

乌鸦六人组(卷一)：六只乌鸦

"说说吧，凡·埃克，你会忏悔吗？格森不喜欢不遵守契约的人。"

凡·埃克的鼻孔大张。"你给这个世界带来了什么，布莱克先生？你创造财富了么？制造繁荣了么？没有。你压榨老实人，满足一己私欲。格森偏爱那些有功的人，那些建造城市的人，而不是啃噬其根基的无名鼠辈。你们必将灭亡，而我会走向繁荣。那才是格森的意志。"

"可唯一的问题在于，凡·埃克，你需要库维·亚尔博去帮你达成所愿。"

"你打算怎么从我手里夺走他？你手无寸铁，四面受敌。"

"我不需要从你那夺走他。那不是库维·亚尔博。"

"少在这虚张声势。"

"我不喜欢虚张声势，是吧，伊奈姬？"

"一般来说是不喜欢。"

凡·埃克撇了撇嘴。"怎么说？"

"因为他更喜欢作弊。"那个不是库维·亚尔博的少年用完美的，没有口音的刻赤语说道。

听到他的声音，凡·埃克吓了一跳，詹斯博瑟缩了一下。

那舒国少年伸出一只手。"给钱，卡兹。"

卡兹叹了口气。"我真心不喜欢打赌赌输的感觉。看到没，凡·埃克，威岚和我打赌，说你对他痛下杀手时不会有任何良心不安。你可以说我多愁善感，但我真无法相信一个父亲可以如此冷酷无情。"

凡·埃克凝视着库维·亚尔博——或者那个他觉得是库维·亚尔博的少年。库维的嘴里发出的是威岚的声音，卡兹看着他在现实面前挣扎。詹斯博也难以置信。卡兹拿到钱之后，他或许可以得到解释。

"这不可能。"凡·埃克说道。

这原本不可能。妮娜原本最多算得上是一个马马虎虎的修容师——但在尤尔达潘勒姆的药效之下，好吧，借用跟凡·埃克曾经说过的话，一切皆有可能。站在他们眼前的是一个近乎完美的库维·亚尔博的复制品，但威岚的声音和小动作还在，还有他那惊人的勇气，虽然卡兹可以在他金色的眼眸里看到害怕和受伤。

经过在捷尔霍尔姆港口的一战之后，那小商人来找卡兹，提醒他说，自己不是可以撬动他父亲的那个杠杆。威岚那时面红耳赤，勉强把这些让他觉得痛苦的话说完整。卡兹只是耸了耸肩。有的人是诗人，有的是农民，还有的是富商。威岚有精湛的绘图技巧。他能用大门上的边角料和珠宝碎屑，制造出可以切割出自格里莎之手的玻璃钻子。所以，即使他不识字又怎样呢？

卡兹原以为这个少年会抗拒易容成库维的样子。这种改变超出了不服用潘勒姆的格里莎的能力。"这可能会是永久的。"卡兹提醒他道。

威岚并不在意。"我需要知道。我需要一劳永逸地知道，我父亲是怎么看我的。"

如今他知道了。

凡·埃克瞪着威岚，寻找着他儿子的样貌特征。"这不可能。"

威岚走到了卡兹身边。"或许你可以向格森祈祷，乞求他的理解，父亲。"

威岚要比库维高一点，脸更圆一点。卡兹看到过他们肩并肩地站着，两人惊人地相似。这工作是妮娜在船上完成的，那时第一剂潘勒姆的药效还没开始消退，所以结果堪称完美。

凡·埃克的面容染上怒色。"没用的东西，"他跟威岚嘶声说道，"我只知道你是个傻子，现在竟然还成了叛徒？"

"傻子才会在那艘船上，等着被撕成碎片。至于'叛徒'，光是过去的几分钟里，你对我的称呼比这难听多了。"

"想想看，"卡兹对凡·埃克说道，"如果真正的库维·亚尔博就在那艘你毁掉的船上呢？"

乌鸦六人组(卷一):六只乌鸦

凡·埃克的声音听上去冷静了下来,但脖子上的青筋依旧暴起。"库维·亚尔博在哪?"

"让我们带着酬劳安全地离开这个岛,我就告诉你。"

"你没法离开这里的,布莱克。你的小伙伴不是我的格里莎的对手。"

卡兹耸了耸肩。"杀了我们,你就永远都找不到库维了。"

凡·埃克看上去像是在考虑,然后退后一步。"听我命令!"他大声喝道。"杀了除布莱克之外的所有人。"

卡兹在他犯错的那一刻就意识到了。他们都知道事情可能会发展到如今这个地步。他应该信任自己的队友。他的眼睛应该紧紧盯着凡·埃克。但危险来临的那一瞬间,原本应该想着如何去反击的他,却看向了伊奈姬。

凡·埃克把这一幕看在眼里。他吹了下哨子,"不用管其他人!带走钱和那个女孩。"

坚持你的立场,卡兹的直觉说道。钱在凡·埃克手里。他才是关键。伊奈姬可以保护自己的。她是人质,不是彩头。但他已经转身,在格里莎动手时不顾一切地冲向了她。

潮汐制造师变幻成水雾,抢先一步到她身边,然后在她身旁现身。只有傻子才会和伊奈姬近身搏斗。潮汐制造师速度非常快——抓着她消失然后现身。但她是幽灵,她的刀插入了他们的心脏、喉咙和脾脏。血溅到了沙子上,两个潮汐制造师重重地倒了下去。

卡兹的眼角瞥到一抹动静———个御风师朝着伊奈姬飞奔而去。

"詹斯博!"他大声喊道。

詹斯博开枪了,御风师急速下降,倒在地上。

下一个御风师聪明了许多。来的时候在废墟上方的低空滑行。詹斯博和马蒂亚斯开枪了,但因为逆光,即使是詹斯博也无法瞄准。那御风师抄起了伊奈姬,然后带她一起加速飞入高空。

不要动，他无声地催促她道，然后拔出手枪。但她并没有。她的身体旋转，然后猛地一挥。远处传来御风师的尖叫声。他放开了她。伊奈姬跌落下来，直直地摔到了沙子里。卡兹不带任何理性和谋划地奔向了她。

一个模糊的身影挡住了她的视线。第三位御风师俯冲而下，给她的头盖骨一记重击然后一把抓起了她。卡兹看到伊奈姬身体瘫软下来。

"把他射下来！"马蒂亚斯吼道。

"不！"卡兹大喊道，"朝他开枪，她也会跌落下来。"

那格里莎抓着伊奈姬躲躲闪闪，超出了射程。

他们无计可施，只能像傻子一样站在原地，看着她的身影在空中越来越小——像遥不可及的月亮，像逐渐消逝的星星，然后彻底不见。

凡·埃克的警卫和格里莎逼近，卷走了他以及那一箱子克鲁志，登上了那艘等候多时的双桅帆船。为乔迪报仇，卡兹一直以来为之奋斗的信念，正在悄然离去。但他并不在意。

"给你一个礼拜的时间，把真正的库维交出来，"凡·埃克大声喊道，"否则在回菲尔丹的路上，他们会听到那姑娘一路尖叫。如果这还不足以让你动摇的话，我会把你手中有世界上最有价值的人质的事宣扬出去。每个帮派、政府、走私者和间谍都会在你和德勒格斯身后穷追不舍，让你无处藏身。"

"卡兹，我可以开枪射中他，"詹斯博说道，肩上扛着步枪，"凡·埃克还在射程内。"

那就要失去所有——伊奈姬，钱，一切。

"不，"卡兹说道，"让他们走吧。"

海面平静无波；没有风浪，但凡·埃克剩下的御风师让风鼓起了船上的风帆，助他们一路前行。

卡兹看着双桅帆船一路驶向卡特丹姆，驶向安全地带，驶向凡·埃

乌鸦六人组(卷一):六只乌鸦

克用毫无瑕疵的声誉建立起来的堡垒。他感觉自己像是回到了泽尔威街的那所房子,趴在黑漆漆的窗户往里看。又一次被绝望淹没。他拜错了神。

詹斯博慢慢地放下了步枪。

"凡·埃克将会派士兵和格里莎搜寻库维。"马蒂亚斯说道。

"他找不到库维和妮娜的。"他们不在斯兰特或巴伦的任何一处。也不在卡特丹姆。前一天晚上,卡兹让施佩希特带着库维和妮娜离开费罗琳德号,登上了第二艘大划艇——就是他告诉詹斯博正在维修的那艘。他们安全地藏匿在地狱之门旧监狱塔楼下面废弃的笼子里。他在见凡·埃克之前已经探过几次路了。地狱之门的惨案之后,曾经满是野兽和尸体的牢笼自此之后都空着了。马蒂亚斯不想让妮娜在没有他陪伴的情况下去任何地方,尤其是以她现在的状况,但卡兹说服了他,把她和库维留在费罗琳德号上无异于暴露。

卡兹被自己给蠢呆了。比刚从船上下来,准备在东斯戴夫发财的新鲜肥羊还蠢。他最大的弱点就在身边。但现在却不见了。

詹斯博盯着威岚,他的眼睛扫过他黑色的发和金色的眼眸。"为什么?"他最终说道,"你为什么这么做?"

威岚耸了耸肩。"我们需要杠杆。"

"那是卡兹的说话方式。"

"我不能让你们所有人陷入人质交易的陷阱里,还把我当成某种保障。"

"妮娜给你易的容?"

"我们离开捷尔霍尔姆的那晚。"

"这就是你一路都消失不见的原因,"詹斯博说道,"你没帮着马蒂亚斯照顾妮娜。你在躲避。"

"我没躲。"

"你……有多少次晚上是你和我肩并肩站在甲板上，而我却以为那是库维？"

"每次都是我。"

"妮娜可能没法让你变回来。如果没有另一剂潘勒姆的话。你以后可能就都是这样了。"

"这有什么关系？"

"我不知道！"詹斯博生气地说道，"或许我喜欢你那张愚蠢的脸。"他转向马蒂亚斯。"你知道，威岚知道，伊奈姬知道，每个人都知道，除了我。"

"想知道为什么就问我，詹斯博。"卡兹说道，他的耐心已经告罄。

詹斯博不安地动了动脚。"为什么？"

"是你把我们出卖给了佩卡·罗林斯。"他伸出一根手指指着詹斯博。"就是因为你，我们在试图离开卡特丹姆时，遇到了伏击。你差点害死我们所有人。"

"我什么都没跟佩卡·罗林斯说。我从没……"

"你跟普狮的一个成员说你要离开卡特丹姆，你会发大财，不是吗？"

詹斯博吞了吞口水。"我没办法了。他们逼我逼得太紧。我父亲的农场……"

"我告诉过你别跟任何人说你要离开的事。我告诉过你把嘴闭上。"

"我没得选。我们离开之前，你把我们关在乌鸦俱乐部。如果你让我……"

卡兹转向他。"让你什么？玩几把三人黑莓？努力再去套套近乎，看巴伦的哪个老板会傻到再给你多放点款？你跟佩卡手底下的人说你要发迹了。"

"我不知道他会告诉佩卡。或许佩卡早就知道潘勒姆的事。我只是想为自己争取点时间。"

乌鸦六人组(卷一):六只乌鸦

"神呐,詹斯博,你在德勒格斯真的是什么都没学到,是吧?你依旧是刚下船时,那个愚蠢的农场少年。"

詹斯博扑向了他,卡兹觉得一阵头晕目眩。他最终会是这场打斗的赢家。但马蒂亚斯站在了他们俩中间,把他们分开了。"住手。都住手。"

卡兹不想住手。他想把他们都打得头破血流,然后杀出一条血路,回到巴伦。

"马蒂亚斯说的没错,"威岚说道,"我们需要想想接下来怎么办。"

"没有接下来。"卡兹厉声说道。凡·埃克会看穿一切。他们没法回到斯兰特,或是从珀尔·哈斯克尔或其他德勒格斯成员那里寻求帮助。凡·埃克会监视他们,等着突袭。他肯定把巴伦,卡兹的家,他的小王国变成了敌人的领地。

"詹斯博犯错了,"威岚说道,"这错误挺愚蠢的,但他无意背叛任何人。"

卡兹大步流星地走开了,试图让自己冷静下来。他知道詹斯博没意识到他的行为引起的后果,他也知道自己再也不会真正信任詹斯博了。或许在威岚的事情上,他把他蒙在鼓里,就是想给他点惩罚。

再过几个小时,如果他们接头失败,施佩希特会划着大划艇来接他们。但现在等着他们的只有灰蒙蒙的天空和这个阴郁的岛上死气沉沉的石头。还有伊奈姬的离开。卡兹想打人。有人来打他也行。

他仔细观察了剩下的队员。罗迪还在大划艇的残骸旁徘徊。詹斯博的手肘支在膝盖上,头埋在掌心里,威岚站在他身边,神情木然,像个陌生人;马蒂亚斯站着,穿过水面向地狱之门那边眺望,像一个石化的士兵。如果说卡兹是他们的头儿,那伊奈姬就是天然磁石,在他们将要分崩离析的时候把他们聚在一起。

进入冰庭之前,妮娜掩盖了卡兹胳膊上的乌鸦杯子文身,但他没让她动二头肌上的R。现在他用戴着手套的手指摸着隐藏在大衣袖子之下的文身。没什么意义，他就是想让卡兹·里特维德回来。他不知道这究竟是从伊奈姬受伤开始的，还是从可怕的狱车之旅开始的，但无论如何，他任其发展，如今付出了沉重的代价。

这并不意味着在和那行事不光明磊落的商人的交锋中，他会坐以待毙。

他朝着南方，向卡特丹姆的港口看去。一个想法闪现在脑海里，让人头皮发痒，但还不是很明晰。它还算不上一个计划，但可能会是个开端。他看到它逐渐成形——它有点不太可能，有些荒谬，并且还要一大笔钱。

"满脸算计。"詹斯博低语道。

"毫无疑问。"威岚附和道。

马蒂亚斯抱着手臂。"又在绞尽脑汁想什么把戏，恶魔？"

卡兹活动了下戴着手套的手指。你是怎么在巴伦活下来的？他们拿走了你的一切，你只能无中生有，白手起家。

"我打算发明一个新把戏，"卡兹说道，"一个让凡·埃克终生难忘的把戏。"他转向其他人。如果他能孤身一人跟着伊奈姬走，他会这么做的，但他甚至都办不到。"我需要合适的队员。"

威岚站了起来。"为了幽灵。"

詹斯博紧随其后，依旧不敢直视卡兹的眼睛。"为了伊奈姬。"他悄声说道。

马蒂亚斯只是重重地点了下头。

伊奈姬想让卡兹变成另外一个人，一个更好，一个更温和的盗贼。但那样的少年在这里不会有容身之处。那少年饿死在了那小巷里。早就死了。那少年也无法救她回来。

我要把我的钱弄到手，卡兹发誓道。*我要救回我的女孩*。伊奈姬

乌鸦六人组(卷一):六只乌鸦

从不可能是他的,不会真的属于他,但他会想办法给她自由,他承诺她已久的自由。

黑手会来完成这个危险的任务。

46
佩 卡

佩卡·罗林斯把一团尤尔达放在脸颊上,躺回椅子里,然后仔细打量着道狄带进他办公室的衣衫褴褛的那队人。罗林斯住在绿宝石宫殿最高层的套间里,套间有很多房子,每一寸地方都镀了金,铺陈着绿色的天鹅绒。他喜欢发光的东西——这体现在他的衣着打扮上,交友上,也体现在他的女人上。

站在他面前的那些孩子跟雅致丝毫不沾边。他们穿着喜剧暴君的戏服,但因为不露出真容的话是不允许进入他的办公室的,所以他们都没戴面具。他认出了他们中的一部分人。他曾想把摄心师妮娜·哲尼克收入麾下,但目前看来她撑不过这个月了——瘦骨嶙峋,眼窝深陷,双手颤抖。看上去他似乎是规避了一笔失败的投资。她靠在高大的菲尔丹人身上,那菲尔丹人留着平头,有一双冷酷的蓝眼睛。他身材健壮,之前可能是军人,一身肌肉。卡兹·布莱克是在哪里找到这些人的?

他们旁边是一个舒国少年,但他看上去太过年轻,一点都不像他们

乌鸦六人组（卷一）：六只乌鸦

迫切地想要弄到手的科学家的样子。另外，布莱克也不会把这么大的战利品拱手让给绿宝石宫。然后，当然是罗林斯熟知的詹斯博·范赫。那个几乎在东斯戴夫的每个赌场里都欠着巨债的神枪手。他一时没管住嘴，让罗林斯知道了布莱克调派人手前往菲尔丹的消息。深度挖掘和大额贿赂最终得知了他们离开的时间和地点——但后来证实情报有误。布莱克领先他和普狮一步。运河里的无名鼠辈最终竟然真的成功了。

这也是件好事。如果不是卡兹，罗林斯可能依旧在菲尔丹的监狱里等着下一轮的折磨——或者被钉在环形墙的尖刺上。

布莱克撬开他牢房上的锁时，罗林斯还不清楚这人是来救他还是来杀他的。卡兹·布莱克在德勒格斯，那珀尔·哈斯克尔称之为帮派的可怜小团伙一跃成名之后，他听说过不少关于他的消息，也在巴伦见过他几次。这不知从哪儿冒出来的少年自此之后就成了麻烦制造者。但他只是个副手，不是掌舵人，对罗林斯构不成太大威胁。

"你好，布莱克，"罗林斯说道，"来幸灾乐祸的？"

"不完全是。你知道我？"

罗林斯耸了耸肩。"当然，你可没少撬我的客人。"

那少年脸上一闪而过的表情让罗林斯有点吃惊。那是仇恨——纯粹，浓烈，酝酿已久。*我对这小东西做过什么吗？* 但那表情转瞬即逝，罗林斯都在怀疑那是不是自己臆想出来的。

"你想要什么，布莱克。"

那少年站在那里，目光有点阴郁和愤怒。"我想给你帮个忙。"

罗林斯注意到了布莱克赤裸的双脚和囚服，以及没戴那传说中的黑手套的手——真是矫情。"你那看上去不像是给人帮忙的姿态，小子。"

"我不会锁上这门。你应该还没蠢到，在没人帮你的情况下去追踪博·亚尔拜亚。等时机成熟，然后离开这里。"

"你究竟为什么要帮我？"

"你不应该死在这里。"

不知怎么的，这听起来像是个诅咒。

"这次算我欠你的，布莱克。"罗林斯在那少年离开牢房时说道，不敢相信这突如其来的好运。

布莱克回头扫了他一眼，黑色的眼眸深不见底。"别着急，罗林斯。你会还回来的。"

很明显，这少年如今是来收债的。他站在罗林斯富丽堂皇办公室的中央，看上去像一个墨水点，他面容冷酷，双手搁在乌鸦头手柄的拐杖上。事实上，看到他，罗林斯并不觉得惊讶。听说布莱克跟凡·埃克之间的交易失败了，凡·埃克密切监视着斯兰特和卡兹·布莱克经常出入的其他场所。但凡·埃克并未监视绿宝石宫。他没理由这么做。罗林斯甚至都不确定那商人是否知道他从菲尔丹活着回来了。

布莱克简要地介绍了一下现在的状况之后，罗林斯耸了耸肩然后说道，"你被骗了。我的建议是，把库维交给凡·埃克，然后这事就算完了。"

"我不是来这儿寻求建议的。"

"那些商人挺喜欢我们交的税的。他们纵容时不时地发生点洗劫银行或入室盗窃之类的事，但他们希望我们留在巴伦，让他们有钱可赚。你跟凡·埃克宣战，局面将会彻底改变。"

"凡·埃克涉嫌欺诈。如果商业理事会的人知道……"

"可谁会告诉他们呢？巴伦最糟糕的贫民窟里的无名鼠辈？别开玩笑了，布莱克。及时止损，改日再战吧。"

"我每天都在战斗。你是在告诉我，你打算袖手旁观？"

"你想搬起石头砸自己的脚——还是那只完好的脚，我乐见其成，但我不打算加入。没人会愿意。你要引发的不是帮派之间的小打小闹，布莱克。你会让沙得威志和刻赤陆军以及海军整装待发，跟你宣战。他们

乌鸦六人组(卷一):六只乌鸦

会把斯兰特连带着里边的那老头夷为平地,还会把第五港口也收回去。"

"我不指望你和我并肩战斗,罗林斯。"

"那你想要什么?你说了算。合情合理的话。"

"我需要给雷凡卡的首都送一封信。加急。"

罗林斯耸了耸肩。"小事一桩。"

"我还需要钱。"

"令人惊讶,要多少?"

"二十万克鲁志。"

罗林斯几乎笑到喘不过气来。"还有什么,布莱克?绿宝石宫?还是能拉出彩虹的龙?"

"你有闲钱的,罗林斯。我救过你的命。"

"那你应该回到那监狱再谈判。我不是银行,布莱克。即便我是,考虑到你现在的状况,我会说你信用情况欠佳,风险太大。"

"我不想贷款。"

"你想让我给你二十万克鲁志?我这么大方图什么?"

布莱克咬紧牙关。"我在乌鸦俱乐部和第五港口的股份。"

罗林斯坐直了点。"你要卖掉你的股份?"

"对。再多出十万克鲁志的话,我会搭上一幅原版的德卡佩尔。"

罗林斯向后靠去,握紧双手。"这还不够。不足以和理事会宣战。"

"这是给我的队友的。"

"你的队友?"罗林斯哼了一声说道,"我没法相信你们竟然成功袭击了冰庭。"

"你不得不信。"

"凡·埃克不会让你们好过的。"

"以前就有人这么干过。但无论如何,我从死人堆里活着回来了。"

"我佩服你的勇气,小子。我明白,你想拿到钱,你想让幽灵回来,你想从凡·埃克那里……"

"不，"布莱克说道，他粗嘎的声音里夹杂着愤怒，"我朝凡·埃克下手时，就不只是拿走我应得的了。我会把他掏空。让他的名字从名册上消失。让他一无所有。"

佩卡·罗林斯不知道听过多少威胁，杀过多少人，或眼看着多少人死去，但布莱克眼里的寒光却让他后背发凉。这少年内心的愤怒要失控了，罗林斯不想成为炮灰。

"打开保险柜，道狄。"

罗林斯取出钱递给布莱克，然后让他签署了转让乌鸦俱乐部和金矿般的第五港口股份的转让书。交易完成，他伸出手和他握手时，布莱克捏得他关节疼。

"你完全不记得我，是不是？"那少年问答。

"我应该记得你吗？"

"目前还没必要。"布莱克眼中的黑暗一闪而过。

"成交。"罗林斯说道，迫切地想要摆脱这状况。

"成交。"

他们离开后，罗林斯透过那扇巨大的玻璃窗俯视着绿宝石宫的赌场。

"今日份儿的意外收获，道狄。"

道狄咕哝着应了一声，仔细观察着下面赌桌上的一举一动——骰子，纸牌，转盘，输输赢赢，但罗林斯稳赚不赔。

"他戴的那手套是怎么回事？"那打手问道。

"给自己加戏，我觉得。谁知道呢？谁在乎呢？"

罗林斯看着卡兹和他的队员穿过了赌场里的人群。他们打开门走到街上，有一瞬间，街灯投下了他们穿着斗篷，戴着面具的影子——一群孩子追随着一个跛子。算不上是个帮派。布莱克是个诡计多端的盗贼，手腕够硬，并且不按常理出牌，佩卡想道。但和在冰庭的闹剧不一样，

乌鸦六人组（卷一）：六只乌鸦

凡·埃克做好了对付布莱克的准备。那少年有一场硬仗要打。而且他胜算不大。

罗林斯伸手去拿怀表。是时候让发牌人换班了，他喜欢亲自监督他们。

"小杂种。"几秒之后他大声嚷嚷道。

"怎么了，老板？"

罗林斯举起了他的表链。原来挂着钻石表盘的地方如今挂着一个芜菁。"那小混蛋……"然后他突然意识到了什么，伸手去拿钱包。钱包不见了。一起不见的还有他的领夹，为招好运而戴的克里什钱币吊坠，还有他鞋上的金搭扣。罗林斯在想他要不要检查一下牙里边的填充物。

"他偷了您的东西？"道狄不可置信地问道。

从没人在佩卡·罗林斯身上得手过。也没人有这胆子。但布莱克却这么做了，罗林斯很想知道这是否只是个开始。

"道狄，"他说道，"我觉得我们还是为凡·埃克祈祷吧。"

"您觉得布莱克会打败他？"

"过程可能有点长，但如果他不够谨慎的话，很可能自己走上绞架，把绞索交到布莱克手里。"罗林斯叹了口气，"我们还是祈祷凡·埃克杀了那少年吧。"

"为什么？"

"因为否则的话，我就不得不出手了。"

罗林斯解开了他那没有了领夹的领带，然后朝着下面的赌场走去。卡兹·布莱克的问题留着改天再解决。现在还是先赚钱吧。

鸣　谢

因为骨坏死，我的身体状况每况愈下。这种病可以简单地理解为"骨头死亡"，听上去有点哥特式浪漫，但实际上，我每走一步都在强忍疼痛，因此我有时会拄着拐杖。选择创造一个和我有着相似症状的主角并不是巧合，我经常觉得自己与卡兹一道，一瘸一拐地在这条路上前行。如果没有身边那么多善良的人的帮助，我们走不到"最后"。

很感谢那些默默无闻却又调皮捣蛋的同伴：米基、蕾切尔、莎拉、罗宾、乔希和摩根。尤其是摩根，是他给这本书取了名字。也很感谢吉米，是他带着我去圣巴巴拉市，让我突破了写作瓶颈。

感谢诺亚·惠勒帮我解疑答惑，在我抓狂时，能保持耐心。我深深地感谢让·费威尔、劳拉·戈德温、乔恩·雅格、莫莉·布鲁伊莱特、伊丽莎白·菲蒂安、里奇·迪亚斯、安普里尔·沃德、凯特琳·斯维尼，以及亨利·霍尔特和麦克米伦儿童出版社的诸位，是他们让格里莎的世界栩栩如生，让我与读者一起继续探索这个世界。乔安娜·沃尔普在《新叶》杂志上写道："坚定而真实"绝对应该出现在你的简历上。她的支持让我可以面对任何挑战。我也要感谢"还是个年轻人"的波亚·沙巴赞、凯瑟琳·奥尔蒂斯、丹妮尔·巴特尔、杰达·泰默里和杰西·

乌鸦六人组(卷一):六只乌鸦

达洛。感谢英国的格里莎团队:菲奥娜·肯尼迪、詹妮·格兰克罗斯和猎户座的优秀队员——尤其是妮娜·道格拉斯。她是一位杰出的宣传家,优秀的旅伴和天生的拉文克劳。感谢世界各地的读者,图书管理员,书商,书友,和博主们。

所有的成功案例都离不开天赋异禀的专业人士,而我有幸得到了最出色的人的帮助:

史蒂芬·克莱恩在初学者如何学习魔术方面提供了宝贵的专业知识,并向我介绍了埃里克·米德和阿波罗·罗宾斯的案例,后者是一个温和的盗贼。安吉拉·德佩斯竭尽所能,帮我想出了放倒满屋囚犯的方法,但氯弹纯属虚构(切勿模仿)。理查德·惠勒就政府大楼和严密的安全设施如何防范社会闲散人士的问题给了我建议。彼得森让我了解了刀伤,也让我学会了"心尖"这个美丽的词。人造语言之王大卫·彼得森试图为我指明方向,让我对斯坦特这个词情有独钟。感谢好友海德薇·阿尔茨和索贝卢米帮我处理荷兰语。

感谢玛丽·卢、阿米·考夫曼、罗宾·拉弗斯、杰西卡·布罗迪和格雷琴·麦克尼尔给我带来无数欢声笑语,包容我的牢骚满腹。也要感谢罗宾·瓦瑟曼、霍莉·布莱克、莎拉·里斯·布伦南、凯利·林克和卡桑德拉·克莱尔为我提供的剧情建议,带我喝玛格丽塔酒,拉我去看《少狼》。是他们改变了我。安娜·凯莉应为菲尔丹守卫流鼻血的情节负全责,大家要抱怨的话找她。

克莉丝汀,萨姆,艾米莉,瑞安,很幸运能拥有家人般的你们。感谢最亲爱的露露,忍受我的情绪,关心我笔下的小混混们。

卡特丹姆、巴伦和乌鸦六人组的成型源于很多书的启发,其中最重要的有莎拉·怀斯的《最黑的街道:维多利亚贫民窟的生与死》,大卫·利斯的《咖啡商人》,拉塞尔·肖托的《阿姆斯特丹:世界上最自由城市的历史》,文森特·蒙特利昂的《犯罪俚语:黑社会的方言》,大卫·莫雷尔的《大骗局：自信之人的故事》以及安东尼·阿莫尔和汤姆·马什伯格的《艺术大盗的陨落：史蒂芬·布莱特维瑟小传》。

对了，这本书的修订将在黑键乐队、碰撞乐队以及精灵乐队的音乐声中进行，但它的诞生是在一个通风良好的旧校舍里，当时屋子里循环播放着《轮回时空》这张专辑，屋檐上还有蝙蝠拍打翅膀的声音。多谢作曲家卢多维科·埃诺迪，以及那只蝙蝠。

LEIGH BARDUGO'S
Six of Crows

卡兹·布莱克

"脏手"

LEIGH BARDUGO'S
Six of Crows

詹斯博·范赫

"神枪手"

LEIGH BARDUGO'S
Six of Crows

伊奈姬·伽法

"幽灵"